Petra Ivanov

# Alte Feinde

Kriminalroman

Unionsverlag

*Im Internet*
Aktuelle Informationen, Dokumente und Materialien
zu Petra Ivanov und diesem Buch
*www.unionsverlag.com*


Neptunstrasse 20, CH-8032 Zürich
Telefon +41 44 283 20 00
mail@unionsverlag.ch

Umschlagbild: Taylor Young (Unsplash)
Umschlaggestaltung: Peter Löffelholz
Lektorat: Susanne Gretter
Satz: Greiner & Reichel, Köln
Druck und Bindung: CPI – Clausen & Bosse, Leck
ISBN 978-3-293-00537-2
2. Auflage, September 2018

Der Unionsverlag wird vom Bundesamt für Kultur mit einem
Verlagsförderungs-Strukturbeitrag für die Jahre 2016–2020 unterstützt.

Auch als E-Book erhältlich

Petra Ivanov

Alte Feinde

*Für meine Mutter*

»Es war ein bewegendes Erlebnis,
in Andersonville erstmals den Namen Henry Wirz
auf Denkmal, Erinnerungstafeln, Druckschriften und
im Ortsmuseum zu lesen.«

*Heinrich L. Wirz, Oberst und Militärpublizist, Bern*

# I

*North Carolina, 9. April*

Der Geruch fiel Bruno Cavalli zuerst auf. Eben war da noch der Duft nach Steak, Süßkartoffeln und geschmolzener Butter. Nun drängten Abgas und Feuchtigkeit in den Raum. Er versuchte herauszufinden, woher der Geruch kam, vergeblich.

Das Granny Bee's war bis auf den letzten Platz besetzt. Die meisten Gäste in dem Familienrestaurant waren Einheimische, nur wenige Touristen besuchten um diese Jahreszeit das Reservat der Cherokee-Indianer oder den angrenzenden Nationalpark. Cavalli betrachtete Emma Longhorn. Mit ihrem schwarzen Haar und dem dunklen Teint fiel sie hier nicht auf. Doch der nervöse Blick, mit dem sie immer wieder hinter sich schaute, passte nicht zu der gedämpften Stimmung im Lokal.

»Wie lange wird es noch dauern?«, fragte sie.

»Er kann heute auftauchen, vielleicht aber auch erst morgen oder in einer Woche«, sagte Cavalli. »Du brauchst dir keine Sorgen zu machen. Das FBI wird dich nicht aus den Augen lassen.«

Emma schob eine Kartoffel auf ihrem Teller hin und her. »Die Agenten verstecken sich gut. Wenn ich es nicht besser wüsste, würde ich nicht glauben, dass sie hier sind.«

Cavalli teilte ihre Meinung. Als Polizist hatte er oft

Personen observiert, doch er bezweifelte, dass es ihm gelingen würde, über Tage hinweg völlig unbemerkt zu bleiben. Vor allem, wenn die Zielperson Bescheid wusste. Er gab sich Mühe, seine Unruhe zu verbergen. Vor zwei Tagen hatte er Emma sagen müssen, dass ein Killer hinter ihr her war. Sie hatte erstaunlich ruhig reagiert, unter ihren Augen lagen jetzt aber dunkle Schatten.

Die Schwingtür ging auf, und die Kellnerin trat aus der Küche, ihr Arm schwer beladen mit Tellern, die bis zum Rand gefüllt waren. Sie bahnte sich einen Weg durch den Raum und blieb am Tisch nebenan stehen. Die sechsköpfige Familie, die dort saß, verstummte erwartungsvoll. Da hörte Cavalli das leise Rauschen des Oconaluftee Rivers, der am Restaurant vorbeifloss. Er blickte zum Eingang. Stand ein Fenster offen? Kaum hatte sich die Kellnerin abgewandt, nahmen die Gäste das Gespräch wieder auf. Besteck klapperte, jemand rief nach Ketchup.

Emma legte die Gabel auf den Tisch. »Ich kann nicht essen.«

»Wenn er merkt, dass wir etwas ahnen, wird er untertauchen«, sagte Cavalli. »Du musst dich so normal wie möglich verhalten.«

»Vielleicht hat er gar nicht mich im Visier. Wie bist du überhaupt auf diese Idee gekommen? Jeder hier im Reservat könnte das nächste Opfer sein.«

Cavalli war jetzt klar, dass er sie mit einem Teil der Wahrheit konfrontieren musste. »Ist dir der Anakonda-Plan ein Begriff?«

»Aus dem Amerikanischen Bürgerkrieg?«

Cavalli nickte. »Die Nordstaaten wollten die Südstaaten isolieren. Sie errichteten Blockaden, schnitten Handelswege ab, sperrten Straßen. Wie eine Würgeschlange, die ihre Beute umwickelt. Daher der Name Anakonda.«

»Was hat der Bürgerkrieg mit dem Killer zu tun?«

»Der Killer macht dasselbe. Er hat nichts gegen Indianer, wie ich ursprünglich vermutet hatte. Nur gegen einen. Er zieht einen weiten Kreis um sein Opfer. Langsam und bedacht. Er muss schon vor …« Cavalli verstummte.

»Was ist?« Emma riss die Augen auf. »Ist er hier?«

Er gab ihr ein Zeichen zu schweigen und neigte den Kopf. Etwas im Raum hatte sich verändert. Doch was? Auf den ersten Blick wirkte alles gleich, dann merkte Cavalli, dass einer der Gäste am Nebentisch ein wenig zu interessiert auf einen Punkt hinter ihm starrte. Und auch das junge Paar, das vor der Theke am Eingang auf einen freien Tisch wartete.

Schlagartig fügten sich die Teile zu einem Ganzen. Das Rauschen des Flusses. Der Geruch von Abgas. Die Blicke.

Der Liefereingang war offen.

Ein FBI-Agent hätte sich nicht hereingeschlichen. Er hätte sich unter die Gäste gemischt, um den Raum im Auge zu behalten. Cavalli sprang vom Stuhl und riss Emma zu Boden. Ein Wasserglas kippte, Eiswürfel rutschten über den Tisch. Emma schrie überrascht auf. Der Schrei brach jäh ab, als sich ein Gegenstand in ihre Stuhllehne bohrte.

Ein Pfeil.

Cavalli wusste, dass er aus einem Blasrohr stammte und mit Gift getränkt war. Beta-Antiarin, ein Pfeilgift, das noch stärker wirkte als Curare. Sieben Milligramm reichten, um einen Herzstillstand herbeizuführen. Cavalli packte Emma am Arm, zerrte sie auf die Füße. Die Gäste saßen wie benommen auf ihren Stühlen. Auf einmal begann Lynne Swimmer vom Souvenirladen zu kreischen, und Chaos brach aus. Zwei Frauen sprangen auf, stießen zusammen. Eddie Sheppard von der Handelskammer schnappte seine Tochter und schob sie hinter sich. Gäste strömten zur Tür, Geschirr fiel zu Boden, Fenster wurden aufgerissen. Die alte Thelma Birney stürzte, Darrell, der jüngste der drei Beaver-Brüder, eilte ihr zu Hilfe.

Wo blieben die Spezialeinheiten?

Emma grub ihre Finger in Cavallis Arm. Aus der Küche drang Rauch. Ein Schatten tauchte neben dem Liefereingang auf. Cavalli hörte das Knirschen von Glasscherben. Vorsichtige Schritte, leise Atemzüge.

Er erwartete Agenten in Schutzausrüstung. Sie kamen nicht. Kurz überlegte er, was schiefgelaufen sein konnte. Darüber würde er sich später den Kopf zerbrechen. Jetzt musste er Emma in Sicherheit bringen.

Ihr Blick jagte hin und her. Sie hatte den Schatten ebenfalls gesehen. Cavalli zeigte zur Küche und begann, mit den Fingern zu zählen. Auf drei rannten sie los.

Cavalli hörte ein Scheppern, spürte einen Ruck, als Emma stolperte. Die Küche war verlassen, auf dem Herd stand eine Pfanne, aus der Rauch quoll. Cavalli schob das Fenster auf und half Emma hinaus. Sie verschwand in der Dunkelheit. Cavalli sprang ebenfalls hinaus, lief ihr hinterher, hielt sie zurück. Niemand folgte ihnen. Also wartete der Täter draußen. Emmas Ford stand auf dem Parkplatz hinter dem Restaurant. Um den Wagen zu erreichen, mussten sie das Gebäude umrunden. Das Granny Bee's lag zwischen dem Fluss und einer steilen Böschung, die zum Wald hinaufführte. Für den Killer wäre es ein Leichtes, sich dort zu verstecken.

Cavalli stieg wieder durchs Fenster. Emma folgte ihm. Vorsichtig spähte er um die Ecke. Stühle lagen auf dem Boden, Tische standen schräg im Raum. Einige Gäste hatten Taschen oder Kleidungsstücke zurückgelassen.

Cavalli bedeutete Emma, hinter ihm zu bleiben. Leise betrat er das Restaurant. Er hörte Emmas Atem neben seinem Ohr, spürte die Hitze, die von ihr ausging. Der Liefereingang lag direkt gegenüber, am Ende eines schmalen Flurs, in dem sich auch die Toilette befand. Die Tür stand leicht offen. Cavalli sah kein Blasrohr. Er gab Emma ein Zeichen, stehen zu bleiben, und lauschte. Nichts.

Ob sie es zum Ford schaffen würden? Der Wagen stand nur wenige Schritte vom Ausgang entfernt, keine Straßenlaternen beleuchteten den Parkplatz. Es klimperte, als Emma ihren Autoschlüssel hervorholte. Sie hatten bereits die Hälfte der Strecke zurückgelegt, als er es hörte. Ein Rascheln im Gebüsch, ein Zweig, der knackte. Emma rannte los. Cavalli blieb nichts übrig, als ihr zu folgen. Solange sie rannte, war sie sicher. Nur ein hervorragender Schütze traf ein bewegliches Ziel in der Dunkelheit. Allerdings wusste der Killer, wohin sie lief. Wenn er geschickt war, zielte er bereits auf die Fahrertür ihres Wagens.

Um ihn abzulenken, spurtete Cavalli quer über den Platz. Er hörte, wie Emma die Autotür zuschlug, dann heulte der Motor auf. Die Räder spulten auf dem Kies, die Reifen griffen, der Ford setzte zurück. Cavalli rannte zur Beifahrertür.

Er hatte sie fast erreicht, als die Scheinwerfer des Fords die Böschung streiften. Metall blitzte auf. Kein Blasrohr. Eine Pistole. Sie war auf die Windschutzscheibe gerichtet.

Cavalli hatte keine Zeit zu überlegen. Er trat zwischen Waffe und Wagen. Der Killer feuerte.

Die Kugel traf ihn mit der gleichzeitigen Erkenntnis, dass er die ganze Zeit einer falschen Fährte gefolgt war.

# 2

*Zürich, 26. Juli*

Das Einschussloch befand sich mitten auf der Stirn des Toten. Martin Angst presste ein Stück Fließpapier auf die Wunde, um Schmauchspuren zu sichern. Staatsanwältin Regina Flint schaute schweigend zu. Auf dem weißen Schutzanzug des Kriminaltechnikers hatten sich Schweißflecken gebildet. Am Nachmittag war das Thermometer auf über dreißig Grad geklettert, und auch jetzt, fast zwei Stunden nach Sonnenuntergang, war es außergewöhnlich warm. Trotzdem hatten sich erst wenige Fliegen auf der Leiche niedergelassen. Der Todeszeitpunkt lag höchstens zwei bis drei Stunden zurück, vermutete Regina. Eher weniger. Sie betrachtete die Leiche. Sie schätzte den Mann auf Anfang siebzig. Die Wade, die aus dem hochgerutschten Hosenbein schaute, war kräftig, die Haut gebräunt. Beide Augenbrauen waren angesengt. Neben dem Toten lag ein Pfirsich.

»Habt ihr eine Waffe gefunden?«, fragte sie.

»Nein.«

»Also war es kein Suizid?«

»Sieht nicht danach aus, nein.« Angst fuhr sich mit dem Ärmel über die Stirn, stand auf und reichte einem Kollegen das Fließpapier.

»Was ist mit den Augenbrauen des Mannes geschehen?«, fragte Regina.

»Vermutlich kam es bei der Schussabgabe zu einer Stichflamme.«

Regina hatte schon vieles gesehen, das aber nicht.

»Der Abstreifring passt zu einem relativen Nahschuss«, sagte Angst. »Aber auch dann sind die Schmauchspuren nicht normal.«

»Habt ihr die Hülse gefunden?«

Er schüttelte den Kopf.

Ob der Täter sie mitgenommen hatte? Regina betrachtete den Parkettboden. Der Tote lag im Wohnzimmer, zwischen einem Lesesessel und einer Standuhr. Viel Blut war nicht geflossen. »Steckschuss?«

»Vermutlich. Eine andere Erklärung finde ich nicht.« Angst schien darüber genauso erstaunt wie Regina. Aus einer so kurzen Distanz trat das Projektil in der Regel hinten am Kopf wieder aus. »Vielleicht war es ein kleines Kaliber«, meinte er.

Regina hörte ihm an, dass er selber nicht daran glaubte.

Er kniete sich wieder hin und begann, Fingernagelschmutz zu sichern. Der Tatort war bereits fotografiert und vermessen worden, noch war der Rechtsmediziner aber nicht eingetroffen.

»Weißt du, wer heute Brandtour hat?«, fragte Regina.

»Uwe Hahn, glaube ich.«

Regina mochte den Arzt. Er neigte zwar zu langen Ausschweifungen, seine Schlussfolgerungen waren aber nachvollziehbar, seine Gutachten hervorragend.

Eine junge Frau betrat den Raum. Mit ihren blassen Augen, den langen Gliedern und der gewölbten Stirn sah sie aus wie eine weibliche Ausgabe von Uwe Hahn. Regina fiel ein, dass der Rechtsmediziner über die Berufswahl seiner Tochter Sabine geklagt hatte. Stets hatte er versucht, den Tod von seinen vier Töchtern fernzuhalten. Er nahm keine

Unterlagen mit nach Hause, sprach selten mit seiner Familie über die Arbeit, dennoch hatte Sabine beschlossen, in seine Fußstapfen zu treten. Regina ging mit ausgestreckter Hand auf sie zu.

»Regina Flint, von der Staatsanwaltschaft IV. Sie müssen Sabine Hahn sein.«

Die Assistenzärztin schüttelte ihr die Hand. »Die Verwandtschaft ist kaum zu übersehen, ich weiß. Wir haben uns schon einmal getroffen. Vor drei Jahren, als mein Vater nach dem Herzinfarkt operiert wurde.«

Regina dachte daran, wie sie mit Hahns Familie im Warteraum gesessen und um das Leben des Kollegen gebangt hatte. »Tut mir leid, an Ihr Gesicht erinnere ich mich nicht. Ich konnte damals nur an Ihren Vater denken.«

»Wir haben uns beim Vornamen genannt.« Sabine Hahn lächelte. »Bleiben wir doch dabei.«

Während Angst die Rechtsmedizinerin auf den neusten Stand brachte, verließ Regina das Wohnzimmer, um mit dem Brandtouroffizier der Kantonspolizei zu sprechen. Hans-Peter Thalmann stand vor dem Eingang des Reihenhauses und telefonierte.

Als er Regina sah, legte er auf und schob seine Brille die Nase hoch. Er erklärte ihr, dass der Tote Albert Gradwohl hieß. »Pensioniert, einundsiebzig Jahre alt. Wohnt allein. Die Nachbarin hat den Schuss gehört und die Polizei verständigt.« Er wirkte kurz angebunden.

»Hat sie etwas gesehen?«, fragte Regina.

»Nein. Sie war in der Küche, behauptet sie.«

»Wie gelangte der Täter ins Haus?«

»Die Schiebetür zur Terrasse stand offen. Vermutlich kam er durch den Garten. Das FOR ist dort noch nicht fertig. Bald wissen wir mehr.«

Der Kleintransporter des Forensischen Instituts stand vor

dem Haus. Ein Kriminaltechniker, den Regina nicht kannte, lud Kisten aus. Schaulustige hatten sich auf der Zufahrtsstraße versammelt. »Gibt es noch andere Zeugen?«

»Bis jetzt nicht. Ein Spazierweg führt unten am Haus vorbei, doch er ist nicht beleuchtet. Dahinter befinden sich nur Felder. Es ist einfach, unbemerkt in den Garten zu steigen, vor allem im Dunkeln. Der Weg ist weder durch eine Hecke noch durch einen Zaun abgetrennt.«

Regina betrachtete die Umgebung. Fünf Reihenhäuser säumten die Straße. Gradwohl bewohnte das Eckhaus. In einem Unterstand befand sich ein Chevrolet, der Briefkasten im Vorgarten war mit »U. S. Mail« beschriftet. In der Ferne war die Autobahn zu hören.

Thalmanns Telefon klingelte. Er schaute aufs Display und entschuldigte sich. Regina kehrte ins Haus zurück. Martin Angst und Sabine Hahn arbeiteten Seite an Seite, sie unterhielten sich über die Verteilung der Verbrennungspartikel auf der Haut des Toten.

»Wisst ihr schon, ob er stand oder saß, als er erschossen wurde?«, fragte Regina.

Angst zeigte auf die Oberschenkel des Opfers. »Siehst du diese feinen Blutspritzer? Ich denke, der Mann lag auf den Knien. Aber sicher wissen wir das erst, wenn wir den Tatablauf rekonstruiert haben.« Der 3-D-Laserscanner stand auf einem Stativ neben dem Sofa.

Regina runzelte die Stirn. »Das Ganze erinnert mich an eine Hinrichtung.«

Martin Angst und Sabine Hahn tauschten Blicke, dann nickte die Rechtsmedizinerin. »Der Gedanke ist mir auch gekommen.«

Angst stand auf und zog die Handschuhe aus. »Ich bin hier fertig, er gehört dir.«

Regina ging neben Sabine Hahn in die Hocke.

Die Rechtsmedizinerin entkleidete die Leiche und suchte nach weiteren Verletzungen. »Die Totenstarre hat noch nicht eingesetzt. Der Todeszeitpunkt liegt demnach nicht länger als drei Stunden zurück. Eher weniger, schätze ich.«

»Passt zum Notruf. Er ging um 21.56 Uhr ein.«

Sabine Hahn überprüfte die Muskelreize, anschließend untersuchte sie die Körperöffnungen. Als sie die Temperatur vom Thermometer ablas, nickte sie. »Zwei Stunden, das kommt hin.«

Regina schmunzelte. Rein äußerlich waren sich Sabine und ihr Vater vielleicht ähnlich, doch da hörten die Gemeinsamkeiten bereits auf. Uwe Hahn äußerte keine Vermutungen, und wenn er einen Befund erklärte, verstand Regina oft nur die Hälfte dessen, was er sagte.

Von draußen hörte sie aufgeregte Stimmen. Sie verließ das Wohnzimmer, um nachzusehen, was los war. Ein älteres Paar stand neben dem Briefkasten und redete auf einen uniformierten Polizisten ein, der ihnen den Weg versperrte.

»Ist Albert etwas zugestoßen?«, fragte die Frau. »Bitte, lassen Sie uns durch! Wir sind mit ihm befreundet!«

Regina stellte sich vor. »Wie gut kannten Sie Herrn Gradwohl?«

»Wir wohnen dort drüben.« Der Mann zeigte auf das zweitletzte Reihenhaus. »Wir sind zur gleichen Zeit wie Albert eingezogen, vor gut elf Jahren.«

»Was ist mit ihm?«, fragte die Frau erneut.

»Es tut mir leid«, sagte Regina. »Es wurde auf ihn geschossen.«

»Geschossen?«, stieß die Frau aus. »Auf Albert?«

»Ist er …?« Der Mann starrte sie mit aufgerissenen Augen an.

»Es tut mir leid«, wiederholte Regina.

Die Frau schlug sich die Hand vor den Mund.

»Die Polizei wird sich mit Ihnen in Verbindung setzen, um Ihnen einige Fragen über Herrn Gradwohl zu stellen«, sagte Regina.

»Natürlich, was immer Sie wollen!« Der Mann rieb sich das Gesicht. »Wissen Sie schon, wer es war?«

Regina lächelte vage und sah zu dem uniformierten Polizisten hinüber. »Würden Sie bitte die Personalien der beiden aufnehmen?«

Der Polizist holte ein iPad hervor. Im Kastenwagen des FOR brummte ein Föhn, mit dem ein Kriminaltechniker die mit Weinsäure getränkten Fließblätter trocknete. Nebenan ging die Tür auf, und Heinz Gurtner kam heraus. Regina seufzte leise. Von allen Sachbearbeitern beim Dienst Leib/Leben war Gurtner derjenige, mit dem sie sich am schlechtesten verstand. Sie fand seine Sprüche geschmacklos, seine Launen unberechenbar.

Er entdeckte Regina und kam auf sie zu. Mit seiner Körperfülle glich er einem Dampfschiff, das durchs Wasser pflügte.

»Weiß die Nachbarin etwas?«, fragte sie.

»Dienstags findet der Jass-Stammtisch statt. Oben im Dorf, im Bären. Der Mann der Nachbarin geht jede Woche hin, genau wie Gradwohl. Kurz nach halb zehn hat sich Gradwohl verabschiedet. Der Nachbar blieb noch auf ein Bier.« Gurtner befeuchtete den Daumen und blätterte seine Notizen durch. »Circa eine Stunde später hat die Frau einen Wagen gehört. Dachte, jemand habe ihren Mann nach Hause gefahren, manchmal trinkt er einen über den Durst. Sie ging zur Tür, sah, wie ein dunkler Wagen davonfuhr. Ein Japaner, vermutet sie. Mit Aargauer Kennzeichen. Die letzten Ziffern sind Zwei und Fünf.«

»Hat sie den Wagen schon vorher gehört, als er ankam?«

»Nein, sie hat sich einen Film angeschaut.«

»Der Täter könnte sich also während Gradwohls Abwesenheit unbemerkt ins Haus geschlichen haben.«

»Jawohl.« Gurtner fischte mit der Zunge etwas zwischen den Zähnen hervor.

»In welcher Stimmung war Gradwohl, als er das Restaurant verließ?«

»Wie immer, meinte der Mann. Gut gelaunt, riläxt.«

»Riläxt?«

»Unser Toter war ein USA-Fän.« Gurtner deutete auf den Briefkasten. »Flog fast jedes Jahr über den Teich. Die Nachbarin hat sich um seinen Garten gekümmert, wenn er weg war.«

»Vielleicht war er nicht ganz so relaxt, wie er sich gab«, sagte Regina. »Mir gefällt die Art und Weise, wie er erschossen wurde, überhaupt nicht.«

Gurtner schwieg. Noch immer schaute er zum Briefkasten. »Alles in Ordnung?«, fragte er schließlich.

Noch nie hatte sich Gurtner nach ihrem Befinden erkundigt.

»Ich meine, weil … die Stelle, du weißt schon.« Er sah sie immer noch nicht an.

»Welche Stelle?«

Plötzlich befand sich Regina im freien Fall. Deshalb war Hans-Peter Thalmann so barsch gewesen. Man hatte die Stelle des Dienstchefs beim Leib/Leben neu besetzt. Die Stelle, die ihr Lebenspartner Bruno Cavalli innehatte, bis er im Auftrag des Bundesamts für Polizei und des FBI in die USA gereist war, um im Reservat der Cherokee-Indianer einen Mörder aufzuspüren. Cavalli war in der Qualla Boundary aufgewachsen; er kannte sowohl die Kultur als auch die Sprache der Einheimischen. Da er seine Großmutter regelmäßig besuchte, weckte seine Anwesenheit keinen Verdacht.

Vor drei Monaten hätte er zurückkommen sollen. Obwohl

das FBI versicherte, es werde alles getan, um ihn zu finden, fehlte immer noch jede Spur von ihm. Genauso von Emma Longhorn, einer jungen Krankenpflegerin, die mit ihm verschwunden war. Gerüchte kursierten, Cavalli habe sich über die Anweisungen des FBI hinweggesetzt und sei einer eigenen Spur nachgegangen. Regina traute es ihm zu, einfach unterzutauchen. Aber gewiss nicht, ohne ihr eine Nachricht zukommen zu lassen. Wochenlang hatte die Angst an ihr genagt, dann, vor gut zehn Tagen, hatte der Kurier eines asiatischen Take-aways bei ihr geklingelt und ihr eine Bestellung gebracht, die jemand im Namen ihrer dreijährigen Tochter aufgegeben hatte. Reis mit Erbsen. Lilys Lieblingsgericht.

Regina wusste, die Lieferung war eine Botschaft. Cavalli versuchte, ihr auf diese Weise mitzuteilen, dass er lebte. War er untergetaucht, weil er in Gefahr war? Oder hatte er sich mit Emma Longhorn davongemacht? Die Vorstellung war zu schmerzhaft, als dass Regina sie ernsthaft in Betracht ziehen wollte. Aber nicht undenkbar. Cavalli hatte nie einen Hehl daraus gemacht, dass ihm seine Freiheit wichtig war. Vielleicht hatte er der Verlockung nicht widerstehen können und sich von allen Verpflichtungen losgerissen.

Nein, dachte Regina. Seine Tochter würde Cavalli nicht im Stich lassen. Er vergötterte Junebug, wie er Lily June liebevoll nannte.

»Wir haben die Hülse!«, rief Martin Angst von der Tür aus. »Das müsst ihr euch ansehen.«

Regina und Gurtner gingen ins Haus. Der Kriminaltechniker führte sie in ein Zimmer, das Albert Gradwohl offenbar als Büro gedient hatte. Ein Schreibtisch aus Massivholz stand an der Wand, darüber hing ein gerahmtes Foto. Es zeigte einen bärtigen Mann in grauer Uniform.

»Was hab ich gesagt.« Gurtner hakte die Daumen in den Hosenbund. »Ein USA-Fän.«

Regina konnte es sich nicht verkneifen, auf den Namen am unteren Rand des Fotos hinzuweisen. »Heinrich H. Wirz klingt nicht gerade englisch.«

Gurtner zeigte auf die Uniform. »Südstaatenarmee.«

So viel Wissen hatte Regina ihm nicht zugetraut.

»Es ist nicht das Bild, das ihr euch ansehen sollt«, sagte Angst. »Sondern das hier.« Er deutete auf den Schreibtisch. In der Mitte der Eichenplatte stand eine Hülse.

»Wie zum Geier ist die hierhergekommen?«, fragte Gurtner.

»Nicht von alleine, so viel ist klar.« Angst reichte ihm eine Pinzette. »Schau dir mal den Hülsenboden an. Du kannst sie umdrehen, wir haben bereits alles dokumentiert.«

Gurtner hob die Hülse auf. »Randfeuerung?«

»Ja. Kaliber .32.«

»Hab ich erst einmal gesehen.«

».32er Kaliber mit Randfeuerung sind Exoten«, sagte Angst zu Regina. »Sie wurden im neunzehnten Jahrhundert verwendet.«

Gurtner betrachtete das Bild. »Während der Zeit des Amerikanischen Bürgerkriegs.«

Angst nickte. »Gut möglich, dass die Tatwaffe aus dieser Zeit stammt. Das würde auch erklären, warum das Projektil im Schädel stecken blieb. Damals war eine .32er nicht stark genug, um das Schädeldach zwei Mal zu durchschlagen.«

»Die angesengten Augenbrauen«, sagte Gurtner langsam.

»Was ist damit?«, fragte Regina.

»Schwarzpulver«, antworteten Angst und Gurtner wie aus einem Munde. »Es verbrennt mit einer Stichflamme«, ergänzte Angst. »Bis jetzt haben wir im Haus zwar keine Relikte aus dem Bürgerkrieg gefunden, aber vielleicht hat Gradwohl seine Sammlung woanders gelagert.«

Gurtner machte sich Notizen. »Kläre ich ab. Wenn er

historische Waffen besaß, wird sich das feststellen lassen. Ein Sammler versteckt seine Schätze in der Regel nicht.« Er stellte die Hülse wieder an ihren Platz zurück. »Handelt es sich um ein Original?«

»Sieht ganz danach aus. Es würde mich nicht erstaunen, wenn wir Spuren von Quecksilberfulminat fänden.«

»Knallquecksilber?«, fragte Gurtner.

Regina hörte nur mit einem halben Ohr zu. Sie trat einen Schritt zurück und betrachtete die Hülse nachdenklich. Warum stand sie genau an dieser Stelle? Wie eine Opfergabe vor einem Altar. Darüber Heinrich Wirz, kerzengerade, eine Hand auf der Brust. Ein buschiger Vollbart bedeckte seinen Mund, die Augen, hell wie Glas, waren auf einen Punkt in der Ferne gerichtet.

Trotz der Wärme fröstelte Regina.

# 3

*North Carolina, 9. April*

Cavalli hörte eine Stimme. Gedehnte Laute, die wie Honig von einem Löffel tropften. Es roch nach Kunstleder und Blut. Er versuchte, die Augen zu öffnen, doch es gelang ihm nicht. Als er die Beine anzog, spürte er einen stechenden Schmerz im Bauch.

»Bleib liegen!« Eine Frauenstimme.

Das Polster unter seinem Rücken vibrierte. Er lag in einem Fahrzeug.

»Bird? Kannst du mich hören? Halte durch! In wenigen Minuten sind wir bei der Notaufnahme.«

Bird. So wurde er nur im Reservat genannt. Bilder blitzten auf. Die Pistole im Licht des Schweinwerfers. Hände, die ihm auf die Füße halfen, ihn zum Wagen zerrten, auf den Rücksitz stießen. Emma.

»Halt an!«, schrie er. Zumindest glaubte er zu schreien. Der Ton, der seine Kehle verließ, klang eher wie ein Krächzen.

»Was?« Emma blickte kurz zurück.

»Halt … an!«

Kopfschüttelnd bog Emma in einen Waldweg ein. Sie löste die Sitzgurte und drehte sich um. »Du bist verletzt«, sagte sie. »Wir müssen so schnell wie –«

»Nein!« Cavalli versuchte aufzusitzen, doch Emma fasste ihn an der Schulter und drückte ihn zurück in den Sitz.

»Hör mir zu«, sagte er. »Bitte.«

Sie schwieg, ließ die Hand jedoch auf seiner Schulter liegen.

Cavalli versuchte, gleichmäßig zu atmen. »Im Krankenhaus sind wir nicht sicher.«

»Dann verständigen wir eben die Polizei!«

»Keine Polizei.« Schweiß rann ihm in den Nacken. »Das FBI … da war niemand. Im Granny Bee's. Keine Agenten. Ein Maulwurf.«

Der Druck von Emmas Hand ließ nach.

»Ich hätte es gleich merken müssen«, fuhr Cavalli fort. »Ich wollte es nicht sehen.«

»Okay, ganz ruhig. Zuerst müssen wir uns um die Schussverletzung kümmern. Wir können auch zu einem Arzt fahren, wenn es dir lieber ist.«

»Du.«

»Ich soll dich verarzten?« Sie lachte ungläubig. »Ich bin Krankenpflegerin, nicht Chirurgin!«

»Ist es schlimm?«

»Bauchverletzungen sind immer heikel. Es könnten Organe oder Gefäße beschädigt sein.« Sie schüttelte den Kopf. »Wenn es dich am Darm erwischt hat, musst du sofort behandelt werden. Eine Peritonitis endet tödlich, falls sie –«

»Du hast doch im OP gearbeitet? Bevor …« Cavalli verstummte, eine Welle von Übelkeit hatte ihn erfasst.

»Du spinnst!«

»Tu es einfach!«

»Vergiss es, Bird. Damit will ich nichts zu tun haben. Du könntest sterben!«

Mit einer Hand tastete Cavalli nach der Verletzung. Unter dem Pullover trug er eine Bauchtasche, die aus mehreren Fächern bestand und Messer, Werkzeug und Notvorräte enthielt. Auf der rechten Seite, knapp über dem Hosenbund, spürte er ein Loch. Die Kugel hatte eine verpackte Isolierdecke sowie einen Müsliriegel durchschlagen. Er suchte eine Austrittswunde am Rücken. Da war nichts.

Die Autotür ging auf. Emmas Gesicht tauchte über ihm auf, Erinnerungen wurden wach. Vor Jahren hatte er einen Lungenschuss erlitten, damals war es Regina gewesen, die sich über ihn gebeugt hatte. Immer noch sah er die Angst in ihren Augen, aber auch eine tiefe Verbundenheit. In diesem Augenblick war ihm bewusst geworden, dass sie ihn immer noch liebte – trotz allem, was zwischen ihnen schiefgelaufen war. Die Schussverletzung war der Beginn von etwas Neuem gewesen. Nie hatte er sich aber träumen lassen, dass sie zusammen ein Kind haben würden.

Junebug!

Cavalli packte Emma. »Du musst es tun! Bitte, Emma! Ich weiß, wie sich eine lebensbedrohliche Schussverletzung anfühlt. Diese hier ist anders.« Er versuchte aufzusitzen.

»Nein!«

»Junebug ist erst drei. Sie braucht mich.« Er spürte, wie Emma zögerte. »Der Killer ist gut vernetzt, er würde uns im Krankenhaus aufspüren. Auch in einer Privatpraxis. Schau dir die Wunde wenigstens an, bevor du dich entscheidest.«

»Okay, okay! Ich schau sie mir an. Aber nur, wenn du meine Entscheidung akzeptierst.«

»Sicher.«

Sie schnaubte. »Leg dich hin.«

Er ließ sich langsam in den Sitz zurückfallen. Während Emma eine Taschenlampe aus dem Handschuhfach holte, löste er die Klettverschlüsse der Tasche. Das Einschussloch war von einem schmalen, schwarzen Ring umgeben.

Emma tastete seinen Unterleib ab. »Wo ist der Schmerz am stärksten?«

»Rechts. An der Hüfte.«

Sie fuhr mit den Fingern über die Stelle. »Ich spüre eine Schwellung. Sieht aus, als steckte die Kugel im Beckenkamm. Weiteratmen.«

Er hatte nicht gemerkt, dass er die Luft angehalten hatte. »Gut. Die Kugel hat … Energie verloren. Durch die Tasche. Sonst hätte sie den Knochen durchschlagen.«

»Sie kann trotzdem großen Schaden angerichtet haben.«

»Ich stand schräg zum Schützen. Sie drang seitlich ein. Also sind keine Organe verletzt.« Er sah nach unten. Das Loch war oval und größer als das in der Tasche. Vermutlich hatte sich das Projektil gedreht. Sorgen machte ihm der unregelmäßige Wundrand. Fetzen von der Tasche waren in den Schusskanal geraten.

»Es ist nur ein Streifschuss«, sagte er.

Emma schüttelte den Kopf. »Du bist echt unmöglich. Langsam verstehe ich deine Mutter.«

Dass seine Mutter ins Reservat zurückgekehrt war, hatte Cavalli fast davon abgehalten, den Auftrag des FBI anzunehmen. Fünfunddreißig Jahre lang hatte Gail in Straßburg gelebt. Vor einem Jahr war sie an Brustkrebs erkrankt. Emma hatte ihre Pflege übernommen, damit Gail zu Hause bleiben konnte.

»Tust du es oder nicht?«, fragte er barsch.

»Mir fehlen die nötigen Instrumente.«

»Du hast bestimmt eine Notfallausrüstung im Wagen.«

»Aber keine chirurgischen Instrumente.«

»Messer und Pinzette reichen.«

»Ich brauche ein Anästhesiemittel.«

»Emma!«

Sie knüllte ihren Schal zusammen und reichte ihn Cavalli. »Drück ihn auf die Wunde. Und beweg dich nicht. Wir müssen an einen sicheren Ort fahren. Im Auto schnipsle ich nicht an dir herum. Ich brauche kochendes Wasser, um die

Instrumente zu sterilisieren. Und bevor ich irgendetwas tue, will ich den Schussverlauf untersuchen. Wenn auch nur der geringste Verdacht besteht, dass die Kugel ein Organ gestreift hat, fahren wir in die Notaufnahme.«

»Einverstanden. Wir können aber nicht zurück nach Hause. Dort sucht uns der Killer als Erstes.«

»Ich habe einen Cousin drüben in Robbinsville, in der Snowbird community.«

»Ersten Grades?«

»Dritten Grades.«

»Besuchst du ihn häufig?«

»Nein, er war lange bei der Army. Wir haben uns aus den Augen verloren.«

Ein ehemaliger Soldat war Extremsituationen gewohnt.

»Fahr zu ihm. Und schalte vorher dein Telefon aus. Meins auch.«

Cavalli schloss die Augen. Wenn der Täter seinen Plan änderte? Cavallis Großmutter statt Emma als Ziel wählte? Er konnte sie nicht alle beschützen. Junebug. Regina. Seinen Sohn Chris. Seine Großmutter. Emma. Ja, sogar seine Mutter. Der Täter hatte ihn genau dort, wo er ihn haben wollte.

»Emma?«

»Du solltest nicht reden«, sagte sie. »Versuch, dich zu entspannen. Du wirst deine Energie noch brauchen.«

»Was ist geschehen? Auf dem Parkplatz.«

»Ich habe nur den Schuss gehört. Und dann bist du zusammengebrochen. Ich hab dich in den Wagen gezerrt und bin davongefahren.«

»Du bist ausgestiegen?«

»Hätte ich dich etwa zurücklassen sollen? Jetzt halt endlich die Klappe und konzentriere dich aufs Atmen. Langsam und regelmäßig.«

»Hast du ihn gesehen?«

Emma startete den Motor, und der Ford setzte sich in Bewegung. Cavalli presste den Schal auf die Wunde.

»Nein«, antwortete Emma. »Ich glaube, er ist abgehauen.«

Cavalli schlug die Augen auf, er hörte Stimmen. Kräftige Hände schoben sich unter seine Achseln, seine Füße berührten Kies. Emma erteilte Anweisungen, bald lag er auf einem Bett. Es roch nach abgestandenem Rauch, ungewaschenen Laken und Zedernholz. Das Gesicht, das sich über ihn beugte, sah er nur verschwommen. Cavalli erkannte dunkle Haut und eine Narbe, die vom Mundwinkel zum Ohr führte. Ein Fernseher lief im Hintergrund, eine Nachrichtensprecherin berichtete von einem Unwetter.

Emma zog ihm die Schuhe aus und machte sich an seiner Hose zu schaffen.

Cavalli lächelte schwach. »Dachte, du hättest die … Schnauze voll von Männern.«

»Hab ich auch«, gab Emma zurück. »Vor allem von dir.«

Ihr Cousin schnaubte. Cavalli drehte den Kopf und hob die Hand zur Begrüßung, was ihm sofort eine Schelte von Emma einbrachte.

»Du sollst dich nicht bewegen! Buzz, bring mir kochendes Wasser und saubere Tücher. Falls es hier so etwas gibt.«

Buzz verschwand aus Cavallis Blickfeld. Kurz darauf kehrte er mit einem Badetuch zurück, das Emma neben Cavalli auf dem Bett ausbreitete. Sie griff nach einer Plastiktüte und begann, Material auszupacken.

Buzz tauchte auf der anderen Seite des Bettes auf und hielt eine Flasche hoch. »Gin. Es ist nicht mehr viel drin, aber es reicht, um den schlimmsten Schmerz zu dämmen.«

Cavalli schüttelte den Kopf. Er hatte nie Alkohol getrunken und würde es auch jetzt nicht tun. Das Versprechen hatte ihm seine Großmutter als Kind abgerungen. Sie hatte sichergehen wollen, dass er nicht dem Alkoholismus verfiel, wie so viele seiner Verwandten. Buzz zuckte die Schultern und setzte die Flasche an.

»Lass das!«, sagte Emma. »Ich brauche deine Hilfe. Bird, du kannst es dir immer noch überlegen.«

»Leg los«, sagte Cavalli.

Buzz nahm noch einen Schluck Gin und wischte sich mit dem Handrücken über den Mund. Emma erklärte ihm, was er zu tun hatte. Er griff nach einer schmutzigen Socke, die am Boden lag, rollte sie zusammen und hielt sie Cavalli vors Gesicht. »Mund auf.«

Fast hätte Cavalli gelacht.

»Es hilft«, sagte Buzz ungerührt. »Du wirst an nichts anderes denken als an dieses verdammte Stinkding. Ich weiß, wovon ich rede.« Er hob sein T-Shirt und zeigte auf eine alte Schussverletzung. »Afghanistan.«

»Der Gestank wird mich umbringen«, sagte Cavalli.

Buzz' Mund verzog sich zu einer Grimasse. Es dauerte einen Moment, bis Cavalli begriff, dass er grinste. Wegen der Narbe sah es aus, als formten seine Lippen einen stummen Schrei. Schicksalsergeben öffnete Cavalli den Mund.

Als Emma den Verletzungsgang mit einer Sonde zu erkunden begann, war er froh um die Socke.

»Glück gehabt«, murmelte sie. »Der Gang verläuft innerhalb der Bauchwand. Ich sage es ungern, aber dein Sixpack hat dich vermutlich gerettet.« Sie zog die Sonde wieder zurück und griff zum Messer. »Ich hole die Kugel jetzt heraus. Sie steckt tatsächlich im Beckenkamm.«

Cavalli schloss die Augen und dachte an Schweißfüße. Endlich hielt Emma eine deformierte Kugel hoch.

»Na, was haben wir denn da«, sagte Buzz. »Hallo, mein Freund.«

»Schon einmal Bekanntschaft geschlossen?«, fragte Emma.

»Wenn ich schätzen müsste, würde ich auf eine .45 Auto

tippen. War früher bei der Army Standardmunition. Wird aber auch von anderen Organisationen eingesetzt.«

»Vom FBI?«, wollte Emma wissen.

»Nein. Die sind zu 9 mm zurückgekehrt.« Buzz verstummte. »War der Schütze ein FBI-Mann?«, fragte er nach kurzem Nachdenken.

»Keine Ahnung. Ich weiß nur, dass das FBI den Killer hätte festnehmen sollen. Aber da war niemand.«

»Das gefällt mir nicht, Em. Lass dich da nicht mit reinziehen. Pack deine Sachen und hau ab.«

»Dafür ist es zu spät. Die Kugel da?« Emma schaute auf das Geschoss. »Die war für mich bestimmt, nicht für Bird.«

Buzz schüttelte den Kopf. »Ich kann dir helfen. Wenn du verschwinden musst.«

Emma zögerte. »Bird meint, der Killer wird nicht aufgeben. Ich habe keine Lust, mein Leben lang auf der Flucht zu sein.«

Cavalli versuchte, die Socke aus dem Mund zu stoßen, da begann Emma erneut, in der Wunde herumzustochern.

Buzz senkte die Stimme. »Ich glaub, es ist an der Zeit, dass du mir die ganze Geschichte erzählst.«

»Nicht jetzt.« Es blubberte, als Emma einen Gegenstand ins Wasser tauchte.

Vor Cavallis Augen tanzten schwarze Punkte. Als er wieder zu sich kam, hörte er Stimmengemurmel, doch er sah weder Emma noch Buzz. Auch die Socke war weg.

»Bird ist wegen des Indian-Killers zurückgekommen«, sagte Emma. »Nicht wegen seiner Mutter.«

Mehr brauchte sie offenbar nicht zu sagen. Der Indian-Killer, wie er im Reservat genannt wurde, war auch Buzz ein Begriff. Fünf Menschen hatte er mit dem Blasrohr getötet. Seit über einem Jahr jagte das FBI ihn, ohne Erfolg.

»Er ist ein Undercovercop?«

»Nur seine Familie weiß Bescheid, also behalt es gefälligst für dich.«

»Verdammt, Em, warum hat er dich in die Sache mit reingezogen?«

»Hat er nicht. Er versucht, mich zu beschützen. Aus irgendeinem Grund hat der Killer es auf mich abgesehen.«

»Scheiße. Und du weißt nicht, warum?«

»Nein.«

»Warum ermittelt Bird im Reservat? Wir sind uns doch einig, dass der Killer keiner von uns ist.« Eine Flasche wurde aufgeschraubt. »Die Einzigen, die wirklich mit einem Blasrohr umgehen können, sind der alte Owle und Frank Watty. Der alte Owle schafft es kaum, die Bierflasche bis an den Mund zu heben. Und Watty …« Frank Watty war Detective beim Cherokee Indian Police Department. »Du glaubst doch nicht im Ernst, dass Watty ein Mörder ist?«

»Ich habe keine Ahnung, was ich glauben soll!«, zischte Emma. »Der Indian-Killer verwendet Pfeilgift.«

»Die Cherokee haben doch nie Pfeilgift verwendet.«

»Das ist mir klar. Bird auch. Er glaubt, der Killer versuche, eine falsche Fährte zu legen. Es so aussehen zu lassen, als stecke ein Cherokee dahinter. Im Restaurant wollte er mir etwas sagen, aber er kam nicht mehr dazu.«

»Was wirst du jetzt tun?«

»Bird gesund pflegen, nehme ich an. Und dann weiterschauen.«

»Du kannst dich hier verstecken, wenn du willst. Es ist nicht gerade das Ritz, aber ziemlich abgelegen.«

Es folgte ein langes Schweigen, schließlich sagte Emma: »Danke. Aber Buzz?«

»Mmh?«

»Es darf niemand erfahren, dass wir hier sind. Niemand, ist das klar?«

»Du hast doch selbst gesagt, dass der Killer keiner von uns ist.«

»Er hat überall Augen. Und so etwas«, sie zeigte auf Cavallis Bauch, »mache ich nie wieder.«

Buzz verließ das Zimmer.

»Wohin gehst du?«, rief Emma.

»Deinen Wagen verstecken.«

Emma setzte sich auf die Bettkante. Sie sah erschöpft aus. Zum ersten Mal fragte sich Cavalli, warum sie die Arbeit im Operationssaal aufgegeben hatte. Als private Pflegerin verdiente sie weniger, und besonders spannend war die Tätigkeit auch nicht.

»Wie geht es dir?«, fragte sie.

»Ich werde die Erinnerung an deine Hände auf meinem Körper immer mit dem Geruch von Schweißsocken verbinden.«

Sie verdrehte die Augen. »Wenn du wieder flirten kannst, geht es dir gut.«

Cavalli wurde ernst. »Danke, Emma.«

Sie nickte nur. Sie hatte ihren Blick auf das Bild einer Schlange geheftet, das über dem Bett angebracht war. »Im Restaurant wolltest du mir etwas über den Anakonda-Plan erzählen. Du hast gesagt, der Killer mache das Gleiche wie … wer hat den Plan ausgeheckt?«

»Winfield Scott.«

»Du hast auch gesagt, der Killer habe nichts gegen Indianer. Nur gegen einen. Und dass er einen weiten Kreis um sein Opfer ziehe. Was hast du damit gemeint? Wer ist sein Opfer?«

Cavalli sah sie an. »Ich.«

# 4

*Rhodes Island, 6. Mai 1861*

»Feigling!«, rief Jeremiah Greene.

Benjamin Payne senkte den Blick und ließ den Spott des Freundes über sich ergehen.

»Meine Mutter ist auch verwitwet«, sagte Jeremiah. »Trotzdem steht sie hinter mir. Es ist unsere Pflicht, für die Union zu kämpfen! Alle müssen in dieser schwierigen Zeit Opfer bringen.«

Benjamin erwähnte nicht, dass bereits William, sein älterer Bruder, in den Krieg gezogen war. Seine Mutter brauchte ihn. Die beiden Schwestern auch. Jeremiah verzog das Gesicht und stapfte davon.

Lange blieb Benjamin stehen und lauschte der Brandung. Ein kühler Wind blies vom Atlantik her. Die Wellen trugen Schaumkronen an den Strand, wo sie wie Opfergaben liegen blieben. In diesen Gewässern war sein Vater gestorben. Er war Fischer gewesen, wie auch der Großvater und vor ihm der Urgroßvater. William hatte die Familientradition weitergeführt, doch Benjamin hatte sich nie wohlgefühlt auf dem Meer. Er brauchte sicheren Boden unter den Füßen. Als er den Beruf des Segelmachers erlernen durfte, war er überglücklich. Mit vierzehn hatte er sein Zimmer über der Werkstatt bezogen, heute, fünf Jahre später, arbeitete er an der Seite des Meisters. Zehn Dollar brachte er jede Woche nach Hause, Geld, das die Mutter dringend benötigte.

Feigling.

Die Zukunft sah düster aus. Der aufkommende Krieg beeinträchtigte den Handel; der alte Elisha prophezeite, dass viele Betriebe schließen würden. Präsident Abraham Lincoln behauptete zwar, der Krieg würde rasch ein Ende nehmen, doch der Segelmachermeister glaubte ihm nicht. Noch im April, als sich William einschrieb, suchte Lincoln Freiwillige für drei Monate. In seinem zweiten Aufruf war plötzlich von drei Jahren die Rede gewesen. Trotzdem strömten die Männer in die Rekrutierungsbüros.

Alle außer Benjamin.

Beim Abendessen konnte er der Mutter nicht in die Augen sehen. Lustlos schob er ein Stück Fisch auf dem Teller hin und her. Die kleinen Schwestern stritten sich über ein Bonbon, das ein Soldat ihnen geschenkt hatte. In diesem Moment empfand Benjamin nur Verachtung für sie. Die Demokratie, ja die Freiheit selbst stand auf dem Spiel, welche Bedeutung hatte da ein Bonbon? Er stand auf, entschuldigte sich bei seiner Mutter und verließ das Haus.

Elisha kam selbst zur Tür. Als Benjamin ihm mitteilte, er werde sich am nächsten Morgen im Rekrutierungsbüro melden, nickte der alte Mann bedächtig. Er bat Benjamin herein und verschwand in einem Zimmer. Kurz darauf kehrte er mit einem Bündel in der Hand zurück. Er legte es auf den Tisch und schlug den Stoff auf.

Der Revolver glänzte im flackernden Licht der Petrollampe. Der Rahmen war flach und kantig, so klein, dass er in den Hosenbund passte, aber stark genug, um einen Mann zu stoppen. Benjamin hatte von der neuen Waffe gehört. Der Smith & Wesson No. 2 war erst kürzlich auf den Markt gekommen, er verschoss echte Metallpatronen.

»Nimm ihn in die Hand«, sagte Elisha.

Ehrfürchtig griff Benjamin nach der Waffe. Sie fühlte sich erstaunlich leicht an.

»Jetzt klapp den vorderen Teil nach oben. Hier, mit dem Lauf.« Elisha zeigte auf die Stelle.

Benjamin zog die Trommel von der Trommelachse ab und starrte in die sechs Öffnungen.

»Hast du schon einmal mit Metallpatronen geschossen?«

»Nein.« Er hatte noch nie im Leben scharfe Munition gesehen.

Elisha öffnete eine Schachtel, reichte Benjamin sechs Patronen und erklärte ihm, wie er die Waffe laden musste. Benjamin setzte die Trommel wieder auf die Achse und klappte den Lauf zurück.

»Komm mit«, sagte Elisha.

Das Meer dämpfte den Knall der Schüsse. Die meisten verfehlten ihr Ziel, doch Elisha versicherte, Benjamin werde den Dreh bald heraushaben. Im Haus zeigte er ihm, wie er mit dem Stift am Lauf die Hülsen ausstoßen konnte. Dann reichte er ihm ein Holster.

»Ich darf den Revolver behalten?«

»Lehr die Rebels das Fürchten, Junge.«

Am folgenden Tag schrieb sich Benjamin beim 2. Freiwilligen-Regiment von Rhode Island ein. Seine Mutter weinte nicht. Sie hatte ihre Tränen schon für William vergossen.

Zusammen mit seinem Regiment bestieg Benjamin den Raddampfer »State of Maine«. Drei Tage später kam er in Washington, D. C. an, wo er im Lager der 1. Rhode-Island-Freiwilligen auf seinen Bruder traf. Einen Monat lang bestimmten Drillübungen seinen Tagesablauf. Benjamin lernte, mit einer Steinschlossflinte umzugehen, sie kam ihm schwer und altmodisch vor. Am 16. Juli war es dann endlich so weit. Das Regiment erhielt den Befehl, sich marschbereit zu halten. Zusammen mit den 2. New-Hampshire-Freiwilligen und der 71. New-York-Miliz bildeten sie eine Brigade unter dem Kommando von Oberst Ambrose E. Burnside

Den ersten Schuss der Rebellen hörte Benjamin außerhalb von Centreville, im Bundesstaat Virginia. Noch ahnte er nicht, was ihn erwartete. Erst als er im Kugelhagel stand, begriff er, was Krieg bedeutete. Er suchte Schutz in einer Senke. Über ihm tauchten Rebellen auf und warfen Granaten herab. Benjamin floh mit eingezogenem Kopf, die Flinte fiel ihm aus der Hand. Benjamin war überrascht, er hatte ganz vergessen, dass er sie trug. Dann gaben seine Beine unter ihm nach. Er schleppte sich hinter einen Baumstamm, der auf dem Feld lag.

Als Jeremiah seinen Freund fand, hatte sich das 8. Georgia-Regiment bereits zurückgezogen. In der Hand hielt Benjamin ein Munitionskästchen, der Army No. 2 befand sich immer noch im Holster. Jeremiah fiel auf die Knie, rief Benjamins Namen, doch die Augen seines Freundes starrten ins Leere. Jeremiah spürte, wie sich seine Kehle zusammenschnürte. Sorgfältig löste er das Holster. Der Revolver war mindestens dreißig Dollar wert, er gehörte jetzt William. Jeremiah wischte sich mit dem Ärmel die Augen trocken, steckte die Waffe ein und kehrte zu seiner Kompanie zurück.

Neben Benjamin Payne starben weitere fünfundzwanzig Soldaten in der ersten Schlacht von Bull Run. Das Regiment wurde neu organisiert, William Paynes Dienstzeit lief ab, und er kehrte nach Rhode Island zurück. Jeremiah Greene hatte keine Gelegenheit, ihm den Revolver zu geben. Er schrieb einen Brief, faltete ihn zusammen, steckte ihn ins Holster und schnallte sich den Army No. 2 an.

# 5

*Zürich, 27. Juli*

Regina stand bereits vor dem Kripogebäude, als ihr einfiel, dass sie gar nicht wusste, wer der neue Dienstchef war. In der vergangenen Nacht hatte die Arbeit am Tatort ihre ganze Aufmerksamkeit erfordert, und heute Morgen war sie vollauf damit beschäftigt gewesen, den Stoffadler zu suchen, der Lily vor Ungeheuern beschützte. Die Tagesmutter hatte das Stofftier schließlich im Wäschekorb gefunden. Regina fragte sich, wie sie ihren Alltag ohne Paz Rubin bewältigen würde. Während ihres Pikettdienstes wohnte die Paraguayerin sogar bei ihnen. Ihr frischgebackener Ehemann, Kriminalpolizist Tobias Fahrni, hatte halb im Spaß festgestellt, Paz verbringe mehr Zeit bei Regina in Gockhausen als bei ihm.

Wie immer nach einem Tötungsdelikt waren die ersten Tage hektisch. Nicht umsonst sprach man von der Chaosphase. Regina war erst um zwei Uhr in der Früh ins Bett gekommen, viele Kriminaltechniker hatten sogar durchgearbeitet.

Am Eingang zeigte sie ihren Ausweis. Der Pförtner griff zum Telefon und meldete sie an. Regina nahm den Aufzug in die fünfte Etage, wo sie einen Moment im Treppenhaus stehen blieb, um sich zu sammeln, bevor sie die Glastür aufstieß. Im Vorzimmer der Kripochefin summte eine Kaffeemaschine, von irgendwo hörte sie ein Lachen. Der

Linoleumboden dämpfte ihre Schritte, sodass sie unbemerkt zu Cavallis ehemaligem Büro gehen konnte. Die Tür war nur angelehnt.

Regina klopfte.

»Ja?« Es war Juri Pileckis Stimme. Der Tscheche vertrat Cavalli seit fünf Monaten. Er hatte Interesse an der Stelle bekundet, war aber nicht in Betracht gekommen, weil seine Frau, eine ehemalige Cabaret-Tänzerin, im Rotlichtmilieu verkehrte. Regina vermutete, dass er insgeheim froh darüber war. Er war durch und durch Ermittler, Führungsaufgaben lagen ihm nicht. Dass ihn der Kommandant aber aufgefordert hatte, sich für eine Stelle außerhalb der Kriminalpolizei zu bewerben, hatte ihn schwer getroffen.

»Regina!« Pilecki klang unsicher. »Komm rein. Setz dich.«

»Wolltest du nicht wegfahren? Du hast doch Urlaub.« Sie sah sich um. Er hatte seine Sachen noch nicht weggeräumt.

»Wir haben unsere Pläne kurzfristig geändert. Irina ist allein mit Katja zu ihren Eltern gefahren.«

»Aber du hast dich auf ein paar ruhige Wochen in Kiew gefreut.«

Pilecki streckte die Hand nach einer Zigarettenpackung aus, die auf dem Schreibtisch lag, ließ sie dann wieder sinken. Erst jetzt bemerkte Regina, dass kein Rauch in der Luft lag. Obwohl das Rauchen im Gebäude untersagt war, hatte sich Pilecki nie an die Regel gehalten, was bei seinen Vorgesetzten gar nicht gut angekommen war.

Er stand auf und schloss die Tür. »In den letzten Wochen ist einiges geschehen.«

Regina sah auf die Uhr. »Die Sachbearbeiter-Konferenz beginnt gleich.«

Pilecki setzte sich. »Irina wird das Etoile nicht übernehmen.«

»Ich dachte, sie freue sich darauf, ihr eigenes Etablissement zu führen!«

Pilecki senkte den Blick. »Sie wusste nicht, dass es mich meine Stelle kosten würde. Sie ist ziemlich sauer.«

»Ihr habt es nicht miteinander besprochen?«, fragte Regina ungläubig.

Pilecki spielte mit der Zigarettenpackung. »Ich wollte ihr nicht im Weg stehen. Sie hat ein Recht darauf, ihre Träume zu verwirklichen. Bei der Bank gefällt es ihr nicht. Die Arbeit als Analystin macht ihr zwar Spaß, aber die Mitarbeiter … Sie war so begeistert, als sie erfuhr, dass das Etoile zum Verkauf stand.«

»Was wird sie jetzt tun?«

»Sich eine Auszeit nehmen, sagt sie. Weiterschauen.«

»Und du bleibst beim Leib/Leben?«

Er räusperte sich. »Ich habe gestern die Zusage bekommen.«

Endlich begriff sie. »Du bist neuer Dienstchef?«

»Ja.«

»Aber … ich dachte … du hast dich immer über den Papierkram beklagt.« Genau wie Cavalli wollte Pilecki Ermittlungen selber führen, nicht nur beaufsichtigen.

Er zuckte die Schultern. »Es hat auch Vorteile.«

Regina ahnte, was sich abgespielt hatte. Ihm zuliebe hatte Irina auf die Erfüllung ihres beruflichen Traums verzichtet. Nun fühlte er sich verpflichtet, die Beförderung anzunehmen. Er war in eine Falle getappt, genau wie Cavalli damals. Trotzdem freute sie sich. Aus menschlicher Sicht war Pilecki eine gute Wahl, auch wenn Regina sie nicht ganz nachvollziehen konnte. Dem ehemaligen Drogenfahnder fehlte es nicht nur an Führungsqualitäten, sondern auch an Durchsetzungsvermögen. Gut vernetzt war er auf Offiziersebene auch nicht. Weder Hans-Peter Thalmann, Chef der

Ermittlungsabteilung Gewaltkriminalität, noch der Kommandant hatten sich in der Vergangenheit für ihn ausgesprochen.

Sie reichte ihm die Hand. »Herzliche Gratulation. Es gibt niemanden, den ich lieber auf diesem Stuhl sähe.«

»Danke.« Er stand auf. »Dann lass uns loslegen.«

Die Kripoleitstelle war überfüllt, die Schiebetür zum angrenzenden Ermittlungsraum offen. Da es im Raum keine Fenster gab, staute sich bereits jetzt die Hitze. Thalmann bot Regina eine Tasse Kaffee an, doch sie schüttelte den Kopf. Es würde ein langer Tag werden, sie wollte sich die Koffeinschübe einteilen. Sie betrachtete die Anwesenden. Neben Sachbearbeitern des Leib/Lebens hatten sich Mitarbeiter des Forensischen Instituts, der Kriminalanalyse sowie der Medienstelle zur Besprechung eingefunden. Nur Sabine Hahn fehlte, vermutlich war sie direkt ins Institut für Rechtsmedizin gefahren, um die Obduktion vorzubereiten. Dafür war der Chef der Fahndungsabteilung da. Joe Walker lächelte, als er Regina sah. Sie nickte kurz und setzte sich möglichst weit weg von ihm. Sie wusste, der Offizier nahm nur deshalb an der Besprechung teil, weil sie hier war.

Pilecki eröffnete die Sitzung und übergab Gurtner das Wort, der berichtete, was in der Nacht geschehen war.

»Albert Gradwohl hat eine Schwester«, sagte er zum Schluss. »Verena. Sie lebt in Luzern. Die Kollegen dort haben bereits mit ihr gesprochen. Anscheinend gibt es in Gradwohls Leben eine neue Frau. Die Fahnder suchen nach ihr.«

Walker nickte, den Blick auf Regina gerichtet. Sie dachte an den Wagen, den die Nachbarin beobachtet hatte.

»Seltsam, dass die Nachbarn die neue Frau nicht erwähnt haben«, meinte Pilecki. »Seit wann kennen sie sich?«

Gurtner wusste es nicht. »Es wird eine Weile dauern, Gradwohls Kontakte durchzugehen. Es befinden sich viele

Amerikaner darunter. Vielleicht kommt die Frau auch von drüben.«

Regina dachte an das Bild des Südstaatenoffiziers, das in Gradwohls Büro hing. »Stammt er aus den USA?«

»Nein, aus Luzern. Nach der Heirat 1976 zog er nach Zürich. Seine Frau starb vor neun Jahren. Keine Kinder.«

»Was hat er beruflich gemacht?«

»Er war Bauingenieur bei der Bahn. Seit vier Jahren ist er im Ruhestand.«

Ein Mitarbeiter der Bahn reist in der Regel nicht beruflich ins Ausland, überlegte Regina. Wo mochte Gradwohls Interesse an den USA herrühren?

Martin Angst öffnete eine Mappe. »Wir haben Fingerabdrücke gefunden, die nicht vom Opfer stammen. Überall im Haus. Leider sind sie nicht im System. Die vielversprechendste Spur ist im Moment die Hülse.«

»Das Geschoss steckt vermutlich im Schädel«, unterbrach Gurtner und tippte sich gegen den Kopf.

»Dank der Hülse wissen wir aber, dass es sich bei der Patrone um eine .32 Smith & Wesson Rimfire handelt«, sagte Angst. »Short. Ziemlich unüblich. Mit Schwarzpulver als Treibsatz.«

»Selbst hergestellt?«, fragte Pilecki. »Oder wieder geladen?«

»Eine Patrone mit Randfeuerzündung kann man nicht wieder laden. Der Hülsenboden wird bei der Schussabgabe zerstört. Die Patrone stammt aus dem neunzehnten Jahrhundert.«

»Es gibt auch Patronen für Sammler, die neu hergestellt werden«, warf Pilecki ein.

»In unserem Fall war es ein Original«, wiederholte Angst.

»Wo zum Henker kriegt man Originalmunition aus dem neunzehnten Jahrhundert?«, wollte Gurtner wissen.

»Das ist gar nicht so schwierig. Es kommen immer wieder

alte Waffen samt Munition auf den Markt. Sobald ich das Projektil sehe, kann ich mehr dazu sagen.«

»Funktioniert eine Patrone nach so langer Zeit überhaupt noch?«, fragte der Mediensprecher.

»Allerdings«, sagte Angst. »Ich erinnere mich an einen tragischen Fall: Zwei Kinder spielten mit einer alten Waffe, als sich ein Schuss löste – mit tödlichen Folgen. Die Patrone, die in der Revolvertrommel steckte, hatte der Urgroßvater siebzig Jahre zuvor geladen.«

»Da war doch auch dieser Tourist«, fügte Gurtner hinzu. »Mit der alten Vorderladerflinte. Es hieß, er habe sie irgendwo auf einem Markt in Afrika gekauft.« Er schaute in die Runde. »Zu Hause hat er damit angegeben. Wollte der Freundin zeigen, was für ein Prachtstück er ergattert hatte. Am Ende war die Frau tot.«

Angst nickte. »Sogar Waffen mit Steinschloss gehen gelegentlich los. Zünd- und Treibmittel sind stabile Verbindungen, besser gesagt, Stoffgemische.«

»Mich würde im Moment mehr interessieren, warum der Täter alte Munition verwendete«, sagte Regina. »Ein symbolischer Akt? Und warum stand die Hülse auf dem Tisch? Will er uns damit etwas sagen?«

Alle Köpfe drehten sich in ihre Richtung. Cavalli hätte den Gedanken sofort aufgegriffen, er dachte in ungewöhnlichen Bahnen, blickte über das Offensichtliche hinaus. Jetzt aber kam Regina sich vor, als habe sie vorgeschlagen, Tarot-Karten zu legen. Nur Tobias Fahrni drehte nachdenklich den neuen Ehering an seinem Finger.

»Meistens gibt es eine einfache Erklärung«, sagte Pilecki. »Vielleicht hatte der Täter zu Hause einen Vorrat an alter Munition.« Er wandte sich an Angst. »Lässt sich von der Hülse auf den Waffentyp schließen?«

»Wie gesagt, das Kaliber ist ungewöhnlich. Wir werden

den Waffentyp sicher stark eingrenzen können. Wenn wir die Tatwaffe finden, können wir die Spuren am Projektil dem Lauf so zuordnen, dass sie als Beweismittel taugen. Ich fahre gleich noch in die Rechtsmedizin. Kommt jemand mit?«

Gurtner hob den Zeigefinger.

»Regina?«, fragte Angst.

»Ich habe leider keine Zeit.«

»Es sind alles Reihenhäuser«, sagte Fahrni plötzlich. »Und gestern war es heiß.«

»Nicht nur gestern«, murmelte Gurtner, der diese Nacht entweder nicht zu Hause gewesen war oder sein Hemd bereits durchgeschwitzt hatte.

»Hat keiner der Nachbarn am Abend den Garten gegossen?«, fragte Fahrni. »Bei dieser Hitze braucht meine Mutter dafür eine ganze Stunde. Und unser Garten ist klein. Warum hat niemand etwas gesehen?«

»Vielleicht, weil es sich um ein Eckhaus handelt?« Walker sah zu Gurtner. »Gibt es einen Seiteneingang? Kennen wir den Grundriss des Gebäudes?«

»Noch nicht«, sagte Gurtner.

»Warum nicht?«

Pilecki hob die Hand. »Eines nach dem anderen. Albert Gradwohl ist noch nicht mal kalt.«

»Wird er bei diesem Wetter auch nicht«, meinte Gurtner.

Thalmann blickte zu Pilecki. »Joe hat recht. Die ersten Stunden sind entscheidend, das solltest du wissen.«

Regina fragte sich, was Thalmann wirklich störte. Die Ermittlung war reibungslos angelaufen, alle arbeiteten auf Hochtouren. Pilecki hatte die richtigen Prioritäten gesetzt, die Aufgaben sinnvoll verteilt.

Sie stand auf. »Ich muss ins Büro. Wenn ihr etwas braucht, wisst ihr, wie ihr mich erreichen könnt. Bitte haltet mich auf dem Laufenden.«

Noch war die Luft frisch, der Boden feucht, wo die Straße soeben gereinigt worden war. Regina liebte Zürich im Sommer. Die Verbissenheit der Einwohner wich Lebensfreude, die Stadt pulsierte. Leider erhitzten sich auch die Gemüter. Im Gegensatz zu Gurtner, der während seines Pikettdienstes zwar ausrückte, die Fälle nachher aber auf die verschiedenen Sachbearbeiter verteilte, kümmerte sich Regina selbst um ihre Brandtour-Fälle. Wenn sie Pech hatte, deckte sie sich innerhalb weniger Tage mit Arbeit für ein ganzes Jahr ein.

Von der Kasernenwiese auf der anderen Straßenseite drangen Kinderstimmen. Wie gerne wäre Regina jetzt mit Lily am Wasser! Seit Beginn der Hitzewelle hatten sie mehrere Ausflüge ins nahe gelegene Tobel unternommen. Lily liebte es, im Bach zu spielen, und Regina genoss den Schatten im Wald. Vielleicht versuchte sie auch, ihrer Tochter den Vater zu ersetzen, gestand sie sich ein. Als Cavalli aus ihrem Leben verschwunden war, hatte Lily nicht nur ihn, sondern auch die gemeinsamen Nächte im Wald verloren. Übernachtungen im Freien konnte Regina ihr nicht bieten, doch sie sammelten Blätter und Steine, manchmal wateten sie im Bach, wo sie das Wasser stauten.

Viel zu rasch kam Regina bei der Staatsanwaltschaft an. Ihre Protokollführerin, Nina Dietz, empfing sie mit einem Vollkorncroissant und einem Smoothie.

»Für dich. Du hast bestimmt noch nichts gegessen. Oder geschlafen«, fügte Dietz hinzu, als sie Regina musterte.

»Du verwöhnst mich.« Regina biss in das Croissant. »Dir ist schon klar, dass das nicht zu deinen Aufgaben gehört?«

»Als Polizistin bin ich für deinen Schutz zuständig. Also trink!«

Regina hielt die Flasche hoch und kniff die Augen zusammen. »Der Smoothie ist grün.«

Dietz' Augen funkelten vergnügt.

»Ich kenne keine grünen Früchte«, sagte Regina.

»Da ist Federkohl drin.«

Regina verzog das Gesicht.

»Pflanzengrün enthält lebenswichtige Vitamine«, sagte Dietz. »Und Mineralstoffe, Spurenelemente, sekundäre Pfl–«

»Ist ja gut!« Regina schraubte den Deckel auf und nahm einen Schluck. Zu ihrer Überraschung schmeckte ihr dieser Vitamincocktail.

Zufrieden kehrte Dietz ins Vorzimmer zurück. Regina startete den Computer und überflog ihre Mails, während sie frühstückte. Nachdem sie der Medienstelle und dem Leitenden Oberstaatsanwalt Bericht erstattet hatte, beantragte sie eine rückwirkende Teilnehmeridentifikation beim Zwangsmaßnahmengericht. Kaum hatte sie die Herausgabe der Telefondaten in die Wege geleitet, meldete sich Gurtner mit dem Ergebnis der Obduktion.

»Jetzt schon?« Regina war überrascht. »Seit wann arbeitet das IRM so schnell?«

»Der Eifer der Jungen. In einigen Jahren wird Sabine nicht mehr freiwillig durcharbeiten.« Es knisterte, dann sprach er mit vollem Mund weiter. Albert Gradwohl war kerngesund gewesen. Nichtraucher, kräftiges Herz, Blut und Urin sauber. Sabine Hahn hatte versprochen, den Bericht am Nachmittag zu schicken.

»Abwehrspuren?«, fragte Regina.

»Nein. Sieht ganz danach aus, als habe sich Gradwohl einfach hingekniet und erschießen lassen.«

Das passte zu den Spuren am Tatort.

»Wir haben aber ein Problem«, fuhr Gurtner fort. »Die Kugel. Sie ist unbrauchbar.«

Regina wartete.

»Martin steht neben mir. Einen Moment, ich schalte die Freisprechfunktion ein.«

Es rauschte in der Leitung, dann meldete sich Martin Angst. »Das Bleigeschoss lag an der Rückfläche der Schädelhöhle. Der Knochen war sogar noch intakt. Leider ist das Geschoss aber zerteilt. Sabine meint, es wurde aufgestaucht, als es gegen das Stirnbein prallte. Danach trat es durch die Knochenlücke, die Oberfläche ist ziemlich zerkratzt.«

»Das heißt, du wirst es keiner Waffe zuordnen können?«

»Einen ballistischen Vergleich werde ich nicht ziehen können, nein. Aber wie gesagt, die Munition ist exotisch. Das allein sagt schon einiges aus. Ich kann mich an keinen einzigen ähnlichen Fall erinnern.«

»Was ist mit den Schmauchspuren?«

»Sie werden noch im Labor untersucht, aber ich erwarte keine Überraschungen. Dass sich Gradwohl bei der Schussabgabe auf den Knien befand, ist klar.« Er hielt kurz inne, als im Hintergrund eine Stimme ertönte, dann fuhr er fort: »Auf seiner Hose fanden wir ein Haar. Vielleicht hilft uns das weiter. Von Gradwohl stammt es nicht. Kommst du zur Besprechung heute Nachmittag?«

»Wenn es mir irgendwie möglich ist, ja.«

Gurtner schaltete die Freisprechanlage aus. »Die Speicherdaten haben wir auch. Gradwohls Handy-Passwort war einfach zu knacken: eins, zwei, drei, vier.« Er schnaubte, dann wurde es still am anderen Ende. »Verena Gradwohl ist hier. Die Schwester. Ich melde mich später noch einmal.«

Regina hatte den Hörer noch in der Hand, als ihr Brandtour-Handy klingelte.

# 6

*Zürich, 27. Juli*

Es dämmerte bereits, als Regina das Büro verließ. Die Hafteinvernahme hatte lange gedauert, wie so oft, wenn ein Dolmetscher hinzugezogen werden musste. Wieder ein neuer Fall. Wenigstens war er unkompliziert. Der geständige Täter hatte seine Frau daran hindern wollen, ihn zu verlassen. Als Mittel wählte er ein Fleischmesser.

Regina sah auf die Uhr. Es war kurz nach acht. Bis sie in Gockhausen wäre, würde Lily längst schlafen. Sich zu beeilen, war also zwecklos, genauso gut konnte sie noch bei Gurtner vorbeischauen. Sie hatte nicht nur die Besprechung am Nachmittag, sondern auch zahlreiche Anrufe verpasst. Bevor sie ihre Nachrichten abhörte, rief sie zu Hause an. Paz versicherte, es gehe Lily gut, viel mehr war nicht aus ihr herauszuholen.

»Soll ich sie ans Telefon rufen?«, fragte die Tagesmutter in gebrochenem Deutsch.

Regina zögerte. »Besser nicht. Sonst will sie später nicht mehr ins Bett gehen.«

Paz schwieg.

»Ich bin in einer guten Stunde zu Hause«, sagte Regina.

»Ja.«

»Bis dann.«

»Bis dann.«

Als sie auflegte, spürte sie einen Stich im Herz. Sie wählte die Nummer ihres Anrufbeantworters. Die erste Nachricht stammte von Gurtner, der berichtete, Verena Gradwohl habe wenig über die neue Frau im Leben ihres Bruders gewusst. Die Geschwister standen sich nicht nahe. Immerhin wusste er jetzt, warum ein Bild von Heinrich Wirz in Gradwohls Büro hing: Er war der Urgroßvater der beiden. Nach der Pensionierung hatte Albert Gradwohl begonnen, sich mit seinem Vorfahren zu beschäftigen.

Regina wich einem Radfahrer aus. Vor dem Kripogebäude blieb sie stehen und hörte die restlichen Nachrichten ab, bevor sie Gurtners Handynummer wählte. Die Loge war um diese Zeit nicht mehr besetzt, er würde nach unten kommen müssen, um sie hereinzulassen.

»Ich bin schon weg«, sagte er. »Den Nachbarn ist noch etwas eingefallen, ich bin auf dem Weg dorthin. Fahrni ist an der Sache dran. Er hat sich Material über Wirz besorgt. Schmatzte fast vor Freude, als er die dicken Wälzer sah. Falls du mit ihm reden willst, vor einer Viertelstunde saß er noch am Schreibtisch.«

»Hast du den Fall an ihn übergeben?« Regina bemühte sich, nicht zu hoffnungsvoll zu klingen.

»Nein, ich bleibe leitender Sachbearbeiter, aber Fahrni war bei der Besprechung dabei, er kann dich auf den neusten Stand bringen.«

Regina legte auf und wählte Fahrnis Nummer. Ein paar Minuten später trat er mit einem Hund aus der Tür. Er hatte dessen Besitzer vor zwei Monaten verhaftet und es nicht übers Herz gebracht, das Tier ins Heim zu bringen. Selten hatte Regina einen hässlicheren Köter gesehen. Sein Fell wies zahlreiche kahle Stellen auf, die Hälfte seines rechten Ohrs fehlte.

»Magst du eine Runde mit uns drehen?«, fragte Fahrni. »Bruno muss dringend mal.«

An den Namen des Hundes hatte sie sich noch nicht gewöhnt.

»Ich habe vorhin mit Paz telefoniert«, sagte er. »Sie hat heute Nachmittag das Planschbecken auf der Terrasse aufgestellt. Lily hat sich riesig gefreut.«

Regina lächelte. »Vermisst du sie? Paz, meine ich?«

»Es tut ihr gut, gebraucht zu werden. Und deine Brandtour ist ja bald vorbei.«

»Gott sei Dank. Der Pikettdienst ist nicht geschaffen für Alleinerziehende.«

»Der Häuptling kommt sicher bald zurück.«

Fahrni war der einzige Polizist, der daran glaubte, dass Cavalli zurückkehren würde. Sie überquerten die Straße und schlugen den Weg entlang der Sihl ein. Fahrni band den Hund los, der gleich darauf in den Fluss sprang.

»Es hat mich erstaunt, dass Juri die Stelle bekam«, sagte Regina vorsichtig.

Fahrni zögerte. »Nicht nur dich.«

»Wer war sonst noch im Rennen?«

»Thalmann wollte jemanden von der Parfümgütterli-Abteilung reinholen. Sie kennen sich vom Militär. Ich glaube, sie sind auch im selben Schützenverein.«

»Parfümgütterli?«, wiederholte Regina.

»Diebstahl. Aber der Kommandant war nicht einverstanden, er hatte einen Kollegen vom Gewaltschutz im Blick, der früher bei uns war und sich gut auskennt.«

»Dann verstehe ich erst recht nicht, warum Juri das Rennen gemacht hat.«

Fahrni zupfte an seinem Ohrläppchen. »Freunde an der richtigen Stelle.«

Regina ging ein Licht auf. »Die Kripochefin?«

Fahrni zuckte die Schultern und rief Bruno, der eine Ente jagte. Eine Weile gingen sie schweigend nebeneinanderher.

»Gurtner hat mir vorhin am Telefon gesagt, du seist bei der Nachmittagsbesprechung gewesen. Gibt es Neuigkeiten?«, fragte Regina.

»Wir haben uns das 3-D-Bild des Tatorts angeschaut. Der Täter stand unmittelbar vor Gradwohl und hielt ihm die Waffe an die Stirn.«

»Eine Hinrichtung.«

Fahrni nickte. »Trotz der Nähe hinterließ er keine Spuren. Der Typ weiß, was er tut. Oder sie.«

»Denkst du an die neue Frau in Gradwohls Leben?«

»Er hat häufig einen Escort-Service in Baden angerufen. Die Kollegen im Aargau sind bereits vor Ort.«

Ein Callgirl? Das würde erklären, warum weder die Schwester noch die Nachbarn sie kannten. Gradwohl war über siebzig. Gut möglich, dass ihm die Sache peinlich war. Regina blieb stehen, um einen Kieselstein aus ihrem Schuh zu fischen. Bruno presste seine feuchte Schnauze gegen ihr Ohr. Rasch stand sie auf.

»Hat dir Gurtner erzählt, dass Wirz der Urgroßvater von Gradwohl war?«, fragte Fahrni.

Regina nickte.

»Wirz besaß einen Perkussionsrevolver«, fuhr Fahrni fort. »Einen LeMat. Der Revolver hat ein neunschüssiges Trommelmagazin, kann aber auch Schrot verschießen. Ein interessantes Stück, wenn man sich für Waffen interessiert. Es wurde während des US-Bürgerkriegs von den Konföderierten entwickelt, der Schuss ging aber sozusagen nach hinten los. Das Kaliber war ungewöhnlich, die Soldaten mussten während der Kampfpausen selber Munition gießen. Ziemlich unpraktisch.«

»Könnte es sich um die Tatwaffe handeln?«

»Nein, Wirz' LeMat war für Kaliber .42 gebaut. Aber vielleicht besaß Gradwohl einen anderen Revolver aus der Zeit des Bürgerkriegs. Seine Schwester sagt, er habe sich für alles interessiert, was mit Wirz zu tun hatte. Er reiste sogar mehrmals nach Andersonville.«

Der Name sagte Regina nichts. Fahrni erzählte, dass dies eine Ortschaft im Bundesstaat Georgia war und ein berüchtigtes Kriegsgefangenenlager beherbergt hatte. In Camp Sumter, oder Andersonville, wie das Lager im Volksmund genannt wurde, starben fast dreizehntausend Menschen. Heute war es eine nationale Gedenkstätte.

Fahrni blieb stehen und drehte sich zu Regina. »Der Lagerkommandant war Heinrich Wirz. Oder Henry, wie er in den USA genannt wird.«

Regina dachte an die Hülse. Der Täter hatte nichts dem Zufall überlassen. Wäre ein Callgirl so systematisch vorgegangen?

»Die Hülse *stand* auf dem Tisch«, sagte sie. »Trotz des beschädigten Hülsenbodens.«

Fahrni wartete.

»Da hat sich jemand große Mühe gegeben, sie so zu arrangieren«, fuhr Regina fort.

»Glaubst du, es ist wichtig, dass sie stand?«

Regina rief sich das Bild in Erinnerung. »Sie zeigte nach oben, auf Heinrich Wirz. Sie wirkte wie … wie ein ausgestreckter Finger. Ich weiß, das klingt absurd.«

»Ich habe schon seltsamere Dinge gesehen.«

»Ein Täter, der peinlich genau darauf achtet, keine Spuren zu hinterlassen, dann aber einen Wegweiser aufstellt?«

»Alles eine Frage der Perspektive. Vielleicht galt der Wegweiser nicht uns.«

»Sondern?«

»Wer hätte Gradwohl gefunden, wenn die Nachbarin den Schuss nicht gehört hätte?«

»Martin hat gesagt, Schwarzpulver sei laut. Der Täter

musste also damit rechnen, dass die Nachbarn den Schuss hören und die Polizei verständigen.«

Sie kamen zu einer Brücke, der Weg wurde schmal. Regina ließ sich zurückfallen. Fahrni und Bruno trotteten Seite an Seite wie ein altes Paar. Regina sehnte sich nach Cavalli. Sie dachte an die Spaziergänge, die sie zusammen unternommen hatten, wenn sie in einem Fall feststeckten. Wie sie sich Hypothesen zuspielten, Ideen aufgriffen und weiterspannen. Oft brauchten sie ihre Gedanken gar nicht in Worte zu fassen, sondern wussten intuitiv, was der andere dachte.

Gurtner rief an und berichtete von dem Gespräch mit den Nachbarn, denen eingefallen war, dass sich Albert Gradwohl in den letzten Monaten doch seltsam verhalten hatte. Er benutzte den Seiteneingang, wenn er nach Hause kam, und nicht die Haustür; trotz der Hitze blieb die Terrassentür zu. Einmal wollte sich der Nachbar eine Akkubohrmaschine leihen, Gradwohl ließ ihn draußen warten, während er sie holte.

»Klingt, als habe er etwas verbergen wollen«, meinte Regina. »Ein Callgirl?«

»Keines der Girls vom Escort-Service gibt zu, mit ihm verkehrt zu haben.« Gurtner grunzte, als ihm die Doppeldeutigkeit auffiel.

»Wenn jemand regelmäßig im Haus war, wird sich das nachweisen lassen«, sagte Regina.

»Könnte man denken. Aber die Fingerabdrücke stimmen nicht mit jenen der Girls überein.«

Regina beendete das Gespräch und leitete die Informationen an Fahrni weiter. Schweigend kehrten sie zur Kaserne zurück, wo sie sich verabschiedeten.

In der S-Bahn rief Regina ihre E-Mails ab. Keine Nachricht von Cavalli. Sie schloss die Augen. Eine Viertelstunde später stieg sie in den Bus um. Felder zogen vorbei, dann

Wald. Ein Cabrio überholte sie, Regina hörte das Dröhnen eines Basses.

Ihre Eigentumswohnung befand sich nur fünf Minuten von der Busstation entfernt. Aus dem Wohnzimmer drangen spanische Laute. Paz schaute sich eine Sitcom an. Regina gab ihr ein Zeichen, sitzen zu bleiben, und schlich ins Kinderzimmer.

Lily lag auf dem Rücken, die Arme weit von sich gestreckt. Ihre Wangen waren gerötet, das schwarze Haar klebte ihr am Kopf. Regina beugte sich über sie, sog den Kinderduft ein, berührte mit den Lippen die feuchte Schläfe. Trotz der weichen Konturen glaubte sie, in Lilys hohen Wangenknochen eine Spur von Cavalli zu sehen.

Vorsichtig legte sie sich neben das Kind. Sie lauschte Lilys Atem, spürte ihren Puls. Als sie einschlief, dachte sie an Cavalli.

# 7

*Virginia, 15. April 1862*

Jeremiah Greene saß am Schreibtisch und träumte von Erdbeeren. Ganz in der Nähe gab es eine Plantage, doch die Beeren waren noch nicht reif. Über das Essen hier konnte er sich nicht beklagen. Seinen einundzwanzigsten Geburtstag hatte er am Vortag mit Muschelsuppe nach Rhode-Island-Art gefeiert, und auch Rindfleisch, Schinken und Speck gab es mehr als genug. Er hatte sich das Leben als Soldat entbehrungsreicher vorgestellt. Auch abwechslungsreicher.

Über neun Monate waren seit der Schlacht am Bull Run vergangen. Seither hatte er nur an Übungen teilgenommen. Die Wintermonate waren ihm endlos vorgekommen. Stundenlang kauerte er über dem Feuer, lauschte dem Regen, hielt Wache. Der Boden verwandelte sich in Matsch, der Regen ging in Schnee über.

Bis auf Weiteres waren alle Heimaturlaube gestrichen, das Holster mit dem Army No. 2 hing immer noch an seinem Gürtel. Er vermisste Benjamin.

»Sir«, riss ihn eine Stimme aus seinen Gedanken. »Es ist eine Nachricht eingetroffen. Wir haben ein Fort der Rebellen entdeckt.«

Jeremiah sprang auf. Im Februar war er zum Sergeant befördert worden, er hatte sich immer noch nicht daran gewöhnt, mit Sir angesprochen zu werden. Zumal er nicht das Gefühl hatte, die Schärpe und das Schwert verdient zu haben. Als er Mitte März den Befehl erhalten hatte, sich marschbereit zu machen, war er froh, dass er sich endlich beweisen durfte. Mit drei Tagesrationen war das Regiment Richtung Maryland losgezogen, wo es sich der Division anschloss. Damit war das Abenteuer aber auch schon wieder beendet. Bereits am folgenden Tag wurden die Truppen zurückbeordert. Der Marsch war anstrengend, viele Männer waren erkrankt. Jeremiah hingegen litt weder unter der Kälte noch unter dem Regen. Er staunte über seine gute Konstitution. Das Leben im Freien sagte ihm zu, er liebte den Geruch der Kiefernzweige, genoss die frische Luft.

Ende März war es dann wieder so weit gewesen. Zusammen mit den 36. New-York-Freiwilligen bestieg Jeremiah den Raddampfer »John Brooks«. Die New Yorker waren eine wilde Gruppe. Viele nahmen nicht aus Überzeugung am Krieg teil, sondern weil eine reiche Familie ihnen gutes Geld dafür bezahlt hatte, damit sie anstelle des eigenen Sohnes, Neffen oder Cousins einrückten. Die Lumpensammler und Strolche interessierten sich weder für die Befreiung der Sklaven noch für die Demokratie. Manche desertierten sogleich wieder, andere merkten, dass sich bei den Truppen viel erbeuten ließ.

Malcolm Maloney gehörte zur letzten Sorte. Davon wusste Jeremiah aber nichts, als er kurz nach Ablegen des Schiffs mit Maloney zusammenstieß. Seine Aufmerksamkeit war auf die Flotte gerichtet. Was für ein Anblick! Das Meer war überzogen mit Schiffen, irgendwo spielte sogar eine Kapelle. Jeremiah hatte das Gefühl, diesmal richtig in den Krieg zu ziehen. Er wurde nicht enttäuscht. Zum ersten Mal seit Bull Run feuerte er wieder auf den Feind. Der Army No. 2 kam jedoch nicht zum Einsatz. Der Fluss, der die Rebellen von den Unionssoldaten trennte, verunmöglichte einen Nahkampf.

Nun rieb Jeremiah die Handflächen aneinander und eilte aus dem Court House, wo er die letzten Tage Schreibarbeiten erledigt hatte. In der Ferne hörte er das Donnern der Kanonen. Wenige Stunden später zog er mit den 2. Rhode-Island-Freiwilligen los. Yorktown war von den Rebellen evakuiert worden, die Truppen folgten den feindlichen Befestigungen. Es war ein gutes Gefühl, den Spieß umzudrehen, die Rebellen zu jagen! Bereits am nächsten Morgen erwachte Jeremiah beim Rasseln der Musketen. Es klang wie Musik in seinen Ohren.

Je weiter sie ins feindliche Territorium vordrangen, desto knapper wurde die Nahrung. Als die Kavallerie einen Zug der Rebellen mit hundert Fässern Mehl eroberte, backte Jeremiah »Johnny-Cakes«. Seine Mutter hatte die flachen Brote oft aufgetischt, schließlich stammte das Rezept aus Rhode Island, noch nie hatten sie ihm aber so gut geschmeckt wie in diesem Moment.

Weder die »Johnny-Cakes« noch Jeremiahs starke Konstitution und seine Abenteuerlust milderten den Schrecken über das, was folgte. Kurz bevor er den Jahrestag seines Einrückens feiern konnte, fand die Schlacht von Seven Pines statt. Sie forderte 11 165 Tote, Verwundete und Vermisste, unter ihnen auch Heinrich Wirz.

Jeremiah hatte Glück. Er kam mit einer vergleichsweise leichten Verletzung am Bein davon. Während er auf dem Schlachtfeld lag, näherte sich ein Rebell. Jeremiah griff nach dem Army No. 2 und schoss. Die Granaten, die ihm über den Kopf flogen, ließen ihn zittern, und er verfehlte sein Ziel. Er drückte ein zweites Mal ab. Diesmal ging der Rebell zu Boden.

Zwei Stunden später wurde er geborgen, erst dann steckte Jeremiah den Revolver ins Holster zurück. Grobe Hände hoben ihn auf. Er sah nicht, dass sie Malcolm Maloney gehörten. Er schloss die Augen, als ihn ein heftiger Schmerz im Bein durchfuhr. Den ganzen Weg über konzentrierte er sich darauf, bei Bewusstsein zu bleiben. Es war dunkel, als sie im Camp ankamen. Noch immer hörte Jeremiah das Artilleriefeuer.

Als die Schüsse am nächsten Tag verstummten, hatte sich Maloney längst mit dem Army No. 2 aus dem Staub gemacht. Nicht einmal das Holster hatte er am Gürtel gelassen. Jeremiah blieb mit den Schmerzen zurück.

# 8

*North Carolina, 13. April*

Cavalli biss die Zähne zusammen und schwang sich aus dem Bett. Seine Füße berührten kalten Boden. Er presste eine Hand gegen die Wunde und stand auf. Er wurde von Schwindel erfasst, Schweißperlen bildeten sich auf seiner Stirn. Er atmete ein paar Mal tief durch, dann humpelte er ins Wohnzimmer.

Emma lag auf einem abgenutzten Sofa, eingerollt in eine Decke, die aussah, als habe ein Hund versucht, sich an ihr satt zu essen. Buzz schlief auf dem Boden.

»Du siehst nicht gut aus«, sagte Emma.

»Danke. Du auch nicht.«

»Ich meine es ernst.« Sie setzte sich auf. »Zeig her.«

»Alles okay.«

»Bird!«

Er ging zum Sofa und ließ sich vorsichtig neben ihr nieder. Sie zog sein T-Shirt hoch. Mit zwei Fingern tastete sie den Schusskanal ab. Augenblicklich war Cavalli klatschnass.

»Die Wunde gefällt mir gar nicht«, sagte sie. »Die Schwellung am Beckenkamm hätte längst zurückgehen müssen. Es sieht nach einem Abszess aus.«

»Heilt er von alleine?«

»Nicht, wenn Erreger in die Blutbahn gelangen.«

Auch als Laie wusste Cavalli, dass eine Blutvergiftung tödlich enden konnte. Wie viel würde noch schieflaufen? Seit er die Ermittlungen im Reservat aufgenommen hatte, befand er sich in einem Ausnahmezustand. Auf jeden Schritt nach vorne folgten zwei Schritte zurück. Bis vor vier Tagen hatte er kein Muster hinter den Ereignissen erkannt.

»Was denkst du?« Emmas Stimme war scharf. »Ich muss wissen, was vor sich geht.«

Cavalli begann zu erzählen. Wie er in die Qualla Boundary gereist war in der festen Überzeugung, einen Psychopathen zu jagen. Wie ihm nach und nach bewusst wurde, dass der Täter kein Einheimischer sein konnte. »Das Gift ist nur ein Indiz. Ein anderes ist die Nachricht, die der Mörder auf Tsalagi bei einem der Opfer hinterließ. Aber die Sätze, die er verwendete, stammten Wort für Wort aus dem Internet. Er spricht die Sprache nicht.«

Emma öffnete den Mund.

»Ich weiß«, sagte Cavalli. »Viele Cherokee sprechen ihre Muttersprache nicht. Lass mich zu Ende erzählen. Bei einem anderen Opfer war es eine Feder zum Anstecken. Es sollte so aussehen, als hätte der Täter sie verloren. Die Feder stammt aus einem Souvenirladen in Oklahoma. Man kann sie online bestellen.« Er machte eine Pause, um zu Atem zu kommen. »Lange habe ich mich gefragt, wieso er versucht, den Verdacht auf einen Einheimischen zu lenken. Ich konnte es mir nicht erklären. Dann begann ich, mich mit den Opfern zu befassen.« Er versuchte, eine bequemere Stellung einzunehmen.

Emma zog die Beine an, damit er sich zurücklehnen konnte. »In der Zeitung stand, zwischen den Opfern gebe es keine Verbindung.«

»Doch, es gibt eine. Mich.«

»Der Anakonda-Plan?«

Er nickte. »Ich kannte alle fünf Opfer. Das erste nur flüchtig. Als Kind kam ich immer auf dem Weg zur Schule an seinem Haus vorbei. Das zweite war der Vater eines ehemaligen Freundes. Das dritte – meine Kindergartenlehrerin. Mit dem vierten, Samantha Craig, hatte ich eine kurze Beziehung und –«

»Mit Sam?«, stieß Emma aus.

»Ist lange her. Und mit Charly habe ich zusammengearbeitet, als ich 2001 hier war. Die Verbindungen werden mit jedem Mord deutlicher.«

»Und deshalb bist du davon ausgegangen, dass ich als Nächste an der Reihe war?«

»Ich bin alle Personen in meinem Leben durchgegangen und habe sie Kategorien zugeordnet. Der Täter rückt immer näher an mich heran. Du gehörst fast zur Familie, seit du meine Mutter pflegst.«

»Ich kenne dich kaum.«

»Nicht die Beziehung an sich ist wichtig. Stell dir das Sonnensystem vor. Die Opfer kreisen auf verschiedenen Umlaufbahnen. Der Täter nähert sich langsam der Sonne. Das bin ich.«

»Wer kommt nach mir?«

»Meine Mutter. Dann meine Großmutter. Sie ist der Mensch, der mir am nächsten steht.«

»Und deine Kinder?«

»In der Schweiz sind Lily June und Chris in Sicherheit. Die Anfrage des FBI kam nicht ohne Grund, der Täter wollte mich hierherlocken. Wenn er meinen Kindern etwas antäte, würde ich augenblicklich abreisen. Alles umsichtige Planen wäre umsonst gewesen.«

»Das ergibt keinen Sinn«, sagte Emma geradeheraus. »Wenn deine Theorie stimmt, wird er am Schluss in die Schweiz reisen und dort weitermachen.«

Der Raum begann, sich zu drehen, und ein Pfeifen ertönte in Cavallis Ohren. Er musste sich am Sofa festhalten, um das Gleichgewicht nicht zu verlieren. Plötzlich lag er auf dem Rücken.

Emma beugte sich über ihn. »Sorry, das war dumm von mir.« Sie legte die Hand an seine Stirn. »Du glühst. Du brauchst dringend Antibiotika.«

»Es ist zu gefährlich, das Haus zu verlassen.«

»Dann gehe ich«, sagte Buzz.

Cavalli hatte nicht mitbekommen, dass er aufgestanden war. Er drehte den Kopf, sah aber nur eine verschwommene Gestalt am Rande seines Blickfelds.

»Zu heikel«, murmelte er.

»Wir haben keine Wahl.« Emmas Tonfall war bestimmt.

»Buzz würde den Täter direkt zu uns führen«, sagte Cavalli.

Buzz setzte sich auf die Armlehne. »Hältst du mich für einen Idioten? Ich war zwölf Jahre bei der Army.«

»Der Täter weiß alles über mich, er muss Zugang zu Informationen haben. Vermutlich gibt es einen Maulwurf beim FBI. Deshalb war keiner von ihnen im Granny Bee's. Was glaubst du, wie lange es dauern wird, bis er von eurer Verwandtschaft weiß? Auch wenn ihr nur Cousins dritten Grades seid. Emma und ich hätten längst von hier verschwinden sollen.«

»Dann kann ich dir genauso gut vorher noch Antibiotika besorgen.«

»Er wird davon ausgehen, dass ich Medikamente brauche. Die Apotheken in der Nähe überwachen lassen.«

»Der Typ ist allein unterwegs«, sagte Buzz. »Er kann nicht alle Apotheken überwachen. Er ist auch nur ein Mensch aus Fleisch und Blut.«

»Da wäre ich mir nicht so sicher«, murmelte Cavalli.

»Hast du eine Ahnung, wer dahintersteckt?«

»Warum hat er im Granny Bee's mit einer Pistole geschossen?«, fragte Emma. »Statt mit einem Blasrohr?«

»Weil sein Plan schieflief«, vermutete Cavalli. »Er wollte dich nicht entkommen lassen und wusste sich nicht anders zu helfen.«

»Warum schießt er überhaupt mit einem verdammten Blasrohr, wenn er eine Knarre hat?« Buzz schüttelte den Kopf.

»Weil wir glauben sollen, er sei einer von uns.«

Buzz schnaubte. »Kein Indianer benutzt ein Blasrohr, um jemanden umzulegen!«

»Aber es hat funktioniert. Das FBI hat mich hergeholt.«

»Das musst du mir genauer erklären«, sagte Buzz.

Emma wollte noch etwas sagen, schloss den Mund aber wieder und ließ Cavalli weitererzählen. Er schilderte, wie Jim McKenzie ihn im Winter in der Schweiz aufgesucht hatte. Der Special Agent hatte Cavalli von den Blasrohr-Morden berichtet und ihn um Hilfe gebeten. Dass die Schweizer Behörden den Antrag sofort bewilligt hatten, deutete auf eine Intervention von höchster Stelle hin.

»Wir sind über dreizehntausend Stammesmitglieder allein hier im Osten«, sagte Buzz. »Warum wollte das FBI ausgerechnet dich? Nichts gegen deine Fähigkeiten, aber gab es wirklich keinen anderen, der den Job hätte erledigen können?«

»Der Maulwurf steckt dahinter, nicht wahr?«, fragte Emma.

Cavalli nickte. »Ich gehe davon aus. Vermutlich hat er mich während einer Sitzung unauffällig ins Spiel gebracht und abgewartet, was passierte. Später kam er wieder damit. Bis alle überzeugt waren, dass ich die perfekte Person dafür sei. Ich habe nicht nur Kontakte im Reservat, sondern auch eine FBI-Ausbildung. Außerdem kenne ich Special Agent Jim McKenzie von einer früheren Ermittlung.«

Der Fall lag fünfzehn Jahre zurück. Zwei Schweizer Bankangestellte hatten sich mit gestohlenen Daten in die USA abgesetzt, wo sie hofften, diese im Tausch gegen zwei Millionen Dollar und neue Identitäten an den Mann bringen zu können. Stattdessen waren sie einem Mafiapaten zum Opfer gefallen, der verhindern wollte, dass Informationen über seine Konten in die Hände der US-Justiz gelangten. Mit Cavallis Hilfe konnte Donald Sweeney zur Rechenschaft gezogen werden. Dabei hatte er Regina kennengelernt. Er dachte an die feinen Sommersprossen auf ihrer Nase, das leuchtende Blau ihrer Augen. Sie war aus beruflichen Gründen mit ihrem damaligen Vorgesetzten nach New York gereist. Dass sich ihre Wege dort kreuzten, war Zufall gewesen, nicht aber, dass sie sich ineinander verliebten. Die Anziehung war vom ersten Moment an da gewesen. Regina duftete nach Rosen und einem Hauch frischer Erde, ein zartes Aroma, das sich in seiner Nase festgesetzt hatte. Vier Jahre später trennten sie sich. Cavalli war in der Zweierbeziehung erstickt, Regina hatte seine Seitensprünge nicht geduldet. Dennoch waren sie nie voneinander losgekommen.

»Bird?« Erneut berührte Emma seine Stirn.

Er blinzelte.

»Etwas verstehe ich immer noch nicht«, sagte sie. »Warum hat der Täter dich überhaupt hierhergelockt? Warum reicht es ihm nicht, die Personen aus deinem Umfeld zu töten? Spätestens zur Beerdigung deiner Mutter wärst du ohnehin ins Reservat gekommen.«

Genau diese Frage stellte sich Cavalli immer wieder. Es gab nur eine Erklärung: »Weil die Sache für ihn persönlich ist. Er will, dass ich hautnah miterlebe, wie meine Familie stirbt.«

»Wer könnte dich so sehr hassen?«

»Wenn ich das wüsste.«

»Vielleicht geht es ihm um die Pfeile, nicht ums Blasrohr. Ein Pfeil ist ein Symbol für die Liebe. Du hast viele Herzen gebrochen.«

Buzz zündete sich eine Zigarette an. »Da könnte was dran sein. Rache ist ein starkes Motiv.«

»Eine … Frau?«, sagte Cavalli.

Emma zuckte die Schultern. »Warum nicht? Ich kenne einige Frauen, die dir gern einen Giftpfeil ins Herz jagen würden.«

Cavalli dachte nach. Er würde den Fall noch einmal neu aufrollen und ihn von dieser Seite aus betrachten müssen. Als er sich nach einem Blatt Papier umsah, wurde ihm schwindlig.

»Genug geredet«, hörte er Emma sagen. Ihre Stimme kam von weit her. »Wir brauchen das Antibiotikum. Buzz, du musst in eine Arztpraxis einbrechen und einen Rezeptblock besorgen.«

»Da kann ich genauso gut Antibiotika klauen.«

»Stimmt. Ich habe eine bessere Idee«, sagte Emma. »Ich kenne jemanden, der Antibiotika zu Hause hat. Ich habe sie ihr sogar selbst verabreicht. Birds Mutter.«

Buzz stand auf. »Bin schon unterwegs.«

»Nein!«, sagte Cavalli. »Zu gefährlich!«

Buzz war in sein Blickfeld getreten. »Im Gegenteil. Es ist doch naheliegend, dass ich zu ihr fahre und nach Emma frage. Als besorgter Verwandter. Ich werde sie fragen, ob sie weiß, wo Em sich versteckt hält.«

»Sie wird merken, dass die Antibiotika weg sind«, wandte Cavalli ein.

»Umso besser«, sagte Emma. »Dann weiß sie, was mit dir los ist.«

»Er wird den Killer hierherführen.«

Buzz beugte sich über ihn. »Zum letzten Mal, Bird. Ich bin kein Idiot. Ich weiß, was ich tue.«

Cavalli hörte, wie er im Raum umherging, kurz darauf sprang ein Motor an. Emma war aufgestanden und in die Küche gegangen. Sie kehrte mit einer Schale kochenden Wassers und einigen Tüchern ins Wohnzimmer zurück.

»Dreh dich auf die Seite«, sagte sie. »Ich muss den Abszess öffnen. Damit der Eiter abfließt.«

# 9

*Zürich, 29. Juli*

Das Ergebnis der DNA-Analyse lag inzwischen vor, es half aber nicht weiter. Das Profil des Haars, das auf Albert Gradwohls Hose gefunden wurde, war nicht in der Datenbank erfasst. Klar war nur, dass es von einem Mann stammte.

Regina legte den Bericht beiseite. An Spuren mangelte es nicht, doch sie konnten keinem Verdächtigen zugeordnet werden. Rund eine Million Finger- und Handabdrücke waren in AFIS, dem Automated Fingerprint Identification System, registriert. Keiner passte zu den Abdrücken, die in Gradwohls Haus gefunden worden waren. Unter seinen Fingernägeln und an seinen Kleidern befand sich weder fremde DNA noch relevantes Material, und der 3-D-Scan bestätigte, was sie bereits wussten: Albert Gradwohl war aus nächster Nähe erschossen worden. Nicht einmal die zwei Ziffern des Autokennzeichens brachten sie weiter. Sie passten zu keinem der Wagen, die die Escort-Damen in Baden fuhren.

Das Telefon klingelte. Regina sah, dass es Gurtner war. Ohne große Erwartungen griff sie zum Hörer. Sie war überrascht, als der Sachbearbeiter verkündete, er kenne die Tatwaffe.

»Einen Smith & Wesson No. 2 Army. Aus der Zeit des Amerikanischen Bürgerkriegs. Ganz sicher sind sich die Ballistiker nicht, aber alles deutet darauf hin. Das Alter der

Munition, die Verletzungen am Opfer, die Schmauchspuren. Martin wird uns beim Briefing heute Nachmittag mehr dazu sagen. Wir treffen uns um vierzehn Uhr.«

»Ich werde da sein«, versprach Regina.

Sie suchte im Internet nach der Waffe und erfuhr, dass der Smith & Wesson No. 1 der erste Revolver gewesen war, der Metallpatronen verschoss. Das Model No. 2, eine Weiterentwicklung, kam 1861 auf den Markt, das war das Jahr, in dem der Sezessionskrieg ausbrach. Laut Wikipedia waren siebenundsiebzigtausend Stück hergestellt worden. Wie viele davon waren noch im Umlauf? Gab es auch welche in der Schweiz? Auf den Namen Albert Gradwohl war keine Waffe eingetragen, doch das musste nichts bedeuten. Feuerwaffen wurden erst seit 2008 beim Kauf registriert.

»Worüber schüttelst du den Kopf?«, fragte Dietz, die in der Tür stand.

»Über uns Schweizer. Ich habe gerade gelesen, dass sich bis zu fünf Millionen Waffen in unseren Haushalten befinden. Gemeldet sind aber gerade einmal achthunderttausend.«

»Die Nachregistrierung war sehr umstritten«, sagte Dietz. »Vor allem bei den Schützenvereinen.«

»Ich weiß. Das ist es ja, worüber ich den Kopf schüttle. Jedes Mal, wenn in den Zeitungen von einem Amoklauf in den USA berichtet wird, empören wir uns über den Waffenwahn der Amerikaner. Sind wir wirklich so anders? Wir verbinden den Besitz von Waffen auch mit Freiheit.«

»Schon«, stimmte Dietz zu. »Aber im Gegensatz zu den USA gibt es bei uns verhältnismäßig wenig Tötungsdelikte mit Schusswaffen – trotz der hohen Waffendichte. Du kennst die genauen Zahlen bestimmt.«

Cavalli wüsste sie, dachte Regina. Er konnte Statistiken herunterrattern wie sie die Strafprozessordnung. Sie wusste nur, dass die Rate der Suizide mithilfe von Schusswaffen sehr hoch war. Und ebenso die Anzahl von Familiendramen, bei denen Armeewaffen eine Rolle spielten.

Dietz blickte auf ihren Bildschirm. Regina erzählte vom Army No. 2. Als Polizistin war Dietz der Umgang mit Waffen vertraut, sie schien sich aber für diesen Revolver nicht besonders zu interessieren.

»North Carolina hat auf der Seite der Südstaaten gekämpft«, sagte Regina.

Dietz runzelte die Stirn. »Hat das etwas mit dem Fall zu tun?«

»Nein, es ist mir nur gerade eingefallen. Das Reservat der Cherokee-Indianer liegt in North Carolina.«

»Du machst dir große Sorgen um ihn, nicht wahr?« In Dietz' Stimme lag Mitgefühl.

Regina seufzte. »Ich frage mich die ganze Zeit, ob er meine Hilfe braucht. Was, wenn er ...« Sie schaffte es nicht, den Satz zu Ende zu sprechen.

»Es ist gleich Mittag«, sagte Dietz. »Lass uns zusammen etwas essen gehen. Und dann erzählst du mir, was du vorhast.«

»Ich habe keine Zeit.«

»Dann nimmst du sie dir eben. Du hast diese Woche nicht ein einziges Mal Mittagspause gemacht.« Entschlossen griff sie nach Reginas Handtasche und hielt sie ihr hin.

Regina stand auf. Es wurde heute sicher wieder spät, die Pause würde ihr guttun. Sie folgte Dietz aus dem Büro. Sie hatten sich von Anfang an gut verstanden, aber seit Cavalli weg war, hatte sich eine Freundschaft zwischen ihnen entwickelt. Da Dietz erst mit dreißig die Polizeischule begonnen hatte, war sie ganz anders als Reginas frühere Protokollführer.

Vor dem Gebäude der Staatsanwaltschaft räumten Marktbetreiber ihre letzten Verkaufsstände weg. Eisenstangen klapperten, Kisten wurden in Lieferwagen gestapelt, Müll und Gemüsereste entsorgt. Die Sonne brannte von einem wolkenlosen Himmel herab. Regina ging zu einem Brunnen und tauchte die Arme ins Wasser.

Als sie zur Bushaltestelle kamen, bog gerade ein Trolley um die Ecke. Während der Ferienzeit herrschte auf der Langstraße nicht viel Verkehr. Regina betrachtete die Lokale, an denen sie vorbeifuhren, und ihr fiel auf, wie sehr sich das Viertel in den letzten Jahren verändert hatte. Aus dem Rotlichtmilieu wurde langsam, aber sicher ein Trendviertel. Erst kürzlich hatte das Contiki zugemacht, das vor allem Prostituierte aus Osteuropa beherbergte. Einige Tage davor hatte die Sonne Konkurs angemeldet.

An der dritten Haltestelle stiegen sie aus. Vor einer Glasfront blieb Dietz stehen. Regina sah eine hippe Bar, dahinter zusammengewürfeltes Mobiliar. Die hippe Einrichtung passte nicht zu Dietz. Da fiel Regina noch etwas auf. Ein Schriftzug, der verkündete: »Vegan«. Sie drehte sich um, die Hände in die Seiten gestemmt.

»Stopp!« Dietz hielt die Hand hoch. »Kein Wort bis nach dem Essen.«

»Ich habe keine Lust auf Federkohl!«

»Den wirst du auch nicht bekommen. Nicht im Sommer.«

»Ich möchte auch keinen Sommerkohl, falls es so etwas gibt.«

Sie nahmen unter einem Sonnenschirm auf der Terrasse Platz. Regina überflog die Karte ohne große Hoffnung, etwas Genießbares zu finden. Schließlich bestellte sie einen Seitan-Döner.

»Also«, sagte Dietz. »Erzähl. Hast du eine konkrete Idee? Oder fragst du dich grundsätzlich, wie du ihm helfen könntest?«

»Ich habe mir überlegt, in die USA zu reisen«, gestand

Regina. »Aber ich weiß nicht, ob ich Cava damit einen Gefallen tue. Wenn er absichtlich untergetaucht ist?«

»Dann wirst du ihn nicht finden. Mit diesem Risiko müsstest du ohnehin leben. Wenn es dem FBI nicht gelingt, ihn aufzuspüren, welche Chance hast dann du?«

»Als Cavas Telefonanrufe ausblieben, hat Chris seine Urgroßmutter im Reservat angerufen. June hatte etwas Seltsames gesagt: Tsi'skwa habe schon immer ein großes Bedürfnis nach Freiheit gehabt. Noch liege Schnee am Clingmans Dome, und der Sassafrasbaum blühe nicht.« Reginas Blick schweifte in die Ferne. »Wir haben uns den Kopf darüber zerbrochen, was sie uns damit sagen wollte. Tsi'skwa ist Cavas indianischer Name, er bedeutet Vogel. Und der Clingmans Dome ist ein Berg in den Smoky Mountains. Schnee lag dort im April aber nicht. Chris vermutet, dass sich eine Botschaft hinter ihren Worten versteckt. Es gibt eine Gemeinschaft von Cherokee-Indianern, die außerhalb des Reservats lebt, die sogenannte Snowbird community. Vielleicht wollte uns June sagen, dass er sich dort versteckt?«

»Warum so kompliziert?«

»Wenn ich das wüsste! Etwas muss gründlich schiefgelaufen sein. Vielleicht glaubt Cava, seine Telefongespräche werden abgehört.«

»Was ist Sassafras?«

»Ein Baum, dessen Rinde als entzündungshemmend gilt. Er blüht im März. Vielleicht ist Cava krank?«

»Klingt für mich ganz so, als hättest du dich bereits entschieden. Du willst nicht hinfahren, weil du glaubst, es sei zu gefährlich.«

»Falls er tatsächlich untergetaucht ist, hatte er einen guten Grund dafür. Es kann aber auch sein, dass ihm etwas zugestoßen ist. Wenn er Hilfe braucht?« Sie legte die Hände um ihr Wasserglas.

»Hast du Joe Walker in letzter Zeit getroffen?«, fragte Dietz.

Reginas Wangen wurden heiß. Sie hatte im Frühling mit Joe Walker ab und zu ein Konzert oder eine Lesung besucht. Sie hätte das nicht tun sollen, obwohl sie ihm von Anfang an klargemacht hatte, dass ihr Interesse rein freundschaftlicher Natur war. Damals hatte sie noch vermutet, Cavalli habe sich mit Emma Longhorn abgesetzt. Sie hatte sich beweisen wollen, dass sie ihn nicht brauchte, um glücklich zu sein. Es war ihr nicht gelungen.

»Sorry«, sagte Dietz. »Eigentlich wollte ich dich aufmuntern. Unternehmt ihr nichts mehr zusammen? Du und Joe?«

Regina schüttelte den Kopf.

»Hast du Lust, mit mir zu einem Open-Air-Konzert zu gehen?«

»Nein, danke. Es ist lieb von dir, aber an Ablenkung mangelt es mir nicht.«

Die Bedienung brachte ihnen das Essen. Sauce quoll aus dem Döner, Gemüse suchte Regina vergeblich. Sie griff nach der Gabel, überlegte es sich anders und nahm den Döner in die Hand.

»Scheint dir zu schmecken«, lächelte Dietz.

»Willst du probieren?«

»Ich bleibe lieber beim Quinoa. Und dem Salat«, zwinkerte sie.

Nach dem Essen unterhielten sie sich noch eine Weile, dann kehrten sie zu Fuß ins Büro zurück. Regina beschloss, Dietz' Rat öfters zu befolgen. Sie brauchte mehr Pausen. Früher war sie zum Yoga gegangen, aber nach Lilys Geburt hatte sie damit aufgehört.

Die beteiligten Sachbearbeiter waren bereits in der Kripoleitstelle versammelt, als Regina eintraf. Joe Walker war nicht dabei. Martin Angst eröffnete die Besprechung mit

Informationen über den Army No. 2. Das meiste hatte Regina schon im Internet gelesen. Der Smith & Wesson war der Rolls-Royce unter den Revolvern damals, erklärte er, aber die Mannstopp-Wirkung habe zu wünschen übrig gelassen. Er schaltete den Beamer ein. »Ich habe auf YouTube ein Video gefunden, das euch interessieren dürfte.«

Ein Mann erschien auf der Leinwand. In der Hand hielt er einen Revolver, den er umständlich lud. Es gelang ihm kaum, die Trommel zuzuklappen. Als er auf eine Flasche schoss, trat eine riesige Stichflamme aus dem Lauf.

»Das erklärt die versengten Augenbrauen«, meinte Gurtner trocken.

»Wie viele der Waffen sind noch im Umlauf?«, fragte Regina.

»Schwer zu sagen«, erwiderte Angst. »Gut erhaltene Exemplare sind selten, aber beschädigte habe ich im Internet einige gefunden. Wie viele insgesamt noch funktionsfähig sind, weiß ich nicht.«

Regina fragte nach den Preisen. Er erklärte, dass ein Army No. 2 zwischen einigen Hundert und mehreren Tausend Dollar kosten konnte, je nach Zustand.

»Bei einem Auktionshaus fand ich den No. 2 von Wild Bill Hickok.« Angst sah in die Runde. »Kennen ihn alle?«

»Klar!« Fahrni strahlte, als er die Schießereien aufzählte, an denen der Revolverheld beteiligt gewesen war. »Er wurde in einem Saloon während eines Kartenspiels ermordet. Er soll mit einer Dame, zwei Assen und zwei Achten in der Hand gestorben sein.«

»Die Dead Man's Hand«, nickte Gurtner ehrfürchtig.

»Wir reden hier über einen Mörder, oder?«, vergewisserte sich Regina, die die Begeisterung nicht nachvollziehen konnte. Sie blickte auf die Digitalanzeige der Uhr, die an der Wand hing.

»Wir reden von einem Helden des Wilden Westens«, stellte Gurtner klar.

»Du hast wohl als Kind nie Cowboy und Indianer gespielt«, scherzte Pilecki. Er zuckte zusammen. »Scheiße. Sorry.«

Angst erklärte, dass der Revolver von Wild Bill Hickok ein begehrtes Sammlerstück sei. Sein Wert werde auf dreihundert- bis fünfhunderttausend Dollar geschätzt. »Ich wollte euch damit nur die Bandbreite aufzeigen. Wie viel die Mordwaffe wert ist, kann ich nicht sagen. Ich habe einige Sammler in der Schweiz kontaktiert, niemand kennt Gradwohl. Wenn er wirklich einen Model No. 2 Army besaß, war ihm vielleicht gar nicht bewusst, was er da hatte.«

»Wenn er nicht in Sammlerkreisen verkehrte, woher wusste der Täter dann von der Waffe?«, fragte Regina. »Oder war ihm der Revolver rein zufällig in die Hände geraten? Das passt nicht zu seinem Vorgehen am Tatort.«

»Sehe ich auch so«, sagte Angst. »Könnte er die Waffe mitgebracht haben?«

Gurtner schüttelte den Kopf. »Da hängt das Bild eines Südstaatenoffiziers im Haus, und der Täter bringt ausgerechnet eine Waffe aus der Zeit des Bürgerkriegs mit? Und knallt damit den Ur-wie-viel-auch-immer-Enkel von Wirz ab?«

»Ich behaupte nicht, dass die Wahl der Waffe Zufall war«, sagte Angst. »Das Motiv kann trotzdem im Bürgerkrieg zu finden sein. Hast du nicht gesagt, Gradwohl sei öfters nach Georgia gereist? Vielleicht sind dort nicht alle Kriegswunden verheilt.«

»Rache nach hundertfünfzig Jahren?«, fragte Gurtner. »Es war Krieg! Da sterben Menschen. Das ist normal.«

Fahrni war anderer Meinung. Die Art und Weise, wie die Gefangenen in Andersonville gestorben waren, könne nicht als normal bezeichnet werden, erklärte er. Mehrere Berichte beschrieben die Zustände im Lager. Das Trinkwasser war verseucht gewesen, es gab zu wenig Nahrung und kaum Medikamente. Statt in Unterkünften hausten die Gefangenen notdürftig in Zelten. Außerdem war das Lager völlig überfüllt gewesen. Die Gefangenen wurden durch Krankheiten und Seuchen nur so dahingerafft. »Der Ort wurde zu einem Symbol der Unmenschlichkeit«, schloss er.

»Wenn Amerikaner etwas machen, dann machen sie es richtig«, sagte Pilecki leicht sarkastisch.

»Wir sind kein bisschen besser«, erwiderte Fahrni. »Was wir den Alliierten im Zweiten Weltkrieg im Wauwilermoos angetan haben, ist weit schlimmer. Die Soldaten wurden dort systematisch gequält. Kommandant André Béguin war ein Sadist. Das war Henry Wirz nicht. Wirz war vielleicht nicht besonders sympathisch, und für das Wohl seiner Gefangenen hat er sich auch nicht groß eingesetzt, aber er tat sein Bestes. Das steht jedenfalls in den Berichten. Leider sah er seine Aufgabe vor allem darin, für Ruhe und Ordnung zu sorgen. Man darf übrigens nicht vergessen: Der ganze Süden war ausgehungert. Nahrungsmittel und Medikamente gab es auch für die eigenen Verwundeten nicht.«

»Dann ergibt Rache als Motiv keinen Sinn«, sagte Regina.

»Nur wenige im Norden wussten, was sich tatsächlich abgespielt hat. Man gab Wirz die Schuld an diesem Elend. Dem Dämonen von Andersonville.«

»Was hat er nach dem Krieg gemacht?«, fragte Pilecki.

»Er wurde wegen seiner Kriegsverbrechen zum Tode verurteilt«, antwortete Fahrni. »Und erhängt.«

Regina war überrascht, dass sie noch nie etwas von Heinrich Wirz gehört hatte.

Fahrni zuckte die Schultern. »Man liest nicht viel über ihn. Generell nicht über die Schweizer im Sezessionskrieg. Dabei gab es bis auf Napoleons Russlandfeldzug keinen fremden Krieg, in dem so viele Schweizer gekämpft haben. Die meisten standen allerdings auf der Seite der Nordstaaten. Das 15. Infanterieregiment von Missouri wurde Swiss Rifles genannt, und auch in der A Company der 1st United States Sharpshooters gab es zahlreiche Schweizer Schützen.«

»Emil Frey kämpfte in Gettysburg«, sagte Gurtner. »Das war eine der wichtigsten Schlachten überhaupt. Er wurde dort gefangen genommen.«

»Der spätere Schweizer Bundesrat?«, fragte Regina.

Fahrni nickte. »Imboden ebenfalls. Er wurde als Held gefeiert, weil er viele Verwundete über den Potomac zurück nach Virginia gebracht hat.«

»Ein Johnny Reb?«, fragte Gurtner überrascht.

»Einer der wenigen.« Fahrni sah die fragenden Blicke und erklärte: »Die Soldaten aus dem Süden wurden Johnny Reb genannt, jene aus dem Norden Billy Yank. Oder einfach Rebels und Yankees.«

Regina wurde bewusst, dass sie nicht nur wenig über den Einsatz von Schweizern im Amerikanischen Bürgerkrieg wusste, sondern auch wenig über den Krieg selbst. Wenn dieser Fall darin wurzelte, würde sie einiges nachlesen müssen. Noch war sie aber nicht überzeugt, dass es hier um ein Motiv ging, das hundertfünfzig Jahre zurücklag.

Sie sah zu Fahrni. »Du hast gesagt, Wirz wurde erhängt. Also wurde der Gerechtigkeit Genüge getan. Warum sollte sich jetzt noch jemand an ihm, beziehungsweise an seinen Nachkommen rächen wollen?«

»Die Sache ist viel komplizierter. Das war nur die Kurzversion. Der Prozess soll die reinste Farce gewesen sein. Noch heute ist er an juristischen Fakultäten in den USA ein Thema. Wenn du möchtest, stell ich dir die Informationen zusammen.« Regina nickte, und er fuhr fort: »Es gab immer wieder Bemühungen, Wirz zu rehabilitieren. Eben weil es bei dem Prozess nicht mit rechten Dingen zuging. Das gefiel aber nicht allen.«

Es wurde still im Raum.

»Hat sich Albert Gradwohl auch für die Rehabilitierung eingesetzt?« Regina richtete die Frage an Gurtner.

»Ich bin gerade erst dabei, mir Gradwohls Umfeld in der Schweiz anzuschauen«, antwortete er. »Die Telefondaten vom Provider sind übrigens eingetroffen, sie enthalten keine neuen Infos.«

»Wir müssen wissen, mit wem Gradwohl in den USA zu tun hatte«, sagte Regina.

»Der Häuptling hätte gute Kontakte«, seufzte Fahrni.

»Cavalli ist aber nicht hier«, erwiderte sie ungewöhnlich scharf. »Ich gehe davon aus, ihr habt die Namen und Adressen der Hotels, in denen er jeweils übernachtete?«

»War alles auf seinem Laptop«, bestätigte Gurtner. »Auch ein E-Mail-Verkehr mit einer Organisation namens Sons of Confederate Veterans.«

Regina wandte sich an Pilecki. »Versucht, auf Polizeiebene weiterzukommen. Cavalli war bestimmt nicht der Einzige, der Beziehungen mit den USA unterhielt. Sobald wir mehr Informationen haben, werde ich mich rechtshilfeweise an die US-Behörden wenden.«

»Ich kümmere mich darum. Ich wollte ohnehin am nächsten Burger-und-Bier-Treffen teilnehmen.« Er sah, dass der Sachbearbeiter von der Kriminalanalyse nicht wusste, wovon er sprach, und erklärte: »Das FBI veranstaltet in der amerikanischen Botschaft in Bern regelmäßig einen informellen Austausch mit Schweizer Ermittlern. Cavalli ging immer hin.«

Das Gespräch drehte sich nun um die Spuren am Tatort. Angst berichtete, der Seiteneingang sei mit einem Elektro-Pick aufgebrochen worden. Erneut staunte Regina über das professionelle Vorgehen des Täters. Sie wollte sich dazu äußern, als Gurtners Handy klingelte. Er schaute aufs Display und verließ die Kripoleitstelle. Pilecki schlug eine kurze Pause vor. Er öffnete die Tür weit, um ein wenig frische Luft vom Flur in den Raum zu lassen. Viel nützte es nicht.

Bruno kam unter Fahrnis Stuhl hervor und schüttelte sich. Speichel flog durch die Luft. Regina wich zurück. Sie sah, dass sie einen Anruf ihrer Mutter verpasst hatte. Bestimmt wollte Marlene sie zum Mittagessen am Sonntag einladen. Regina wäre lieber zu Hause geblieben, doch der Besuch war überfällig. Wenigstens ging Lily gern zu ihrer Großmutter.

Gurtner kehrte zurück. »Wir haben die Freundin!«

Alle Blicke richteten sich auf ihn.

»Das waren die Aargauer Kollegen. Sie haben dem Escort-Service gestern einen unangekündigten Besuch abgestattet, weil zu befürchten war, dass sich beim ersten Mal eine Illegale aus dem Staub gemacht hat. Und siehe da, sie wurden fündig. Gradwohls Freundin arbeitet tatsächlich dort. Aber sie ist kein Callgörl.«

»Sondern?«, fragte Regina.

»Telefonistin. Ihre Fingerabdrücke stimmen mit jenen in Gradwohls Haus überein. Und sie fährt einen dunkelblauen Daihatsu. Die letzten zwei Ziffern auf dem Autokennzeichen sind Zwei und Fünf.« Er verschränkte die massigen Arme vor der Brust. »Sie ist getürmt. Aber wir haben ihre Handynummer.«

# 10

*29. Juli 2016, Zürich*

Es herrschte Hektik in der Kripoleitstelle. Pilecki orientierte die Zielfahndung, Gurtner zog die Aargauer Kollegen hinzu, Fahrni benachrichtigte die Medienstelle über die bevorstehende Aktion. Regina verließ den Raum, um die Überwachung des Handys aufschalten zu lassen und eine rückwirkende Teilnehmeridentifikation in die Wege zu leiten. Diese würde aufzeigen, wo sich die Frau in den letzten Tagen aufgehalten und mit wem sie Kontakt gehabt hatte – sofern sich das Telefon in ihrem Besitz befunden hatte. Die nötigen Bewilligungen würde Regina später einholen. Mit Widerstand rechnete sie nicht, sowohl Tatnähe als auch Sachbeweis waren gegeben. Dass die Frau die Flucht ergriffen hatte, belastete sie zusätzlich.

Als Regina in den Raum zurückkehrte, sah sie eine Sachbearbeiterin der Zielfahndung vor der Tafel stehen, auf der alle Informationen über den Fall notiert waren. Neben ihr befand sich nicht, wie zu erwarten, der Dienstchef des Fahndungs- und Aktionsdienstes – sondern Joe Walker.

»Regina«, sagte er kurz.

Noch immer vermochte sein weicher Bariton sie zu überraschen. Die Stimme passte nicht zu seinem harten Blick und der militärischen Haltung. Es war nicht das einzig Widersprüchliche an Joe Walker.

Regina nickte zur Begrüßung. Walker stellte die Sachbearbeiterin mit Flavia Monti vor und wandte sich der Tafel zu. Gurtner fasste für die Fahnder die wichtigsten Punkte zusammen.

»Müssen wir damit rechnen, dass die Frau bewaffnet ist?«, fragte Walker.

»Ja«, antwortete Gurtner. »Die Waffe ist vom Tatort verschwunden.«

Angst beschrieb den Army No. 2.

Monti hob überrascht die Augenbrauen. »Und er funktioniert noch einwandfrei?«

Gurtner deutete auf die Fotos des Toten.

»Was wissen wir über die Flüchtige?«, fragte Monti.

»Nur, dass sie Doris Keller heißt und seit acht Jahren als Telefonistin beim Escort-Service arbeitet.«

»Ist das alles?«, fragte Hans-Peter Thalmann, der gerade zur Tür hereinkam.

Pilecki kniff die Augen zusammen. »Die Abklärungen sind erst angelaufen.«

»Dass das Opfer mit dem Escort-Service in Kontakt stand, ist doch seit Tagen bekannt.«

»Die Kollegen im Aargau hatten nur die Escort-Damen unter die Lupe genommen.«

»Das war ein Fehler.« Thalmann tippte mit einem Finger gegen seinen Oberschenkel.

»Wie hätten wir ahnen sollen, dass sich Gradwohl für die Telefonistin interessiert, wenn er ein Callgörl haben konnte?«, fragte Gurtner lakonisch.

Thalmann schaute zu Pilecki. »Bist du objektiv?«

Schlagartig wurde es still. Jeder im Raum wusste, dass Pileckis Frau als Cabaret-Tänzerin in die Schweiz gekommen war. Auf die unvermeidlichen Sprüche reagierte er meist gelassen, doch jetzt mahlte sein Kiefer.

»Das Handy hat sich soeben bei einem Sendemast angemeldet«, sagte Monti. »Habt ihr schon Kontakt mit der Zielperson aufgenommen? Weiß sie, dass nach ihr gesucht wird?«

Gurtner schüttelte den Kopf. »Noch nicht.«

»Ich übernehme das«, sagte Monti. »Die Jagd kann losgehen. Wir bleiben in Verbindung.«

Sie eilte aus dem Raum, um in die Militärkaserne zurückzukehren, wo sich die Büros der Fahnder befanden. Regina wusste wenig über den Fahndungs- und Aktionsdienst. Nur, dass er gut vernetzt war, auch über die Landesgrenze hinaus, und oft mehr Informationen über eine Person ans Licht brachte, als es das Leib/Leben zu tun vermochte. Der FAD war eine eingeschworene Gemeinschaft und behielt sein taktisches Wissen für sich. Nicht zuletzt, vermutete sie, um Kritik aus dem Weg zu gehen. In der Öffentlichkeit wurde immer wieder über die Zulässigkeit von geheimen Überwachungsmaßnahmen diskutiert.

Walker klickte sich in die Telefonüberwachung ein. »Sie befindet sich in der Nähe der Autobahn.« Ohne mit den Wimpern zu zucken, übernahm er die Führung. »Heinz, wir brauchen die Koordinaten der Aargauer Kollegen, damit Flavia direkt mit ihnen kommunizieren kann. Martin, geh noch einmal über das Spurenmaterial. Vielleicht siehst du angesichts der neuen Erkenntnis die Dinge in einem anderen Licht.« Als er das Schweigen der Anwesenden bemerkte, fügte er ein »Bitte« hinzu.

Regina sah demonstrativ zu Pilecki. »Einverstanden?«

Er nickte kurz. »An die Arbeit.«

Das Telefon klingelte. Gurtner stellte die Lautsprecherfunktion ein. Monti berichtete, dass sie Keller nicht erreicht, ihr aber eine Nachricht hinterlassen habe. Die Siebenundfünfzigjährige sei verheiratet und Mutter zweier erwachsener

Töchter. Außer einer Buße wegen illegalen Entsorgens von Müll habe sie sich nie etwas zuschulden kommen lassen.

»Sie ist Richtung Zürich unterwegs«, verkündete Walker, den Blick auf den Bildschirm gerichtet. »Der Diensthundeführer ist vor fünf Minuten ausgerückt.«

Wenig später wurde das Handy von einem Sendemast in der Nähe der Autobahnausfahrt registriert. Regina staunte darüber, dass Keller das Telefon nicht ausgeschaltet hatte. Wusste heute nicht jeder, dass ein Handy geortet werden konnte?

»Sie telefoniert!«, sagte Walker.

Gurtner drehte die Lautstärke auf. Eine erregte Frauenstimme erfüllte den Raum.

»Sonja? Ich muss dringend –«

»Doris? Bist du das?«

»Wo bist du?«

»Gerade aus dem Hallenbad gekommen, ist etwas –«

»Ich muss unbedingt mit dir reden! Ich weiß nicht, was ich tun soll.« Ein Schluchzer.

»Ich bin auf dem Weg nach Hause. Kann ich dich vom Festnetz aus zurückrufen?«

»Ich muss dich sehen, jetzt gleich. Ich hol dich ab. Bitte warte auf mich!«

Die Verbindung wurde unterbrochen. Walker zog sich zurück, um das taktische Vorgehen mit seinen Leuten zu besprechen. Laufend kamen neue Informationen herein. Die Sachbearbeiter in der Kripoleitstelle trugen sie zusammen. Angeblich betrieb Kellers Mann eine Bar in der Nähe von Baden. Das erklärte möglicherweise ihre Verbindung zum Escort-Service, dachte Regina. Als sie erfuhr, dass er wegen Körperverletzung vorbestraft war, klingelten die Alarmglocken.

Um siebzehn Uhr kam der Anruf der Fahnder. Doris

Keller war soeben in einem Café in Zürich-Nord geschnappt worden. Sie war nicht bewaffnet. Monti erklärte, die Aktion sei reibungslos verlaufen.

Ein kollektives Aufatmen ging durch die Kripoleitstelle. Pilecki reckte den Daumen in die Höhe, Fahrni streckte sich.

»Das nenne ich Timing«, sagte Angst. »Ich habe dieses Wochenende frei. Wenn es dringend ist, erreicht ihr mich auf dem Handy.« Er verabschiedete sich und verließ den Raum.

Regina stand auf. Für sie würde das Wochenende noch lange nicht beginnen. Sie packte ihre Sachen zusammen und machte sich auf den Weg zur Staatsanwaltschaft.

Doris Keller wirkte wie ein eingeschüchtertes Tier. Sie kauerte auf dem Stuhl, die Schultern hochgezogen, die Beine übereinandergeschlagen, den Fuß um den Knöchel geschlungen. Der amtliche Verteidiger, den Regina aufgeboten hatte, versuchte, sie zu beruhigen. Es gelang ihm nicht.

Regina konfrontierte die Frau mit den Vorwürfen, die gegen sie erhoben wurden. »Sie haben das Recht, die Aussage ohne Angabe von Gründen zu verweigern. Falls Sie Aussagen machen, werden diese als Beweismittel verwendet. Vom Recht, einen Verteidiger beizuziehen, haben Sie Gebrauch gemacht. Sind Sie heute bereit, Aussagen zu machen?«

Keller schaute sie mit offenem Mund an. Die blond gefärbten Haare und der durchtrainierte Körper ließen die Siebenundfünfzigjährige nicht jünger wirken. Falten hatten sich in die gebräunte Haut gegraben, Kinn und Hals waren schlaff.

Nina Dietz' Finger ruhten auf der Tastatur.

»Aber ich habe nichts getan!«, sagte Keller endlich.

Regina wiederholte ihre Frage.

»Ich würde Albert nie etwas antun!«

»Sie müssen nichts sagen«, erklärte der Verteidiger.

»Sie geben also zu, dass Sie Albert Gradwohl gekannt haben?«, fragte Regina.

Kellers Augen füllten sich mit Tränen. Als sie zu reden begann, sprudelten die Worte ungebremst aus ihr heraus. Sie erzählte, wie sie Gradwohl bei einem Jass-Turnier kennengelernt hatte. Wie sie sich sofort verstanden und danach noch ein Bier zusammen getrunken hatten. Daraus hatte sich eine Freundschaft entwickelt, später mehr.

»Weiß Ihr Mann davon?«

»Nein!« Keller sperrte die Augen auf. »Bitte, er darf es nicht erfahren!«

»Wie würde er reagieren?«

»Köbi ist kein schlechter Mensch, aber er erträgt es nicht, angelogen zu werden.«

»Und dennoch haben Sie es getan?«

Keller bedeckte ihr Gesicht mit beiden Händen. »Jeden Tag nahm ich mir vor, es ihm zu sagen. Aber wie bringt man jemandem nach neunundzwanzig Jahren bei, dass es einen anderen gibt? Wie gesagt, Köbi ist kein schlechter Mensch. Da war einfach nichts mehr. Zwischen uns, meine ich. Richtig bewusst wurde mir das erst, als ich Albert kennenlernte.« Sie beschrieb, wie sie sich zu treffen begannen. Wie sie sich langsam ineinander verliebten. Keller bestand darauf, dass niemand von der Beziehung erfuhr, bis sie mit ihrem Mann reinen Tisch gemacht hatte. Doch dazu kam es nicht mehr.

»Bitte erzählen Sie mir, was Sie am Abend des 26. Juli gemacht haben.«

Keller tauschte mit dem Anwalt einen Blick. Er gab ihr ein Zeichen fortzufahren. Sie atmete zitternd ein und schilderte, wie sie sich um neunzehn Uhr auf den Weg gemacht hatte. Ihrem Mann hatte sie erklärt, sie treffe eine Freundin zum Essen. Das war nicht einmal gelogen. Sie fuhr zuerst zu ihrer Freundin, anschließend zu Gradwohl. Als sie gegen zweiundzwanzig Uhr bei ihm eintraf, war die Wohnung dunkel.

»Ich vermutete, dass er noch nicht vom Jassen zurückgekehrt war. Dienstags besucht er den Jass-Stammtisch«, erklärte Keller. »Ich ging deshalb schon mal rein – «

»Einen Moment«, unterbrach Regina. »Wie kamen Sie hinein?«

»Albert hat mir einen Schlüssel gegeben. Damit ich drinnen warten kann, falls er sich einmal verspäten sollte. Normalerweise parke ich weiter weg, doch es war spät, und ich wollte keine Zeit verlieren.« Sie schloss die Augen.

»Was geschah dann?«

»Ich trat ins Haus. Es war dunkel. Dann … ich ging ins Wohnzimmer. Und da …« Sie begann, leise zu weinen. »Auf dem Boden sah ich einen Pfirsich liegen. Da wusste ich, dass etwas geschehen sein musste.«

»Sie haben gesagt, es sei dunkel gewesen«, wiederholte Regina. »Konnten Sie Albert Gradwohl sehen?«

Keller schaute auf. »Durchs Fenster kam etwas Licht. Genug, um Albert zu erkennen. Er lag mitten im Wohnzimmer. Zuerst glaubte ich, er habe einen Herzinfarkt erlitten. Oder einen Gehirnschlag. Aber dann sah ich das … Loch.«

Regina bat sie, das Wohnzimmer zu beschreiben. Sie wollte wissen, ob die Frau Anzeichen eines Kampfes bemerkt hatte, wo genau das Opfer gelegen hatte, ob etwas anders war. Kellers Antworten stimmten mit dem Bild überein, das die Polizei vorgefunden hatte. Sie waren glaubhaft, die Aussagen stringent.

»Was haben Sie danach gemacht?«

»Ich bin wieder gegangen«, flüsterte die Frau. »Mir war klar, dass ich für Albert nichts mehr tun konnte. Was hätte es genützt, wenn ich geblieben wäre?«

»Warum haben Sie die Polizei nicht benachrichtigt?«

»Das hatte ich vor.« Keller senkte den Blick. »Aber dann kam mir ein Streifenwagen entgegen. Er fuhr auf das Haus zu. Die Straße ist eine Sackgasse, ich wusste, das konnte kein Zufall sein. Also ließ ich es bleiben.«

»Wenn Ihre Aussage stimmt, haben wir wertvolle Zeit damit verloren, in der wir nach Ihnen suchten statt nach dem Täter.«

Keller weinte lautlos.

»Haben Sie nicht daran gedacht, dass der Täter noch im Haus sein könnte?«, fragte Regina.

»Das ist eine Suggestivfrage«, brachte sich der Rechtsanwalt ein.

Regina formulierte die Frage anders.

»Das ist mir gar nicht in den Sinn gekommen!«, behauptete Keller.

»Haben Sie etwas Ungewöhnliches gehört?«

»N-Nein, ich glaube nicht.«

»Denken Sie nach. Lassen Sie sich Zeit.«

Keller schloss die Augen, schüttelte dann aber den Kopf. »Es war still, abgesehen vom Ticken der Küchenuhr. Das ist mir aufgefallen, weil ich das Geräusch als angenehm empfinde. Seit ich Albert kenne, denke ich immer an ihn, wenn ich irgendwo eine Uhr ticken höre.« Sie strich fast liebevoll über ihre Armbanduhr.

»Haben Sie etwas am Tatort angefasst?«

»Nein.«

Regina schob ihr ein Foto hin. »Haben Sie diese Hülse schon einmal gesehen?«

»Nein.«

Wenn sie die Hülse tatsächlich aufgehoben und auf den Schreibtisch gestellt hatte, war sie eine ausgezeichnete Lügnerin. Reginas Bauchgefühl sagte ihr jedoch, dass Keller die

Wahrheit sagte. »Wissen Sie, ob Herr Gradwohl eine Waffe besaß?«

»Bestimmt nicht.«

»Kann es sein, dass Sie nichts davon wussten?«

»Nein.« Keller schüttelte vehement den Kopf. »Da bin ich mir sicher. Wir haben sogar darüber gesprochen.« Sie erzählte von Gradwohls Verwandtschaft mit Heinrich Wirz. »Als ich Albert frisch kennengelernt habe, dachte ich, er sei ein Militär-Narr. Damit kann ich überhaupt nichts anfangen. Aber er interessiert sich nur für diesen Henry. Nicht für den Krieg. Er sammelt auch keine Waffen.«

Regina fiel auf, dass sie in der Gegenwart sprach. Noch konnte die Frau nicht fassen, dass Albert Gradwohl tot war.

»Frau Keller, wo war Ihr Mann, als Sie losfuhren?«

»Köbi?«

»Ja.«

»Warum?«

»Bitte beantworten Sie die Frage.«

»In der Bar, wie immer. Er kommt meist erst nach Mitternacht nach Hause.« Sie schlug die Hand vor den Mund. »Sie denken doch nicht … Nein, das würde Köbi nie tun!«

»Er ist wegen Körperverletzung vorbestraft.«

»Das hat doch nichts zu bedeuten! Einer der Gäste war betrunken und hat Mobiliar beschädigt. Da griff Köbi ein. Was hätte er sonst tun sollen? Zuschauen, wie die Bar in die Brüche ging? Bis die Polizei eintraf, war alles längst vorbei.«

Regina beugte sich vor. »Fürchtet er sich vor der Polizei? So wie Sie?«

»Was?«, fragte Keller verdattert.

»Sie haben die Flucht ergriffen, als Sie die Polizei sahen.«

»Ich wollte nicht, dass Köbi von Albert erfährt.«

»Sind Sie deshalb geflohen?«

»Ich bin nicht geflohen, ich musste mir nur zuerst darüber

klar werden, was ich …« Sie verstummte, als ihr bewusst wurde, wie ihre Worte klangen.

»Was Sie für Lügen auftischen wollten?«

»Nein!«

»Ich bitte um eine kurze Pause«, unterbrach der Anwalt. »Ich würde gern mit meiner Klientin sprechen.«

»Wir sind gleich fertig.« Regina sah der Frau in die Augen. »Warum sind Sie vor der Polizei geflohen?«

Doris Keller blieb bei ihrer Aussage.

# 11

*Zürich, 1. August*

Köbi Kellers Alibi war hieb- und stichfest. Neun Gäste bestätigten, dass er zur Tatzeit hinter dem Tresen seiner Bar gestanden hatte. Auch die weiteren Aussagen von Doris Keller hielten der Überprüfung stand. Sie war tatsächlich mit einer Freundin essen gegangen und hatte sich kurz vor halb zehn verabschiedet. Die Kleider, die sie an diesem Abend getragen hatte, waren noch im Wäschekorb gewesen, Schmauchspuren hatten die Kriminaltechniker daran nicht gefunden.

Zurück an den Start, dachte Regina und starrte auf das Brettspiel, das vor ihr lag. Trotz des Nationalfeiertags hatte sie den Vormittag im Büro verbracht. Nach der anstrengenden Brandtour stapelte sich die Arbeit in ihrem Posteingang. Um keine Fristen zu verpassen, hatte sie Ordnung in die anstehenden Aufgaben bringen müssen.

»Sol!«, sagte Lily freudig und rückte drei Felder vor.

Es dauerte einen Moment, bis Regina merkte, dass sie Spanisch sprach. »Da sind nur zwei Sonnen drauf«, erklärte sie und zeigte auf den Würfel. »Das heißt, du darfst nur zwei Felder vorrücken.«

Als sie den Stein zurücksetzen wollte, verzog Lily den Mund. Regina ließ die Hand sinken. Wenn sich Lily vor ihrem Mittagsschlaf ärgerte, würde sie kein Auge zutun. Außerdem genoss Regina es, ihre Tochter lachen zu sehen.

Die ersten Monate nach Cavallis Abreise war Lily richtiggehend in sich zusammengefallen. In der Kita sonderte sie sich ab, zu Hause sprach sie fast nur noch mit Chris. Seit Paz sie betreute, ging es ihr besser, aber immer noch stand sie hin und wieder am Fenster und starrte zum Wald. Dorthin, wo Cavalli morgens zwischen den Bäumen erschienen war, wenn er draußen übernachtet hatte.

»Tu turno!«, rief Lily.

Regina würfelte einen Mond, rückte ein Feld vor und stürzte eine Leiter hinunter.

Lily legte die Würfel beiseite, packte ihren Stein und stellte ihn aufs Ziel. Sie klatschte begeistert, nahm den letzten Apfelschnitz vom Teller und hüpfte zur Terrasse. Regina packte sie, bevor sie die Tür erreichte. Um sie abzulenken, stimmte sie ein Lied an, trotzdem dauerte es lange, bis Lily im Bett lag. Erst als Regina sie daran erinnerte, dass Chris nach dem Mittagsschlaf zu Besuch käme, schloss sie die Augen.

»Mit dem Fukan?«

»Mit dem Vulkan«, bestätigte Regina. »Und ganz vielen Wunderkerzen.«

»Und Pissa?«

»Ich weiß nicht, was er kochen wird.«

»Pissa!«

»Schlaf jetzt, mein Schatz.«

Lily kniff die Augen zusammen und verzog die Nase. Irgendwann entspannten sich ihre Züge, bald darauf atmete sie gleichmäßig.

Regina nutzte die Zeit, um in Fahrnis Unterlagen zu lesen. Er hatte sie ihr am Samstag geschickt, doch sie war noch nicht dazu gekommen, auch nur einen Blick darauf zu werfen. Da sowohl Doris als auch Köbi Keller nicht als Täter infrage kamen, gewannen Gradwohls Nachforschungen über Heinrich Wirz wieder an Bedeutung.

Fahrni hatte ihr Unterlagen über den Prozess zusammengestellt und einen kurzen Lebenslauf beigelegt. Heinrich Hartmann Wirz war 1823 in Zürich zur Welt gekommen, wo er später im Kaufhaus seines Vaters arbeitete. Als dort eine Kiste Seide verschwand, leitete der Vater eine Untersuchung ein. Nur drei Monate später wurde Wirz wegen Betrugs und Unterschlagung zu vier Jahren Zuchthaus verurteilt. Regina schmunzelte, als sie las, wie schnell Zürichs Mühlen damals mahlten. Offenbar hatte sich seither viel verändert. Gleich geblieben war hingegen das Bedürfnis, Kriminelle abzuschieben. Ein Jahr darauf wandelten die Behörden Wirz' Strafe in eine zwölfjährige Verbannung aus dem Kanton um. Wirz reiste zuerst nach Moskau, dann in die USA. Er ließ in der Schweiz eine Tochter und einen Sohn zurück. Vermutlich die Vorfahren von Albert Gradwohl, dachte Regina.

In Amerika zog Wirz nach verschiedenen Zwischenstationen schließlich nach Louisiana, wo er auf einer Plantage nicht nur für die Sklaven, sondern auch für deren Gesundheit zuständig war. Inzwischen hatte er wieder geheiratet und eine neue Familie gegründet. Als der Bürgerkrieg ausbrach, meldete er sich als Freiwilliger und kämpfte auf der Seite der Konföderierten. In der Schlacht von Seven Pines wurde er so schwer verletzt, dass er zu Verwaltungsarbeiten abkommandiert wurde. Zu seinen Aufgaben gehörte die Inspektion der Kriegsgefangenenlager des Südens. 1864 wurde er zum Kommandanten von Andersonville ernannt. Regina blätterte um, doch hier endete Fahrnis Bericht.

Sie nahm die Prozessunterlagen hervor.

Lily kam aus dem Kinderzimmer, die Wangen rosig, das schwarze Haar zerzaust.

»Kiss?«, fragte sie.

Regina legte die Unterlagen beiseite und breitete die Arme aus.

»Chris ist noch nicht da, aber er kommt bald.«

Sie baute das Brettspiel wieder auf. Nach drei Durchgängen klingelte es.

»Kiss!« Die Steine flogen davon.

Kurz darauf erklang Chris' Lachen. Als er mit Lily ins Wohnzimmer kam, blieb Regina fast das Herz stehen. Er sah seinem Vater jeden Tag ähnlicher. Cavalli war nur acht Jahre älter gewesen, als Regina ihn kennengelernt hatte. Plötzlich befand sie sich wieder auf der Polizeiwache in Brooklyn, wo sie ihm das erste Mal begegnet war. Man hatte ihn neben der Leiche eines flüchtigen Diebes aufgegriffen und festgenommen. Nie würde Regina seine Wut vergessen. Monatelang war er der Spur des Bankangestellten gefolgt. Wenige Minuten, bevor Cavalli ihn fand, war dieser ermordet worden. Regina schauderte, als sie daran dachte, wie sie anschließend die irisch-amerikanische Mafia gejagt hatten. Wie naiv sie gewesen waren! In Gedanken korrigierte sie sich: Sie war naiv gewesen. Cavalli hatte genau gewusst, worauf er sich eingelassen hatte, und die Gefahr in Kauf genommen.

»Hey«, sagte Chris. »Alles in Ordnung?«

Regina blinzelte. »Entschuldige. Klar, komm rein! Wo ist Debbie?«

»Es gab keine Vulkane mehr. Sie ist zum Hauptbahnhof gefahren, dort kriegt sie bestimmt welche. Der Zwerg hat sich doch so darauf gefreut, nicht wahr?« Er kitzelte Lily, die laut kreischte.

Regina sah die zwei Taschen mit Lebensmitteln neben dem Eingang. »Muss etwas davon in den Kühlschrank?«

»Ja, der Mozzarella. Und das Bier.«

»Gibts Pissa?«, fragte Lily.

»Klar doch. Was denn sonst?«

»Mit Erbsen?«

»Sicher. Und M&M's.«

Lily wand sich in Chris' Armen. Kaum hatte er sie auf die Füße gestellt, raste sie in die Küche. Regina schmunzelte. Als gelernter Koch hätte Chris fast jedes Gericht zubereiten können, doch Lily würde ihn wohl noch viele Jahre nötigen, Pizza zu backen.

Sie nahm die Einkäufe und packte sie aus. Dann überließ sie Chris und Lily die Küche und begann, Lampions auf der Terrasse aufzuhängen. Debbie traf eine Stunde später mit dem Feuerwerk ein und half Regina, den Tisch zu decken. Draußen hörte man bereits die ersten Böller. Lily war zu beschäftigt, um sie zu bemerken. Nach dem Essen gab es für sie aber kein Halten mehr. Obwohl Regina ihr erklärte, Feuerwerk sehe im Dunkeln schöner aus, bestand sie darauf, es jetzt zu zünden. Chris zuckte die Schultern und reichte ihr eine Wunderkerze.

Während Regina die Teller in den Geschirrspüler stapelte, räumte Debbie die Lebensmittel weg.

»Hat dir Chris von seinen Plänen erzählt?«, fragte Debbie. »Er möchte die Aufnahmeprüfung für die Schule für Kunst und Design machen.«

Eigentlich hätte Regina nicht überrascht sein dürfen. Chris hatte schon immer gut und gerne gezeichnet.

»Er hat bereits ein Motivationsschreiben verfasst. Jetzt stellt er Arbeitsproben zusammen.« Debbie zögerte. »Er ist wirklich gut.«

»Aber?«

»Wenn er die Aufnahmeprüfung besteht, braucht er finanzielle Unterstützung. Seine Mutter hat gesagt, sie würde die Hälfte der Studienkosten beisteuern, für die andere Hälfte sei aber sein Vater zuständig.«

Der nicht hier ist, dachte Regina. Wie so oft, wenn Chris ihn brauchte. »Ich übernehme das. Chris soll mir sagen, wie viel er benötigt.«

Debbie strahlte. »Er wird sich riesig freuen!«

»Worüber?«, fragte Chris in der Tür.

»Regina wird dich unterstützen.« Debbie schlang die Arme um seine Taille.

Regina sah, wie seine dunklen Augen vor Dankbarkeit leuchteten. »Cava wird sich freuen, dass du die Prüfung machst.«

»Glaubst du, er kommt zurück?«, fragte Chris.

»Ich weiß es.« Regina klang überzeugter, als ihr zumute war.

Sie gingen hinaus auf die Terrasse. Lily stocherte mit dem Löffel in ihrem Pudding, dabei fielen ihr fast die Augen zu. Schließlich kletterte sie auf Chris' Schoß, legte den Kopf an seine Brust und schlief ein. Wehmut erfasste Regina. Bis spät in die Nacht sprachen sie über Chris' Pläne, betrachteten das Feuerwerk am Himmel und lauschten dem Gelächter aus den anderen Gärten. Eigentlich hätte Regina glücklich sein müssen. Als sie im Bett lag, fühlte sie sich einsam und leer. Wie die leeren Hüllen vom Feuerwerk.

Sie war dankbar, dass sie sich am nächsten Tag in die Arbeit stürzen konnte. Die S-Bahn war halb leer, auf der Staatsanwaltschaft war es ungewöhnlich ruhig. Dietz hatte nach dem langen Wochenende noch einen freien Tag angehängt; obwohl Regina ihre Anrufe selbst entgegennehmen musste, kam sie gut voran. Kurz vor zehn meldete sich Gurtner.

»Neuigkeiten«, sagte er. »Es ist nicht das erste Mal, dass jemand mit einem Army No. 2 erschossen wurde. In den USA kam es vor zehn Jahren zu einem Tötungsdelikt mit der gleichen Waffe.«

»Der gleichen oder derselben Waffe?«

Er grunzte.

»Die gleiche Waffe bedeutet –«, begann Regina.

»Ich kenne den Unterschied. Muss nur die Blätter vom Boden aufheben. Der Durchzug … alle Fenster sind offen.« Er schien außer Atem zu sein. »Gleiche Waffe, gleiche Munition. Angst hat Fotos geschickt, aber wegen des Zustands des Projektils bezweifelt er, dass die Amerikaner die Frage eindeutig beantworten können. Nach der Mittagspause wissen wir mehr.«

»Wenn ich es schaffe, komme ich auch«, versprach Regina.

Sie legte auf und nahm die Prozessunterlagen hervor. Sie war immer noch nicht dazu gekommen, sie zu lesen, und wollte sich endlich mit den Vorwürfen gegen Wirz beschäftigen.

Es schien, als habe der Kommandant tatsächlich als Sündenbock herhalten müssen. Vonseiten der Nordstaaten warf man ihm sogar vor, am Komplott zur Ermordung von Präsident Lincoln beteiligt gewesen zu sein. Während des Kriegs hatte sich der Hass auf beiden Seiten aufgebaut. Kaum war für den Norden der Tag des Triumphs gekommen, schon wurde er seines großen Helden beraubt. Kein Wunder, dass man darin einen Racheakt des Südens sah, dachte Regina. Es kam nicht nur zum Prozess gegen Wirz, angeklagt wurden auch Personen im Umfeld des ehemaligen Südstaatenpräsidenten Jefferson Davis. Trotz intensiven Ermittlungen gelang es den Nordstaatlern aber nicht nachzuweisen, dass Davis direkt an der Ermordung Lincolns beteiligt gewesen war. Also musste ein anderer den Kopf hinhalten. Dass es ausgerechnet Heinrich Wirz traf, war kein Zufall. Die Bilder von ausgemergelten Soldaten und geschundenen, bis aufs Skelett abgemagerten Körpern, die verschiedene Zeitungen im Norden veröffentlicht hatten, lösten einen Sturm des Entsetzens aus. Die Zustände in den dortigen Gefangenenlagern waren ebenfalls unmenschlich gewesen, das kümmerte aber niemanden. Hinzu kam, dass Wirz Ausländer war. Sein Akzent, durch einen angeborenen Sprachfehler noch verstärkt, führte zu Ablehnung. Der Ausländer als Sündenbock. Auch das kam Regina bekannt vor. Wie wenig sich die Welt verändert hatte.

Wirz war schon verurteilt worden, bevor der Prozess überhaupt begonnen hatte. Der Staatsanwalt klagte ihn wegen Verschwörung und Mord an. Hundertsechzig Insassen aus Andersonville wurden als Zeugen aufgeboten. Gerade einmal zwölf von ihnen warfen Wirz Grausamkeit vor. Der Kronzeuge stellte sich im Nachhinein als Hochstapler heraus; er war ein Deserteur aus einem New Yorker Regiment.

Regina staunte, als sie las, dass die Verteidigung keine Akteneinsicht erhalten hatte. Auch Entlastungszeugen waren vom Gericht abgelehnt worden. Sogar der Schweizer Generalkonsul in Washington hatte sich geweigert, Wirz zu helfen.

Am 10. November 1865 wurde er hingerichtet.

Für die Südstaatler war Heinrich Wirz ein Märtyrer. Bis heute hatte sich daran nichts geändert. Mit zunehmendem Interesse las Regina, dass sich nicht nur einzelne Historiker um seine Rehabilitierung bemühten; 1977 wurde Wirz offiziell von den Sons of Confederate Veterans, einer Vereinigung von Nachkommen konföderierter Soldaten, zum Märtyrer erklärt. 1981 wurde ihm von diesen eine Ehrenmedaille ausgestellt. Jedes Jahr findet in Andersonville am Tag von Wirz' Hinrichtung eine Gedenkfeier statt. Im Dorf selbst erinnert ein Obelisk an ihn.

Verena Gradwohl hatte ausgesagt, ihr Bruder sei mehrmals in die USA gereist. Regina suchte das Protokoll der Befragung hervor und überprüfte die Daten. Die Reisen hatten jeweils im November stattgefunden.

War das Motiv für den Mord doch im Bürgerkrieg zu

suchen? Wer hegte hundertfünfzig Jahre später noch einen Groll gegen Wirz?

Fahrni holte Regina am Eingang des Kripogebäudes ab. Gemeinsam fuhren sie in die fünfte Etage. Regina bedankte sich für die Unterlagen. »Ich wüsste gern, welche Rolle der Bürgerkrieg heute in den USA spielt.«

»Die Symbole bewegen die Gemüter, so viel ist klar.«

»Denkst du an das Massaker in Charleston?«

Fahrni nickte. »Auf dem Autokennzeichen des Täters war die Kriegsflagge der Südstaaten. Er hat auch im Internet Fotos davon gepostet. Einer der Gründe, warum die Flagge und andere Denkmäler, die an den Bürgerkrieg erinnern, aus der Öffentlichkeit verschwinden sollen. Einige Staaten haben bereits damit begonnen. Den Anfang hat ausgerechnet South Carolina gemacht, wo der Sezessionskrieg ausbrach.«

»Ist die Flagge ein Symbol für Rassismus?«

»Indirekt ja. Sie erinnert daran, dass die Wirtschaft des Südens auf der Sklaverei fußte.«

Regina fragte sich, ob sie die angestrebte Rehabilitierung von Wirz unter diesem Gesichtspunkt betrachten musste. Empfand der Täter sie als rassistisch?

Als sie den Aufzug verließen, sagte Fahrni: »Der Täter wurde in North Carolina festgenommen.«

Regina blieb stehen. »Was willst du damit sagen?«

»Der Häuptling ist in North Carolina.«

Fahrnis Ideen waren oft verworren, aber wenn er zwei Ereignisse miteinander verband, dann deshalb, weil die Verbindung da war. »Glaubst du, der Fall hat etwas mit Cavalli zu tun?«

»Eigentlich nicht.«

Gurtner befand sich bereits in der Kripoleitstelle, in der Hand hielt er einen Stift. Auf der Tafel stand in Großbuchstaben: George W. Bush. Gurtner fügte »Militärgericht« hinzu. Als sich alle eingefunden hatten, drehte er sich um und erklärte, es gebe zwei Wege, Wirz zu rehabilitieren. Er streckte den Daumen in die Höhe. »Erstens, man schreibt dem Präsidenten einen Antrag auf Begnadigung. Ist zwar keine wirkliche Rehabilitierung, aber immerhin. Das hat ein Historiker schon vor Jahren getan.« Er zeigte auf den Namen George W. Bush. »Söhnchen Bush war damals Chef. Aber der hat sich nicht einmal die Mühe gemacht zu antworten. Zweitens, man strebt eine juristische Rehabilitierung an. Durch ein Militärgericht.« Wieder zeigte er auf die Tafel. »Vielleicht wollte Gradwohl die Sache anpacken. Ist zwar ziemlich teuer, aber wenn es ihm wichtig genug war?« Gurtner verschränkte die Arme. »Einen anderen Weg gibt es nicht.«

»Gab es Reaktionen auf den Begnadigungsantrag?«, fragte Regina. »Außerhalb des Weißen Hauses?«

»Wir haben auf Gradwohls PC viele E-Mails aus den USA gefunden«, antwortete Gurtner. »Von Mitgliedern dieser Veteranen Organisationen. Sie haben ihm Mut gemacht, Unterstützung angeboten.«

»Negative Stimmen?«

»Keine. Jedenfalls nicht per Mail.«

Es klopfte kurz, die Tür ging auf, und Martin Angst trat ein. Er entschuldigte sich für seine Verspätung und hielt ein Blatt Papier hoch. »Vor zehn Jahren wurde eine neunundsiebzigjährige Frau mit einem Army No. 2 erschossen. Eudora Lee Taber. Sie war Mitglied der United Daughters of the Confederacy. Das ist ein Verband von Frauen, deren Vorfahren bei den Konföderierten kämpften.« Er machte eine kurze Pause. »Sie war die Urgroßnichte von Henry Wirz.«

# 12

*Chickahominy River, 1. Juni 1862*

Malcolm Maloney hatte seine Eltern nie kennengelernt. Seine frühste Erinnerung war die Strohmatratze, auf der er als Kind neben andern Lumpensammlern an der Ragpicker's Row schlief. Die meisten waren Einwanderer aus Italien. Sie zogen durch die Straßen und sammelten alles ein, was sie zwischen die Finger bekamen, um es zu verhökern. Abgestumpft, krank, bereit, den besten Freund für eine warme Mahlzeit zu verraten. Später fand Malcolm Arbeit auf einem der Prahms, jener flachen, eckigen Schiffe, die New Yorks Abfall den Hudson River hinuntertransportierten, um ihn auf dem offenen Meer zu entsorgen. Unter dem wachsamen Auge eines Padrones durchsuchte er den Müll nach verwertbarem Material; als Gegenleistung bekam er etwas zu essen, manchmal ein, zwei rostige Pennies. Dennoch knurrte sein Magen ständig.

Das änderte sich erst, als ihm ein Geschäftsmann mit dicker Zigarre und noch dickerem Geldbeutel ein Bündel Dollar anbot, damit er anstelle seines Sohnes in die Armee eintrat.

Malcolm überlegte nicht lange. Zum ersten Mal trug er anständige Kleider und legte sich mit vollem Bauch schlafen. Eigentlich hatte er vorgehabt, so bald wie möglich zu desertieren. Der Krieg interessierte ihn nicht, die Nation ebenso wenig. Dann merkte er, dass er in einer Goldgrube gelandet war.

Fielen Schüsse, war Malcolm nie an vorderster Front. Aber er war der Erste, der sich über die gefallenen Kameraden beugte. Er durchsuchte ihre Taschen nach Wertsachen, nahm ihnen Uhren und Schmuck ab und verkaufte die Beute an den Meistbietenden, egal, auf welcher Seite dieser kämpfte. Je weiter die Truppen in den Süden vordrangen, desto mehr brachte die Ware ein. Vor allem die Waffen.

Der Army No. 2, den er Jeremiah Greene abgeknöpft hatte, war ein Prachtstück. Mindestens dreißig Dollar wert. Wäre Greene auf dem Schlachtfeld gestorben, hätte Malcolm ihn sofort zu Geld machen können. Aber der Soldat überlebte. Schlimmer noch, er verbreitete die Nachricht von dem Diebstahl, sodass Malcolm nichts übrig blieb, als den Revolver zu verstecken und abzuwarten.

Bis wenige Meilen vor Richmond ging alles gut. In der Ferne grollte das Artilleriefeuer ununterbrochen. Die Truppen waren durchnässt vom schweren Regen, die Stimmung befand sich auf einem Tiefpunkt. Tornister und Gepäck hatten die Soldaten zurücklassen müssen, sie hatten noch nicht einmal Zelte, die sie vor dem Unwetter schützten.

Malcolm wusste nicht, wer das Gerücht in die Welt gesetzt hatte, aber als er die Blicke auf sich spürte, ahnte er, dass die Kameraden Verdacht geschöpft hatten. Er hörte das schmatzende Geräusch von Stiefeln im Morast und beschloss, dass seine Zeit bei der Armee vorbei war. Mit dem Revolver im Holster und den Taschen voller Wertsachen schlich er sich davon.

Vermutlich wäre er nicht weit gekommen, aber kaum hatte er sich auf den Weg gemacht, eröffneten die Rebellen das Feuer. Auf einmal herrschte Chaos. Eine Granate schlug hundert Meter neben dem Regiment in den Schlamm, weitere folgten. Während die Batterien Stellung bezogen, lief Malcolm in die entgegengesetzte Richtung.

Bald war der Gefechtslärm ein fernes Echo in der Nacht. Trotz Müdigkeit gönnte sich Malcolm keine Pause. Er brauchte den Schutz der Dunkelheit, um sich möglichst weit von den Truppen zu entfernen. Als es zu dämmern begann, versteckte er sich im Gestrüpp. In der nächsten Nacht lief er weiter. Seine Füße schmerzten, der Hunger nagte. Er war schon vier Stunden unterwegs, da tauchte vor ihm eine Plantage auf. Vorsichtig schlich er näher. Auf dem Marsch in den Süden war er an vielen Plantagen vorbeigekommen. Die meisten standen leer, ab und zu hielten sich ein paar Neger in den Baracken auf. Sie freuten sich in der Regel, Soldaten aus dem Norden zu sehen, deshalb war Malcolm nicht so vorsichtig, wie er es hätte sein müssen. Er dachte vor allem an die Vorratskammer. Nicht einmal die abgeschlossene Haustür erweckte sein Misstrauen. Zielgerichtet stapfte er in die Küche, wo er eine Tür sah, hinter der er die Speisekammer vermutete. Kaum hatte er die Hand auf den Griff gelegt, spürte er etwas Hartes am Hinterkopf.

»Umdrehen«, befahl eine Frauenstimme. »Ganz langsam!«

Malcolm stand einer jungen Frau mit feuerrotem Haar gegenüber. In den Händen hielt sie eine Flinte. Blitzschnell erfasste er die Lage. Wäre ein Mann im Haus, stünde dieser hier. Malcolm entspannte sich. Frauen hatte er schon immer geschickt um den Finger wickeln können.

Er ließ die Schultern hängen. »Bitte nicht schießen! Es war der Hunger, der mich …« Er hustete laut und lange.

»Sind Sie allein?«

»Ja.« Er senkte den Blick. »Ich bin auf dem Weg nach Richmond. Ich habe gehört, General Johnston sei dort.«

Misstrauisch kniff die rothaarige Frau die Augen zusammen. »Sie wollen zur North-Virginia-Armee?«

»Meine Mutter kommt aus Georgia. Ich fühle mich dem Süden verbunden.«

»Sie tragen eine Nordstaatenuniform.«

»Ich habe mich dem Wunsch des Vaters gebeugt, doch ich schäme mich dafür.«

»Sie sind desertiert?«

»Ich möchte mich Johnston anschließen.«

»Johnston ist gefallen.« Ihre Stimme war hart. »Robert E. Lee ist neuer Oberbefehlshaber.«

Malcolm faltete die Hände vor der Brust und senkte den Kopf. Er hatte gehört, dass die verwöhnten Frauen im Süden zur Hysterie neigten. Nicht aber diese hier. Malcolm spürte, dass er von ihr kein Mitleid erwarten konnte. Er würde seine Taktik ändern müssen. »Hören Sie, wenn –«

»Hände an die Wand«, sagte sie.

Kurz überlegte er, den Revolver zu ziehen, er fürchtete aber, dass sie ihm eine Ladung Schrot in den Kopf jagen würde, noch bevor seine Hand das Holster berührte. Er hob die Hände. Ohne sich zu zieren, tastete sie ihn ab. Als sie das Holster entdeckte, befahl sie ihm, es abzunehmen. Der Lauf der Flinte bohrte sich in seinen Rücken.

Verärgert löste er die Schnalle. Wie hatte er sich von einer Frau übertölpeln lassen können? Er war auf der Straße aufgewachsen! Misstrauen war ihm so vertraut wie Hunger.

»Mach die Tür auf!«, befahl sie.

Ihm blieb nichts anderes übrig, als zu gehorchen. Die Vorratskammer roch feucht und erdig. Es war zu dunkel, um mehr als die Umrisse von ein paar Regalen auszumachen. Sie stieß ihn zu einer Falltür, die im Boden eingebracht war, und wies ihn an, sie zu öffnen. Als er in das pechschwarze Loch starrte, bekam er es mit der Angst zu tun.

»Lassen Sie mich gehen!«, flehte er. »Ich finde den Weg nach Richmond allein.«

»Los, runter!«

»Gnädige Frau, ich bitte – «

Plötzlich gaben die Beine unter ihm nach. Bevor er wusste, wie ihm geschah, stürzte er die Treppe hinunter. Über ihm knallte die Falltür zu.

# 13

*North Carolina, 17. April*

Cavalli hörte Schüsse. Sie klangen wie von weit her, als würde in der Ferne eine Schlacht ausgetragen. Er öffnete die Augen. Die Decke schimmerte bläulich, es roch nach Schweiß und Feuchtigkeit. Dennoch fühlte er sich wie ausgetrocknet. Die Zunge klebte ihm am Gaumen, sein Hals brannte. Als er sich zu bewegen versuchte, spürte er einen stechenden Schmerz im Becken.

Schlagartig war er wach. Erinnerungen überrollten ihn: die Stimmen von Emma und Buzz; Hände unter seinem Kopf; eine Tablette im Mund; Wasser, das ihm über das Kinn rann.

Wasser. Er formte das Wort, doch kein Ton kam über seine Lippen. Irgendwo schrie jemand. Woher kam das bläuliche Licht? Langsam drehte er den Kopf, sein Blick fiel auf Emma, die am Boden saß, ein Kissen im Rücken, Stöpsel im Ohr, einen Bildschirm vor sich. Die Geräusche kamen aus den Kopfhörern.

Cavalli wollte ihr ein Zeichen geben, doch da war wieder dieser Sog. Er riss ihn in die Tiefe zurück, aus der er sich soeben hochgekämpft hatte. Seine Glieder wurden schwer, die Augen fielen ihm zu. Als er sie das nächste Mal aufschlug, war es hell.

»Endlich!« Emmas Stimme war unerträglich laut. »Verdammt, Bird, mach das nie wieder! Hörst du mich?«

Emma tauchte in seinem Blickfeld auf. Er sah dunkle Augen, ungewaschenes Haar. Sie verschwand und kehrte kurz darauf mit einem Glas Wasser zurück. Als sie sich zu ihm aufs Bett setzte, zuckte Cavalli zusammen.

»Geschieht dir recht!«, schimpfte sie. »Was hast du dir nur dabei gedacht?«

Sie half ihm, den Kopf zu heben, und hielt ihm das Glas an den Mund.

Er musste wieder eingeschlafen sein, denn jetzt war Emma weg. Es zischte. Buzz stand in der Tür, eine Dose Bier in der Hand.

»Wird aber auch langsam Zeit«, sagte er.

»Wie lange ...«

»Vier Tage. Du hast Emma eine Heidenangst eingejagt. Sie hatte dich schon abgeschrieben. Ich konnte sie nur mit Mühe davon abhalten, dich in die nächste Notaufnahme zu fahren.« Er nahm einen Schluck Bier. »Hab ihr gesagt, du seist ein zäher Vogel.«

»Antibiotika?«

»Hab ich geholt. Aber ich konnte damit nicht sofort hierherkommen. Du hattest recht, das Haus deiner Großmutter wird überwacht. Ich fuhr deshalb ins Casino. Hab mir die Nacht dort um die Ohren geschlagen, mich volllaufen lassen. Eine Braut abgeschleppt.« Er grinste.

»Freut mich, dass ... du Spaß hattest.«

Buzz breitete die Arme aus. »Hey, entweder das oder den Typen direkt hierherführen.«

»Nur einer?«

»Sah so aus.«

»Wie hast du es gemerkt?«

Buzz zuckte die Schultern. »Ich war Späher. In der Army.«

»Ein FBI-Mann?«

»Kaum. Wäre er FBI, hätte er dafür gesorgt, dass die

Bundesbehörden die Ermittlung an sich reißen. Aber Frank Watty ist noch im Spiel.« Als Cavalli nicht sofort reagierte, erklärte er: »Von der Cherokee Police.«

»Ich weiß, wer Frank ist.«

Buzz zuckte die Schultern. »Das Fieber war ziemlich hoch.«

»Richtig.« Emma tauchte neben dem Bett auf. »Und deshalb sollte sich Bird jetzt nicht so anstrengen.«

»Frank?«, bohrte Cavalli.

»Er war bei deiner Großmutter«, sagte Buzz. »Er macht sich Sorgen um dich.«

»Gut.« Cavalli schloss kurz die Augen, er fühlte sich unendlich müde.

»Er lässt Junes Haus überwachen, für den Fall, dass du auftauchst«, fuhr Buzz fort. »Er will unbedingt mit dir reden.«

»Das Risiko ist zu groß«, sagte Cavalli. »Schon möglich, dass der Täter nicht vom FBI ist, aber der Maulwurf ist es bestimmt. Ich traue niemandem.« Er machte eine Pause, um durchzuatmen. »Muss mehr wissen. Spuren?«

»Ja. Schuhabdrücke und Reifenspuren. Und ein Stück vom Blasrohr ist abgebrochen. Es ging bei Granny Bee's wohl ziemlich drunter und drüber.«

»Der Maulwurf wird die Beweise verschwinden lassen. Oder fälschen.«

»Darüber kannst du dir später Gedanken machen«, sagte Emma entschlossen. »Jetzt musst du erst einmal etwas essen. Buzz, hilf mir, ihn aufzurichten.«

Cavalli wollte protestieren, aber als er aufzusitzen versuchte, wurde ihm schwarz vor Augen.

»Es fühlt sich schlimmer an, als es ist«, sagte Emma. »Vermutlich haben sich kleine Knochensplitter in die Muskulatur gebohrt, der Beckenkamm scheint aber noch ganz zu sein. Sobald die Entzündung zurückgeht, werden auch die Schmerzen nachlassen.«

Sie setzte sich mit einer Tasse Brühe neben ihn. Schon der Geruch verursachte Cavalli Übelkeit, doch er zwang sich, sie zu trinken.

»Glaubst du, Frank steckt mit drin?«, fragte er.

»Frank Watty ist in Ordnung«, sagte Buzz. »Aber vielleicht weiß er nicht, dass er dem Indian-Killer in die Hände spielt. Was wird der Killer jetzt tun?«

Genau das fragte sich Cavalli auch. Emma war sein nächstes Opfer, doch sie war unerreichbar. Würde der Täter an der Reihenfolge festhalten? Emma überspringen? Cavalli erinnerte sich an ihren Vorwurf, er verschließe die Augen vor etwas. Wann war das gewesen? Die letzten Tage erschienen ihm wie eine einzige, lange Achterbahnfahrt. »Was hast du gemeint, als du gesagt hast, ich wolle die Wahrheit nicht sehen?«

Sie wusste nicht, wovon er sprach.

»Kurz bevor Buzz gegangen ist, um die Antibiotika zu holen.«

»Ach so. Als du in Ohnmacht fielst.«

»Ich bin nicht in Ohnmacht gefallen!«

»Natürlich bist du das. Wir schafften es gerade noch, dich aufs Sofa zu legen.«

Buzz zündete sich eine Zigarette an.

Emma wedelte mit der Hand. »Echt Buzz, muss das sein? Kannst du nicht wenigstens draußen rauchen?«

Buzz öffnete das Fenster.

Emma seufzte und wandte sich wieder an Cavalli. »Du hast gesagt, deine Kinder seien in Sicherheit, weil sie in der Schweiz sind. Das ist Bullshit. Und deine Freundin hast du auch vergessen.«

»Regina?«

»Hast du mehrere?«, fragte sie trocken. »Der Killer arbeitet sich schrittweise zu den Personen durch, die dir nahestehen. Käme Regina nicht vor deiner Familie? Den Blutsverwandten, meine ich.«

»Sie ist in der Schweiz.«

»Em hat recht«, sagte Buzz. »Du willst es nicht sehen. Warum sollte der Killer nicht in die Schweiz reisen? Wenn deine Theorie stimmt, hat er seinen Plan bis ins Detail durchdacht. Er verfolgt ein Ziel, und er will es erreichen. Der erste Mord geschah vor über einem Jahr. Das ist verdammt lange her. Der Typ hat Ausdauer. Er weiß, wer dir nahesteht, nimmt die Opfer genau unter die Lupe. Was könnte ihn davon abhalten, sich ins nächste Flugzeug zu setzen und in der Schweiz weiterzumachen?«

Cavalli versuchte aufzusitzen. Fast hätte sein Magen die Brühe wieder von sich gegeben.

»Jetzt reicht es aber wirklich!«, sagte Emma. »Buzz, raus.«

Cavalli schloss die Augen. Wenn es ein Einzeltäter war, befand sich Regina in Sicherheit, zumindest für den Moment. Zwischen den Morden lagen jeweils zwei bis drei Monate. Cavalli vermutete, dass der Täter Zeit brauchte, um sich mit dem nächsten Opfer zu befassen. Wie lange würde es dauern, bis er Emma von der Liste strich? Das Pfeifen in seinen Ohren war wieder da.

Im Schlaf wurde er von Albträumen heimgesucht. Mit dem Blasrohr in der Hand pirschte der Mörder sich an Regina heran. Cavalli sah, wie ein Pfeil auf sie zuflog, war aber unfähig, sich zu bewegen. Höhnisches Gelächter erklang. Cavalli spürte etwas Kühles auf der Stirn, schon zog ihn der nächste Traum in den Abgrund.

Die Vergangenheit raste an ihm vorbei. Er sah Menschen, mit denen er sich angelegt, die er verletzt hatte. Es waren viele. Er hatte sich nie darum gekümmert, was andere von ihm hielten und selten Rücksicht gezeigt, wenn er Entscheidungen traf.

Dann waren sie weg. Er trieb auf dem Wasser, schwerelos. Ohne Schmerzen, ohne Angst. Als er an Land gespült wurde, öffnete er widerwillig die Augen. Sonnenlicht strömte durchs Fenster.

Emma begrüßte ihn mit einem Lächeln. Ein ungewohnter Anblick. Er fühlte sich immer noch kraftlos, aber etwas hatte sich verändert.

»Das Fieber ist weg«, sagte sie.

»Wie lange habe ich geschlafen?«

»Zwanzig Stunden.«

In Panik versuchte er aufzusitzen.

Emma drückte ihn auf die Matratze zurück. »Du hast nichts verpasst. Ich mach dir jetzt eine Hafersuppe. Meinst du, du schaffst es, so lange liegen zu bleiben?«

»Habe ich eine andere Wahl?«

»Nein.«

Während sie die Suppe zubereitete, betrachtete er seine Umgebung. Billige Holzverkleidung und ein Moskitogitter, das mit Klebeband geflickt war. Eine Campingausrüstung lag in einer Ecke, daneben stand ein Gewehr.

»Wo ist Buzz?«, fragte er, als Emma zurückkehrte.

»Er wohnt bei einem Cousin, falls der Killer herausfindet, dass wir verwandt sind, und ihn aufsucht. Er kommt nur nachts vorbei, um zu sehen, wie es uns geht.«

Sie hielt ihm einen Löffel Suppe hin. Cavalli dachte daran, wie er Junebug früher gefüttert hatte. Begriff seine Tochter, wie lange er schon weg war? Er hatte ihr jeden Sonntag am Telefon eine Geschichte erzählt. Immer kam Ujetsdi vor, das Opossum. Chris' indianischer Name. »Ich muss Regina anrufen. Sie wird sich Sorgen machen, weil ich mich nicht gemeldet habe.«

»Besser nicht«, sagte Emma. »Erinnerst du dich an unser Gespräch? Du wolltest nicht kapieren, dass Regina das nächste Opfer sein könnte.«

Auf einmal klebte ihm der Hafer wie Leim am Gaumen.

»Wenn der Killer das Gefühl hat, dass sie dir nichts mehr bedeutet, ändert er vielleicht seinen Plan«, erklärte Emma.

»Er ist nicht dumm.«

»Nein, aber es ist das Einzige, was du für sie tun kannst. Einen Versuch ist es wert.«

Cavalli musste sich eingestehen, dass sie recht hatte. Reginas Sicherheit ging vor. »Im Moment ist der Täter aber noch hinter dir her, nicht hinter Regina.«

Emma rührte in der Suppe. »Toll.«

Zum ersten Mal glaubte er, Bitterkeit in ihrer Stimme zu hören. Emma war in Gefahr, weil sie seine Mutter pflegte. Trotzdem hatte sie ihm nie Vorwürfe gemacht. »Wir wollen dasselbe«, sagte er sanft. »Dass es endlich vorbei ist. Mir ist jedes Mittel recht. Und dir?«

»Du willst mich als Köder benutzen?«, fragte sie zögernd.

»Nur eine falsche Fährte legen, damit der Täter eine Weile beschäftigt ist. Das verschafft uns Zeit.«

»Wie stellst du dir das vor?«

»Das weiß ich nicht. Lass uns mit Buzz sprechen, wenn er das nächste Mal vorbeischaut. Und Emma? Danke. Für alles.«

Sie zuckte die Achseln. »Mir blieb keine Wahl.«

»Du hättest mich auf dem Parkplatz liegen lassen können. Oder dich weigern, die Kugel rauszuholen.«

»Ich habs nicht für dich getan, sondern für deine Mutter.«

Sein Magen krampfte sich zusammen. Die letzte Person, an die er jetzt denken wollte, war seine Mutter. Als Kind hatte Cavalli vorübergehend bei ihr gewohnt, sie seither aber nicht mehr gesehen.

Emma sah ihn an. »Sie wird nicht mehr lange leben. Sie wünscht sich nichts sehnlicher, als dass du ihr vergibst.«

»Es gibt nichts zu vergeben. Sie hat ihr Leben so gelebt, wie sie es für richtig hielt. Ich lebe meines so, wie ich es will. Basta.«

»Du schaffst es nicht einmal, ihr in die Augen zu sehen.«

»Uns verbindet nichts.«

»Sie hat dich zur Welt gebracht.«

»Wir können uns unsere Mütter nicht aussuchen.«

»Unsere Kinder auch nicht. Sie liebt dich, obwohl du ein arrogantes Arschloch bist.«

»Unsere Beziehung geht dich nichts an!«

»Ich bin – war – für ihre Gesundheit verantwortlich. Also geht sie mich etwas an.« Sie verschränkte die Arme. »Und jetzt bin ich für dich verantwortlich. Welche Ironie des Schicksals!«

»Es zwingt dich niemand, hierzubleiben.«

Sie stand auf, stellte die Schale auf dem Boden ab und marschierte aus dem Zimmer.

Cavalli ließ sich aufs Kissen zurückfallen, das, ebenso wie das Laken und seine Kleidung, nass vom Schweiß war. Er stank erbärmlich. Als er die Beine aus dem Bett schob, stieß sein Fuß gegen die Schale, und sie rollte mit einem Scheppern davon. Auf wackeligen Beinen verließ Cavalli das Zimmer.

Die Rollos im Wohnzimmer waren zu, doch auch im gedämpften Licht wirkte das Haus schäbig. Das Sofa war verschlissen, der Teppich fleckig. Ein Wasserschaden hatte die Wände stellenweise braun verfärbt, es roch nach abgestandenem Rauch. Emma spülte in der Küche Geschirr. Sie beachtete ihn nicht, als er an ihr vorbeischlich.

Das Bad bestand aus einer nachträglich eingebauten Dusche, einem Waschbecken mit Rissen und einer Toilette ohne Deckel. Umständlich zog sich Cavalli aus. Sowohl die Einschusswunde als auch die Stelle, an der sich der Abszess gebildet hatte, waren mit Gaze und Pflaster abgedeckt. Als er in der Dusche das Wasser aufdrehte, ging die Tür auf.

»Was machst du?«, fragte Emma ohne Umschweife.

»Das siehst du doch!«, presste Cavalli hervor.

»Du willst duschen? Das geht nicht. Die Wunden dürfen nicht nass werden.«

»Ich pass auf.«

»Du wirst jetzt nicht duschen. Das ist viel zu gefährlich. Ich gehe kein Risiko ein. Wenn du willst, kann ich dir die Haare am Waschbecken waschen. Den Rest musst du selber erledigen.«

Kurze Zeit später lag er wieder im Bett. Emma hatte das Laken gewechselt, es roch nach muffigem Schrank und Waschmittel. Cavalli schloss die Augen und dachte über eine Ermittlungsstrategie nach.

Als Buzz in der Nacht vorbeikam, unterbreitete er ihm seinen Plan. »Wenn Emma telefoniert oder ihre Kreditkarte einsetzt, wird der FBI-Maulwurf den Täter informieren. Das machen wir uns zunutze.«

»Du willst, dass ich eine falsche Fährte lege?«, fragte Buzz. »Auf eine Spritzfahrt gehe, mit ihrem Handy telefoniere und mit ihrer Kreditkarte zahle?«

»Nicht zahlen. Geld abheben. An einem Automaten, wo es keine Kameras gibt.«

Buzz sah zu Emma. »Was hältst du davon?«

»Hauptsache, ich krieg das Geld zurück.«

»Wohin soll ich fahren?«

»Wohin würdest du gehen?«, fragte Cavalli Emma.

Sie dachte nach. »Ich habe eine Freundin, die im Regional

Medical Center in Jacksonville, Alabama, arbeitet. Das liegt zwischen der I-20 und der I-59, östlich von Birmingham.«

»Seht ihr euch häufig?«

»Nein, aber wir schicken uns jedes Jahr eine Weihnachtskarte.«

Cavalli schaute zu Buzz. »Was meinst du?«

»Wenn sich der Täter meine Freundin vorknöpft?«, fragte Emma. »Ihr darf nichts passieren!«

»Buzz muss ja nicht bis zu ihrem Haus fahren. Nur in ihre Richtung. Es soll aussehen, als wolltest du sie um Hilfe bitten. Dann überlegst du es dir plötzlich anders. Wo könntest du anschließend hinfahren?«

Emma kaute auf ihrer Wange. »Eine Cousine hat einen Paiute geheiratet. Sie lebt in Utah. Das ist ziemlich weit weg.«

»Perfekt«, sagte Cavalli.

»Was macht ihr in der Zwischenzeit?«, fragte Buzz.

»Als Erstes verschwinden wir von hier. Wir sind schon viel zu lange da. Es ist nur eine Frage der Zeit, bis der Täter uns auf die Schliche kommt. Dann knöpf ich mir alle Menschen vor, die eine Rechnung mit mir offen haben.«

»Das schaffst du nie«, brummte Emma. »Es sind viel zu viele.«

»Wohin geht ihr?«, fragte Buzz.

Cavalli deutete auf die Campingausrüstung, die in der Ecke lag.

»Ein Camping-Trip ist das Letzte, worauf ich Lust habe«, wehrte Emma ab. »Außerdem bist du nicht fit genug.«

»Wie wirst du an Infos kommen?«, wollte Buzz wissen.

»Verdächtige beschatten. Einen nach dem anderen ausschließen. Solide Polizeiarbeit, etwas anderes bleibt mir nicht übrig.«

Schließlich nickte Buzz und stand auf. Er verschwand

im Wohnzimmer und kehrte kurz darauf mit einer Beretta zurück, die er Cavalli reichte.

»Die wirst du brauchen. Und Bird?« Er sah Cavalli in die Augen. »Wenn Em etwas zustößt, bringe ich dich um.«

# 14

*North Carolina, 5. Mai*

Nebelschwaden umhüllten die Baumwipfel. Cavalli legte den Kopf in den Nacken und beobachtete einen Falken, der über ihm kreiste, die Flügel majestätisch ausgebreitet. Er atmete tief ein. Es zwickte leicht im Bauch, doch mehr spürte er nicht. Nachdem die Entzündung abgeklungen war, war die Wunde schnell verheilt, genau wie Emma es vorausgesagt hatte.

Die Verdächtigen zu beschatten, gestaltete sich hingegen schwierig. Immer wieder musste sich Cavalli zurückziehen, um nicht selbst entdeckt zu werden. Ohne technische Hilfsmittel würde es ihn Stunden kosten, bis er die Fährte wieder neu aufnehmen konnte. In einer Woche hätte er die Heimreise antreten sollen, doch schon jetzt war klar, dass Regina und Junebug vergeblich auf ihn warteten. Cavallis Herz wurde schwer.

Noch war es kühl, bald würde die Sonne aber über den Bergen aufgehen. Cavalli wusch sich im Bach und entfachte ein Feuer. Jetzt, wo die Touristensaison in den Smoky Mountains begonnen hatte, konnte er das Risiko eingehen. Der Appalachen-Trail führte quer durch den Nationalpark; viele Wanderer übernachteten im Freien.

Er setzte Kaffee auf, dann öffnete er eine Dose Bohnen, kippte sie in eine Pfanne und gab eine Handvoll Ramp-Lauch dazu. Inzwischen war auch Emma aus ihrem Zelt gekrochen. Schweigend ging sie neben dem Feuer in die Hocke. Cavalli reichte ihr eine Tasse Kaffee. Sie nahm sie wortlos entgegen, sprach erst, als er ihr eine Schale Bohnen reichte.

»Bohnen mit Ramp-Lauch? Zum Frühstück?«

»Der Ramp-Lauch ist frisch, ich habe ihn heute Morgen geschnitten.«

»Er schmeckt trotzdem nach Zwiebeln. Haben wir keinen Hafer mehr?«

»Nein.«

Sie hatten mit Buzz vereinbart, dass er ihnen nach seiner Rückkehr Proviant vorbeibringen würde. Bis jetzt war aber nichts im vereinbarten Versteck gewesen. Cavalli hatte deshalb begonnen, die Mahlzeiten mit Wildpflanzen und Fisch anzureichern. Einkaufen würde er erst, wenn es nicht mehr anders ging. Emmas mürrischer Miene sah er an, dass es jetzt so weit war. Er hätte ausschließlich von dem leben können, was der Wald zu bieten hatte, doch Emma schmeckten weder Ramp-Lauch, Rohrkolben, Sonnenhut noch Kermesbeerenblätter. Nur die Forellen verschlang sie.

»Soll ich dir zeigen, wie man eine Falle baut?«, fragte er. »Du könntest dir ein Kaninchen zum Mittagessen braten.«

»Ich will meiner Mahlzeit nicht das Fell über die Ohren ziehen«, murrte sie. »Ich will sie im Supermarkt kaufen.«

»Du wärst beschäftigt.«

Sie hatten sich darauf verständigt, dass Emma im Wald zurückblieb, wenn Cavalli der Spur der Verdächtigen folgte, aus Sicherheitsgründen. Nach zweieinhalb Wochen litt sie unter der Isolation. »Heute komme ich mit«, sagte sie.

Cavalli wusste, dass er sie davon nicht abbringen konnte. »In Ordnung. Ich denke, den alten Owle können wir getrost vergessen. Es ist Zeit, die nächste Person unter die Lupe zu nehmen.«

Zwischen ihm und Freddy Owle war es nie zu einem Konflikt gekommen. Cavalli hatte ihn nur auf die gemeinsam mit Buzz erstellte Liste gesetzt, weil er wusste, wie man mit einem Blasrohr umging. Gleich am ersten Tag hatte Owle das Jagdgerät hervorgeholt. Vermutlich übte er fürs Fading Voices Festival, das bald stattfand. Letztes Jahr hatte er den Wettkampf im Blasrohrschießen gewonnen.

»Wer ist als Nächster dran?«, fragte Emma.

Cavalli nahm die Liste hervor. Sie enthielt vierzehn Namen. Keiner klang aussichtsreich. Eine Meinungsverschiedenheit, Eifersucht oder eine Kränkung reichten seiner Meinung nach nicht aus als Motiv.

Zwei der Namen waren bereits durchgestrichen. Mit Freddy Owle waren es drei. Blieben elf.

»Wie wäre es mit Christina Binney?« Cavalli hielt es für unwahrscheinlich, dass eine Frau hinter den Taten steckte, doch mit Emma an seiner Seite wollte er sich jemanden vorknöpfen, von dem keine Gefahr ausging.

»Was lief zwischen euch?«

»Eben nichts«, sagte Cavalli.

Emma zog die Augenbrauen hoch.

»Ein One-Night-Stand«, sagte er. »Das war alles. Sie wollte mehr.«

»War das vor oder nach Sam? Oder gleichzeitig?« Emma zog eine Grimasse.

»Vor Sam. Christina war eine der ersten Stipendiatinnen meiner Großmutter.«

Christina Binney unterrichtete an der Primarschule. Genau wie seine Großmutter kämpfte sie für den Erhalt der Sprache Tsalagi. Nur noch fünf Prozent der Einheimischen waren zweisprachig, der Großteil von ihnen über fünfzig Jahre alt. In den letzten Jahren waren mehrere Millionen Dollar in ein Förderprogramm geflossen, an dem Cavallis

Großmutter mitgearbeitet hatte. Als ehemalige Dozentin an der Western Carolina University war sie am Aufbau eines Nachdiplomstudiums in Tsalagi für Primarlehrkräfte maßgeblich beteiligt gewesen. Binney hatte zu den ersten Stipendiatinnen dieses Lehrgangs gehört. Cavalli hatte sie bei der Diplomfeier kennengelernt. Dass sie sich erst kurz davor von ihrem gewalttätigen Partner getrennt hatte, hatte er nicht gewusst, sonst wäre er nicht mit ihr nach Hause gegangen. Der gemeinsamen Nacht maß Christina mehr Bedeutung zu als er. Schon am folgenden Tag begannen die Anrufe. Christinas Aufdringlichkeit trieb ihn direkt in die Arme von Samantha Craig. Dem vierten Opfer.

Emma stand auf und trug das Geschirr zum Bach. Cavalli warf Erde auf das Feuer. Er rollte seinen Schlafsack zusammen und baute Emmas Zelt ab. Nachdem er das Gepäck in einer Höhle verstaut hatte, brachen sie auf. Den Fußmarsch zur Hauptstraße legte Cavalli normalerweise in einer Stunde zurück, schon nach wenigen Schritten wurde ihm aber klar, dass er mit Emma wesentlich länger brauchen würde. Es fiel ihm schwer, seine Ungeduld zu zügeln.

Inzwischen war die Sonne aufgegangen. Der Nebel hatte sich in Dunst verwandelt, in der Ferne schimmerten die Hügelketten bläulich. Es roch nach feuchter Erde und Blättern, ab und zu zog der scharfe Geruch von jungem Ramp-Lauch an Cavalli vorbei. Sein Körper kribbelte, alle Zellen waren wach, alle Sinne auf Empfang gestellt.

»Hörst du das?«

»Was?«

»Das Ti-ti-ti. Schau, dort, auf dem zweituntersten Ast. Das ist eine Carolinameise.«

»Wo?«

»Sie sieht aus, als trage sie eine schwarze Mütze.«

Emma starrte ins Dickicht. Sie lächelte. Cavalli dachte

an Junebug, die vor Aufregung hüpfte, wenn sie Spuren im Wald folgten. Sah sie ein Tier, blieb sie stehen, mit offenem Mund, die Finger gespreizt wie Antennen. Irgendwann würde er sie in die abgelegenen Gebiete der Smokies mitnehmen, magische Orte, die er als Kind immer wieder aufgesucht hatte. Einmal war er einem Schwarzbären bis zum Thunderhead Mountain gefolgt.

Er spürte Emmas Blick auf sich. »Was ist?«

»Ich habe deine Großmutter nie verstanden«, sagte sie unvermittelt. »Sie hält große Stücke auf dich. Vermutlich weil ihr verwandt seid. Du weißt schon, Verblendung. Aber hier draußen … du bist anders.«

Cavalli ging weiter. »Wir haben noch einen langen Weg vor uns.«

»Warum lebst du nicht irgendwo in der Natur?«, fragte Emma hinter ihm.

»Mir wären die Mahlzeiten zu einseitig.« Genau die Frage stellte er sich aber auch. Er war hin- und hergerissen zwischen seinem Bedürfnis nach Stille und Weite und der Liebe zu seiner Familie und seinem Beruf. Er hatte sich für Letzteres entschieden, aber er wusste, dass ihm immer etwas fehlen würde.

Kurz vor neun erreichten sie den Kombi, den Buzz ihnen beschafft hatte. Er stand auf einem Parkplatz, der Besuchern als Ausgangspunkt für längere Wanderungen diente. Der Wagen war alt, aber praktisch, wenn es spät wurde, konnten sie sogar darin schlafen. Cavalli band sein Haar zusammen und schob es unter seine Baseballkappe. Während der Fahrt schaute er immer wieder in den Rückspiegel. Niemand folgte ihnen.

Christina Binney wohnte in der Nähe der Brücke, die über den Oconaluftee führte, an der Seven Clans Road, einer mit Hotelketten gesäumten Hauptstraße. Um diese Zeit müsste sie in der Schule sein, doch Cavalli wollte kein Risiko eingehen. Er parkte vor einem Supermarkt und machte sich mit Emma auf die Suche nach einem Versteck. Er fand einen verbeulten Lieferwagen, der dem Besitzer offenbar als Ersatzteillager diente. Zwei Räder, ein Seitenspiegel und die Stoßstange fehlten, unter der Motorhaube schaute ein Kabel hervor. Durch die Frontscheibe konnte man direkt auf Binneys Haus schauen. Cavalli bedeutete Emma einzusteigen.

»Wem gehört dieses Grundstück?«, fragte er.

»Einem der Sheppards.«

»Von der Handelskammer?«

Sie nickte. »Dem Bruder, glaube ich.«

»Ist er tagsüber weg?«

»Er arbeitet drüben in Bryson City. Seine Frau auch.«

Von Buzz wussten sie, dass es im Reservat zu großer Aufregung kam, als Emma und Cavalli plötzlich verschwanden. Wenn man sie sah, würde sich das in Windeseile herumsprechen. Cavalli nahm einen Feldstecher hervor. Hinter den Fenstern im Haus bewegte sich nichts. Dennoch wartete er eine volle Stunde, dann gab er Emma ein Zeichen. Gemeinsam überquerten sie die Straße.

Alle Türen waren abgeschlossen, das Schloss am Hintereingang war aber leicht zu knacken. Sie traten in einen kleinen Flur, der ins Wohnzimmer führte. Auf dem Sofa lag ein Quilt, an den Wänden hingen Kinderzeichnungen. Als Cavalli in Christinas Sachen zu wühlen begann, überkam ihn fast ein schlechtes Gewissen.

»Wonach suchen wir?«, fragte Emma.

»Nach etwas, das nicht ins Bild passt.«

Er würde es erkennen, wenn er es fand. Manchmal war es nur eine Ungereimtheit, er hatte aber auch schon konkrete Hinweise auf Verbrechen gefunden.

Im Schlafzimmer hing ein Foto von Christinas Mutter. Cavalli starrte auf die wachen Augen.

»Was ist?«, fragte Emma.

»Thelma.« Cavalli deutete auf das Bild.

»Das ist Christinas Mutter.«

»Ich weiß.« Cavalli drehte sich um. »Sie war im Granny Bee's, als der Täter auf dich geschossen hat. Sie ist gestürzt. Darrell Beaver half ihr auf.«

»Daran erinnere ich mich nicht.«

»Aber ich.« Es ärgerte ihn, dass ihm das erst jetzt wieder einfiel. Was hatte er sonst noch übersehen? Dass Thelma Binney zur Tatzeit im Restaurant gewesen war, könnte wichtig sein. Er versuchte, sich daran zu erinnern, mit wem sie am Tisch gesessen hatte. Mit Christina? Warum hatte Christina ihrer Mutter nicht auf die Beine geholfen? Weil sie hinausgeschlichen war, um auf Emma zu schießen?

Cavalli begann noch einmal von vorne. Systematisch durchsuchte er jeden Winkel des Hauses. Christina hatte ihren Beruf zum Hobby gemacht. Kinderbücher füllten die Regale, sie waren so zahlreich, dass sie bestimmt nicht alle für den Muttersprachenunterricht eingesetzt wurden. Die meisten sahen ziemlich abgenützt aus. Er fand Spiele auf Tsalagi, CDs und sogar einige DVDs. Ein Tagebuch schien Christina nicht zu führen, aber auf ihrem Laptop stieß Cavalli auf eine umfangreiche Fotosammlung. Er klickte sich zum 9. April durch.

Um 12.30 Uhr hatte Christina zwei Frauen in einem Café fotografiert. Die Angestellte im Hintergrund trug Rastas, die Salatteller auf dem Tisch waren mit Sprossen garniert.

»So was kriegt man hier nicht«, sagte Emma.

»Kennst du die Frauen?«

»Nein.«

Cavalli rief die Bildinformationen auf. Das Foto war in Charleston aufgenommen worden, vier Stunden von Cherokee entfernt. Er sah sich weitere Aufnahmen an. Christina hatte das ganze Wochenende an der Küste verbracht. Unmöglich, dass sie zur Tatzeit im Granny Bee's gewesen war.

Sie verließen das Haus und kehrten zum Wagen zurück. Cavalli entging der sehnsüchtige Blick, den Emma auf den Supermarkt warf, nicht. Er bog auf die US-19 Richtung Norden ein.

»Wohin fahren wir?«, fragte sie.

»Nach Asheville.«

Asheville war die größte Stadt im Westen von North Carolina. In den letzten Jahren hatte sich dort eine lebendige Alternativszene gebildet. Den Malern, Schriftstellern und Musikern waren Touristen gefolgt, heute war die Stadt bekannt für ihr gutes Essen. Ein fremdes Gesicht würde kaum auffallen.

Eine Stunde später hielt Cavalli vor einem Supermarkt in der Nähe der Autobahn. Er bat Emma, eine Einkaufsliste zu erstellen, und kratzte sein Geld zusammen. Zweiundsiebzig Dollar.

Eingedeckt mit Lebensmitteln, fuhren sie zurück. Emma riss eine Packung Chips auf. Sie sprachen über die Ereignisse des 9. April und die unterschiedlichen Erinnerungen, die sie daran hatten. Cavalli wusste den Ablauf noch sehr genau, auch wenn er vergessen hatte, dass Thelma unter den Gästen im Restaurant war. Bevor er auf die US-19 fuhr, hielt er an einer Tankstelle und nahm einen Zettel mit einer Telefonnummer hervor.

»Wen willst du anrufen?«, fragte Emma.

»Thelma Binney.«

»Es gibt hier kein Münztelefon mehr.«

Auch am Busbahnhof nicht. Dafür sah Cavalli ein Paar, das sich stritt. Der Mann bemerkte nicht, wie Cavalli ihm das Telefon aus der Gesäßtasche zog.

Nach dem fünften Klingeln nahm Thelma Binney ab. »Ja?«

»Guten Tag, Ma'am, hier ist die Liberty Gastro Versicherung. Mein Name ist Greg Pearson. Spreche ich mit Thelma Binney?«

»Ich brauche keine Versicherung, aber wenn –«

»Ich rufe nicht an, um Ihnen etwas zu verkaufen. Ich eruiere im Namen meiner Firma den Schaden, der am 9. April im Restaurant Granny Bee's in Cherokee entstand. Wenn ich richtig informiert bin, waren Sie dort Gast, als es zu einem Überfall kam.«

»Eine furchtbare Geschichte!«, stieß Binney aus. »Zum Glück habe ich ein starkes Herz. Dabei achte ich nicht einmal auf meinen Cholesterinspiegel. Wir hatten gerade zwei Stück Cherry Pie bestellt … wussten Sie, dass das Granny Bee's die besten Kuchen weit und breit macht? Ehrlich gesagt, gehe ich nicht gerne auswärts essen, es ist mir viel zu laut. Aber für ein Stück Cherry Pie würde ich sogar –«

»Der Kuchen soll hervorragend sein«, unterbrach Cavalli. »Es tut mir leid, dass Sie ihn nicht genießen konnten. Im Polizeirapport steht, Sie seien gestürzt. Haben Sie sich verletzt?«

»Wie nett von Ihnen, dass Sie nachfragen! Und da sagt man, die Versicherungen seien nicht mehr, was sie einst waren. Wie ist Ihr Name, haben Sie gesagt?«

»Greg Pearson, von der Liberty Gastro, Ma'am. Wir bemühen uns um einen guten Service. Schließlich zahlen die Kunden teures Geld dafür.«

»Sie sind ein richtiger Gentleman, Mr Pearson.« Sie senkte die Stimme. »Ich bin sicher, der eine oder andere würde Ihnen jetzt einen Bären aufbinden. Um Schadenersatz zu bekommen, verstehen Sie? Aber so bin ich nicht. Schon gar nicht, wenn ich es mit einem netten Herrn wie Ihnen zu tun habe. Nein, ich trug nur ein paar blaue Flecken davon, ich musste nicht einmal zum Arzt. Den Koch hat es schlimmer erwischt. Er hat sich die Hand verbrannt, der Arme.«

»Ja, das ist uns bereits bekannt. Selbstverständlich kommen wir für die Behandlungskosten auf. Nur noch eine Frage, Ma'am. Leider steht in meinen Unterlagen nicht, mit wem Sie im Restaurant waren.«

»Mit einer Freundin. Aber ihr fehlt nichts. Sie ist mit dem Schrecken davongekommen.«

»Würden Sie mir trotzdem den Namen der Frau angeben? Das Gesetz schreibt vor, dass ich mich persönlich bei ihr erkundige.«

»Aber natürlich. Lynne Swimmer. Sie arbeitet im Souvenirladen an der Tsalagi Road.«

Cavalli bedankte sich. Er legte das Telefon im Warteraum ab und kehrte zum Wagen zurück.

»Lynne?«, wiederholte Emma, als er ihr das Gespräch schilderte.

»Ich erinnere mich, wie sie geschrien hat«, sagte Cavalli. »Sie kann nicht gleichzeitig geschossen haben.«

»Lynne schreit schon, wenn sie eine Maus sieht.«

»Du hast sie also auch gehört?«

»Sicher.«

Cavalli strich die Binneys von seiner Liste. Es war erst kurz nach drei, trotzdem entschied er, für heute Schluss zu machen. Die Sorge um Emmas Sicherheit lenkte ihn zu sehr ab. Die weiteren Verdächtigen würde er allein aufsuchen. Auf der Fahrt nach Cherokee wollte Emma wissen, ob er es immer noch für zu riskant hielt, seine Großmutter zu besuchen.

»Du könntest dich hineinschleichen«, meinte sie. »Buzz hat den Täter bestimmt längst am Haken. Die beiden sind vermutlich noch irgendwo in Utah.«

Cavalli schüttelte den Kopf. »Junes Haus wird überwacht. Wenn nicht vom Täter, dann vom FBI.«

»Ich muss wissen, wie es deiner Mutter geht.«

»Für ihre Pflege ist sicher gesorgt.«

»Es ist nicht einfach, jemanden zu finden.«

Sie hatte die Beine angezogen und die Arme um die Knie geschlungen. Im Profil wirkte ihr Gesicht weniger rund, die Züge schärfer. Sie erinnerte Cavalli an die Kriegerin auf dem Gemälde im Zimmer seiner Großmutter.

»Warum hast du dich für die Privatpflege entschieden?«, fragte er. »Im Operationssaal hast du bestimmt besser verdient.«

Sie zuckte die Schultern. »Es war mir zu steril. Zu unpersönlich.«

»Du hättest auch in einem Pflegeheim Arbeit finden können. Du hättest geregelte Zeiten, mehr Distanz zu den Patienten.«

»Genau das wollte ich nicht.« Sie sah ihn an. »Deine Mutter ist ein liebenswerter –«

Cavalli schnaubte.

»Was sie getan hat und wer sie ist, sind zwei unterschiedliche Dinge«, fuhr Emma unbeirrt fort. »Sie war jung. Sie wollte weg vom Reservat, wie so viele andere auch. Ich bewundere ihren Mut.«

»Sie ist eine Egoistin. Das war sie schon immer.«

»Was ist egoistisch daran, seine Träume verwirklichen zu wollen?«

»Der Preis, den sie bereit war zu zahlen.«

»Glaubst du, sie wollte Prostituierte werden? Sie ist in dieses Geschäft hineingerutscht, wie die meisten Frauen. Sie hat sich verliebt, und das hat sie blind gemacht. Zugegeben, es war nicht besonders schlau, dem Typen nach Europa zu folgen. Aber woher hätte sie wissen sollen, dass er sie bei der erstbesten Gelegenheit sitzen lässt?«

Cavalli verzog den Mund.

»Ach so, sie hätte es ahnen können.« Emmas Stimme war

voller Ironie. »So wie du geahnt hast, dass du mit deinem Einsatz als Undercover Agent in eine Falle gerätst?«

Cavalli umklammerte das Lenkrad fester.

»Sie hatte kein Geld für ein Flugticket«, sagte Emma. »Es blieb ihr nichts anderes übrig, als sich irgendwie durchzuschlagen.«

Cavalli schwieg.

Emma nickte langsam. »Davon hat sie mir erzählt. Du kannst lange schweigen, wenn du sauer bist.«

Vor ihnen tauchte eine Raststätte auf. Ohne Vorwarnung trat Cavalli auf die Bremse, wechselte die Spur und fuhr darauf zu. Auf dem Parkplatz hielt er abrupt an und drehte sich zu Emma. »Du interessierst dich für Gails Vergangenheit? Ich erzähle dir eine Variante, die du nicht kennst.« Er ließ den Motor laufen. »Der Typ, mit dem sie durchgebrannt ist, war verheiratet. Er hatte zwei Töchter, nicht viel jünger als Gail. Das wusste sie. Dennoch kam es ihr nie in den Sinn, an seinen Absichten zu zweifeln. Ja, sie war naiv. Als er aber mit eingezogenem Schwanz zu seiner Familie zurückkehrte, hätte sie auch nach Hause gehen können. Tat sie aber nicht.«

»Ohne Flugticket?«

»June hätte den letzten Penny für ihre Tochter zusammengekratzt. Gail wollte aber nicht nach Hause, denn sie hatte sich bereits dem nächsten Typen an den Hals geworfen. Sie nannte es Liebe. Dass er sie fürs Vögeln bezahlte, erweckte ihr Misstrauen nicht. Auch nicht, dass er von ihr Sex mit seinen Freunden verlangte. Woher ich das weiß?« Er beugte sich vor. »Ich habe mit den Männern gesprochen. Mit jedem einzelnen. Die meisten erinnern sich nicht einmal an ihren Namen.«

Emma verschränkte die Arme vor der Brust. »Sie hat geheiratet.«

Cavalli verzog das Gesicht. »Ja, ihren Zuhälter.«

Emma schüttelte den Kopf.

»Was hat sie dir erzählt? Dass er sie geliebt hat? Vergiss es. Ich weiß nicht, warum er sie geheiratet hat. Wegen der Aufenthaltsbewilligung? Weil er damit mehr Kontrolle über sie hatte? Aufgehört, mit Fremden zu ficken, hat sie jedenfalls nicht. Ganz im Gegenteil.«

»Sie hat dich nach ihm benannt.«

»Um ihm vorzugaukeln, ich sei sein Sohn. Er ist nicht darauf hereingefallen. Er hat sie rausgeschmissen. Und siehe da, auf einmal hatte sie das Geld für ein Flugticket. Sie flog nach Hause, lieferte mich bei meiner Großmutter ab und kehrte nach Frankreich zurück.«

»Sie war der Meinung, du seist bei June besser aufgehoben.«

»Was zweifelsohne stimmte. Leider änderte sie ihre Meinung acht Jahre später.«

Nie würde er vergessen, wie sie plötzlich vor der Tür stand Er war soeben aus der Schule gekommen, wie immer hatte seine Großmutter Apfelschnitze und Haferkekse für ihn auf dem Tisch bereitgestellt. Er griff nach dem Teller und wollte damit nach draußen gehen, da klopfte es. Verwundert blieb er stehen. Die meisten Besucher traten einfach ein, die Tür war nie abgeschlossen.

Er erkannte sie, weil die Großmutter ihm Fotos von ihr gezeigt hatte. Sie roch nach Vanille. Er hätte sie lieben können, aber sie war nicht gekommen, um bei ihm zu bleiben, sondern, um ihn zu holen.

Cavalli blickte aus dem Fenster. »Gail blieb eine einzige Nacht. Am nächsten Tag reisten wir ab. Meine Großmutter hat sich nie davon erholt.«

An das, was folgte, wollte er nicht denken. An die Nächte, die er in Striplokalen verbracht hatte, zusammengerollt auf einem Sofa oder unter einer Decke in der Garderobe.

Manchmal nahm sie auch Kunden mit nach Hause. Die Wände waren so dünn, dass er jedes Geräusch hörte.

»Sie wollte dir eine Mutter sein«, sagte Emma, doch sie klang nicht mehr so überzeugt.

Cavalli antwortete nicht. Er fuhr zurück auf die Autobahn. Die Wälder leuchteten grün, doch er nahm weder den Frühling noch die Kraft der Sonne wahr, die durch die Windschutzscheibe schien. Er sah nur seine Mutter, wie sie Lippenstift auftrug, bevor sie einen Freier empfing. Er spürte das weiche Satin ihres Negligés, roch die Mischung aus Schweiß, süßem Parfüm und Sex, die ihr anhaftete, wenn sie wieder aus dem Zimmer kam.

Ein Gedanke stieg in ihm auf, nahm von ihm Besitz. Als er sprach, war seine Stimme rau.

»Emma?« Er hielt sich am Lenkrad fest. »Kann es sein, dass meine Mutter noch ein Kind hat?«

# 15

*Richmond, 3. Juni 1862*

Charlotte Fairfax hob ihren Rock und schwang sich in den Sattel. Seit ihr Bruder am Bull Run von einer Artilleriegranate getroffen worden war, machte ihr niemand mehr Vorschriften, wie sie sich zu benehmen hatte. Der Vater hatte kurz nach Ausbruch des Kriegs mitten auf dem Feld einen Hirnschlag erlitten, die Mutter verließ das Bett nicht mehr. Nur der alte Isaac schüttelte missbilligend den Kopf, wenn sich Charlotte unziemlich benahm. Auch jetzt stand er mit zusammengepressten Lippen in der Tür, eine Hand auf dem weißen Jackett, die andere steif an der Seite. Doch er wusste, dass er sie nicht davon abbringen konnte, sich allein auf den Weg zu machen. Die Welt hatte sich verändert.

Außer Isaac waren nur Poppy und Jem auf der Belle Hill Plantation geblieben. Die restlichen Sklaven hatten sich nach Norden abgesetzt. Isaac behauptete, sie würden zurückkehren, sobald sie merkten, dass dort niemand für sie sorgte. In der Zwischenzeit packte er mit an, so gut es seine Arthritis zuließ. Dennoch lagen viele der Felder brach, und im Garten wucherte das Unkraut.

Charlotte arbeitete Seite an Seite mit den Sklaven, aber die Tage waren zu kurz, die Arbeiten, die verrichtet werden mussten, zu zahlreich. Ihr Vater würde sich im Grab umdrehen, wenn er den Zustand der Plantage sehen könnte.

Wie sie ihn vermisste! Fast mehr als den Bruder, den sie so bewundert hatte.

Charlotte betrachtete die sanften Hügel, die sich bis an den Horizont erstreckten. Ihre Stimmung hob sich. Auf den Schlachtfeldern starben die Soldaten zu Tausenden, doch im Moment war der Krieg so weit weg wie das Leben, das sie einst geführt hatte. War es wirklich erst ein Jahr her, seit ihre Mutter unter den Magnolienbäumen Gäste verköstigt hatte? Charlotte dachte an die schmackhaften Speisen, die die Bediensteten aufgetischt hatten. Schinken und gefüllter Truthahn, Schüsseln voller Erbsen, junger Bohnen und Rüben, eingelegte Pfirsiche und Cranberry-Pudding. Später hatte der Vater den Portwein aus dem Keller geholt und Zigarren herumgereicht, während sich die Frauen über Junggesellen und die neusten Skandale unterhielten.

Charlotte ließ die Zügel durch die Finger gleiten und grub ihre Fersen in die Flanken des Pferdes. Für einige Minuten fühlte sie sich frei von Sorgen. Die Bänder ihres Hutes flatterten, der Wind hob ihren Rock und gab die Sicht auf das Holster frei, das gegen ihren Oberschenkel schlug.

Sie dachte an den Deserteur. Wie ihr Herz geklopft hatte, als sie die Schritte hörte! Isaac und Jem schliefen nicht im Haus, und Poppy stand nachts nur auf, wenn sie gerufen wurde. Charlotte war klar gewesen, dass es sich um einen Eindringling handeln musste. Sie hatte die Flinte ihres Vaters geholt und sich in die Küche geschlichen. Was war ihr anderes übrig geblieben? Es gab niemanden mehr, den sie zu Hilfe rufen konnte. Glücklicherweise war es so dunkel gewesen, dass der Fremde nicht bemerkte, wie die Waffe in ihren Händen zitterte. Keine Sekunde hatte sie ihm die Lügen abgenommen, die er ihr auftischte. Hätte er sich den Konföderierten anschließen wollen, wäre er nicht nach Belle Hill gekommen.

Sie hasste diese Yankees, mit ihren arroganten Bewegungen und ihrer zackigen Sprache. Am liebsten hätte sie den Deserteur im Keller verrotten lassen, doch der Anstand verbot es ihr. Sie würde die Truppen informieren. Sie hatte ohnehin vorgehabt, sich auf den Weg nach Richmond zu machen. Gerüchten zufolge waren vor zwei Tagen die ersten Verwundeten der Schlacht von Seven Pines in die Hauptstadt gebracht worden. Vielleicht konnte sie einen Beitrag zur Versorgung der Soldaten leisten.

Die Sonne stand schon hoch am Himmel, als auf einer Anhöhe das Kapitol auftauchte. Der Anblick erfüllte Charlotte mit Stolz. Nur der Freiluftballon, der ganz in der Nähe schwebte, trübte das Bild. Als sie ihn das erste Mal gesehen hatte, war sie vor Schreck beinahe vom Pferd gefallen. Inzwischen hatte sie sich daran gewöhnt, wie die Einwohner Richmonds auch. Täglich tauchte der Ballon über dem Wald auf. Charlotte stellte sich vor, wie sich der Yankee-Spion im Korb das Fernglas ans Auge drückte und auf sie herunterspähte. Speichel sammelte sich in ihrem Mund. Gerne hätte sie wie ein Mann auf den Boden gespuckt!

Sie erreichte die ersten Häuser. Überall waren Soldaten. Blutende, stöhnende, schreiende oder bewusstlose Männer. Sie lagen auf der Straße, der glühenden Sonne ausgesetzt, und sahen mit bettelnden Blicken zu den Menschen hoch, die zwischen ihnen hin- und hergingen. Bürger von Richmond, die den Verwundeten Wasser einflößten, ihnen die Wunden verbanden, die Hand hielten. Frauen mit schmutzigen Röcken schoben Kissen unter die Köpfe wildfremder Männer; Bedienstete plünderten die Speisekammern und trugen Nahrungsmittel in die Lazarette.

Charlotte band ihr Pferd fest und tauchte in die Menge ein. Sie konnte kaum atmen. Noch nie hatte sie solches Leid gesehen. Da und dort beugte sich ein Arzt über einen

Verwundeten, die meisten Soldaten warteten aber vergeblich auf Hilfe. Wie in Trance lief Charlotte über das Pflaster.

»Charlie?«, krächzte eine Stimme neben ihr.

Es dauerte einen Moment, bis sie Harry Braxton erkannte. Er war ein Freund ihres Bruders gewesen. Er lag neben einem Mann, der keine Schuhe trug. Als Charlotte genauer hinsah, merkte sie, dass dem Mann die Füße fehlten. Er brauchte Hilfe! Kein Arzt reagierte auf ihre Rufe.

»Charlie.« Harry hob die Hand.

Charlotte fiel neben ihm auf die Knie. Jetzt sah sie, dass der fußlose Mann mit leeren Augen in den Himmel starrte.

»Bitte«, flüsterte Harry. »Wasser.«

Charlotte eilte davon. Sie kam an einem Sergeant vorbei, dessen Arm in blutige Lumpen eingewickelt war. Vor ihm stand ein Schwarzer mit einem Silbertablett in der Hand. Als Charlotte den Wasserkrug darauf sah, stürzte sie auf ihn zu.

»Ich brauche Wasser! Bitte!« Sie deutete hinter sich.

Der Schwarze beugte sich zum Unteroffizier hin. »Sergeant Wirz? Sind Sie bedient?«

Der Unteroffizier nickte. Charlotte wollte nach dem Wasserkrug greifen, doch der Schwarze bat sie, ihm den Weg zu zeigen. Hände streckten sich nach ihnen aus. Hilferufe erklangen. Charlotte blendete sie aus. Die Beine gehorchten ihr nur, wenn sie sich auf Harry konzentrierte.

Sie blieb den ganzen Tag in Richmond. Harry erzählte ihr von der Schlacht, die bei Seven Pines getobt hatte. Tausende von Opfern, auf beiden Seiten.

»Das Feld war von Blut durchtränkt, an einer Stelle zählte ich über neunzig Leichen. Picketts Brigade hat es böse erwischt. Nathan Browne von der 8. Virginia, Ambrose Lamar von der 19.« Er verstummte.

Charlotte schlug die Hand vor den Mund. Ambrose

Lamar war im letzten Frühjahr bei ihnen zu Gast gewesen. Was für eine flotte Figur er abgegeben hatte, in seiner grauen Uniform. Poliertes Koppelschloss und glänzende Stiefel, die Offizierskappe weit zurückgeschoben, sodass sie seine schwarzen Locken sehen konnte.

»Sie sind gut ausgerüstet, die Yankees«, flüsterte Harry. »Aber als Soldaten taugen sie nichts. McClellans Truppen mussten sich bis nach Harrison's Landing zurückziehen. Nicht mehr lange, und wir schlagen sie in die Flucht.«

Er versuchte, sich aufzusetzen. Charlotte bewunderte seine Tapferkeit. Wenn sie doch nur etwas beitragen könnte. Ihr fiel der Revolver an ihrem Bein ein. Sie vergewisserte sich, dass niemand sie beobachtete, und schob die Hand unter den Rock. Harry, der nicht begriff, was sie vorhatte, errötete. Als sie jedoch das Holster hervorzog, wurden seine Augen rund. Vorsichtig nahm er den Revolver entgegen und zog die Trommel von der Achse ab.

»Metallpatronen!«, sagte er ehrfürchtig.

Charlotte reichte ihm eine Schachtel Munition und erzählte ihm von dem Deserteur, der sich wie ein Strolch ins Haus geschlichen hatte. Harrys Gesicht wurde dunkel vor Wut. Er hatte zwei Schwestern und eine Mutter ohne Schutz zurückgelassen. Er schwor, es den Yankees heimzuzahlen. Als er ihr den Revolver zurückgeben wollte, schüttelte sie den Kopf.

»Er gehört dir.« Sie legte ihm die Hand auf den Arm. »Zeig es ihnen!«

Harry hatte Glück. Der Granatsplitter, der sich in sein Bein gebohrt hatte, wurde noch am selben Nachmittag von einem Arzt entfernt. Die Heilungschancen standen gut. Charlotte wollte Richmond nicht verlassen, doch Harry überzeugte sie davon, dass die Arbeit, die sie auf der Plantage leistete, den Truppen am meisten diente. Die Union hatte eine Seeblockade errichtet, der Süden war weitgehend vom Handel abgeschnitten.

Zwei Soldaten von Kempers Brigade holten den Deserteur am nächsten Tag ab. Charlotte stand auf dem Feld, als sie kamen. Sie legte die Arbeit nur so lange nieder, bis sie gesehen hatte, wie der Strolch mit zusammengebundenen Händen abgeführt wurde. Dann griff sie wieder zum Pflug.

# 16

*Zürich, 4. August*

Regina trug etwas Kajal auf. Die Stille in der Wohnung machte sie misstrauisch. »Lily?«, rief sie. Keine Antwort. Sie ging ins Kinderzimmer. Es war leer. »Lily? Wo bist du?« Sie fand ihre Tochter im Wohnzimmer. Vor ihr lag Reginas Handtasche, der Inhalt war auf dem Boden verstreut. »Was machst …« Regina verstummte. In der Faust hielt Lily einen Lippenstift. Ihre Arme waren mit rosa Streifen bedeckt.

Ein Wagen fuhr vor. Regina nahm Lily den Lippenstift weg und eilte zur Tür. Paz stieg aus, Fahrni winkte ihr zu.

»Komme gleich!«, rief Regina.

Als Paz Lily sah, legte sie Regina die Hand auf den Arm. »Ist gut. Geh.«

Regina zögerte. Schließlich packte sie alles in ihre Tasche zurück und verabschiedete sich von Lily, die keinen Ton sagte. Mit einem tiefen Seufzer nahm sie auf dem Beifahrersitz Platz und begann, ihre Unterlagen zu ordnen. Im Wagen stank es nach Hund.

»Schlechter Start?«, fragte Fahrni.

»Ich kann Lily im Moment nicht aus den Augen lassen. Gestern Abend habe ich versucht, den Bericht vom Berner FBI Field Office zu lesen, da hat sie meinen Zimmerpflanzen einen neuen Schnitt verpasst.«

Fahrni lachte.

Regina dachte daran, wie gern er eigene Kinder gehabt hätte. Auf einmal kam sie sich egoistisch vor. »Stört es dich, wenn ich den Bericht jetzt kurz überfliege?«

»Nur zu.«

Den Unterlagen entnahm sie, dass Eudora Lee Taber neunundsiebzig Jahre alt war, als sie von einem Infanteristen des 1. Freiwilligen-Regiments von Rhode Island mit einem Army No. 2 erschossen wurde. Regina las den Satz ein zweites Mal. Hatte sie etwas falsch verstanden? Das Opfer war doch vor zehn Jahren getötet worden! Sie betrachtete die Bilder, die in dem Dossier steckten. Bärtige Männer mit Musketen stapften übers Feld, Jünglinge mit schweren Tornistern ruhten am Wegrand, ranghohe Offiziere ritten auf Pferden.

»Mir ging es genau wie dir«, sagte Fahrni. »Keine Sorge, die Bilder stammen aus dem einundzwanzigsten Jahrhundert. Die Schlachten wurden nur nachgestellt. Der Unionist, der Taber erschoss, war im realen Leben Filialleiter einer Schreibwaren-Kette. Angeblich wusste er nicht, dass sein Revolver geladen war. Er behauptete, die Trommel habe geklemmt.«

Regina nahm ein Foto des Opfers hervor. Eudora Lee Taber war eine zierliche Frau mit freundlichem Lächeln und sorgfältig frisiertem weißen Haar. Schwere Ohrringe zogen ihre Ohrläppchen in die Länge. Sie war Mitglied der United Daughters of the Confederacy gewesen und war häufig unter den Zuschauern der nachgestellten historischen Schlachten zu finden. Als sie nach Sharpsburg, Maryland, reiste, wollte sie an einer Feier zum Gedenktag der Schlacht von Antietam teilnehmen, einer der blutigsten der amerikanischen Kriegsgeschichte. Achttausend Personen waren an dem Spektakel beteiligt. Die Schauspieler lieferten nicht nur die historische Kulisse, sie versetzten sich auch in den Charakter ihrer Figuren. Genau das wurde dem Täter zum Verhängnis. Regina las mit zunehmendem Interesse weiter. John Payne hatte die

Rolle seines Ururgroßvaters William übernommen, einem ehemaligen Gefangenen von Andersonville. Dem Lager, das Eudora Lee Tabers Urgroßonkel Henry Wirz befehligt hatte.

Der ermittelnde FBI-Agent glaubte nicht an Zufall. Vor allem nicht, da sich John Payne mit Haut und Haar in der Szene engagierte. Er verbrachte seine gesamte Freizeit auf den Schlachtfeldern, fertigte seine Kleidung sogar von Hand mit altem Faden und Stoff an, damit jedes Detail stimmte. Vor seinen Auftritten führte er ein Leben wie im neunzehnten Jahrhundert. Er schaltete den Strom aus, kochte über dem Feuer und ließ sein Auto in der Garage stehen.

Payne wurde wegen Mordes zu dreißig Jahren verurteilt. Er ging in die nächste Instanz und hatte Erfolg, da ihm keine Absicht nachgewiesen werden konnte. Daraufhin ließ er sich auf einen Deal mit der Anklage ein und wurde statt wegen Mordes wegen Totschlags verurteilt. Vor sechs Monaten war er entlassen worden.

»Das ist ein großer Zufall«, sagte Regina.

»Finde ich auch.«

»Hat Gurtner schon abklären können, ob Payne in der Schweiz war, als Gradwohl getötet wurde?«

»Einen Hotelmeldeschein hat er nicht ausgefüllt«, antwortete Fahrni. »Er ist auch auf keiner Passagierliste zu finden, was aber nichts heißen muss. Gut möglich, dass er auf dem Landweg einreiste. Leider werden Personen bei der Einreise nicht registriert.«

»Was ist mit dem sichergestellten Haar? Passt das DNA-Profil?«

»Wir haben noch kein Resultat.«

Regina sah aus dem Fenster. Sie nahm kaum wahr, dass sie durch einen Tunnel fuhren. Zwei Verwandte von Heinrich Wirz waren mit derselben Waffe erschossen worden. »Hat sich Taber auch für Wirz' Rehabilitierung eingesetzt?«

»Die United Daughters of the Confederacy haben den Obelisken in Andersonville zu seinen Ehren errichten lassen.« Fahrni trat auf die Bremse. Vor ihnen stauten sich die Fahrzeuge. Er sah auf die Uhr.

»Ich habe heute Morgen keine Termine«, sagte Regina.

»Ich muss um neun im Büro sein. Vorher wollte ich aber noch mit Thomas Beer reden.«

»Beer?«, wiederholte Regina.

»Hat dir Heinz die Leserbriefe noch nicht geschickt?«

»Nein. Worum geht es?«

»In der *Neuen Zürcher Zeitung* hat sich ein Leserbriefschreiber über eine Gedenktafel an Wirz' Geburtshaus beschwert. Er versteht nicht, weshalb die Stadt einen hingerichteten Kriegsverbrecher würdigt. Das sei, als würde sie einen Schweizer SS-Angehörigen ehren, meint er.«

»Warum erfahre ich erst jetzt davon?«

»Weil er als Täter nicht infrage kommt. Er hat ein Alibi.« Fahrni erklärte, dass der Brief Gurtner auf die Idee gebracht habe, nach weiteren, unveröffentlichten Leserbriefen zu suchen. Dabei sei er auf eine E-Mail von Thomas Beer gestoßen. Der Mann habe Wirz als Teufel bezeichnet. Als Täter komme er zwar auch nicht infrage, aber er habe sich regelmäßig in Internetforen mit Historikern ausgetauscht, die seine Meinung teilen würden.

»Wann triffst du ihn?«

»Er fliegt heute Mittag nach Kreta, deshalb wollte ich bei ihm zu Hause vorbeischauen.«

Langsam krochen sie durch den Tunnel. Wenn Fahrni sie vorher noch zur Staatsanwaltschaft bringen wollte, wäre es zu spät für das Gespräch. Regina zeigte auf die nächste Ausfahrt. »Ich komme mit.«

Thomas Beer wohnte am Zürichberg. Als Regina das alte Patrizierhaus sah, die hohen Bäume und den schattigen

Garten, fragte sie sich, warum er in Urlaub fuhr. Ein Mann im mittleren Alter kam zur Tür.

Fahrni zeigte ihm seinen Ausweis und reichte ihm die Hand. »Wir haben telefoniert. Das ist Frau Flint, von der Staatsanwaltschaft.«

»Davon haben Sie nichts gesagt.« Beers Stimme klang ängstlich.

»Ich bin nicht in offizieller Funktion hier«, sagte Regina.

Beer bat sie herein. Im Flur stand ein gepackter Koffer.

»Danke, dass Sie sich Zeit nehmen«, sagte Fahrni. »So kurz vor Ihrer Abreise.«

Beer führte sie in ein Wohnzimmer, das mit Biedermeier-Möbeln ausgestattet war.

Fahrni kam direkt zur Sache. »Bitte, erzählen Sie uns doch, warum Sie sich für Heinrich Wirz interessieren.«

Sie erfuhren, dass Beers Vater Lehrer war und es geschafft hatte, den Sohn für Geschichte zu begeistern. Gerne wäre Beer Historiker geworden, doch er hatte die Aufnahmeprüfung ans Gymnasium nicht geschafft und deshalb eine kaufmännische Lehre absolviert. Geschichte faszinierte ihn aber immer noch. Er las viel, tauschte sich mit Gleichgesinnten aus, besuchte historische Schauplätze. Besonders interessierte ihn die Rolle der Schweizer in ausländischen Kriegen.

»Rund tausend waren im Zweiten Weltkrieg Mitglied der Waffen-SS. Wussten Sie das?« Er wartete die Antwort nicht ab. »Als sie in die Schweiz zurückkehrten, wanderten viele ins Gefängnis, weil sie in einem fremden Heer gedient hatten. Einige wurden sogar wegen Landesverrat verurteilt.«

»Finden Sie das richtig?«

»Natürlich! Es waren Faschisten oder schlicht Verbrecher.« Beer blühte auf. »Sicher gab es auch solche, die unter Druck in die SS eingetreten waren. Schweizer, die in Deutschland arbeiteten, zum Beispiel. Aber das rechtfertigt die Taten, die sie begingen, nicht. Stellen Sie sich vor, jeder Kriegsverbrecher würde sich damit herausreden, dass er nur Befehle von oben ausführt.«

»Haben Sie Heinrich Wirz deshalb als Teufel bezeichnet?«

»Ja, und ich stehe dazu. Haben Sie die Bilder von Andersonville gesehen? Die Zustände dort waren schlicht unmenschlich! Als Lagerkommandant hätte Wirz mehr für die Menschen tun können. Bäume zum Beispiel gab es rund um das Lager genug. Warum ließ er die Gefangenen nicht Holz schlagen? Sie hätten sich Unterkünfte bauen können.« Beer beugte sich vor. »Wirz führte alle Befehle von oben bedingungslos aus. Damit trug er wesentlich zum Elend der Soldaten bei. Dreizehntausend Menschen starben in dieser Hölle!«

»Sind Sie der Meinung, dass die Schuld sich auf Nachkommen überträgt?«, fragte Regina.

Beer lehnte sich wieder zurück. »Stehe ich also doch unter Verdacht?«

»Nein«, versicherte Fahrni. »Wir haben Ihr Alibi überprüft. Erzählen Sie uns doch, wie Sie von den Rehabilitierungsversuchen erfahren haben.«

Beer sprach über die Medienberichte, die anlässlich des 150-Jahr-Jubiläums des Sezessionskriegs erschienen waren, darunter auch einige über Heinrich Wirz. Seine Nachkommen hatten sich demnach bemüht, ihn in ein anderes Licht zu rücken. Der Name Albert Gradwohl sei mehrmals vorgekommen.

»Am Telefon haben Sie erzählt, dass Sie sich mit anderen Historikern austauschen. Haben Sie sich auch über Albert Gradwohl unterhalten?«, fragte Fahrni.

»Nicht direkt. Aber die Rehabilitierung war immer wieder Thema.«

»Hat sich jemand darüber empört?«

»Deswegen erschießt man doch niemanden!«

Fahrni schwieg.

»Sicher haben sich manche darüber geärgert. Regen Sie sich im Alltag nie über etwas auf? Das bedeutet aber nicht, dass –«

»Sagt Ihnen der Name John Payne etwas?«, unterbrach Fahrni.

»Payne? Wer ist das?«

»Die Internetforen, in denen Sie sich aufhalten«, brachte sich Regina ein, »sind die international?«

»Ich bewege mich hauptsächlich in den Schweizer Foren, wegen der Themen. Es gibt aber natürlich auch internationale.«

Fahrni nahm einen Notizblock hervor und bat Beer, die Personen aufzuzählen, die sich konkret zu Heinrich Wirz geäußert hatten. Beer kam der Aufforderung widerwillig nach. Keiner der Namen war bisher in den Ermittlungen aufgetaucht.

»An Ihrer Stelle würde ich in den USA suchen«, riet er. »Wirz hat auch dort Nachkommen, und Amerikaner greifen bekanntlich schnell zur Waffe.« Er sah auf die Uhr.

Fahrni stand auf. »Das werden wir sicher abklären. Danke für Ihre Zeit! Ich werde mich nach Ihrem Urlaub noch einmal melden, damit wir einen Termin bei mir im Büro vereinbaren können.«

Beer begleitete sie nach draußen.

Der Hundegestank im Wagen war kaum auszuhalten. Als Fahrni in die Hauptstraße einbog, bat Regina ihn, sie an der nächsten Bushaltestelle aussteigen zu lassen. »Du solltest meinetwegen nicht noch mehr Zeit verlieren.«

Die Wärme lag wie eine Glocke über der Stadt, kein Windhauch war zu spüren. Regina zog ihren Blazer aus. Im Büro fuhr sie als Erstes in den dritten Stock, um sich im

Pausenraum eine Cola light aus dem Kühlschrank zu holen. Nachdem das Amt für Justizvollzug aus dem alten Teil des Gebäudes gezogen war, hatte man eine Wand durchgebrochen und mehr Platz für die Staatsanwaltschaft geschaffen. Trat Regina vom neuen in den alten Teil, glaubte sie, in eine andere Welt einzutauchen. Es gab mit Stuck verzierte Decken, ein Parkett, das knarrte.

»Der hohe Phosphatgehalt von Cola ist schädlich«, sagte Dietz, die in der Tür stand. »Er hindert den Körper daran, Kalzium aufzunehmen.«

Regina öffnete die Flasche. »Ich nehme Kalziumtabletten.«

Dietz unterdrückte ein Grinsen. Regina wollte ihr die Flasche reichen, doch die Polizistin schüttelte den Kopf. »Du bist spät dran. Wieder eine Stellwerkstörung bei der Bahn?«

Regina berichtete von ihrem Gespräch mit Thomas Beer. »Ist Max schon da?« Der Amtsstellenleiter hatte bis gestern noch Urlaub.

Dietz nickte.

Regina drückte ihr ihre Colaflasche in die Hand. »Stellst du sie mir bitte auf den Schreibtisch? Ich komme gleich.«

Max Landolts Sekretärin, Constanze Ineichen, beendete gerade ein Telefongespräch, als Regina in den Raum trat. Dass die Sekretärin den gleichen Vornamen trug wie Cavallis Exfrau, brachte sie immer wieder zum Schmunzeln. Der Unterschied zwischen den beiden hätte nicht größer sein können. Ineichen war freundlich und rücksichtsvoll – ganz im Gegensatz zu Constanze Cavalli.

»Willst du zu Max?«, fragte sie.

»Wenn er Zeit hat.«

Constanze klopfte an Landolts Tür, dann nickte sie Regina zu.

Landolt hatte seine Krawatte abgelegt und die obersten Knöpfe seines Hemdes geöffnet. Ein ungewöhnlicher

Anblick, dachte Regina. So ungewöhnlich wie der Ventilator auf seinem Schreibtisch.

»Macht dir die Hitze zu schaffen?«, fragte sie.

»Ich komme mir vor wie in einem Suppentopf«, gestand er. »Aber du bist bestimmt nicht gekommen, um über das Wetter zu sprechen.«

»Nein, über den Fall Gradwohl.«

»Hab ich mir gedacht. Gibt es noch immer keinen Tatverdächtigen?«

»Nicht in der Schweiz«, antwortete Regina. »Und ich glaube auch nicht, dass wir hier weiterkommen. Die vielversprechendste Spur führt in die USA.« Sie erzählte ihm von John Payne. »Ich habe eine 67a IRSG-Mitteilung an die amerikanischen Behörden gemacht. Daraufhin haben sie ein Verfahren gegen ihn wegen Vorbereitungshandlungen zu Mord eröffnet.« Das Bundesgesetz über internationale Rechtshilfe in Strafsachen regelte die zwischenstaatliche Zusammenarbeit. »Anschließend habe ich rechtshilfeweise eine Hausdurchsuchung beantragt. Wir müssen mehr über den Mann wissen. Aber das dauert alles viel zu lange.«

»Was schlägst du vor?«

»Ein Treffen vor Ort.«

»In den USA?«

»Ja. Gradwohl war mehrmals in Andersonville. Die Tatwaffe stammt ebenfalls aus den USA. Und die Opfer haben sich gekannt.«

Landolt veränderte seine Haltung, sodass der Ventilator ihm nun von der Seite her Wind zuführte. »Was geschah nach Paynes Verhaftung mit der Waffe?«

»Das wüsste ich auch gern. Ebenso, ob er und Gradwohl sich in den USA begegnet sind.«

»Du hast gesagt, man könne Payne die Einreise in die Schweiz nicht nachweisen. Wie sieht es mit der Ausreise aus den USA aus? Dort werden alle Personen automatisch erfasst.«

»Ich habe noch keine Antwort auf meine Anfrage erhalten.«

»Wenn ich dich richtig verstehe, bist du der Meinung, dass gegen John Payne ein dringender Tatverdacht besteht?«

»Meiner Meinung nach, ja.«

»Aber in Haft sitzt er nicht?«

»Nein.«

Landolt legte die Fingerkuppen aneinander. Nach einer Weile schüttelte er den Kopf. »Ich verstehe nicht, was du dir von der Reise erhoffst. Solange sich Payne auf freiem Fuß befindet, kannst du dort nichts ausrichten.«

Reginas Handy klingelte.

Es war Gurtner. »Die DNA stimmt überein. Das Haar stammt von John Payne.«

*Yes!*, dachte Regina. Sie bedankte sich und gab die Information an Landolt weiter.

Er lehnte sich zurück. »Du könntest ein Strafübernahmebegehren stellen.«

Regina schwieg. Warum löste diese Vorstellung bei ihr keine Erleichterung aus? Sie wäre einen komplizierten Fall los. Hätte mehr Zeit für andere Aufgaben. Es dauerte eine Weile, bis sie realisierte, dass sie den Fall nicht abgeben wollte, weil er sie mit den USA verband. Mit Cavalli.

# 17

*Andersonville, 29. Juli 1864*

Harry Braxton war einer der Ersten, der sich im Frühling 1861 in Fort Sumter registrieren ließ. Damals hatte er geglaubt, der Krieg wäre schon nach wenigen Monaten entschieden. Den Yankees fehlte es an tauglichen Generälen, die Soldaten waren verweichlicht und verwöhnt. Trotzdem schafften sie es immer wieder, die Konföderierten in die Flucht zu schlagen. Das änderte sich erst, als Robert E. Lee das Kommando über die Südstaatenarmee übernahm. Es gelang dem General, die Bedrohung Richmonds abzuwenden und die Hauptstadt zu retten. Auch bei der zweiten Schlacht am Bull Run gingen die Konföderierten als Sieger hervor. Harry, der sich noch nicht ganz von seiner Verletzung erholt hatte, stand jedoch nicht auf dem Schlachtfeld. Es dauerte bis Anfang September 1862, bis er wieder an der Front kämpfte. Dass er die Schlacht von Antietam unbeschadet überstand, grenzte an ein Wunder. Die Konföderierten beklagten 13 724 Verluste. Harrys Hoffnungen auf ein baldiges Ende des Kriegs flossen mit dem Blut davon. Ein weiteres Jahr verstrich.

Die Schlacht von Gettysburg stellte eine Wende dar. Aber nicht die, die sich Harry erhofft hatte. Der Norden war ihnen deutlich überlegen. Den Konföderierten fehlte es an allem: Ausrüstung, Verpflegung, Medikamenten, Munition, Waffen. Unwillkürlich glitt Harrys Hand zum Army No. 2.

Wie immer, wenn er den Revolver berührte, dachte er an Charlotte Fairfax. Er hatte ihr geschrieben, aber nie eine Antwort erhalten. Fast liebevoll strich er über das Holster. Das Leder war kein Ersatz für die weiche Haut einer Frau. Harry fragte sich, wie Charlotte mit der Feldarbeit zurechtkam. Ohne den Einsatz der Frauen wären den Truppen die Nahrungsmittel längst ausgegangen. Sogar ihren eigenen Urin hatten sie beigesteuert. Bei dem Gedanken errötete Harry. Dem Urin wurde Ammoniak entzogen, der dringend benötigt wurde, um Schießpulver herzustellen.

Trotzdem blieb der Norden überlegen. In Gettysburg wurde Harry so schwer verwundet, dass er von der Front abgezogen und in den Verwaltungsdienst versetzt wurde. Er durfte sich nun Captain nennen. Zu Beginn des Kriegs hätte ihn die Vorstellung mit Stolz erfüllt, jetzt, drei Jahre später, wünschte er sich nur, das Leiden möge bald ein Ende nehmen. Auf dem Schlachtfeld hatte er die Yankees ausschließlich als Feind betrachtet, seit es aber zu seinen Aufgaben gehörte, die Kriegsgefangenenlager zu inspizieren, sah er sie als Menschen.

Er schaute auf das schwere Tor vor sich und seufzte. Gestern Abend war er in Anderson angekommen, einem kleinen Dorf an der Southwestern Railroad. Bevor W. Sidney Winder beschlossen hatte, zwischen den Baumwoll- und Maisfeldern ein Lager zu errichten, hatte Harry noch nie von diesem Nest gehört. Jetzt aber war ihm nicht nur Anderson ein Begriff, sondern vor allem Andersonville, wie das Gefängnis genannt wurde, um eine Verwechslung mit der gleichnamigen Ortschaft in South Carolina zu vermeiden. Fast dreißigtausend Unionssoldaten waren hinter der hohen Palisadenwand eingepfercht. Jeden Tag starben über hundert. Als Harry vom Lagerkommandanten durchs Tor geführt wurde, begriff er, weshalb.

Das Bild, das sich ihm bot, erfüllte ihn mit Grauen. Überall ausgemergelte Gestalten, die wie Vieh unter freiem Himmel hausten. Einige Gefangene hatten Löcher in den Lehmboden gegraben, andere aus Lumpen und Müll Zelte errichtet. Viele lagen einfach nur bewegungslos und mit offenen Augen da und starrten in die gleißende Sonne. Manche schlichen umher, obwohl sie sich kaum aufrecht halten konnten. Ihre Haut war mit Eiterbeulen, Abszessen und Flechten überwuchert und fast so schwarz wie die der Sklaven, die das Lager errichtet hatten.

»Vom Rauch der Pech-Kiefer«, erklärte Henry Wirz mit schwerem Akzent. »Die Männer kochen damit.«

Der Blick des Lagerkommandanten war hart, seine Haut blass. Wirz presste die schmalen Lippen zusammen, als habe er Schmerzen. Harry wusste, dass auch er bei Seven Pines verletzt worden war. Im Gegensatz zu ihm hatte sich Wirz aber nie ganz von seiner Verletzung erholt. Harry überkam ein Gefühl von Dankbarkeit. Wie glimpflich er davongekommen war!

Die Hitze trieb Harry den Schweiß auf die Stirn, der Gestank setzte ihm zu. Verrottetes Fleisch, Exkremente und Abfall vermischten sich zu einem säuerlichen, ätzenden Brei. Läuse und Flöhe gruben sich in sein Fleisch, bald entdeckten auch die Moskitos, die zu Hunderten über dem mit Kot gefüllten Sumpf schwärmten, sein frisches Blut.

Sie kamen zu einem Bach, der das einzige Trinkwasser im Lager lieferte. Er diente gleichzeitig als Latrine. Auf der Wasseroberfläche schwamm dicker Schaum. Ein Planungsfehler seines Vorgesetzten, gestand Wirz. Er berichtete von seiner Idee, das Wasser dort zu stauen, wo es noch sauber war. Dazu fehlte ihm aber das Material. Am Vorabend hatte er Harry von seinen Versuchen erzählt, die Regierung in Richmond auf die Zustände in Andersonville aufmerksam zu machen.

Statt Äxte und Spaten, Nahrungsmittel und Medikamente schickte man mehr Gefangene.

Ein Soldat, den Kopf auf einen Schnappsack gebettet, hob träge den Arm. Darunter wimmelte es von Maden. Die Füße des Mannes waren von der Wassersucht geschwollen, der Bauch aufgetrieben. Zähne hatte er keine. Harry blieb neben ihm stehen und fragte ihn nach seinem Namen.

»Corporal Theodore Chatoney«, flüsterte er. »Von der 82. Illinois.«

Harry fiel der Akzent des Soldaten auf. »Franzose?«

»Schweizer.«

Harry blickte zum Lagerkommandanten. Kam dieser nicht ebenfalls aus der Schweiz? Wirz zeigte keine Regung.

»Seit wann bist du in Gefangenschaft?«, fragte Harry.

»1. Juli 63.« Chatoney hustete. »Gettysburg. Mit meinem Cousin ins Libby Prison gebracht. Stellvertretender Regimentskommandant Emil Frey. Er kam durch einen Gefangenenaustausch frei. Bitte … Captain.« Chatoney versuchte aufzusitzen, aber es gelang ihm nicht. »Wann ist … der nächste Gefangenenaustausch?«

Eine Gruppe Männer schreckte hoch. Sie packten ihre wenigen Habseligkeiten und stoben auseinander. Harry umklammerte den Army No. 2 fester. Ein gut genährter Soldat in einer Offiziersjacke stolzierte durch die Menge. Als er die Besucher sah, verschwand er hinter einer chaotischen Anordnung von Zelten und Kochstellen.

Harry wandte sich an einen Gefangenen. »Wer war das?«

Wirz öffnete den Mund, doch Harry bedeutete ihm zu schweigen.

»Malcolm Maloney, Sir«, sagte der Mann. »Ein Raider.«

»Erzähl mir mehr.«

»Sie fallen über die Schwachen her, rauben sie aus. Vor

allem die Neuankömmlinge. Wer sich nicht fügt, wird zum Krüppel geschlagen.«

Aus dem Augenwinkel sah Harry einen Gefangenen, der sich hinter einem Kollegen zu verstecken versuchte. Außer einer zerschlissenen Unterhose trug er nichts. Seine Haut war mit Blasen und Moskitostichen übersät.

»Wie viele dieser Rüpel treiben hier ihr Unwesen?«, fragte Harry weiter.

»Einige Dutzend. Maloney gehört der Gruppe von Cary Sullivan an, von der Kompagnie F der 76. New Yorker. Ein übellauniger Bursche. Ich kenne ihn vom Lager Belle Island. Er hat dort einige Menschen auf dem Gewissen.«

Harry machte sich Notizen. »Wie heißt du?«

»William Payne, Sir. Von der Kompagnie A, 3. Rhode-Island-Artillerie.«

Als Harry weitergehen wollte, trat der Soldat einen Schritt vor.

»Captain, haben Sie Neuigkeiten zum geplanten Gefangenenaustausch?«

Harry brachte es nicht übers Herz, ihm wahrheitsgemäß zu sagen, dass der Austausch von Kriegsgefangenen von höchster Stelle aus ausgesetzt worden war, damit die Soldaten nicht an die Front zurückkehrten.

»Bald ist es so weit«, log er. »Die Verhandlungen laufen.«

Er setzte die Inspektion fort. Es war schwierig, sich einen Weg durch das Gewirr zu bahnen. Wirz erklärte, täglich kämen Hunderte neuer Gefangenen an. Weitgehend sich selbst überlassen, suchten sie sich den erstbesten Platz. Jeder Quadratmeter Boden war besetzt. Zwischen den halb verhungerten Gestalten entdeckte Harry sogar Tote. Sie waren nackt. Einem fehlte ein Finger. Wirz meinte, vermutlich habe er einen Ring getragen.

Von allen Seiten drängten sich Männer an sie heran.

»Deutsche Laus!«, rief jemand, der eine Pferdedecke auf dem Kopf trug. »Siehst du nicht, dass wir hier drinnen verrecken?«

Ein weiterer kroch aus einem Erdloch und klammerte sich an Harrys Fuß. »Hilf mir!«

»Warst du an der Dead-Line?«, rief ein anderer. »Deine Leute knallen uns dort zum Spaß ab!«

Als Harry zwei Stunden später endlich durchs Tor hinaus ins Freie trat, hatte er das Gefühl, der Hölle gerade noch einmal entronnen zu sein. Auch Wirz sah mitgenommen aus. Der Kommandant versicherte, er sei alles andere als zufrieden mit den Zuständen, doch seine Klagen würden nicht erhört.

»Das Brot wird mit Spreu gestreckt, im Mehl hat es Wanzen«, erklärte er. »Wir haben nicht einmal Eimer, in denen wir die Essensrationen ausgeben können. Die Gefangenen bringen Mützen, Signalhörner, ja Schuhe mit, um Reis und Bohnen zu transportieren. Aber wie sollen sie die Nahrungsmittel kochen?«

In dem Bericht, den Harry später verfasste, nahm er kein Blatt vor den Mund. Er prangerte die Überfüllung des Lagers an, die schäbigen Rationen, die unzureichende medizinische Versorgung, den Mangel an Seife und Kleidern, die Kloake, die als Trinkwasserquelle diente. Er verlangte Werkzeug und Baumaterial, um Baracken herzustellen, schlug vor, den Sumpf trockenzulegen, die Kranken außerhalb des Lagers in einer speziell dafür geschaffenen Einrichtung unterzubringen. Damit die Insassen sicher seien, erklärte er, brauche es Wege, die regelmäßige Patrouillen zuließen sowie disziplinierte Truppen, die für Ordnung sorgten.

Für die Offiziere und die Ärzte im Stab hatte er kein gutes Wort. Er bezeichnete sie als unfähig, inkompetent und ineffizient und verlangte die Ablösung von Brigade-General

John H. Winder, dem Vorgesetzten des Lagerkommandanten.

»An seine Stelle sollte jemand treten, der nicht nur genug Energie hat, sondern auch eine gute Urteilskraft besitzt und vor allem menschliche Gefühle entwickelt angesichts der Situation, in der sich die allergrößte Zahl der Unglücklichen hier befindet«, schrieb Harry.

Nur Wirz lobte er. Henry Wirz sei Kommandant, Adjutant, Beamter und Aufseher zugleich. Ohne ihn würde Chaos herrschen. »Er setzt sich mit unermüdlicher Energie für die Insassen ein und ist hervorragend qualifiziert«, schrieb er.

Harry Braxtons Bericht löste später in Richmond Entsetzen aus. Statt John H. Winder zu entlassen, ernannte das Ministerium ihn zum Oberkommandierenden aller Gefängnisse östlich des Mississippi. Die Konföderation brauchte jeden einzelnen Offizier von Rang. Das wusste Harry jedoch noch nicht, als er Andersonville mit hängenden Schultern verließ.

Er blickte ein letztes Mal zurück und betrachtete die Bretterhäuschen, die als Wachtürme dienten. Die Palisadenwand, die ihm die Sicht auf die Verdammten versperrte. Amerikaner. Seine Brüder. Wie hatte es so weit kommen können? Wann war dieser Albtraum endlich vorbei? Der Pfiff einer Lokomotive erklang; der nächste Zug fuhr bereits auf Andersonville zu. In der Ferne sah Harry die Viehwagen. Wie viele Soldaten enthielten sie diesmal? War es die letzte Reise ihres Lebens?

Er war schon mehr als vierundzwanzig Stunden unterwegs, als er endlich begriff. William Payne! Dass Harry so lange brauchte, um zu erkennen, wer sich hinter diesem Namen verbarg, konnte er sich nur damit erklären, dass ihm die Gräuel derart zugesetzt hatten. Wäre er bei klarem Verstand gewesen, hätte er sofort gemerkt, dass es sich bei dem

Soldaten aus Rhode Island um den gleichen Mann handelte, an den der zerknüllte Brief adressiert war, den er im Holster seines Revolvers gefunden hatte. Die Schrift war kaum mehr zu lesen gewesen, nur mit Mühe hatte Harry entziffern können, dass der Army No. 2 einst einem Benjamin Payne vom 2. Freiwilligen-Regiment von Rhode Island gehört hatte und dass die Waffe bei dessen Tod in den Besitz seines Bruders William übergegangen war. Wenn der Krieg vorbei ist, schwor sich Harry, werde ich den Revolver persönlich nach Rhode Island bringen.

# 18

*Zürich, 9. August*

Sie haben ihn«, sagte Gurtner.

»Wen?« Regina nahm den Hörer, den sie zwischen Ohr und Schulter eingeklemmt hatte, in die Hand.

»John Payne. Die Amerikaner haben ihn verhaftet.«

»Das ist doch nicht möglich! Es ist erst vier Tage her, seit ich den internationalen Haftbefehl ausgestellt habe.«

»Er saß zu Hause vor dem Fernseher.«

Regina meinte, sich verhört zu haben.

»Wir besprechen nach dem Morgenrapport die nächsten Schritte«, fuhr Gurtner fort. »Bist du dabei?«

Regina blickte auf die Uhr. Viertel vor sieben. Aus dem Augenwinkel sah sie, wie Lily einen Stuhl zur Küchenablage schob und hinaufkletterte, die Zahnbürste im Mund. Sie versprach, um halb acht da zu sein, legte auf und hastete in die Küche. Lily protestierte, als Regina sie vom Stuhl hob. Zahnpasta-Spritzer landeten auf Reginas Bluse. Sie trug Lily ins Bad und stellte sie auf den Toilettendeckel. »Mund auf.«

Lily schüttelte den Kopf.

»Wir haben keine Zeit für Spielchen!«

Lily reagierte nicht.

»Mund auf, hab ich gesagt!«

Lily biss die Zähne zusammen. Zahnpasta rann ihr übers Kinn.

»Gut, dann bleib hier. Ich gehe jetzt arbeiten.« Regina holte ihre Tasche. Wie viel einfacher, wenn Lily in der Obhut von Paz war! Einen Tag pro Woche verbrachte sie in der Kita, weil Regina es wichtig fand, dass sie mit Gleichaltrigen spielte. Seufzend kehrte sie ins Bad zurück. Die Zahnbürste lag am Boden, Lily war weg. Regina fand sie im Kinderzimmer, wo sie ihren Stoffadler fütterte. Es war schon viel zu spät, als sie endlich das Haus verließen.

Vor dem Kripogebäude traf Regina auf Joe Walker.

»Du kannst gleich mit mir kommen«, sagte er und kramte nach seinem Badge.

Unwillkürlich blieb Reginas Blick an seinen breiten Schultern hängen. Einen Moment lang wünschte sie sich nichts sehnlicher, als den Kopf dagegen zu lehnen. Sie eilte zum Aufzug.

»Du weichst mir aus«, sagte Walker, nachdem sich die Tür hinter ihnen geschlossen hatte.

»Ich habe dir gesagt, dass ich dich nicht mehr privat treffen möchte.«

»*Tosca* läuft im Opernhaus. Emily Magee soll umwerfend sein.«

»Ich habe genug Thriller im Leben. Ich brauche keinen weiteren, nicht einmal von Puccini.«

Walker sah sie an. »Er hat sich bei dir gemeldet, nicht wahr? Seit drei Wochen benimmst du dich seltsam.«

Sie senkte den Blick. In seiner Gegenwart kam sie sich gläsern vor. Sie dachte an ihr letztes Treffen zurück. Beim Essen hatte er gestanden, dass er über Cavallis Ermittlungsauftrag Bescheid wusste. Er hatte behauptet, er habe bloß zwei und zwei zusammengezählt, und sie hatte sich eingeredet, dass es als Fahnder zu seinen Aufgaben gehörte, Menschen aufzuspüren. Jetzt aber fragte sie sich, ob mehr dahintersteckte. Hatte ihn der Kommandant eingeweiht? Die Tür ging auf,

Walker verabschiedete sich und verschwand im Büro der Kripochefin.

Die Besprechung hatte bereits begonnen, als Regina die Kripoleitstelle betrat. Sie nahm neben einem Sachbearbeiter von der Allgemeinen Kriminalität Platz und nickte den Anwesenden zu. Fahrni hob grüßend die Hand.

Gurtner stand vor dem Whiteboard. »Wir schauen uns gerade den Stammbaum der Familie Wirz an, um herauszufinden, ob Eudora Lee Taber da hineinpasst.« Er zeigte auf einen Punkt ganz oben an der Tafel, »Emilie Oschwald« stand da. Der Grafik nach zu schließen, war sie die erste Frau von Heinrich Wirz. Aus dieser Ehe stammten zwei Kinder, Louise Emilie und Paul Emil. Paul war der Großvater von Albert und Verena Gradwohl.

»Es gibt noch einen weiteren Zweig.« Gurtner zeigte auf eine Linie, unter der »Schweiz« stand. »Wirz hatte einen Bruder, einige der Nachkommen leben heute in Bern.«

»Weshalb sind sie in den Ermittlungen bisher nicht aufgetaucht?«, fragte Regina.

»Weil sie kaum Kontakt mit Gradwohls haben.«

»Behaltet sie im Auge«, sagte Regina. »Sie könnten ebenfalls in Gefahr sein.«

Gurtner schüttelte den Kopf. »Payne ist in Haft.«

»Können wir davon ausgehen, dass er es war? Hat er den Mord an Gradwohl gestanden?«

Gurtner zuckte die Schultern. Noch waren keine Informationen aus den USA eingetroffen. Er widmete sich weiter dem Stammbaum. In den USA hatte Wirz eine Witwe aus Kentucky geheiratet, die zwei Kinder in die Ehe mitbrachte. Das dritte Kind, Cora Lee, war von Wirz.

»Das Haus der Witwe stand in der Nähe der Kirche«, sagte Fahrni. »Auf dem Grundstück befand sich auch ein altes Indianerfort.«

»Und das erzählst du uns, weil …?«, wollte Pilecki wissen.

Fahrni, der kein Gespür für Ironie hatte, fuhr unbeirrt fort. »Weil dort, wo das Fort war, heute eine Farm steht. Und diese Farm hat Eudora Lee Taber besucht, als sie sich mit ihrer Familiengeschichte beschäftigte. Das habe ich im Lokalblatt gelesen.«

»Hat die Farm etwas mit John Payne zu tun?«, fragte Regina.

»Ich glaube nicht.«

Gurtner schüttelte den Kopf. »Back to Wörz, wie er in seiner neuen Heimat genannt wird.«

In Kentucky arbeitete Wirz zunächst als Arzt, dann zog er mit der Familie nach Louisiana und später nach Andersonville. Nach dem Tod ihres Mannes kehrte Elizabeth nach Kentucky zurück. Die beiden älteren Töchter heirateten ein Bruderpaar, Cora lernte einen Mann namens J. W. Walker kennen.

»Walker?«, entfuhr es Regina.

»Kein Verwandter von Joe.«

»Bist du sicher?«

»Behauptet er«, antwortete Gurtner. »Was mit J. W. Walker geschieht, ist unklar. Fest steht nur, dass Cora später noch einmal heiratet. Sie hat mehrere Kinder. Viele sterben jung. 1909 wird in Andersonville ein Obelisk für Heinrich Wirz errichtet. Cora und ihre Tochter Mary Gladys nehmen an der Feier teil.«

Pilecki rieb sich die Augen. »Und wer lebt heute noch? Das ist es doch, was wir eigentlich wissen müssen, oder? Ich kann mir nicht alle Namen merken.«

»Musst du auch nicht«, sagte Gurtner. »Aber der Zusammenhang ist wichtig. Es gibt in den USA heute noch drei Ururenkel, die in Louisiana leben. Eudora Lee Taber war deren Tante.«

Regina notierte sich die Namen. »Hatten die Nachkommen Kontakt mit John Payne?«

»Das weiß ich nicht.«

»Und mit Gradwohl?«

»Er hat mit zwei Ururs Mails ausgetauscht.«

»Wenn Payne es wirklich auf Wirz' Nachkommen abgesehen hat, warum erledigt er nicht zuerst die Amerikaner?«, fragte Pilecki. »Das ist einfacher, als einen Mord in einem anderen Land zu begehen.«

»Nicht unbedingt«, widersprach Regina. »In den USA käme ihm die Polizei vermutlich rasch auf die Schliche. Für uns ist es schwieriger, an Infos zu gelangen.« Sie wandte sich an Gurtner. »Was geschah damals mit dem Revolver?«

»Er wurde vom Clerk of Court eingezogen, wie das in den USA üblich ist«, sagte Gurtner.

»Vom Gericht?«

»Ja, der Clerk bunkert Beweismaterial. Wie der Revolver wieder bei Payne landete, ist mir aber nicht klar.«

»Wurde er tatsächlich zu Hause verhaftet?«

»Vor der Glotze«, bestätigte Gurtner.

»Er scheint sich seiner Sache sehr sicher gewesen zu sein.«

Pilecki hob die Hand. »Einen Moment. Kann mir jemand erklären, was das Motiv war? Das verstehe ich immer noch nicht.«

»Rache«, antwortete Fahrni. »Paynes Ururgroßvater saß in Andersonville.«

Pilecki rieb sich die Schläfen. »Diese vielen Urs machen mich völlig fertig.«

Gurtner zog eine Grimasse. »Mich macht es fertig, so lange auf Antworten warten zu müssen. Allein bis die Fragen nur schon an die richtige Stelle in den USA gelangen, ist es Weihnachten.«

»Wer war eigentlich für die Ermittlungen im Tötungsdelikt

Eudora Lee Taber zuständig?«, fragte Pilecki. »Das FBI oder die lokale Polizei?«

»Das FBI«, erklärte Fahrni. »Weil die historische Schlacht auf einer Gedenkstätte des Bundes inszeniert wurde. Und weil Opfer und Täter nicht aus demselben Staat kommen. Verbrechen auf Indianerreservaten fallen übrigens auch in die Zuständigkeit des FBI. Meistens, jedenfalls.«

Schon wieder spann Fahrni einen Faden zu Cavalli. Was erkannte sein Unterbewusstsein? Und warum sah Regina es nicht? Jetzt, da sich Payne in Haft befand, würde Landolt einem Treffen mit den amerikanischen Behörden vermutlich zustimmen.

»Der Prozess gegen Payne fand in Baltimore statt«, sagte Gurtner. »Das IRM Zürich hat gute Beziehungen dort.«

»Wie hilft uns das weiter?«, fragte Pilecki.

»Es ist ein Weg, an Informationen zu gelangen«, sagte Regina. »Noch besser wäre es natürlich, wir könnten mit den Ermittlern vor Ort sprechen.« Die Sätze waren unkontrolliert aus ihr herausgeplatzt.

Eine nachdenkliche Stille legte sich über den Raum.

»Ein Arbeitstreffen?«, fragte Pilecki. »Auf Polizeiebene oder unter Juristen?«

»Beides.«

Gurtner nickte bedächtig. »Wir stecken fest. Die Antworten, die wir suchen, finden wir nicht in der Schweiz.«

Pilecki wandte sich an ihn. »Könntest du dir vorstellen, in die USA zu fahren?«

Regina hatte nicht darüber nachgedacht, dass sie mit Gurtner würde reisen müssen. In was hatte sie sich da hineinmanövriert? Konnte sie überhaupt gehen? Wer würde auf Lily aufpassen?

Gurtner setzte sich. Er nahm eine Büroklammer in die Hand und begann, sich damit die Fingernägel zu reinigen.

Alle Blicke im Raum waren auf ihn gerichtet. »Warum gehst nicht du?«, fragte er Fahrni. »Du warst beruflich in Argentinien, du weißt, wie es läuft. Außerdem ist dein Englisch besser.«

Traute sich Gurtner die Reise nicht zu? Da fiel Regina wieder ein, dass seine Frau unter Multipler Sklerose litt und im Rollstuhl saß. Beschämt senkte sie den Kopf.

Pilecki gefiel die Idee. Jetzt richteten sich alle Augen auf Fahrni.

»Mehr als eine Woche brauchten wir nicht, oder?«, fragte er.

»Länger kann ich nicht weg«, sagte Regina.

Pilecki versprach, die Sache mit seinen Vorgesetzten zu besprechen. Sie wandten sich den anstehenden Aufgaben zu. Eine Dienstreise erforderte nicht nur das Einverständnis von Polizei und Staatsanwaltschaft, sondern auch die Einwilligung der amerikanischen Behörden.

Gurtner stand auf. »Ich fahre noch einmal zu Gradwohl, um mir das Haus anzusehen. Ist ein Dienstwagen frei?«

»Der neue ist wieder einsatzbereit«, antwortete Pilecki. »Aber dich lass ich nicht ans Steuer.« Grinsend erklärte er Regina: »Vor zwei Monaten haben wir endlich einen vierten Wagen bekommen, aber keinen Parkplatz dafür. Da wurde Nummer fünfundfünfzig frei, direkt an der Wand. Du kannst dir vorstellen, wie der Wagen aussah, nachdem Heinz aus der Lücke gefahren ist.«

»Das war kein Parkplatz, sondern eine Parkspalte!«, wehrte sich Gurtner.

Regina betrachtete seinen Bauch und fragte sich, wie er es geschafft hatte einzusteigen. Fahrni verließ die Kripoleitstelle, Pilecki fuhr die Leinwand herunter, die das Whiteboard verdeckte. Noch eine Neuerung, dachte Regina. Früher hatte die Tafel nach jeder Sitzung gesäubert werden müssen, um die Daten zu schützen. Wie lange dauerte es wohl noch, bis Cavallis Spuren verblasst waren? Pilecki pfiff leise vor sich hin, während er seine Unterlagen ordnete. Vielleicht hatte sie sich in ihm getäuscht. Er schien seine Aufgaben immer besser in den Griff zu bekommen, und dass die Stimmung im Team entspannter war, seit er die Leitung übernommen hatte, war unbestritten.

»Darf ich dich zu einem Kaffee einladen?«, fragte er.

»Gern.«

Gemeinsam verließen sie die Kripoleitstelle. Das Personalrestaurant befand sich eine Etage höher. Sie reihten sich in die Warteschlange vor der Kaffeemaschine ein, anschließend begaben sie sich auf die Dachterrasse, wo sich einige Raucher versammelt hatten. Pilecki zog ein Zigarettenpäckchen aus seiner Brusttasche.

»Ist deine Stelle eigentlich schon besetzt?«, fragte Regina. »Es fehlt doch jetzt ein Sachbearbeiter.«

»Sie ist ausgeschrieben worden, ich bin aber noch nicht dazu gekommen, mir die Bewerbungen anzuschauen.«

»Darfst du mitreden?«

»Ja, aber die Entscheidung wird weiter oben gefällt.«

»Wie viele Personen haben sich beworben?«

»Weniger als erwartet. Die Stellen bei der Kripo sind nicht mehr so begehrt wie früher.« Sein Blick schweifte über die Dächer der umliegenden Häuser. »Heute will man Sachbearbeiter, die zu allem Ja sagen, selber denken ist nicht mehr gefragt. Das passt vielen nicht. Die Vorgaben für die Fallführung sind auch strenger geworden, die Form kommt oft vor dem Inhalt.« Er zog an seiner Zigarette. »Irgendwann trifft es das Kind eines Politikers. Dann interessiert es die da oben vielleicht wieder, ob ein Sachbearbeiter denken kann oder nicht. Aber bis dahin wird es vermutlich keine fähigen Ermittler mehr geben.«

Regina war erstaunt über die deutlichen Worte. Als er weiterfuhr, begriff sie, was ihn wirklich störte.

»Vielen Vorgesetzten fehlt die Fachkompetenz im Ermitteln«, sagte er. »Trotzdem mischen sie sich überall ein. Selbstverständlich gibt es Ausnahmen, Joe Walker zum Beispiel, aber sie werden immer seltener.«

Regina hatte ihre Begegnung mit Walker fast vergessen. Auf einmal waren die Fragen wieder da. Sie verabschiedete sich von Pilecki und verließ das Kripogebäude. Kurz darauf stand sie in Walkers Büro, das sich in der Militärkaserne befand. Sie war noch nie hier gewesen.

Im Raum herrschte penible Ordnung. Der Schreibtisch war leer, alle Akten in Schränken verstaut. Keine Bilder hingen an der Wand, keine Gegenstände, die darauf schließen ließen, wer hier arbeitete. Bis auf einen.

Einen gelben Backstein auf dem Schreibtisch.

Regina starrte darauf. Auch Cavalli besaß einen solchen Backstein. Beschriftet mit »Yellow Brick Road« und der Nummer des FBI-Lehrgangs, den er besucht hatte. Walker hatte vermutlich den zehnwöchigen Kurs für Führungskräfte absolviert. Regina war beeindruckt. Für ausländische Polizisten gab es nur wenig Plätze, und sie brauchten dafür eine persönliche Einladung. Nicht ein einziges Mal hatte Walker erwähnt, dass er in Quantico gewesen war. Regina fiel auf, dass er immer nur so viel preisgab, wie sie ohnehin schon wusste.

»Die Yellow Brick Road ist ein zehn Kilometer langer Hindernisparcours, den die Marines errichtet haben«, sagte Walker hinter ihr. Regina drehte sich erschrocken um. Joe Walker stand direkt vor ihr, eine Tasse Kaffee in der Hand. »Ich würde gern behaupten, dass es nicht in meiner Absicht lag, dich zu erschrecken, aber das stimmt nicht ganz. Immerhin stehst du unangemeldet in meinem Büro.«

Regina wusste nicht, ob seine Bemerkung ein Scherz oder eine Schelte war. Aber es war zwecklos, ihm etwas vorzuspielen. »Du hast mir nie gesagt, dass du beim FBI warst.«

»Du hast nie gefragt.«

»Nicht direkt, aber wir haben mehrmals über Cavalli gesprochen. Du wolltest sogar wissen, ob er im Auftrag des FBI unterwegs ist.«

»Was genau willst du mir sagen?«

»Wusstest du von Anfang an Bescheid?«

Er stellte die Tasse auf dem Schreibtisch ab. »Möchtest du auch einen Kaffee?«

»Nein, eine ehrliche Antwort!«

»Ja.«

»Ja? Du hast gewusst, dass Cava als verdeckter Ermittler im Einsatz ist?«

»Ja. Wobei verdeckter Ermittler nicht ganz korrekt ist. Er hat keine andere Identität angenommen.«

Sie hatte mit allem gerechnet, nicht aber damit, dass er unumwunden zugab, sie belogen zu haben. Andererseits, hatte er wirklich gelogen? Wie so oft hatte er bloß Informationen zurückgehalten.

»Weißt du, wo er ist?«, platzte es aus ihr heraus.

»Nein.«

»Verdammt, Joe, muss ich dir jedes Wort aus der Nase ziehen?«

»Als die Anfrage vom FBI kam, hat man mich um meine Meinung gebeten. Vertraulich. Ich durfte nicht darüber reden. Ich darf es eigentlich immer noch nicht.«

»Was wollte man von dir wissen?«

»Ob ich Cavallis Einsatz für notwendig hielt.«

»Was hast du geantwortet?«

»Dass ich ihn für einen außerordentlichen Ermittler halte. Und dass das FBI seine Qualitäten vermutlich kennt. Nimmt man seinen kulturellen Hintergrund hinzu, erstaunt es mich nicht, dass ausgerechnet er gefragt wurde.«

Regina ließ die Informationen auf sich wirken. »Warum hast du Gurtner deine Hilfe nie angeboten? Du weißt, dass die Spuren im Fall Gradwohl in die USA führen.«

»Weil er sie nicht braucht. Er hat mit dem Field Office in Bern Kontakt aufgenommen und alles erfahren, was er wissen musste. Zudem hat Martin Angst gute Beziehungen zu Ballistikexperten in den USA.«

»Es geht nicht nur um die Waffe. Der mutmaßliche Täter lebt in den USA.«

»Gurtner hält mich nicht auf dem Laufenden.«

»Er weiß ja nicht, dass du ihm Türen öffnen könntest! Darum geht es doch in diesen FBI-Lehrgängen. Ums Netzwerken.«

»Jeder Kantonspolizist weiß, dass ich beim FBI war. Auch Gurtner. Vielleicht müsstest du Pilecki fragen, warum mich niemand um Unterstützung gebeten hat. Ich hätte erwartet, als Dienstchef von ihm darauf angesprochen zu werden. Die Zusammenarbeit mit dem Kader scheint ihm jedoch nicht besonders am Herzen zu liegen.« Walker trank einen Schluck Kaffee. »Schwamm drüber. Wenn ich behilflich sein kann, gern. Sag mir einfach, was du brauchst.«

Einerseits wollte Regina ihm glauben. Andererseits gab es da etwas, das sie zur Vorsicht mahnte. Da er ohnehin von der geplanten Reise in die USA erfahren würde, konnte sie ihn genauso gut jetzt informieren. Sie schilderte die neusten Entwicklungen in diesem Fall und erklärte, weshalb sie bei der Einvernahme Paynes dabei sein wollte.

»Ich halte das für keine gute Idee«, sagte er zu ihrer Überraschung. »Die Amerikaner mögen es nicht, wenn man sich einmischt.«

»Darum geht es nicht. Wir brauchen Informationen. Auf

dem Rechtshilfeweg dauert es viel zu lange. Immerhin haben wir es mit einem Tötungsdelikt zu tun.«

»Warum stellst du kein Strafübernahmebegehren?«

Jetzt war es Regina, die auswich. »Ich halte das nicht für nötig.«

Walker durchschaute sie. »Es geht um Cavalli, nicht wahr? Was hast du vor? Willst du ihn etwa suchen gehen?«

Sein sarkastischer Tonfall ließ sie erröten. »Natürlich nicht! Ich muss los«, log sie. »Ich habe eine Einvernahme um zehn.«

Draußen wählte sie den Umweg über die Kasernenwiese. Das Areal war eine grüne Oase mitten in der Stadt. Regina lauschte den gedämpften Geräuschen des Verkehrs. Bald schlug ihr Herz wieder im gewohnten Tempo. Sie legte den Kopf in den Nacken und schloss die Augen. Die Sonne wärmte ihr Gesicht, ließ sie entspannen. Vielleicht brauchte sie einige Tage Urlaub. Seit einem halben Jahr arbeitete sie ununterbrochen.

Sie war schon fast bei der Staatsanwaltschaft angekommen, als ihr bewusst wurde, dass Walker ihren Fragen erneut ausgewichen war. Hatte er nun Informationen vom FBI erhalten oder nicht? Regina fiel auf, dass er sich genau in dem Moment für sie zu interessieren begonnen hatte, als Cavalli verschwand.

# 19

*North Carolina, 18. Juni*

Kaltes Wasser umspülte Cavallis Füße. Er spreizte die Finger, ging in die Knie und tauchte die Hände in den Bach. Vorsichtig machte er einen Schritt, dann noch einen. Das Wasser reichte ihm jetzt bis zu den Knien, schwappte gegen seine hochgerollten Jeans, bedeckte seine Ellbogen. Er beugte sich noch etwas weiter vor. Blendete das Gurgeln des Bachs aus, das Prasseln des Lagerfeuers, den Vogelgesang und konzentrierte sich auf die Bewegung im Wasser. Eine Forelle streifte seine Finger.

Direkt vor Cavalli schlug etwas auf. Er zuckte zurück, verlor das Gleichgewicht und fiel hin. Emma lachte schallend. Sie hatte einen Stein ins Wasser geworfen.

»Das Frühstück ist fertig«, sagte sie.

»Ich hätte den Fisch fast gehabt!«

»Blödsinn. Du hast in all den Wochen nie einen Fisch von Hand gefangen.« Sie drehte sich um und kehrte zum Lager zurück. »Ich verstehe nicht, was du gegen das Netz einzuwenden hast.«

»Nichts.« Cavalli stieg aus dem Bach und krempelte die Hosenbeine herunter. »Manchmal brauche ich einfach eine Herausforderung.«

»Als hättest du nicht genug!«, schnaubte Emma. »Zieh die Hose aus.«

Jetzt war es Cavalli, der lachte. »Was für Worte aus dem Mund einer Frau!«

Sie verdrehte die Augen. Cavalli schälte sich aus der Jeans, wrang das Wasser aus und reichte ihr die Hose.

Emma hängte sie zum Trocknen neben das Feuer. Sie bückte sich zu der Schüssel mit Haferbrei hinunter. »Ich weiß genau, was du machst«, sagte sie, ohne aufzuschauen. »Du linst mir in den Ausschnitt.«

»Du wirst mir fehlen.«

»Du mir nicht.«

Zwei Monate lang waren sie rund um die Uhr zusammen gewesen. In dieser Zeit hatte sich eine Freundschaft zwischen ihnen gebildet, wie Cavalli sie noch nie mit einer Frau erlebt hatte. Im Gegensatz zu den meisten Frauen, die er kannte, fragte Emma nicht immer wieder, was ihm durch den Kopf geht. Sie sprach nur, wenn sie etwas zu sagen hatte. In ihrer Gegenwart konnte er sich entspannen, wenn sie ihm nicht gerade ihr Dekolleté präsentierte.

Damit war es bald vorbei. Nach dem Frühstück würden sie sich auf den Weg ins Tal machen. Um fünfzehn Uhr hatte Cavallis Mutter einen Termin im Krankenhaus, dort würde er sie endlich mit seiner Vermutung konfrontieren können. Dass sie ein weiteres Kind hatte. Diese Vorstellung berührte Cavalli nicht weiter. Blutsverwandtschaft bedeutete ihm wenig, aber in diesem Fall könnte es sich um den Blasrohrmörder handeln. Alles passte.

Seine Mutter zu Hause aufzusuchen, war Cavalli zu riskant gewesen. Deshalb hatte er auf ihren nächsten Untersuchungstermin gewartet. In der Zwischenzeit hatte er weitere neun Personen von seiner Liste gestrichen. Es blieben nur noch die Beavers.

Mit zwei der Brüder hatte sich Cavalli in der Vergangenheit angelegt. Da sie gewalttätig und unberechenbar waren, hatte er sich ihnen nicht nähern wollen, solange Emma bei ihm war.

Heute würde Buzz sie wegbringen. Es fiel ihr schwer zu gehen, sie war noch nie lange vom Reservat fort gewesen. Dennoch klagte sie nicht. Auch Vorwürfe machte sie Cavalli keine.

Er ging vor dem Feuer in die Hocke und nahm die Schale Hafer entgegen, die sie ihm reichte. »Danke, Emma. Für alles.«

Sie nickte.

»Weißt du wirklich nicht, wo Buzz dich hinbringt?«

»Nur, dass ich einen alten Mann pflegen werde. Vermutlich einen Weißen.«

Cavalli sah ihr an, dass ihr die Vorstellung nicht gefiel. »Gut, dort wird man dich zuletzt vermuten.«

Sie sagte nichts.

»So schlimm wird es wohl nicht werden.«

»Was weißt du schon davon?«, gab sie zurück.

In den vergangenen Wochen hatten sie immer wieder darüber gesprochen, was es bedeutete, indianischer Abstammung zu sein. Emma nannte ihn einen Apfel: außen rot, innen weiß. Obwohl sich Cavalli im Reservat zu Hause fühlte, musste er sich eingestehen, dass sie recht hatte. Es gab Dinge, die er nie begreifen würde.

»Nur in einer Hinsicht bist du durch und durch Indianer«, hatte sie gesagt. »Du musstest deine Heimat verlassen und suhlst dich seither in dem Unrecht, das dir angeblich angetan wurde.« Keine tiefgründige Bemerkung, doch sie hatte ihm die Augen geöffnet. Sein Leben lang hatte er sich an etwas geklammert, das unweigerlich verloren war.

Noch etwas war ihm in den vergangenen Wochen klar geworden: Sein Platz war in der Schweiz. Er liebte die Wälder seiner Heimat, den blauen Dunst, der ihnen den Namen gegeben hatte, den Geruch von Zedernholz und Sassafras. Doch sie ersetzten ihm die Familie nicht.

Ob Junebug immer noch nach Milch duftete? Ob sich Chris Gedanken über seine Zukunft gemacht hatte? Vor Cavallis Abreise hatte er angedeutet, dass er nicht mehr als Koch arbeiten wolle. Er hatte sich um einen Termin für eine Berufsberatung bemüht. Gerne hätte Cavalli gewusst, ob sie ihn weitergebracht hatte. Wie kam Regina zurecht? Sie hatte es akzeptiert, dass er den Auftrag des FBI angenommen hatte, nun aber waren ihre schlimmsten Befürchtungen wahr geworden. Er war nicht wie versprochen nach drei Monaten zurückgekehrt. Würde sie ihn wieder in ihr Leben lassen?

Er stand auf. »Zeit, dass wir uns auf den Weg machen.«

Während Emma ihre Sachen packte, löschte Cavalli das Feuer. Er würde sich ein neues Lager errichten, wenn sie weg war, tiefer im Wald, wo er sich sicherer fühlte. Vorerst würde er aber alles hierlassen. Nur die Beretta steckte er ein.

Schweigend marschierten sie los. Cavalli hielt nach menschlichen Spuren Ausschau, entdeckte aber keine. Er konnte sich nicht erklären, warum der Täter Emma und ihn noch nicht aufgespürt hatte. War er doch in die Schweiz gereist? Cavalli verdrängte den Gedanken, Angst war gefährlich, sie lähmte, verzerrte die Wirklichkeit. Er konzentrierte sich auf das weiche Moos unter seinen Füßen, Emmas Schritte hinter sich. Lauschte dem Hämmern eines Spechts, roch Schuppenwurzen, Rehkot und Harz. Seine Finger glitten über die rissige Borke eines Blüten-Hartriegels, den man wegen seiner rosa Blätter Cherokee Chief nannte. Früher hatte er den Baum um Rat gefragt, wenn er eine Entscheidung treffen musste.

Die Anspannung ließ nach. Seine Gedanken verliefen jetzt in geordneten Bahnen. Die Sonne ging gerade über dem Bergkamm auf, als sie beim vereinbarten Treffpunkt ankamen. Dort wartete Buzz bereits. Er warf Emmas Gepäck in den Kofferraum und reichte ihr eine Schachtel Donuts. Emma seufzte glücklich.

»Der Täter trug Stiefel mit gutem Profil«, berichtete er. »Größe 45. Die Tiefe der Abdrücke lässt darauf schließen, dass sie zu einem Mann gehören. Sieht aus, als hätten wir es doch nicht mit einer gekränkten Liebhaberin zu tun.«

Emma nahm einen Donut aus der Schachtel.

Buzz wandte sich an Cavalli. »Ich habe dir erzählt, dass von dem Blasrohr ein Stück abgebrochen ist. Erinnerst du dich?«

Cavalli nickte kurz.

»Unsere alten Jagdwaffen waren aus Bambus. Das Blasrohr des Täters ist aus Holz. Schon mal von einem Fukidake gehört? Die Japaner haben früher damit gejagt. Heute gilt es wieder als cool, damit auf Vögel zu schießen.«

»Hat man DNA-Spuren gefunden?«

»Nein, das abgebrochene Stück stammt vom Ende des Rohrs.«

Cavalli nahm sich nun auch einen Donut. »Wäre zu schön gewesen.«

»Über den Wagen des Täters weiß ich inzwischen auch mehr. Die Reifenspuren stammen von einem Jeep. Vierradantrieb.«

»Davon gibt es einige.«

»Nicht im Reservat. Kann sich kaum einer leisten.«

»Wie bist du an die Infos gekommen? Hast du Frank Watty ein Messer an den Hals gesetzt?«

»Ich hab ein paar Bier runtergekippt, dann den ältesten Beaver-Bruder mit einem Billardstock und Sprüchen über seine Freundin geärgert. Zwei Stunden später saßen wir beide in einer Zelle. Da ich meinen Rausch ausschlafen musste, durfte ich länger bleiben. Junior schob Wache. Wir hatten ein interessantes Gespräch.«

Cavalli war beeindruckt. »Hast du dir nie überlegt, eine Karriere als Privatdetektiv einzuschlagen?«

»Ich will lieber meine Ruhe.«

»Und trotzdem hast du dich in die Sache hineinziehen lassen.«

»Für meine Cousine tue ich alles.« Er zupfte Emma am Haar.

Sie gab ihm einen Schubs, ein Stück Schokoladenguss blieb an seiner Schulter kleben.

»Du hast auch für mich viel getan«, sagte Cavalli.

»Du bist einer von uns.«

Emma biss noch einmal in ihren Donut und wischte sich den Zucker von den Händen. Dann drückte sie Cavalli die Schachtel in die Hand, stieg in den Wagen und schlug die Autotür zu.

Buzz sah zu ihr hinüber. »Sie will nicht weg.«

»Ich krieg den Typen«, versprach Cavalli.

»Du weißt, wie du mich erreichen kannst«, sagte Buzz, zündete sich eine Zigarette an und stieg in den Wagen. Cavalli schaute den beiden hinterher, bis der Wagen hinter einer Kurve verschwand. Dann aß er die restlichen Donuts auf.

Das Cherokee Indian Hospital war erst kürzlich eröffnet worden. Mit seinen runden Formen und naturnahen Farben fügte sich das Gebäude nahtlos in die Landschaft ein. Die Eingangshalle hatte ein lokaler Künstler entworfen, sie wurde »Korb« genannt, weil sie wie ein geflochtener Korb aussah. Vom Korb aus führte der sogenannte Flusspfad durch das Gebäude, ein gewundener Weg, der von Tageslicht erhellt und mit Szenen aus den Legenden der Cherokee bemalt war.

Im Schlepptau einer Familie folgte Cavalli unauffällig dem Flusspfad, die Mütze tief ins Gesicht gezogen. Er musste an Lily denken. Sie liebte die Legenden der Cherokee, wollte immer wieder dieselben Geschichten hören.

Vor dem Aufzug hingen Fotos von der Eröffnungsfeier des Krankenhauses. Cavalli erkannte darauf einige Mitglieder des Stammesrats und den Vize-Häuptling. Zwei der Kriegstänzer hatten mit ihm die erste Klasse besucht.

Auf der Bettenstation herrschte Betrieb. Frühstückstablette wurden eingesammelt, Patienten gewaschen; Angehörige plauderten mit dem Personal, packten an, wo Hilfe nötig war. Er passierte einige der Zimmer und blieb schließlich vor einer offenen Tür stehen. Die Frau, die dort regungslos im Bett lag, bestand nur noch aus Haut und Knochen. Es dauerte einen Moment, bis Cavalli seine Mutter erkannte.

Sie öffnete die Augen weit. »Bruno?«

Cavalli schloss die Tür hinter sich und trat an ihr Bett. Trotz der Wärme im Raum lag seine Mutter unter einer dicken Decke. Zu Hause hatte sie ein Kopftuch getragen, jetzt spiegelte sich das Licht auf ihrem kahlen Schädel. Er dachte an ihr langes, schwarzes Haar.

»Gail«, sagte er mit ausdrucksloser Stimme.

Ihre Augen füllten sich mit Tränen. Cavalli hätte sich am liebsten abgewandt, zwang sich aber, ihr in die Augen zu schauen.

»Wir haben uns solche Sorgen um dich gemacht«, sagte sie. »Wo warst du?«

Er verschränkte die Arme vor der Brust.

»June sagt, Buzz –«

»Keine Namen!« Er schaute sich suchend nach einer im Zimmer installierten Kamera oder Wanze um.

Seine Mutter blickte ihn ängstlich an. »Was ist mit …?«

»Es geht ihr gut.«

»Wo ist sie? Warum ist sie gegangen?«

»Ich habe gesagt, es geht ihr gut. Mehr brauchst du nicht zu wissen.«

»Das FBI war bei uns.«

»Wer?«

»Ein Agent … McKenzie. Er sagt, das FBI tue alles, um dich zu finden. Was hast du getan?«

Wie typisch, dass sie die Schuld bei ihm suchte.

»Brun– «

»Hat McKenzie noch etwas gesagt?«

»Nur, dass wir ihn anrufen sollen, wenn du mit uns Kontakt aufnimmst. Was ist los, Bruno? Was ist geschehen?«

»Je weniger du weißt, desto besser. Wir sind in Gefahr. Alle. Du, ich, Elisi.« Das Cherokee-Wort für Großmutter ging ihm wie von selbst über die Lippen. »Vielleicht sogar meine Familie in der Schweiz. Deshalb bin ich hier.«

Seine Mutter wurde blass. Sie schaute aus dem Fenster, ihr Blick verlor sich in der Ferne. »Weißt du noch, wie wir zusammen in die Sternwarte gingen?«, fragte sie leise. »Du wolltest das Teleskop nicht mehr freigeben. Du hast den Nachthimmel so geliebt.«

Cavalli erinnerte sich an Metall an seiner Stirn, den Hocker, auf dem er stand. Er hatte sich damals vorgestellt, er liege im Garten seiner Großmutter und starre in den Himmel. Seine Trauer war so grenzenlos gewesen wie das All.

»Hast du noch mehr Kinder?«, platzte es aus ihm heraus.

Seine Mutter zuckte zusammen. »Was?«

»Hast du noch mehr Kinder?« Er trat ans Bett. »Männer hattest du ja genug.«

Sie verpasste ihm eine Ohrfeige. Der Schlag war so schwach, dass er ihn kaum spürte, die Botschaft aber unmissverständlich.

»Ich bin nicht stolz auf das, was ich getan habe. Aber ich

habe es gut gemeint. Glaubst du, es fiel mir leicht, dich bei deiner Großmutter zu lassen? Ich wollte für dich nur das Beste.« Sie begann zu weinen.

Angewidert trat er einen Schritt zurück. »Warum hast du mich dann nach Frankreich geholt? Wenn du doch wusstest, dass es mir bei ihr besser ging.«

»Ich hatte es endlich geschafft«, sagte sie. »Ich hatte eine Wohnung gefunden, genug Geld für Möbel, Kleider, Spielsachen und Flugtickets gespart. Sogar eine Krankenversicherung konnte ich abschließen. Ich wollte dir ein anständiges Leben bieten. Aber ich … es hat eben eine Weile gedauert, bis ich alles auf die Reihe gekriegt habe.«

»Ich hatte ein anständiges Leben, geht dir das nicht in den Kopf? Du hast es zerstört.«

Sie weinte noch heftiger. Cavalli fuhr sich mit den Handflächen übers Gesicht. Er hatte nicht dorthin gehen wollen. Seine Bedürftigkeit beschämte ihn. Auch dafür hasste er seine Mutter. Er trat ans Fenster. Der Dunst war im Begriff sich aufzulösen, darüber war der Himmel blau. Ein Frühsommertag, wie er schöner nicht sein konnte.

»Hast du noch mehr Kinder?«, fragte er noch einmal.

»Ich wollte nur das Beste für dich!«, weinte seine Mutter.

Ihre Worte machten ihn beklommen. Auch er hatte seine Familie im Stich gelassen. Zum zweiten Mal. Vor fünfzehn Jahren Constanze und Chris, jetzt Regina und Lily. Er hatte sich eingeredet, dass er den Auftrag angenommen hatte, weil er beruflich in eine Sackgasse geraten war. Aber war das wirklich der Grund? Wollte er sich vielleicht auch beweisen, dass er Regina und Lily nicht brauchte? Von Menschen abhängig zu sein, machte ihm Angst.

»Warum bist du damals von zu Hause weggegangen?«, fragte er, ohne sich umzudrehen.

Eine Weile war es still.

»Ich war unglücklich«, sagte sie dann zögernd und mit einer Stimme, die er noch nicht kannte. »Das, was dich glücklich gemacht hat, hat mich unglücklich gemacht.« Sie holte Atem, dann sprach sie weiter. »Deine Großmutter war immer anders gewesen. Sie war stolz auf ihre Herkunft, während sich die meisten Indianer dafür schämten. Sie befasste sich mit Heilkräutern, trug traditionellen Schmuck, sprach Tsalagi. Schon damals kämpfte sie dafür, dass die Sprache wieder an Schulen unterrichtet wurde. Sie war ihrer Zeit weit voraus. Ich aber träumte davon, in einer Küche zu stehen, in der es nach Zitronenreiniger roch und nach Braten duftete. Ich ahmte den Akzent der weißen Oberschicht nach, lernte Bibelsprüche, drehte mir Lockenwickler ins Haar.«

Cavalli wandte sich vom Fenster ab und sah sie an.

»Es war wie Tauziehen. June zog in eine Richtung, ich in die andere. Das Tau riss.« Gail hing ihren Gedanken nach, dann fuhr sie fort: »Ich war fünfzehn, als ich Marvin kennenlernte. Er war Vertreter, trug Anzug und Krawatte, hatte kurzes Haar, das er mit Pomade nach hinten kämmte. Er wollte mit mir ein neues Leben beginnen. Ich stellte mir ein Häuschen vor, davor ein gepflegter Rasen, umgeben von einem weißen Zaun.« Sie zuckte die Schultern. »Wie es weiterging, weißt du.«

Irgendwo hörte man ein Lachen. Es klapperte dumpf. Erst jetzt nahm Cavalli die Gerüche im Raum wahr. Desinfektionsmittel, Krankheit, ein überreifer Apfel. Er wischte sich die feuchten Hände an den Oberschenkeln ab.

»Gab es nach mir noch ein Kind?«

»Ja.«

Cavallis Puls schoss in die Höhe. Mit drei großen Schritten durchquerte er das Zimmer und blieb neben ihrem Bett stehen. Seine Mutter hatte die Decke etwas zurückgeschoben. Die linke Brust unter ihrem Nachthemd fehlte.

»Du hast noch ein Kind? Was ist aus ihm geworden?«

Einen Moment lang glaubte er, sie würde nicht antworten. Dann sah sie ihn an.

»Ich habe es abgetrieben.«

# 20

*North Carolina, 16. Juli*

Der Regen prasselte aufs Autodach. Cavalli wischte mit dem Ärmel das Kondenswasser von der Scheibe, er konnte in der Dunkelheit kaum etwas sehen. Darrell und Rodney Beaver waren kurz nach zweiundzwanzig Uhr aufgebrochen und zum Black Camp Gap gefahren. In einem alten Ford, nicht in einem Jeep mit Vierradantrieb. Am Rande eines Privatwegs hatten sie eine Tasche aus dem Wagen genommen und waren damit Richtung Balsam Mountain losgezogen. Cavalli wartete noch einige Minuten, dann stieg er aus und folgte ihnen.

Seit drei Wochen beobachtete er die Beaver-Brüder. Der Älteste war meist so betrunken, dass Cavalli ihn schon bald von der Liste der Verdächtigen gestrichen hatte. Auch Darrell kam als Täter nicht wirklich infrage. Ihm fehlte es sowohl an Durchsetzungsvermögen als auch an Intelligenz. Mindestens ein Mal pro Tag unternahm er einen plumpen Versuch, eine Frau aufzureißen. Er klopfte anzügliche Sprüche und erwartete, dass ihm die Auserwählte um den Hals fiel. Mit der gleichen Fantasielosigkeit packte er die meisten Dinge an. Über jeden Misserfolg ärgerte er sich, was seine Umgebung unmittelbar zu spüren bekam. Wenn er sich an Cavalli hätte rächen wollen, dann bestimmt nicht mit einem solch komplizierten Plan.

Rodney hatte etwas mehr Grips. Nicht viel, aber genug, dass Cavalli ihm die Morde zutraute. Der mittlere der Beaver-Brüder trank wenig; er wusste sich zu beherrschen und legte ab und zu sogar organisatorisches Talent an den Tag. Nur fehlte ihm ein Motiv. Mit seinen Brüdern hatte sich Cavalli mehrmals angelegt. Als der ältere vor einigen Jahren ein Mädchen begrapschte, war es sogar zu Handgreiflichkeiten gekommen. Mit Rodney aber hatte Cavalli nie Probleme gehabt. Er war der Letzte auf der Liste.

Cavalli schlug seine Kapuze hoch und ging etwas schneller. Er kannte die Gegend weniger gut als den Westen der Smoky Mountains. Was suchten die Beavers hier? Es gab einen Stall, der Pferde an Touristen vermietete, Cavalli hatte aber weder Darrell noch Rodney je reiten sehen.

Der Weg wurde steiler. Das Wasser floss in kleinen Rinnsalen den Hang hinunter. Es raschelte im Gebüsch, ein Streifenhörnchen huschte einen Baum hinauf. Der Laubwald wich Fichten und Kiefern, da und dort sah Cavalli Hemlocktannen. Sie wuchsen am Fluss, also musste der Balsam Creek ganz in der Nähe sein. Die Beaver-Brüder bogen auf einen Trampelpfad ein. Kein Wegweiser markierte die Stelle. Cavalli ging in die Hocke und entdeckte eine Vertiefung. Als er die Erde wegwischte, kamen die Überreste eines Pfostens zum Vorschein. Die Schnittfläche war glatt, jemand hatte den Wegweiser absichtlich entfernt.

Er berührte die feinschuppige Rinde einer Rotfichte. Kleine Platten lösten sich, ein sicheres Zeichen dafür, dass der Baum alt war. Zwischen dem Balsam und dem Spruce Mountain gab es einen großen Bestand an Amerikanischen Rotfichten, manche waren über dreihundert Jahre alt. Wenn er sich dort befand, müsste der Weg bald nach unten führen. Tatsächlich wurde der Boden unter seinen Füßen eben, kurz darauf erblickte Cavalli eine Senke. Die Bäume standen jetzt weniger dicht, der Fichtengeruch war schwächer. Zwischen den Silhouetten sah Cavalli eine baufällige Hütte, aus einem Fenster glomm schwaches Licht. Er spähte durch die trübe Scheibe. Rodney rollte einen Schlafsack auf dem Boden aus, Darrell zog zwei Gegenstände aus der mitgebrachten Tasche und schraubte sie zusammen. Es war ein Blasrohr. Cavalli griff nach der Beretta in seinem Hosenbund.

Das Blasrohr war etwa fünf Fuß lang. Am Aluminium-Schaft war eine Halterung für Pfeile angebracht, das Mundstück war so konstruiert, dass es wie das Ende eines Schnorchels zwischen Lippen und Zähne passte. Darrell breitete Pfeile auf dem Boden aus, es waren mindestens drei Dutzend. Nadelpfeile, Targetdarts, Bambuspfeile, Rundkopfpfeile, sogar Paintballkugeln befanden sich darunter. Ein Profi-Kit. Darrell wählte einige Pfeile aus und steckte die übrigen in den Beutel zurück. Er zog Jacke und Hose aus, schlüpfte in seinen Schlafsack. Bevor er die Taschenlampe ausknipste, reichte er Rodney eine Thermosflasche.

Cavalli blieb am Fenster stehen, bis er sicher war, dass die Beavers schliefen. Dann sah er sich nach einem Nachtlager um. Neben der Hütte stand ein Tulpenbaum mit weiten Ästen, dessen Krone dicht und geschlossen war. Er bot ein ideales Versteck. Cavalli brauchte einige Anläufe, bis er es schaffte, den untersten Ast zu packen. Als sich seine Hände darum schlossen, zog er sich mühelos hoch. Er setzte sich so hin, dass er den Stamm im Rücken und die Hütte im Blickfeld hatte. Sein Magen knurrte. Cavalli realisierte, dass er vergessen hatte zu essen, bevor er aufgebrochen war.

Unruhig griff er nach dem Bündel Dollarnoten, das seine Mutter ihm gegeben hatte. Nur Junebug zuliebe hatte er das Geld angenommen.

Es knackte und raschelte im Gehölz, ein Käuzchen schrie, ein Fuchs bellte. Der Wald pulsierte wie ein einziger

Organismus. Cavalli sog die Energie auf. Eine zwitschernde Lerche kündigte den herannahenden Morgen an. Nichts regte sich in der Hütte. Cavalli verließ seinen Platz und kletterte höher. Ein feiner purpurner Schimmer zeigte sich am Himmel. Wolkenfetzen hingen in den Baumkronen. Jetzt erfüllte Vogelgesang den Wald. Cavalli sah eine Lichtung, die mit hohem Gras bedeckt war. Plötzlich wusste er, was die Beavers vorhatten.

Das Purpur verwandelte sich in Rosa. Die Beavers schlichen mit dem Blasrohr zur Lichtung. Um die Lichtung machten sie einen Bogen, platzierten sich so, dass der Wind ihren Geruch in den Wald trug. Im Gehölz legten sie sich auf die Lauer.

Das erste Reh erschien, noch ehe das Rosa am Himmel verblasst war. Als Cavalli das Kitz an seiner Seite sah, verkrampfte sich sein Magen. Der Pfeil traf das Muttertier am Hals. Es setzte zu einem Sprung an, sackte mitten in der Bewegung zusammen. Das Kitz blieb unschlüssig stehen, die Beine breit, die Ohren wie Satellitenschüsseln auf dem kleinen Kopf. Der zweite Pfeil drang in seine Flanke ein. Das Kitz schrie. Der Wald verstummte.

Die Beavers kamen hervor und packten ihre Beute. Sie schleppten sie zu den Bäumen, wo sie die Tiere kopfüber aufhängten. Darrell zog ein Messer aus der Scheide. Er würde die Tiere aufschneiden, dann ausweiden. Dickdarm, Mastdarm, Gebärmutter, Magen und Speiseröhre. Bis alle Organe entfernt waren. Cavalli hatte es auch schon getan. Aber nie bei einem Muttertier. Schon gar nicht an einem Kitz. Und erst recht nicht außerhalb der Jagdsaison oder im Nationalpark, wo Jagen verboten war.

Das war der Grund für den nächtlichen Ausflug der Beavers. Sie waren nicht hinter einem Menschen her. Sie handelten mit illegalem Wild.

Cavalli schaute zum Himmel. Er bildete sich ein, das Blut zu riechen, den Kot, die Angst des Kitzes. Wasser tropfte von den Blättern, benetzte sein Gesicht. Wie gelähmt saß er da. In der Sackgasse. Was jetzt? Er hatte die Frage wochenlang verdrängt, weil er keine Antwort darauf wusste.

Er musste von vorne beginnen, alle Tötungsdelikte noch einmal studieren. Die Unterlagen befanden sich bei seiner Großmutter, doch er kannte sie auswendig. Jeden Polizeirapport, jeden Laborbericht, jedes Foto. Er wusste, wer die Leichen gefunden hatte, wie die Tatorte ausgesehen hatten. Er konnte die Zeugenaussagen Wort für Wort wiederholen, die letzten Stunden der Opfer beschreiben, jeden ihrer Angehörigen beim Namen nennen.

Vorher musste er aber noch etwas anderes erledigen. Heute war Sonntag. Seit Wochen lebte Regina in Ungewissheit. Es war Zeit, den Tatsachen ins Auge zu sehen. Er würde den Täter nicht so schnell aufspüren. Er musste Regina eine Nachricht zukommen lassen, das schuldete er ihr. Doch wie? Er hatte vier Stunden Zeit, sich etwas einfallen zu lassen. In der Schweiz war es jetzt dreizehn Uhr. Um siebzehn Uhr würde sie neben dem Telefon sitzen und auf seinen Anruf warten.

Langsam machte er sich auf den Weg zu seinem Wagen, zog frische Kleider an, rasierte sich. Seine dunkle Haut und das lange Haar weckten genug Misstrauen. Ihm blieben drei Stunden, um das Reservat möglichst weit hinter sich zu lassen. Zwei Stunden und vierundvierzig Minuten später befand er sich kurz vor Atlanta. Er hielt an einer Raststätte und stieg aus.

Obwohl es erst kurz vor elf war, herrschte ein Gedränge vor den Fast-Food-Restaurants im Food Court. Cavalli reihte sich in eine Warteschlange vor einem Taco Bell ein. Als der Familienvater, der mit seinen vier Kindern vor ihm stand, seine Bestellung aufgab, zog Cavalli ihm unbemerkt das Handy aus der Hosentasche. Dann setzte er sich in eine ruhige Ecke und wählte die Nummer eines asiatischen Take-aways in der Schweiz. Dort bestellte er eine Portion Reis mit Erbsen.

## 21

*Zürich, 12. August*

Regina schaute auf das elektronische Flugticket. Noch konnte sie nicht fassen, wie schnell alles gegangen war. Nicht nur ihre Vorgesetzten und das Bundesamt für Justiz hatten ihren Vorschlag gutgeheißen, auch die zuständige Staatsanwältin in den USA war sofort mit der Reise einverstanden gewesen. Nicht einmal das FBI hatte sich quergestellt. In zwei Tagen würde sie mit Fahrni nach Washington fliegen. Dort würde sie den Verbindungsbeamten des Fedpol treffen, dann Special Agent Jim McKenzie einen Überraschungsbesuch abstatten. Vielleicht verriet er mehr über Cavallis Einsatz, wenn sie ihm gegenüberstand. Anschließend würde sie nach Asheville reisen.

Asheville, North Carolina. John Paynes Wohnort. Eine Autostunde vom Reservat der Cherokee-Indianer entfernt. An Zufälle glaubte Regina längst nicht mehr. Auch Fahrni hatte die Stirn gerunzelt, als er Paynes Adresse gesehen hatte. Doch sosehr Regina es versuchte, sie erkannte keinen Zusammenhang zwischen Gradwohls Ermordung und Cavallis Verschwinden. Nur eines war ihr klar: Die Antworten, die sie suchte, lagen in den USA. Deshalb hatte sie ihre Bedenken beiseitegeschoben, Dietz instruiert, alle Termine zu verschieben, und mit einem schlechten Gewissen die Kinderbetreuung organisiert. Lily würde eine Woche bei

Fahrnis in Bonstetten verbringen, zwei Tage hütete Reginas Mutter.

»Regina?« Dietz stand in der Tür. »Doris Keller ist hier. Soll ich sie hereinbitten? Bist du so weit?«

»Ja, danke.« Regina faltete das Ticket und steckte es in ihre Handtasche.

Doris Keller war nicht erfreut gewesen, dass man sie noch einmal vorlud, doch darauf konnte Regina keine Rücksicht nehmen. Sie brauchte noch ein paar Informationen über Gradwohls Reisen in die USA.

Diesmal war Keller mit einem Anwalt erschienen.

»Bitte nehmen Sie Platz«, sagte Regina.

Keller setzte sich auf die Stuhlkante, als wolle sie signalisieren, dass sie nicht vorhatte, lange zu bleiben. Ihrer letzten Aussage hatte sie nichts hinzuzufügen.

»Bitte schildern Sie mir, wie Sie Herrn Gradwohl kennengelernt haben«, bat Regina.

»Das habe ich Ihnen letztes Mal schon gesagt. Bei einem Jass-Turnier. Anschließend gingen wir ein Bier trinken.« Sie erzählte, wie Gradwohl sie einen Monat nach dem Turnier angerufen hatte. Er suchte eine Jass-Partnerin für das nächste Turnier, und sie sagte zu. Von da an trafen sie sich regelmäßig.

»Sie haben ausgesagt, Sie hätten Herrn Gradwohl zuerst für einen Militär-Freak gehalten. Weshalb?«

»Wegen seines Interesses am Bürgerkrieg. Aber dann hat er mir von seinem Vorfahren erzählt. Albert meinte, Henry sei bloß zur falschen Zeit am falschen Ort gewesen.«

»Hat er sich darüber empört?«

»Nur über die einseitige Berichterstattung. In der Zeitung war ein Leserbrief erschienen, Henry wurde mit einem SS-Offizier verglichen.«

»Der Verfasser hat sich dran gestört, dass die Stadt Zürich

eine Gedenktafel am Geburtshaus von Heinrich Wirz angebracht hat«, sagte Regina.

»Das war nicht die Stadt«, widersprach Keller. »Die Sons of Confederate Veterans haben die Plakette gestiftet. Albert war auch Mitglied. Er hat ein Gesuch an die Stadtverwaltung gerichtet und um Erlaubnis gebeten, die Plakette am Haus zu montieren. Es wurde bewilligt. Er informierte sogar die Hausbewohner, alle waren einverstanden. Ich glaube, es gab einen schriftlichen Vertrag. Als der Leserbrief erschienen war, störten sie sich plötzlich an der Plakette, deshalb wurde sie wieder entfernt. Das hat Albert geärgert. Nicht die Sache an sich, sondern weil die Medien nur eine Seite der Geschichte aufgegriffen haben.«

»Wie hat sich sein Ärger geäußert?«

»Wenn Sie andeuten möchten, dass Albert aggressiv war, liegen Sie falsch. Albert war ein friedlicher Mensch. Er mochte Streit nicht und hat sich nie mit anderen angelegt!« Keller presste die Finger gegen die Schläfen. »Er meinte, es sei zwecklos, sich darüber aufzuregen. Henry war zwar sein Urgroßvater, aber deswegen nahm Albert die Sache nicht gleich persönlich. Er hat mir erzählt, dass man im Norden der USA Kindern heute noch damit droht, Henry Wirz käme sie holen, wenn sie nicht brav wären. Selten habe ich ihn so lachen hören! Er konnte auch nicht nachvollziehen, dass Henry im Süden als Held gilt, nur weil er sich nach dem Krieg geweigert hat, Präsident Davis zu belasten. Albert fand das übertrieben. Trotzdem wurde er wie eine Berühmtheit empfangen, wenn er nach Georgia fuhr.«

»Hat er Ihnen von seinen Reisen erzählt?«

Sie nickte. »Er hat mir auch Fotos von der Feier zum 150-Jahr-Jubiläum gezeigt. Ich glaube, sie fand am Georgia Tech statt. Albert hielt während des Memorial Service eine Rede.«

»Hat er den Namen Eudora Lee Taber je erwähnt?«

Keller richtete sich auf. »Ist das nicht die Tante, die erschossen wurde? Bei einer inszenierten historischen Schlacht? Hat ihr Tod etwas mit Albert zu tun?«

»Das wissen wir nicht. Er hat sie also gekannt?«

»Nicht persönlich, aber er hatte Verwandte in Louisiana, die sie kannten. Watker heißen sie, glaube ich. Nein, Watkins. An die Vornamen erinnere ich mich nicht.«

»Hatte er viel Kontakt mit den Watkins?«

»In letzter Zeit weniger. Überhaupt hat er sich nicht mehr so viel mit Henry befasst, seit wir … seit …« Sie verstummte.

»Lassen Sie sich Zeit.«

Dietz, die neben Regina saß, nahm die Hände von der Tastatur. Der Anwalt blätterte in seinen Unterlagen. Im Vorzimmer klingelte das Telefon, dann war es wieder still.

»Ich kann es immer noch nicht fassen, dass er nicht mehr da ist.« Keller atmete zitternd ein und fuhr dann mit ihrer Erzählung fort. Vor allem der Vater der Watkins habe sich für die Rehabilitierung eingesetzt. Die berufstätigen Söhne interessierten sich weniger für die Vergangenheit.

»Wissen Sie, woran der Vater gestorben ist?«

»An einem Schlaganfall.«

»War Albert Gradwohl der Einzige, dem an Wirz' Rehabilitierung lag?«

»Albert hat sich für Henry interessiert, viel für die Rehabilitierung hat er aber nicht getan«, erwiderte Keller. »Der Vater der Watkins soll einmal davon gesprochen haben, den Prozess wiederaufzunehmen, aber Albert meinte, um in Berufung zu gehen, hätte er das offiziell beantragen müssen. Reappraisal heißt es, glaube ich. Das hat er nie getan. In den USA kostet ein Verfahren schnell ein Vermögen. Albert hat gesagt, es ging nur über eine Sammelklage mithilfe eines Staranwalts.« Ein Historiker habe die ersten Schritte unternommen und ein Begnadigungsgesuch gestellt. Eine Antwort habe er aber nie bekommen. Später hätten die Sons of Confederate Veterans einen Anwalt in Washington beauftragt, den Fall zu untersuchen. Er sollte abklären, ob der Prozess gegen Wirz überhaupt legal gewesen war.

Regina vermutete, dass ein ziviles Gericht nach Kriegsende zuständig gewesen wäre, nicht die Militärkommission, die das Urteil gefällt hatte.

»Es gab auch verschiedene Committees«, sagte Keller. »Die Bemühungen verliefen aber alle im Sand. Albert sagt, sie hätten die rechtlichen Zusammenhänge überhaupt nicht begriffen.«

»Hatte er Kontakt zu diesen Committees?« Regina blätterte in dem Dossier, das aufgeschlagen vor ihr lag.

Keller schüttelte den Kopf. »Er wollte sich nicht mit der US-Regierung anlegen. Er hat sich lieber darauf konzentriert, die Fakten richtig darzustellen. Übrigens unterstützen auch im Süden nicht alle die Rehabilitierungsversuche. Albert hat immer gesagt, manchen Fundis gehe es nur darum, sich gegen die US-Regierung aufzulehnen. Wenn Henry rehabilitiert würde, könnte der Süden ihn nicht mehr als Märtyrer feiern.«

Aus dieser Perspektive hatte Regina die Angelegenheit noch nie betrachtet. Sie bat Keller, die Namen der Personen aufzuzählen, an die sie sich erinnerte. Dietz' Finger flogen über die Tastatur. Regina fiel auf, dass Keller weitaus mehr über Gradwohl wusste als sie über Cavalli, obwohl sie ihn viel länger kannte.

Es war fast Mittag, als Dietz das Protokoll ausdruckte und Doris Keller zur Durchsicht reichte. Regina griff zum Telefon. Sie hatte Fahrnis Nummer bereits gewählt, als ihr einfiel, dass Freitag war. Um diese Zeit trafen sich die Sachbearbeiter vom Leib/Leben immer zum Apéro in der Einsatzleitstelle.

Sie wollte schon auflegen, als Fahrni den Anruf entgegennahm.

»Kein Wein heute?«, fragte sie leicht amüsiert. Dann erzählte sie ihm von der Einvernahme. »Wir haben nicht daran gedacht, dass es bei den Sons of Confederate Veterans auch Leute gibt, die gegen eine Rehabilitierung sind.«

»Ja.«

»John Payne bleibt meiner Meinung nach aber der Hauptverdächtige.«

»Ja.«

»Tobias? Ist alles in Ordnung? Das mit dem Wein war nicht so gemeint. Ich weiß, wie viel du arbeitest und –«

»Wir müssen die Reise absagen.«

Regina schluckte. »Wie bitte?«

»Wir können nicht in die USA fliegen.«

»Aber … warum?«

»Meine Vorgesetzten finden die Reise unnötig. Wir sollen das Ergebnis des Rechtshilfeersuchens abwarten.«

»Das entscheide immer noch ich! Ich bin die Verfahrensleiterin!«

»Es tut mir leid. Ich kann nichts machen. Schick bitte das Protokoll der Einvernahme direkt an Gurtner. Ich bin den ganzen Nachmittag besetzt.«

Er legte auf, bevor sie noch etwas sagen konnte. Regina starrte auf den Hörer. Noch nie hatte sie Fahrni so brüsk erlebt. Hatte er eine Schelte kassiert? Sie begriff nicht, weshalb. Gurtner hatte den Dienstweg eingehalten und von seinen Vorgesetzten grünes Licht erhalten. Warum die Meinungsänderung? Aus finanziellen Gründen? Eine einzige Einvernahme in der Schweiz kostete mehr als eine Reise in die USA. Hatte Joe Walker etwas damit zu tun? Er war nicht begeistert gewesen, als sie ihm von ihren Plänen erzählt hatte.

»Was ist los?«, fragte Dietz.

Regina erzählte es ihr.

»Die Kapo macht einen Rückzieher?«, wiederholte Dietz genauso fassungslos.

»Ich habe gestern mit der zuständigen Staatsanwältin in den USA gesprochen. Sie hält das Treffen für eine gute Idee.«

»Denkst du, weiter oben hat jemand die Notbremse gezogen?«

»Wenn es ein politisch motivierter Beschluss war, hätte sich die Oberstaatsanwaltschaft an mich gewendet, nicht an die Kantonspolizei.« Regina stand auf und packte ihre Tasche. »Ich will wissen, was hier vorgeht.«

Sie kam fünf Minuten zu spät. Fahrni war schon in der Mittagspause. Der Portier erklärte, die Sachbearbeiter vom Leib/Leben hätten das Gebäude soeben Richtung Langstraße verlassen. Regina rief Pilecki an. Zu ihrer Überraschung war er noch im Büro.

Er stand am Fenster, als sie an die offene Tür klopfte.

»Komm rein.«

»Gehst du nicht mit den anderen essen?«, fragte sie.

»Schließ bitte die Tür.«

Sie trat ein. »Ich nehme an, du weißt, warum ich hier bin.«

»Ja. Willst du etwas trinken?«

»Eine Erklärung wäre mir lieber!«

Pilecki zündete sich eine Zigarette an. Dass er die Konsequenzen nicht scheute, war ein sicheres Zeichen, dass etwas nicht stimmte.

»Juri! Was wird hier gespielt?«

»Ich weiß es nicht. Der Beschluss hat uns alle überrascht. Mich, Heinz, Tobias.« Seine Stimme war hart.

»Du musst doch wissen, von wem er kommt.« Regina stellte ihre Tasche auf einen Besucherstuhl.

»Nein.« Pilecki zog lange an seiner Zigarette.

»Hast du überhaupt gefragt?«, Reginas Stimme wurde scharf.

»Natürlich!« Seine Augen blitzten. »Aber man erzählt mir nicht alles.«

Regina dachte an die Spannungen zwischen Pilecki und seinen Vorgesetzten. Nahm da jemand Rachegelüste wichtiger als eine Strafuntersuchung? Sie war immer wieder erstaunt, wie häufig Entscheidungen aufgrund von persönlichen Befindlichkeiten und Vorlieben getroffen wurden.

»Steckt Thalmann dahinter?«, fragte sie.

»Ich glaube nicht.«

Frustriert kaute Regina auf ihrer Unterlippe. »Wirst du den Beschluss akzeptieren?«

»Man wirft Fahrni vor, er wolle auf Staatskosten Ferien machen.«

Regina starrte ihn an.

»Dass er Paz auf einer Dienstreise getroffen hat, macht die Sache nicht unbedingt besser.« Er drückte seine Zigarette auf dem Fenstersims aus und warf die Kippe in einen leeren Becher. »Erinnerst du dich an den Fall des Schweizers, der in Asien ermordet wurde?«

»Vage.«

»Der Kollege, der damit betraut war, reiste persönlich hin. Er hat vor Ort viel erreicht, kaum war er weg, stockte die Untersuchung. Dinge wurden unter den Tisch gewischt, Beweise verschwanden. Als der Sachbearbeiter erneut hinreisen wollte, um die Untersuchung voranzutreiben, kassierte er einen Verweis. Man warf ihm vor, er habe DNA auf einem sichergestellten Handy absichtlich nicht untersuchen lassen, damit er ein zweites Mal nach Asien reisen konnte. Daraufhin wurde ein Verfahren wegen Arbeitspflichtverletzung gegen ihn eingeleitet.« Pilecki setzte sich zu Regina an den Besprechungstisch. »Die Sicherheitsdirektion hielt den

Verweis für rechtswidrig. Er wurde aufgehoben, der Sachbearbeiter bekam später sogar eine Entschädigung. Aber die Geschichte zog sich über Jahre hin. Sie hat dem Kollegen ziemlich zugesetzt. Zu schaffen machte ihm vor allem, dass vertrauliche Gespräche weitergeleitet worden waren, unter anderem vom Ombudsmann selbst. Und dass dieser persönliche Motive dahinter vermutete.«

»Wer war der Sachbearbeiter?«

»Er ist nicht mehr bei uns. Aber Fahrni hat ihn gut gekannt. Er hat alles hautnah miterlebt.« Pilecki seufzte. »Wenn es etwas gibt, das Fahrni scheut, dann sind es Konflikte. Auch wenn ich meine Vorgesetzten noch umstimmen könnte, Fahrni wird die Reise nicht antreten. Es tut mir leid. Ich fürchte, du musst absagen.«

Regina lehnte sich zurück. Es war die Kantonspolizei, die sich querstellte, nicht die Staatsanwaltschaft. Sie könnte auch ohne einen Sachbearbeiter von Leib/Leben in die USA fahren. Solange sie nicht wusste, wer die Reise zu verhindern versuchte, musste sie vorsichtig sein. Sie tauschte sich noch eine Weile mit Pilecki aus, dann verließ sie das Gebäude der Kriminalpolizei.

Plötzlich erkannte sie die Parallelen zu Cavalli. Er war, ohne ein Wort zu sagen, abgetaucht. Er traute sich nicht, mit ihr Kontakt aufzunehmen. Sie war immer davon ausgegangen, dass er sich versteckte, weil er sich in Gefahr befand. Auf einmal fragte sie sich, ob es einen anderen Grund gab. Vielleicht wusste auch er nicht mehr, wem er trauen konnte.

# 22

*Washington, 10. November 1865*

William Payne starrte auf den Galgen im Hof des Old Capitol Prison. Die Novembersonne beleuchtete die Holzplattform wie eine Theaterbühne, er fröstelte. Man munkelte, Captain Wirz sei im letzten Moment begnadigt worden. Wer das Gerücht in Umlauf gesetzt hatte, wusste William nicht. Noch weniger wusste er, was er davon halten sollte. Er wünschte sich nichts sehnlicher, als dass die Verantwortlichen für die Verbrechen, die man ihm in Andersonville angetan hatte, zur Rechenschaft gezogen wurden. Henry Wirz war nur ein kleines Zahnrad in dieser Maschinerie gewesen. Sein Vorgesetzter, John H. Winder, war tot. Die anderen Offiziere der Konföderierten Armee waren freigelassen worden, wie es das Shermann-Johnston-Agreement vorsah. Blieb nur Wirz. Er war zum Tode verurteilt worden, um die Meute zu besänftigen, die vor den Gefängnismauern tobte.

Es wurde still. Die Soldaten des 159. Pennsylvania-Regiments, die den Galgen bewachten, richteten sich auf.

»Dort ist er!«, rief jemand.

Der Journalist, der vor William stand und Kastanien aß, zückte seinen Notizblock. William stellte sich auf die Zehenspitzen, um besser sehen zu können. Noch immer waren seine Beine krumm vom Skorbut, die Muskeln schwach. Eine kleine Gruppe schritt langsam auf die Plattform zu.

»Der Mann an der Spitze ist Major Russell, Chef der Militärpolizei«, erklärte Jeremiah Greene, der neben William stand. Greenes Anstellung bei *Harper's Weekly* hatte William es zu verdanken, dass er überhaupt hier sein konnte. Das Spektakel war nicht öffentlich, nur Journalisten waren zugelassen.

Für Russell interessierte William sich nicht, auch nicht für die beiden Priester, die neben Wirz herschritten. Sein Blick war auf die Gestalt im schwarzen Todeshemd gerichtet. Wirz ging gebeugt, die Kleider, die unter dem Hemd hervorschauten, waren schmutzig. Wie anders der Lagerkommandant aussah ohne den weißen Anzug, den er in Andersonville getragen hatte. Eigentlich hätte sich bei William Genugtuung einstellen müssen, doch da war nur Leere.

Manchmal fürchtete er, nie wieder fühlen zu können. Ein halbes Jahr war seit der Befreiung Andersonvilles vergangen. In dieser Zeit hatte William fast fünfzehn Kilogramm zugenommen; er schaffte es wieder, ohne fremde Hilfe zu gehen, und auch sein Sehvermögen war fast wieder so gut wie vor seiner Inhaftierung. Er staunte über seine gute Konstitution. Noch vor Kurzem hatte er nackt auf dem Boden unter einer zerrissenen Zeltbahn gelegen. Nicht einmal im Krankenhaus des Lagers hatte es Stroh oder gar Betten gegeben. Nur wenige Meter neben ihm hatte sich die Kochstelle befunden, wo sich abgenagte Knochen, verfaulte Speisereste und Abfälle auftürmten. Der Geruch hing William noch immer in der Nase. Manchmal erwachte er nachts, weil es ihn würgte. Es dauerte immer einen Moment, bis er begriff, dass es der Quilt war, der sein Gesicht bedeckte, und nicht Ungeziefer, und dass das Rauschen vom Meer stammte, nicht vom Stöhnen der Kranken und dem Surren der Insekten.

Er hatte diese Hölle tatsächlich überlebt. Er war auch nicht wahnsinnig geworden, wie so viele andere. Inzwischen fuhr er sogar wieder mit seinem Fischerboot hinaus. Nur fühlen konnte er nichts mehr. Ein einziges Mal hatte sich ein Funke in ihm geregt, fast zu schwach, um als Trauer bezeichnet zu werden. Auslöser war ein Besuch kurz nach Kriegsende gewesen. William hatte gerade eine dünne Fischsuppe zu sich genommen, als es an der Tür klopfte. Dort stand Harry Braxton, der Captain, der ein Jahr zuvor das Lager inspiziert hatte. William hatte ihn sofort erkannt. Die rothaarige Frau an seiner Seite war ihm aber fremd gewesen. Braxton stellte sie als seine Verlobte Charlotte vor. Wie ungewöhnlich, dass sie Braxton auf seinen Reisen begleitete. Williams Mutter wurde blass, als sie den Südstaatenakzent hörte, trotzdem bat sie die beiden herein. Die Hütte der Paynes war bescheiden, aber weder die Verlobte noch der Captain – für William war Braxton immer noch ein Captain, auch wenn die Armee der Konföderierten nicht mehr existierte – schienen sich daran zu stören.

»Ich habe etwas, das Ihnen gehört«, sagte Braxton.

Mit ernster Miene überreichte er ihm ein Holster. William öffnete es und zog einen Revolver heraus. Einen Army No. 2. Seine Mutter schlug entsetzt die Hand vor den Mund. Erst da begriff er, dass es sich um Benjamins Waffe handelte. Williams Finger schlossen sich um den Griff, er glaubte, seinen toten Bruder zu spüren. Tränen schossen ihm in die Augen. Wie sehr ihm Benjamin fehlte!

Nachdem sich Braxton und seine Verlobte auf den Weg gemacht hatten, wickelte William den Revolver in ein Stück Stoff, legte ihn zu Benjamins Sachen. Dann ging er hinunter zum Meer. Er wollte weinen, aber er schaffte es nicht.

Er schaute auf das bewegte Wasser, das aus lauter Tränen zu bestehen schien.

»Erhängt die deutsche Laus!«, schrie jemand.

Williams Kopf schnellte hoch. Wirz saß auf einem Stuhl,

in den Händen hielt er ein Kreuz. Major Russell trat aufs Galgengerüst, um die Urteilsverkündung zu verlesen. Sie war lang. Wirz wurde vorgeworfen, das Leben und die Gesundheit von dreißigtausend Soldaten wissentlich und vorsätzlich geschädigt oder zerstört zu haben. In dreizehn Fällen wurde er des Mordes für schuldig gesprochen.

»An den Tagen des 30. Mai, des 13. Juni, des 8. Juli und des 3. August des Jahres 1864«, las Russell vor, »hat Henry Wirz vier Kriegsgefangene, deren Namen nicht bekannt sind, mit seiner Pistole eigenhändig getötet.«

William schüttelte den Kopf. »Mit seinem verletzten Arm konnte er nicht einmal die Zügel seines Pferdes halten«, sagte er zu Jeremiah. »Seinen LeMat schon gar nicht. Außerdem war er im August nicht im Lager, sondern auf Krankheitsurlaub in Macon.«

Jeremiah hörte nicht zu, sondern kritzelte etwas auf seinen Notizblock.

William erinnerte sich an einen Mitgefangenen, der sich beim Staatsanwalt gemeldet hatte, um zugunsten von Wirz auszusagen. Man hatte den ehemaligen Soldaten unter einem Vorwand verhaftet und ins Gefängnis gesteckt. William hatte nie wieder etwas von ihm gehört. Dann war ein anderer Insasse verschwunden, der hätte bezeugen können, dass Wirz dem US-Kommandanten Scammon im Februar dreißigtausend Gefangene ohne Gegenleistung übergeben wollte. Zwar hatte sich William nicht unter ihnen befunden, da er zu krank für die Reise gewesen war, nie würde er aber die Gesichter der Männer vergessen, als man sie nach Andersonville zurückbrachte. Offenbar hatte sich die Union geweigert, die Freigelassenen zu übernehmen. Zwei hatten sich daraufhin vor die Flinten der Wachen geworfen. Nichts davon wurde jetzt erwähnt.

Endlich verstummte Russell. Aufregung erfasste die Zuschauer. Dem Verurteilten wurden die Füße zusammengebunden, ein letztes Mal durfte er sich äußern.

Wirz küsste das Kreuz. »Ich trete vor Gott – den Allmächtigen Gott. Er wird zwischen uns richten. Ich bin unschuldig, und ich werde sterben wie ein Mann.«

William dachte an andere Abschiedsworte, während einer anderen Hinrichtung. War es wirklich erst sechzehn Monate her? Damals hatte er keinen Zweifel an der Schuld der Angeklagten gehegt. Monatelang hatten die gefürchteten Raiders die Insassen von Andersonville terrorisiert, allen voran Malcolm Maloney, ein Schurke aus New York, der vor nichts zurückschreckte. Seine Bande schlug jeden zum Krüppel, der sich ihr in den Weg stellte, und stahl, was sie ergattern konnte. Als wäre das Leben im Lager nicht schlimm genug gewesen! Als die Raiders dreihundertfünfzig Neuankömmlinge aus West Virginia überfielen, griff Wirz ein. Er gründete die Regulators, eine Polizei aus Gefängnisinsassen. Mit Holzstöcken ausgerüstet, trieben sie die schlimmsten Burschen zusammen. Über vierzig Raiders wurden Wirz übergeben. Sechs davon hatte man zum Tode verurteilt. Darunter Maloney.

Die Richter, die das Verfahren durchführten, stammten aus den Reihen der Gefangenen selbst. Genauso die Henker. US-Soldaten, die ihre eigenen Brüder töteten. Die Sonne brannte vom Himmel, als die Verurteilten geholt wurden. Auf dem Hang hinter dem Lager standen Hunderte von Zivilisten und spähten über die Palisaden. Wirz führte die Prozession an. Limber Jim, ein Sergeant aus Illinois, band den Männern die Hände zusammen. Als sie realisierten, dass es ihren Brüdern ernst war, bettelten sie um Gnade. Einer entwischte sogar und stürzte sich in den Fäkaliensumpf. William schauderte, als er daran dachte, wie man ihn aus dem stinkenden Brei gezogen hatte.

Die Abschiedsreden der Raiders fielen unterschiedlich aus. Zwei jammerten über ihr Schicksal, zwei behaupteten, aus Not gehandelt zu haben. Einer schwieg. Maloney fluchte. Man legte den sechs die Schlingen um den Hals, es herrschte eine Stille im Lager, wie William sie noch nie erlebt hatte. Sogar die Insekten stellten ihr Zirpen und Summen ein. Das Brett schwang nach unten. Ein Aufschrei ging durch die Menge. Das Seil, an dem Maloney hing, war gerissen. Entsetzt starrte William auf das Blut, das dem Schurken aus Nase, Mund und Ohren spritzte. Maloney erlangte kurz das Bewusstsein, bevor er ein zweites Mal gehängt wurde.

So schrecklich der Anblick auch gewesen sein mochte, das Urteil war gerechtfertigt. William hatte hautnah miterlebt, wie die Raiders Gefangene zu Tode prügelten. Bei Wirz lag der Fall anders. Die Verbrechen, die ihm zur Last gelegt wurden, hatte der Kommandant nicht begangen. Zwar hatte er die Verantwortung für die Zustände im Lager getragen, eigenhändig ermordet hatte er aber niemanden. Es waren die Wachen gewesen, die Gefangene erschossen, bloß weil sie über die Todes-Linie getreten waren, um ein vom Wind davongetragenes Kleidungsstück wieder einzusammeln. Und es waren die Pfleger, die den Kranken die Essensrationen stahlen und sie verhungern ließen.

Außerhalb der Mauern stimmte jemand das Lied »John Brown's Body« an.

»John Brown starb, um die Sklaven zu befreien;
John Brown starb, um die Sklaven zu befreien;
Seine Seele marschiert voran.
Glory, Glory, Halleluja!«

Eine Kapuze wurde Wirz über den Kopf gestülpt. Der Henker trat vor und legte ihm die Schlinge um den Hals. William hielt den Atem an. Die Falltür öffnete sich.

Die Menge drängte zum Galgengerüst. Jeremiah, der

seinen Notizblock längst weggesteckt hatte, reckte den Kopf in die Höhe.

»Er lebt noch!«, schrie er.

Einige Schaulustige waren auf die Bäume geklettert, die das Gefängnis umgaben. »Der Dämon von Andersonville soll verrecken!«, riefen sie.

Wirz' Körper vollführte einen seltsamen Tanz. Endlich gab er den Kampf auf.

William sagte kein Wort, als die Ärzte Wirz' Tod feststellten. Auch nicht, als das Seil, an dem er hing, durchschnitten wurde. Reglos stand er da und starrte auf den leblosen Körper, den die Ärzte auf eine Bahre legten.

Der Kommandant von Andersonville war tot. William Payne schloss die Augen. Wenn sich doch seine Erinnerungen auch so einfach töten ließen.

# 23

*Washington, D. C., 14. August*

Das Oberste Gericht der USA erinnerte Regina an einen griechischen Tempel. Hohe Säulen dienten als Stützen, die Marmorfassade leuchtete weiß in der Sonne. Regina schirmte die Augen mit der Hand ab und las die Aufschrift auf der Westseite des Gebäudes: »Equal Justice under Law.« Gleichheit vor dem Gesetz. Fast hätte sie über die Ironie gelacht. An dieser Stelle war Heinrich Wirz vor gut hundertfünfzig Jahren erhängt worden. Nicht zuletzt, weil eben nicht alle vor dem Gesetz gleich waren.

Sie dachte daran, wie sie Cavalli als junge Staatsanwältin nach Washington begleitet hatte. Er hatte gehofft, gestohlene Bankdaten zu finden, stattdessen erwartete ihn die irisch-amerikanische Mafia. Auch damals war er abgetaucht, allerdings weil ihn das FBI verdächtigte, selbst in den Fall involviert zu sein. Er hatte auf eigene Faust ermittelt und den Mafiaboss schließlich überlistet. Regina schauderte, als sie daran dachte, wie er sich als Köder angeboten hatte. Seine Verwegenheit hätte ihn das Leben kosten können. Viel stärker als die Angst blieb ihr aber das Herzklopfen in Erinnerung, das Cavalli in ihr ausgelöst hatte. In seiner Gegenwart hatte sie sich lebendig gefühlt; sie hatte sich mehr zugetraut und war Risiken eingegangen, die sie vorher gemieden hatte.

Wie jetzt. Sie hatte Gurtner erst über ihre Reise informiert, nachdem sie in Washington gelandet war. Der Verbindungsbeamte hatte angeboten, mit ihr zur Staatsanwältin zu gehen, Regina hatte aber abgelehnt. Solange sie nicht wusste, wer ihre Reise zu verhindern versucht hatte, wollte sie keine Begleitung.

Sie wandte sich vom Gerichtsgebäude ab und schlug den Weg zum Washington Field Office des FBI ein. Als sie die Constitution Avenue hinunterging, tauchte sie erneut in die Vergangenheit ein. Vor fünfzehn Jahren hatte Special Agent Jim McKenzie sie zu Cavallis Verschwinden befragt. Er hatte keinen Hehl daraus gemacht, dass er glaubte, sie steckten unter einer Decke. Regina sah die stahlblauen Augen und die aufrechte Körperhaltung des Ex-Marines wieder vor sich. Trotz seines Misstrauens hatte er ihre Aussage ernst genommen und war mit seinem Team zur Stelle gewesen, als Cavalli die Mafia in eine Falle lockte. Er hatte ihm das Leben gerettet. Im Laufe der Jahre war zwischen ihnen eine Freundschaft entstanden. McKenzie war es gewesen, der Cavalli für die Ausbildung beim FBI empfahl. Deshalb verstand Regina nicht, warum sich Cavalli jetzt nicht an ihn wandte. Fürchtete er wie damals, dass der Agent ihm nicht glaubte? Vielleicht wusste McKenzie Bescheid, musste sich aber bedeckt halten? Jetzt, wo Regina selbst nicht mehr wusste, wem sie trauen konnte, sah sie die Welt mit anderen Augen.

Der Hauptsitz des FBI war im J.-Edgar-Hoover-Gebäude untergebracht. Noch eine Verbindung zu Heinrich Wirz. Hoover, der verstorbene Gründer des Federal Bureau of Investigation, war mit John Hitz junior verwandt gewesen, dem ehemaligen Schweizer Generalkonsul in Washington, der Wirz die Hilfe während der Gerichtsverhandlung verweigert hatte. Der Großvater? Der Urgroßvater? Regina hatte wieder Pileckis Stimme im Ohr: »Diese vielen Urs machen mich völlig fertig.« Nicht die vielen Urs waren es, die Regina zu schaffen machten, sondern die vielen Zufälle. Oder waren es keine?

Der klotzige Bau hätte besser nach Osteuropa gepasst als an die Ostküste der USA. Am Empfang behauptete Regina, Jim McKenzie erwarte sie. Von Cavalli hatte sie gelernt, wie wichtig überzeugtes Auftreten war. Tatsächlich griff der Portier zum Hörer. Fünf Minuten später winkte er sie zur Sicherheitskontrolle. Eine Schiebetür ging auf, und McKenzie kam heraus. Regina konnte ihr Glück kaum fassen.

»Regina Flint!« Der Agent kam mit ausgestreckter Hand auf sie zu. »Was für eine Überraschung!«

Sein Händedruck war kräftig, sein Lächeln freundlich, Regina spürte aber sofort, dass etwas nicht stimmte. McKenzie wich ihrem Blick aus, seine Haltung signalisierte Zurückhaltung.

»Jim McKenzie«, begrüßte sie ihn. »Wie lange ist es her?«

»Viel zu lange. Im Gegensatz zu mir hast du dich kaum verändert.« Er strich sich über das inzwischen ergraute Haar.

»Entschuldige, dass ich einfach so reinplatze, ich wollte –«

»Kein Problem«, schnitt er ihr das Wort ab. »Wollen wir einen Kaffee trinken gehen? Ich hatte ohnehin vor, mir ein Sandwich zu holen.«

Er fasste sie am Ellbogen und schob sie Richtung Ausgang. Wollte er nicht mit ihr gesehen werden? Er deutete in Richtung National Mall, einer Parkanlage, die auf der einen Seite vom Kapitol und auf der anderen vom Lincoln Memorial begrenzt wurde. Unterwegs ratterte er die Sehenswürdigkeiten herunter. Erst als sie alle Gebäude hinter sich gelassen hatten, drehte er sich zu ihr um.

»Ich weiß nicht, wo BC ist.«

Seine Direktheit überraschte Regina. Sie bat ihn um seinen Bericht. Er erzählte nichts, was sie nicht bereits wusste.

»Es kann doch nicht sein, dass er keine einzige Spur hinterlassen hat«, beharrte sie.

McKenzies Züge wurden hart. Offensichtlich empfand er ihre Bemerkung als Vorwurf. Tatsächlich war es das ja auch, gestand sich Regina ein. Als Führungsoffizier war er für Cavallis Sicherheit zuständig.

McKenzie zeigte sich von seiner gut einstudierten professionellen Seite, die sie bereits von früher kannte. »Ich verstehe, dass du wütend bist«, sagte er ruhig. »An deiner Stelle wäre ich es auch. Aber du kennst BC. Er ist im Wald zu Hause. Wenn er nicht gefunden werden will, werden wir ihn nicht finden. Bis jetzt hat er weder Kontakt zu seiner Familie noch zu Freunden aufgenommen.«

»Das ergibt keinen Sinn«, sagte Regina. »Warum sollte er sich verstecken? Er muss einen Fall klären. Das kann er nur wenn er ermittelt.«

»Genau das versuche ich herauszufinden.«

»Du hast wirklich keine Ahnung, was schieflief?«

»Nein.«

Regina betrachtete ihn. Ihr Bauchgefühl sagte ihr, dass er die Wahrheit sagte, darauf verlassen wollte sie sich jedoch nicht. »Was ist mit … Emma Longhorn?« Den Namen auszusprechen, fiel ihr schwer. Die Vorstellung, dass Cavalli mit einer Frau zusammen war, die so viel mit ihm teilte, versetzte ihr einen Stich. »Gibt es von ihr auch keine Spur?«

»Nein.«

»Glaubst du, sie versteckt sich auch im Wald?«

»Ich weiß es nicht. Indianer halten zusammen. Gegen Gefahr von außen zumindest. Ein Stamm ist eine eingeschworene Gemeinschaft. Emma Longhorn könnte bei jemandem Unterschlupf gefunden haben. BC natürlich auch. Keiner würde ihn verraten. Deshalb habe ich ihn für diesen Auftrag ausgesucht.«

»Erzähl mir mehr darüber«, bat Regina. »Ich weiß nur, dass es um Tötungsdelikte mit einem Blasrohr geht.«

McKenzie zog die Augenbrauen hoch. »Woher hast du diese Information?«

»Es stand in der Zeitung.«

»In welcher Zeitung?«

Regina dachte nach. Sie hatte die Artikel nie gelesen, Joe Walker hatte von ihnen erzählt. Noch eine Lüge? Sie zuckte abweisend die Schultern. McKenzie sagte nichts, doch er blickte sie misstrauisch an. Sie waren in der Mitte der Mall angekommen. Gegenüber befand sich das National Air and Space Museum, wo sich Regina vor vielen Jahren einmal versteckt hatte. Noch immer spürte sie die Ängste, die sie an jenem Tag ausgestanden hatte. Nicht um sich, sondern um Cavalli.

»Bist du wegen deines Falls hier?«, fragte McKenzie. »Oder um BC zu suchen?«

Dass er über ihren Fall informiert war, erstaunte Regina nicht. Schließlich war das FBI Field Office in Bern involviert. »Wegen meines Falls. Der Tatverdächtige wurde verhaftet.«

»Wann fährst du nach Baltimore?«

»Baltimore?«

»Dein Verdächtiger ist doch John Payne?«

Warum hatte sich McKenzie so genau mit dem Fall auseinandergesetzt? Als Regina nicht antwortete, wiederholte er die Frage.

»Ja, die Waffe, mit der das Opfer in der Schweiz erschossen wurde, gehört John Payne«, sagte sie zögernd. »Er hat vor Jahren damit eine Frau getötet.«

»Auf dem Antietam National Battlefield«, sagte McKenzie. »Das ist mir bekannt. Die Kollegen in Baltimore haben damals gute Arbeit geleistet.«

»Ich fahre aber nicht nach Baltimore, sondern nach Asheville.«

McKenzie schaute sie überrascht an. »Asheville, North Carolina?« Seine Lippen wurden schmal.

»Ja, John Payne ist dort in Gewahrsam. Ich reise morgen hin.«

»Ich halte das für keine gute Idee.«

Regina verschränkte die Arme. »Willst du mir verraten, was los ist? Warum haben wir das Gebäude vorhin so schnell verlassen? Warum stehen wir hier mitten auf dem Rasen?«

McKenzie sah ihr in die Augen. »Ich habe große Achtung vor dir. Deshalb will ich offen sein. Entweder steckt BC in ernsthaften Schwierigkeiten, oder es ist ihm etwas zugestoßen. Du solltest dich nicht einmischen.«

Joe Walkers Worte, dachte Regina. Wollte McKenzie ihr wirklich weismachen, dass er nichts wusste? »Sagt dir der Name Joe Walker etwas?«, fragte sie.

Er zögerte einen Moment zu lange. »Nein. Sollte er?«

Regina trat einen Schritt zurück. Sie hatte erwogen, McKenzie ins Vertrauen zu ziehen. Er hätte vielleicht herausfinden können, wo Cavalli seine Bestellung bei dem asiatischen Take-away aufgegeben hatte. Seine offensichtlichen Lügen hielten sie aber davon ab. Bis sie wusste, was er verheimlichte, würde sie keine Informationen preisgeben.

»Ist es möglich, dass eine eingezogene Tatwaffe aus der Asservatenkammer verschwindet?«, fragte sie stattdessen.

»Natürlich. Diebstahl, Bestechung, Schlamperei. Wo Menschen arbeiten, läuft nie alles rund. Weshalb?« Der Themenwechsel irritierte ihn.

Also wusste er nichts von dem Army No. 2. Noch eine Lücke, die sich Regina nicht erklären konnte.

»Was verschweigst du mir?«, fragte er.

»Nichts.«

»Hat sich BC bei dir gemeldet?«

»Nein.«

Sie sah ihm an, dass er ihr genauso wenig glaubte wie sie ihm.

Er blickte auf die Uhr. »Ich muss leider weiter. Hast du heute Abend schon etwas vor? Darf ich dich zum Essen einladen?«

Regina lehnte dankend ab. »Ich muss die Akten für morgen studieren«, log sie.

Er nickte, als habe er nichts anderes erwartet, und verabschiedete sich mit dem Versprechen, sich zu melden, wenn er Neuigkeiten hatte. Nach ihrer Handynummer fragte er nicht. Von wem er sie wohl hatte?

Der Jetlag holte Regina ein. Sie hatte auf dem Flug kein Auge zugetan, unentwegt waren ihre Gedanken um den Fall gekreist. Wenn es ihr schließlich einmal gelang, die Arbeit für einen Moment zu vergessen, sah sie Lily vor sich. Wie klein sie im Wohnzimmer der Fahrnis ausgesehen hatte, wie verletzlich. Lilys Betreuung zu organisieren, war überraschend einfach gewesen. Sie zurückzulassen, unendlich schwer.

Unbemerkt war Regina weitergegangen, sie stand vor dem Indianermuseum. Wie vor fünfzehn Jahren empfing sie leise Flötenmusik. Das Licht war gedämpft, irgendwo plätscherte Wasser. Formen und Farben, Gerüche und Geräusche gaben ein harmonisches Bild ab. Dabei war die Geschichte der Ureinwohner alles andere als harmonisch, dachte sie. In Gedanken versunken, streifte sie durch die Ausstellung. Als sie zu einer Tafel mit Informationen über die Vertreibung der Cherokee aus ihrem Stammesgebiet kam, blieb sie stehen. Die Überschrift lautete »Pfad der Tränen«, der Text beschrieb, wie die US-Regierung einen Großteil der Ureinwohner in ein Territorium westlich des Mississippi umgesiedelt hatte. Tausende starben auf dem Marsch. Einige hatten sich allerdings geweigert, ihre Heimat zu verlassen, und sich dem abtrünnigen Krieger Tsali angeschlossen, der sich im Wald versteckt hatte. Von ihnen stammte Cavalli ab. Regina lächelte. Tsalis Gefolgschaft hatte Durchhaltevermögen, Geschicklichkeit und einen unbeugsamen Willen bewiesen. Der US-Regierung war es nicht gelungen, sie ausfindig zu machen.

Im Hotel kramte Regina eine Packung Darvida hervor, setzte sich an ihren Laptop und recherchierte im Internet nach Verbrechen, die mit einem Blasrohr begangen worden waren. In New York hatte ein Jugendlicher drei Personen mit Darts angegriffen, im Mittleren Westen hatte ein Mann eine Katze erschossen. Von einer Mordserie war nirgends die Rede. Joe Walker hatte gelogen.

War er die Verbindung zwischen den Morden an Albert Gradwohl, Eudora Lee Taber und der Mordserie im Reservat? Hatte er auch gelogen, als er behauptete, er sei nicht mit Cora Wirz' Ehemann J. W. Walker verwandt? Regina nahm ihr Handy hervor, dann fiel ihr ein, dass in der Schweiz bereits einundzwanzig Uhr war. Sie schrieb Gurtner eine E-Mail, in der sie ihn bat, die Verwandtschaft zu überprüfen. Anschließend ging sie ihre Unterlagen noch einmal durch. Schon bald wurden ihre Augenlider schwer. Um nicht einzuschlafen, beschloss sie, einen Spaziergang zu machen.

Sie schlenderte zum Potomac und folgte dem Fluss landeinwärts. Die Luft war schwül, die Hitze drückend. Regina strich sich eine Haarsträhne aus dem Gesicht. Aus dem Augenwinkel nahm sie eine Bewegung wahr. Sie drehte sich um.

Da war niemand.

Ein Déjà-vu. Auch fünfzehn Jahre zuvor war ihr jemand gefolgt. Regina hatte geglaubt, die irisch-amerikanische Mafia sei hinter ihr her, später stellte sich heraus, dass es das FBI gewesen war. Hatte McKenzie seine Männer bereits losgeschickt?

Regina erkannte das Pentagon, dahinter die sechsspurige Theodore Roosevelt Memorial Bridge. Der Weg führte zu einer Neubausiedlung aus rotem Backstein. Eine Tafel warb für Loftwohnungen, daneben stand ein Wasserspender. Regina beugte sich über den Wasserstrahl, da hörte sie hinter sich Schritte. Schnell drehte sie sich um. Vor einem Eingang stand ein Mann in einem Businessanzug und kramte nach seinem Schlüssel.

Als sie wieder im Hotel war, klingelte ihr Telefon. Es war Gurtner. Regina setzte sich in einen der Ledersessel, die in der Lobby standen.

»Joe ist nicht mit J. W. Walker verwandt«, sagte Gurtner, nachdem sie sich begrüßt hatten. »J. W. hatte keine Nachkommen.«

»Danke, dass du das so rasch abgeklärt hast. Warum bist du noch im Büro?«

»Viel zu tun.« Ein Schmatzen war zu hören. »Wir haben einige Personen identifiziert, mit denen Gradwohl in Georgia Kontakt hatte. Ich habe dir soeben eine Liste geschickt. Der Sheriff in Sumter County wird sie befragen. Kannst du hinfahren?«

»Wo liegt Sumter County?«

»Einige Stunden südlich von Asheville. Eine Tagesfahrt, meint Fahrni. Das Büro des Sheriffs befindet sich in einer Kleinstadt namens Americus.«

»Ich werde die Staatsanwältin fragen, ob sie jemanden dort kennt. Sonst muss ich mich an das Büro des US Attorney Generals wenden, und das könnte dauern.«

»Es wäre gut, wir hätten die Infos bald. Wir kommen hier nur langsam voran. Übrigens, die Sache mit den Leserbriefen habe ich geklärt. Es gibt keine weiteren.«

»Warum haben wir von der Redaktion keine Kopie von Gradwohls Antwort bekommen?«

»Da hat die Praktikantin einen Fehler gemacht. Wie läufts bei dir? Schon irgendwelche Neuigkeiten?«

»Nein, aber ich bin mir ganz sicher, dass die Antworten hier zu finden sind.«

Gurtner grunzte seine Zustimmung.

»Ist …« Regina zögerte. »Hat Joe Zugang zu den Ermittlungsakten?«

»Zu manchen, ja. Warum?«

»Vielleicht wäre es gut, wenn du …« Sie wusste nicht wie sie es formulieren sollte, ohne ihr Misstrauen zu deutlich zu zeigen.

»Wenn ich die Infos unter Verschluss halte?«

»Ja«, sagte sie vorsichtig.

»Sehe ich auch so«, sagte er zu ihrer Überraschung. »Jedenfalls bis wir wissen, warum Fahrni nicht fliegen durfte.«

Hätte ihr vor Kurzem jemand gesagt, dass sie in Gurtner einen Verbündeten hatte, hätte sie laut gelacht. Doch nun musste sie sich eingestehen, dass er zu den wenigen Personen gehörte, denen sie vertrauen konnte.

»Das wärs von meiner Seite«, schloss er. »Melde dich, wenn du Neuigkeiten hast.«

»Mach ich«, versprach sie. »Und Heinz? Danke.«

Seine Antwort ging in Schmatzen unter.

# 24

*Providence, 24. Juni 2005*

Die Todesnachricht erreichte John Payne an seinem Arbeitsplatz. Er war gerade dabei, Halloweenkostüme zu bestellen, und überlegte, ob Harry-Potter-Hüte immer noch der große Renner waren, als sein Telefon klingelte. Es war die Haushälterin, die einmal pro Woche bei seiner Mutter sauber machte. Sie schluchzte so laut, dass John den Hörer vom Ohr nahm. Als er sie endlich beruhigen konnte, erfuhr er, dass seine Mutter gestorben war. Ihr Tod kam nicht überraschend. Seit Johns Vater einem Krebsleiden erlegen war, kümmerte sie sich nicht mehr um Haus und Garten, aß kaum etwas und verließ ihr Zimmer nur noch, um die Toilette aufzusuchen. John fühlte sich mitschuldig an ihrem Elend. Hätte er Kinder, sähe sie vielleicht noch einen Sinn im Leben. Doch er hatte nie die richtige Frau kennengelernt. Wenn er ehrlich war, fühlte er sich ganz wohl allein.

Zur Beerdigung kamen nur die Haushälterin, eine Cousine zweiten Grades und einige Nachbarn. Mathilda Payne wurde neben ihrem Mann auf dem Grace-Church-Friedhof begraben, wenige Querstraßen vom Providence River entfernt. Manchmal stellte sich John vor, wie der Fluss die Seelen seiner Eltern ins Meer hinaustrug. Die Paynes stammten von Fischern ab. Sein Vater hatte immer behauptet, es fließe Salzwasser in ihren Adern, doch John hatte sich nie zum

Wasser hingezogen gefühlt. Schon als Kind hatte er seine Freizeit am liebsten mit einem Buch in der warmen Stube verbracht. Immer wieder las er im Tagebuch seines Ururgroßvaters William. Der Vater bemerkte Johns Interesse an Geschichte und begann, mit ihm alte Schlachtfelder zu besuchen. An langen Winterabenden holten sie Kisten mit Kleidern, Werkzeug, Zinnsoldaten, Seekarten und Fischernetzen vom Dachboden. John liebte den Geruch der Vergangenheit, die Sprödigkeit des Materials. Vater und Sohn machten sich einen Spaß daraus, die alten Geräte zu benutzen. Einmal stampften sie Butter, ein anderes Mal entstand mithilfe eines Entrinders aus einem Ast ein glatter Pfahl.

Seit dem Tod des Vaters war John nicht mehr auf dem Dachboden gewesen. Es schmerzte seine Mutter zu sehr, wenn sie da oben Schritte hörte. Als er nun das Haus räumte, ließ er seine Kindheit noch einmal Revue passieren. Er arbeitete sich durch Kisten, Truhen, Schränke, Schachteln. Das Leben seiner Eltern, seiner Großeltern, seiner Urgroßeltern nahm Gestalt an. Er fand eine *Playboy*-Ausgabe von 1967, die ein Interview mit Fidel Castro enthielt; mundgeblasene Weihnachtsdekorationen; eine Postkarte, auf der die Barracks B Naval Training Station abgebildet war, abgestempelt »Jun 11, 1942«. Den Metallrahmen eines Portemonnaies, eine State-Guard-Medaille, ein Taschentuch mit den Initialen seiner Großmutter. Briefe, Fotos, Kleider. Einen Hollenbru-Flaschenöffner von 1930; ein Feuerwehrauto, dessen Holzleiter hochgeklappt werden konnte.

Er hatte den Dachboden bis zur Hälfte ausgemistet, als ihm eine Kiste unter der Dachschräge auffiel, die er noch nie gesehen hatte. Vermutlich, weil sie hinter der Kleidertruhe seiner Großmutter versteckt gewesen war. Frauenkleider interessierten ihn nur, wenn sie älter als hundert Jahre waren.

Er schob die Truhe beiseite. Der aufgewirbelte Staub kitzelte ihn in der Nase.

Ein Leck im Dach hatte eine Ecke der Holzkiste morsch werden lassen, der Inhalt war zum Glück trocken geblieben. John entfernte eine Wolldecke, unter der eine dunkelblaue Jacke und eine Militärkappe lagen. Sein Herz hörte für einen Moment auf zu schlagen. Eine Uniform des 2. Freiwilligen-Regiments von Rhode Island! Sie musste Benjamin gehört haben, Williams jüngerem Bruder. Ehrfürchtig fuhr John über den ausgebleichten Stoff. Er griff in die Kiste und nahm die Jacke behutsam heraus. Darunter kam eine graue Hose hervor. Sogar ein Havelock war dabei. Als John nach weiteren Kleidungsstücken tastete, stieß er auf einen harten Gegenstand. Er schob den Havelock beiseite und entdeckte ein Holster.

Es dauerte einen Augenblick, bis er begriff, was er vor sich hatte. Er kannte den Army No. 2 nur aus Museumsvitrinen. Der Rahmen des Revolvers war vernickelt, Trommel und Lauf brüniert, der glatte, eckige Griff vermutlich aus Rosenholz. Ein rundes Blatt diente als Korn, es steckte in einem Einschnitt in der Laufschiene. Ein weiterer Einschnitt in der Rückseite des Trommelstoppers stellte die Kimme dar. Nach einem Lade- oder Sicherheitsrast suchte John vergeblich.

Er war kein Waffennarr. Der Bürgerkrieg interessierte ihn als Zeitzeugnis und nicht, weil ihn der Schrecken des Todes faszinierte. Als sich seine Finger aber um den Griff des Revolvers schlossen, entstand eine Verbindung. Es kam ihm vor, als habe die Waffe all die Jahre auf ihn gewartet. Die Berührung schlug eine Brücke von der Gegenwart in die Vergangenheit. Die Zeitdimension löste sich auf. John war Benjamin. Und Benjamin war John.

# 25

*Asheville, 15. August*

Das Police Departement von Asheville war im Court Plaza untergebracht, nur wenige Minuten vom Buncombe County Detention Center entfernt, wo John Payne in Untersuchungshaft saß. Vom Fenster aus sah Regina direkt auf die Appalachen. Über den Bergen lag blauer Dunst.

»Sind Sie so weit, Ms Flint?«, fragte Brian Fuller.

Regina drehte sich um. Fuller, ein Mittvierziger mit Seitenscheitel und rosigen Wangen, gehörte dem FBI Field Office in Charlotte an.

Zusammen mit einer Polizistin, die sich als Sharonda Write vorgestellt hatte, und dem Liaison Officer, Patrick O'Donnell, verließ Regina den Raum. Fuller führte sie in ein Zimmer, in dem in einer Längswand ein Polizeispiegel eingebracht war.

»Kann ich im Anschluss Ergänzungsfragen stellen?«, fragte Regina.

Die Staatsanwältin hatte ihr am Vormittag versichert, sie könne so viele Fragen stellen wie nötig. Da Regina aber auf eine gute Zusammenarbeit mit Fuller und den Polizisten vor Ort angewiesen war, wollte sie sichergehen, dass sie sich nicht über deren Wünsche hinwegsetzte, denn das hätte die Untersuchung unnötig erschwert.

»Natürlich«, antwortete Fuller. »Sharonda wird mir Ihre

Fragen weiterleiten.« Er wandte sich an die Polizistin. »Können wir loslegen?«

Sharonda Write nickte. Von den Spannungen zwischen der lokalen Polizei und dem FBI, wie sie in Filmen oft dargestellt wurde, war nichts zu spüren. Fuller reckte den Daumen in die Höhe und verließ den Raum. Er hatte Jim McKenzie mit keinem Wort erwähnt, doch Regina wurde den Verdacht nicht los, dass er über Cavallis Auftrag Bescheid wusste.

In dem Raum hinter dem Polizeispiegel ging die Tür auf. Zwei Uniformierte führten einen Mann herein. Regina trat an die Scheibe. Endlich bekam sie John Payne zu Gesicht. Er war kleiner, als sie gedacht hatte, sein schütteres Haar von grauen Strähnen durchzogen. Auf seinem Gesicht lag ein resignierter Ausdruck.

Dieser Mann soll Albert Gradwohl kaltblütig hingerichtet haben? Die Tür ging erneut auf, und Fuller kam mit Paynes Verteidiger herein.

In den ersten beiden Befragungen hatte Payne behauptet, dass er Albert Gradwohl nicht kenne. Er bestritt, je in der Schweiz gewesen zu sein, gab aber zu, dass er sich über Zürich im Internet informiert hatte. Es zu leugnen, wäre auch sinnlos gewesen, denn auf seinem Laptop hatten die Techniker einen Stadtplan gefunden. Payne erklärte, er habe sich mit der Biografie von Henry Wirz auseinandergesetzt.

Fuller schlug eine Akte auf. »Ich möchte heute mit Ihnen über den Revolver sprechen. Den Army No. 2.« Er legte ein Foto auf den Tisch.

Write stellte das Mikrofon lauter.

»Kennen Sie diese Waffe?«, fragte Fuller.

Payne sah kurz auf, ließ den Kopf aber gleich wieder sinken. »Ja.«

»Woher?«

»Ich besaß das gleiche Modell. Ein Erbstück.«

»Am 17. September haben Sie in Sharpsburg, Maryland, Eudora Lee Taber mit einem Smith & Wesson Model 2 Army erschossen.«

Payne schwieg.

»Was geschah mit dem Revolver?«, fragte Fuller.

Payne hob überrascht den Kopf. »Die Polizei hat ihn behalten, nehme ich –«

»Woher soll mein Mandant wissen, was mit der Waffe geschah?«, unterbrach der Verteidiger.

Fuller sah Payne an. »Sie haben ihn also nicht zurückbekommen?«

Ein ungläubiger Ausdruck trat auf Paynes Gesicht. »Wäre das … möglich?«

»Möchten Sie ihn zurück?«

»Natürlich! Er gehörte meinem Ururgroßvater«, antwortete Payne, ohne den Verteidiger zu beachten, der ihm einen warnenden Blick zuwarf.

»William Payne?«, fragte Fuller.

»Ja. William war beim 1. Freiwilligen-Regiment von Rhode Island. Sein jüngerer Bruder hat den Revolver geschenkt bekommen, fiel aber im Krieg. Ein großartiger Revolver für …« Er verstummte, sichtlich verlegen. »Ich meine …«

»Ich möchte kurz allein mit meinem Mandanten sprechen«, bat der Verteidiger.

Fuller schaute Payne unverwandt an. »Ich bin noch nicht fertig.«

»Er kennt sich mit Waffen aus«, sagte Write leise. »Sehen Sie, wie er unter dem Tisch die Finger bewegt?«

Regina trat näher an die Scheibe heran. »Was meinen Sie?«

»Wenn er über den Revolver spricht, unterstreichen seine Fingerbewegungen die Worte. Schauen Sie genau hin.«

»Sie hat für mich einen emotionalen Wert«, erklärte Payne.

»Frag ihn, wie man die Hülsen entfernt«, sagte Write in ein Mikrofon.

Fuller lehnte sich zurück. »Ich habe noch nie mit einem Army No. 2 geschossen, weiß aber, dass die Bedienung nicht ganz einfach ist. Wie entfernt man die Hülsen?«

Payne blinzelte, als wittere er eine Falle. »Man klappt die Trommel auf und stößt sie raus.«

»Da, sehen Sie?«, sagte Write. »Seine Finger bewegen sich, als würde er den Lauf nach oben klappen und die Trommel von der Achse ziehen. Er hat es schon unzählige Male gemacht, dennoch behauptet er, sich nicht mit Waffen auszukennen.«

»Sie glauben, dass er lügt?«, fragte Regina.

»Ich weiß, dass er lügt. Bloß nicht, warum.«

»Aber Sie haben eine Vermutung?«

»Er hält daran fest, dass er Eudora Lee Taber aus Versehen erschossen hat. Wenn er zugäbe, dass er sich mit Waffen auskennt, wäre seine Aussage weniger glaubhaft. Aber da ist noch etwas.« Sie zögerte. »Schauen Sie seine Augen an, wenn er über den Revolver spricht. Er liebt diese Waffe. Doch er versucht, es zu verbergen.«

»Um den Verdacht von sich zu weisen?«

Sie schüttelte den Kopf. »Ich sehe keine Heimtücke. Nur Scham. Ich vermute, es ist ihm peinlich zuzugeben, dass er die Waffe zurückmöchte. Immerhin hat sie zwei Menschen das Leben gekostet.«

Regina war überrascht. Mit ihren grobschlächtigen Gesichtszügen und der kompakten Figur wirkte Sharonda Write alles andere als feinfühlig, doch ihre Beobachtungen zeugten von guter Menschenkenntnis. »Sie halten ihn also für unschuldig?«

Write zuckte die Schultern.

»Und das Haar auf Gradwohls Kleidung?«

»Vielleicht hat das Labor einen Fehler gemacht.«

Der Liaison Officer schüttelte den Kopf. »Höchst unwahrscheinlich.«

Regina achtete genauer auf Paynes Körpersprache. Cavalli hatte sich immer darüber beklagt, dass Schweizer Polizisten gleichzeitig befragen und protokollieren mussten. Jetzt verstand sie ihn. Fuller konzentrierte sich ausschließlich auf Payne, und Write gab ihm wertvolle Hinweise. Er kam auf das Tötungsdelikt in der Schweiz zu sprechen.

Payne blieb bei seiner Aussage. »Ich kenne Albert Gradwohl nicht.«

»Sie haben sich intensiv mit dem Sezessionskrieg auseinandergesetzt«, sagte Fuller. »Vor Gericht haben Sie aber behauptet, nichts von der Verwandtschaft zwischen Eudora Lee Taber und Henry Wirz gewusst zu haben.«

»Mein Mandant hat seine Strafe abgesessen. Diese Frage ist irrelevant«, sagte der Verteidiger.

»Wir haben Ihre DNA auf Albert Gradwohls Kleidung gefunden«, fuhr Fuller fort.

»Ich habe Ihnen gesagt, dass das nicht sein kann.«

»Sie wussten, wer Eudora Lee Taber war.«

»Nein! Erst nach … ihrem Tod.«

»Sie nehmen seit bald zwanzig Jahren an Inszenierungen von historischen Schlachten teil. Sie gelten als Hardcore Reenactor. Bekannte von Ihnen haben ausgesagt, dass Sie ganz darin aufgehen. Sie tragen sogar die gleichen Unterhosen wie die Blaujacken von damals. Wollen Sie mir wirklich weismachen, dass Sie die Nachkommen von Henry Wirz nicht kennen?«

»Sie interessieren mich nicht«, sagte Payne. »Sie waren noch gar nicht geboren, als der Bürgerkrieg tobte.«

Der Liaison Officer brach in Gelächter aus. Write warf

ihm einen verärgerten Blick zu. Er hob entschuldigend die Hand.

»Was halten Sie von den Bemühungen, Henry Wirz zu rehabilitieren?«, fragte Fuller.

Payne zuckte die Schultern. »Finde ich nachvollziehbar. Der Prozess war unfair.«

»Vor Gericht haben Sie behauptet, nichts über den Prozess zu wissen.«

»Ich saß die letzten sechs Jahre hinter Gittern«, rechtfertigte sich Payne. »Ich hatte viel Zeit zu lesen.«

»Und da haben Sie sich als Thema ausgerechnet den Wirz-Prozess ausgesucht?«

»Man hat mir vorgeworfen, ich hätte Wirz' Urgroßnichte erschossen! Natürlich wollte ich mehr über den Mann erfahren.«

Fuller nickte. »Und dabei kamen Sie zu der Erkenntnis, dass der Dämon von Andersonville seine Strafe verdient hat. Immerhin hat er das Leben Ihres Ururgroßvaters zerstört. William Payne hat sich nie ganz von der Gefangenschaft erholt, oder? Hat er sich nicht sogar erhängt?«

»Er ist ertrunken.«

»Es war aber kein Unfall.«

Payne schwieg.

»Ihr Ururgroßvater hat sich wegen Henry Wirz das Leben genommen und –«

»Nicht wegen Wirz«, unterbrach Payne. »Der Krieg hat ihn zerstört.«

»Und da taucht Albert Gradwohl auf und will ihn rehabilitieren.«

»Sie machen es sich zu einf–«

»Dreizehntausend Menschen verreckten in Andersonville!« Fullers Stimme wurde laut. »Schuld daran war Henry Wirz!«

Payne schüttelte den Kopf. »Viele waren schuld. Wirz' Vorgesetzte, die Behörden in Richmond, sogar die US-Regierung. Geschichte ist kompliziert. Aber was hat das mit mir zu tun? Warum wollen Sie mir schon wieder einen Mord anhängen? Ich habe nichts getan!«

»Ich soll also glauben, dass ein weiterer Nachfahre von Wirz rein zufällig getötet wurde? Mit Ihrer Waffe?«

»Mein Klient hat Ihnen gesagt, dass sich der Revolver nicht mehr in seinem Besitz befindet«, unterbrach der Verteidiger. »Sie sollten wissen, dass das Gericht Beweismittel lagert. Fragen Sie dort nach, was mit dem Army No. 2 geschah.«

Payne riss die Augen auf.

Fuller beugte sich vor. »Ja?«

»Nichts.« Payne senkte den Blick, auf seiner Stirn bildeten sich Schweißperlen.

Regina begriff, dass er sich vor Fuller fürchtete. Glaubte er, die Polizei versuche, ihm ein Tötungsdelikt anzuhängen? Er wäre der ideale Sündenbock. Regina rieb sich die Schläfen. Langsam kam sie sich vor wie eine Verschwörungstheoretikerin.

»Der Revolver«, murmelte Write.

»Wer wusste von dem Army No. 2?«, fragte Fuller.

»Wie meinen Sie das?«

»Wer wusste, dass Sie einen No. 2 besaßen?«

Payne blickte um sich, als stehe die Antwort an der Wand geschrieben. »Jede Menge Leute. Ich habe nie ein Geheimnis daraus gemacht.«

»Sie haben gesagt, die Waffe sei ein Erbstück. Seit wann gehört sie Ihnen?«

Paynes Züge entspannten sich. »Als meine Mutter starb, habe ich das Haus geräumt. Das war etwa ein halbes Jahr vor der Schlacht von Antietam – der inszenierten. Da stieß ich auf die Waffe.«

Jetzt sah Regina es auch. Paynes Blick wurde weich, seine Züge entspannten sich. Fast kam es ihr vor, als spreche er von einem Freund.

»Funktionierte sie?«

»Das weiß ich nicht. Ich habe sie nicht ausprobiert.«

»Warum nicht?«

»Warum hätte ich das tun sollen?«

»Wollen Sie mir weismachen, Sie hätten die Waffe einfach eingesteckt, um mit ihr zur nächsten Schlacht zu fahren?«

Payne zuckte die Schultern. »Sie glauben ja ohnehin, was Sie wollen.«

Fuller nahm ein paar weitere Anläufe, doch es gelang ihm nicht, Payne eine andere Aussage zu entlocken. Schließlich kam er wieder auf das Delikt in der Schweiz zu sprechen.

»Wo waren Sie am 26. Juli?«

»Das habe ich Ihnen schon gesagt. Zu Hause. Hier in Asheville.«

»Den ganzen Tag?«

»Ja.«

»Das wissen Sie so genau?«

»Ich hatte frei. Montags und dienstags ist das Smith-McDowell House geschlossen.«

Regina drehte sich zu Write. »Was ist das?«

»Ein Museum«, erklärte die Polizistin. »James McConnell Smith war einer der einflussreichsten Männer in North Carolina. Er hat das Haus Mitte des neunzehnten Jahrhunderts gebaut. Es ist der älteste Antebellum-Bau in Asheville.«

»Kann jemand bezeugen, dass Sie zu Hause waren?«, fragte Fuller.

Payne ließ den Kopf hängen. »Nein«, sagte er leise. »Aber ich habe keinen Pass. Wie hätte ich das Land verlassen sollen?«

Das fragte sich Regina auch. Je länger sie Payne zuhörte,

desto mehr Zweifel kamen ihr. Sie war voller Zuversicht in die USA gereist, überzeugt, hier Antworten zu finden. Nun musste sie sich eingestehen, dass sie bei John Payne nicht zu finden waren. Dennoch weigerte sie sich zu glauben, dass er nur zufällig in die Sache hineingeraten war. Wie konnte es sein, dass man ein Haar von Payne in der Schweiz fand? Hatte jemand es absichtlich am Tatort hinterlassen?

Fuller kam auf Paynes Bekannte zu sprechen. Systematisch ging er alle Personen durch. Keiner der Namen sagte Regina etwas. Die Sonne war bereits hinter den Bergen verschwunden, als Fuller Regina auf ihre Ergänzungsfragen ansprach. Write reichte ihr das Mikrofon.

Regina wollte wissen, ob Payne Verena Gradwohl, Doris oder Jakob Keller kenne. Und ob er Kontakt zu den Watkins gehabt habe. Payne verneinte.

Regina trat ganz nah an die Scheibe. »Und Joe Walker?«

Sie schaute nicht Payne, sondern Fuller an. Der Agent verzog keine Miene. Wenn er Walker kannte, verbarg er es gut.

Der Vollständigkeit halber ging Regina die weiteren Punkte durch, die sie vorbereitet hatte. Paynes Antworten brachten sie nicht weiter. Um zwanzig Uhr stand Fuller auf und rief den Transportdienst, der Payne ins Gefängnis zurückbrachte. Sie vereinbarten, sich am nächsten Morgen zu einer ausführlichen Besprechung zu treffen.

Fuller streckte sich. »Ich habe einen Bärenhunger. Wenn wir uns beeilen, kriegen wir bei Marcia noch etwas zu essen. Kommt jemand mit?«

Write lehnte ab, der Liaison Officer blickte Regina fragend an. In der Schweiz war es jetzt zwei Uhr morgens. Die Verlockung, ins Bett zu kriechen, war so groß, dass ihr die Augen schon bei dem Gedanken daran zufielen. Andererseits wusste Fuller vielleicht etwas über Cavalli. Sie wollte sich die Gelegenheit nicht entgehen lassen, allein mit ihm zu sprechen.

»Ich könnte auch etwas zu essen vertragen. Es ist aber nicht nötig, dass Sie mich begleiten«, sagte sie zu O'Donnell. »Ich finde den Weg ins Hotel allein. Sie hatten einen langen Tag.«

O'Donnell zögerte.

»Ich kümmere mich um Ms Flint«, versprach Fuller.

Bald darauf saßen sie in seinem SUV. Erst jetzt merkte Regina, wie hungrig sie war. Sie würde einen saftigen Hamburger bestellen, mit süßsauren Essiggurken, dicken Pommes frites und Coleslaw.

»Das Plant macht die beste Lasagne weit und breit«, sagte Fuller. »Die karamellisierten Artischocken sind aber auch der Hammer.«

»Das Plant?«, wiederholte Regina.

Fuller deutete auf einen rechteckigen Backsteinbau vor ihnen. »Wir sind schon da. Asheville hat eine Vorreiterrolle in Sachen gesunder Ernährung eingenommen. Schade, dass Sie morgen abreisen. In zwei Wochen findet das Organicfest statt, ich bin sicher, es hätte Ihnen gefallen.« Er parkte und schaltete den Motor aus. »Bio-Restaurants schießen zurzeit wie Pilze aus dem Boden, aber das Plant ist eine Klasse für sich. Und außerdem vegan.«

Als Regina kurz darauf in die Menükarte blickte, entdeckte sie unter den Vorspeisen gegrillten Eisbergsalat. Dietz würde Freudensprünge machen. Regina folgte Fullers Beispiel und bestellte Lasagne.

»Wie gefällt Ihnen Asheville?«, fragte er, nachdem ihnen die Bedienung zwei Gläser mit Gurkenwasser hingestellt hatte.

»Sehr gut«, sagte Regina. »Ich hatte mir die Stadt anders vorgestellt. Weniger … hip.«

Fuller lächelte. »Wir sind längst keine Hinterwäldler mehr. Asheville erlebt zurzeit eine richtige Blüte. Die Stadt zieht viele junge Leute und Künstler an.«

»Leben Sie schon lange hier?«

»Ich bin Brian.« Er neigte den Kopf zur Seite. »Wenn das okay ist.«

»Gerne. Regina.«

»Seit vier Jahren. Ich bin aus D.C. hergezogen und habe es keine Sekunde bereut. D.C. ist schwül im Sommer und kalt im Winter. Außerdem gibt es dort zu viele Bürokraten.«

»Hast du im Hauptsitz des FBI gearbeitet?«

»Fünf Jahre lang. Davor war ich in Quantico stationiert ich habe an der FBI-Akademie unterrichtet. Irgendwann wurde es mir aber zu einseitig.«

»Ich kenne einige Schweizer Polizisten, die zur Weiterbildung nach Quantico gekommen sind.« Regina sah ihm in die Augen. »Joe Walker zum Beispiel. War er auch bei dir?«

Fuller dachte nach. »Der Name sagt mir nichts. Wie sieht er aus?«

»Aufrechte Haltung, Bürstenschnitt, durchtrainiert …« Sie suchte nach Erkennungsmerkmalen.

»Also wie ein Großteil der FBI-Agenten«, sagte Fuller trocken.

Regina lächelte. »Viele Schweizer gab es bestimmt nicht.«

»Nein.« Fuller lehnte sich zurück, um der Bedienung Platz zu machen, die einen Brotkorb auf den Tisch stellte. »Ich glaube nicht, dass er bei mir war. Aber ich habe während meiner Zeit in Quantico viele Polizisten unterrichtet. Ich kann mich nicht mehr an jeden einzelnen von ihnen erinnern.«

»Mein Partner war ebenfalls an der Akademie«, sagte sie betont langsam.

»Wirklich?« Fuller trank einen Schluck Wasser.

Regina wartete darauf, dass er sich nach seinem Namen erkundigte. Als die Frage ausblieb, sagte sie: »Er wurde zum Profiler ausgebildet. Vor acht Jahren.«

»Ein intensiver Lehrgang.«

»Anschließend ging er zum Bundeskriminalamt, wo er sich mit der Fallanalyse beschäftigte.«

Fuller nahm sich ein Stück Brot.

»Er hat geholfen, die ViCLAS-Datenbank in der Schweiz aufzubauen«, fuhr Regina fort. Das Violent Crime Linkage Analysis System macht es möglich, Informationen von einzelnen Straftaten zusammenzuführen und zu vergleichen. »Profiling hat bei uns noch nicht den gleichen Stellenwert wie in den USA. Ich habe erst einmal erlebt, dass Spezialisten herangezogen wurden. Es ging um einen Tankstellenräuber. Mithilfe eines Geo-Profils ist man dem Täter auf die Schliche gekommen. In Zürich ist man jetzt aber dabei, eine Profiling-Stelle aufzubauen.«

»Das ist nicht mein Fachgebiet«, sagte Fuller. »Aber ich habe auch schon Profiler und Fallanalytiker hinzugezogen.«

»Was hast du unterrichtet?«

»Undercover und Informant Handling Tactics.« Er sagte es, ohne mit der Wimper zu zucken.

Regina hielt die Luft an. Wenn verdeckte Ermittlungen sein Spezialgebiet waren, musste Fuller über Cavallis Einsatz Bescheid wissen. Sie fragte sich, was ihm durch den Kopf ging. Er erwiderte ihren Blick ruhig. Vor der Abreise hatte sie sich mit den Besonderheiten der Strafgerichtsbarkeit in Reservaten befasst. Eigentlich hatte sie nur herausfinden wollen, wer über Cavallis Auftrag etwas wissen könnte, doch das Thema hatte sie gepackt. In jedem Reservat galten andere Regeln, abhängig von dem Staat, in dem es sich befand, und den Abkommen, denen es unterlag. Diese reichten weit in die Vergangenheit zurück. Es gab Tabellen, die die komplizierten Zuständigkeiten entschlüsselten. Wenn Regina richtig informiert war, verantwortete das FBI Field Office in Charlotte die Qualla Boundary.

Die Bedienung brachte zwei dampfende Teller Lasagne, garniert mit Brokkoli.

»Guten Appetit«, wünschte Fuller.

»Gleichfalls.« Regina griff nach der Gabel.

Im Reservat gab es für die Untersuchung von Straftaten feste Regeln. Zunächst wurde die Reservatpolizei eingeschaltet, diese wandte sich dann an das Bureau of Indian Affairs, dessen Vertreter informierte das nächstliegende FBI-Büro. Wie viele Agenten arbeiteten neben Fuller in Charlotte? Regina schob ein Stück Karotte auf dem Teller hin und her.

»Schmeckt dir das Essen nicht?«, fragte Fuller.

»Doch.« Es stimmte sogar.

»In unserem Beruf ist es nicht einfach abzuschalten.«

»Nein.« Regina sah auf.

Fuller lehnte sich zurück und seufzte. »Okay, ich gebe es zu. Ja, ich kenne ihn. Aber wie du sicher weißt, darf ich nicht über seinen Einsatz reden.«

Reginas Puls schoss in die Höhe. »Du kennst Bruno Cavalli?«

»Ja. Ich war bei der Vorbereitung des Einsatzes dabei.«

Regina legte die Gabel auf dem Tisch ab.

»Es tut mir leid, dass so vieles schieflief.« Fullers Stimme zeugte von echter Anteilnahme. Er sah kurz weg und atmete tief durch.

»Ich war gestern bei Jim McKenzie«, sagte Regina.

»Ich weiß.«

»Er hat mir gesagt, es fehle jede Spur von Cavalli.«

Fuller zögerte. »Das stimmt nicht ganz.«

»Wie bitte?«

»Seine Familie weiß, wo er ist«, erklärte Fuller.

»Bist du sicher?«

»Ziemlich.«

»Warum ... ich verstehe nicht. Warum meldet er sich nicht? Ich meine ...« Bei mir, dachte sie den Satz zu Ende.

Fuller senkte den Blick.

»Bitte, Brian, wenn du etwas weißt, sag es mir!«

Er schaute hinter sich, als wollte er sichergehen, dass ihnen niemand zuhörte. »Es ist nur eine Vermutung«, sagte er leise.

»Ich werde mit niemandem darüber sprechen!«

Fuller schaute sie an. »BC hat herausgefunden, dass Emma Longhorn das nächste Ziel des ... Indian-Killers ist. Daraufhin haben wir sie rund um die Uhr überwachen lassen. Es gab Hinweise darauf, dass der Angriff in einem Familienrestaurant im Reservat stattfinden sollte. Also beschlossen wir, dem Täter eine Falle zu stellen. Emma und BC waren aber einen Tag zu früh dort.«

»Das verstehe ich nicht.«

»Ich habe auch eine Weile gebraucht, um es zu verstehen. Ich kann es mir nur so erklären, dass jemand Informationen zurückbehielt oder bewusst falsch weiterleitete.« Er mied ihren Blick.

»Jemand?«, wiederholte Regina. »Du meinst ... ein Insider? Ein FBI-Agent?«

»Theoretisch könnte es auch jemand von der Cherokee Police gewesen sein, doch ich bezweifle es.«

»Du ahnst, wer es ist, nicht wahr?«

»Nein.« Die Antwort kam viel zu schnell.

Jim McKenzie, dachte Regina. Hatte er sie deshalb davon abhalten wollen, nach North Carolina zu fahren? Weil er fürchtete, sie könnte zu viele Fragen stellen? Übelkeit überkam sie.

»Regina?«

Sie schluckte den sauren Speichel hinunter.

»Ich bin ganz nah dran«, sagte Fuller. »Ich werde nicht lockerlassen, bis ich weiß, wer es ist. Das versprech ich dir.«

# 26

*Asheville, 16. August*

Sie saßen an einem Besprechungstisch in einem fensterlosen Raum. Es könnte die Kripoleitstelle sein, dachte Regina, nur, dass auf dem Tisch Muffins lagen, keine Brötchen. Und dass nicht Pilecki die Sitzung leitete, sondern Brian Fuller. Das volle Gesicht des Agenten war frisch rasiert, sein hellblaues Hemd war perfekt gebügelt, doch unter seinen Augen waren dunkle Schatten, und um seinen Mund lag ein angespannter Zug, den es am Vortag noch nicht gab.

Sharonda Writes Blick hingegen war klar, sie schien für alles bereit zu sein, was der Polizeialltag mit sich brachte. Sie hatte Regina mit einem energischen Händedruck begrüßt und ihr sogleich Kopien der wichtigsten Unterlagen gegeben. Nun hörte sie Fuller konzentriert zu, im Gegensatz zu Patrick O'Donnell, der immer wieder auf sein Telefon schielte.

»Die Staatsanwältin meint, wir hätten zu wenig gegen Payne in der Hand«, sagte Fuller. »Wir brauchen Sachbeweise. Weitere Verbindungen zum Tatort. Das Haar kann auch eine andere Person zurückgelassen haben.«

Write nickte. »Sehe ich auch so. Oder das Labor hat einen Fehler gemacht.«

Regina hatte nichts anderes erwartet, dennoch biss sie sich frustriert auf die Unterlippe. Sie hatte vor der Besprechung mit Gurtner telefoniert, in der Hoffnung, dass sich in der Schweiz etwas getan hatte. Einen Laborfehler schloss er aus, doch auch er fand es seltsam, dass ein einziges Haar Payne mit dem Tatort in Verbindung bringen sollte.

Ein junger Polizist, der Regina an Fahrni erinnerte, griff nach einem Muffin. »Paynes Alibi ist zwar nicht wasserdicht, trotzdem sehe ich nicht, wie er nach Europa geflogen sein soll, um dort diesen Gradwohl zu erschießen und am folgenden Tag wieder rechtzeitig zur Arbeit zu erscheinen. Laut Hauswart war er pünktlich um neun im Smith-McDowell House. Steht alles hier drin.« Er klopfte auf seine Unterlagen, auf die jetzt einige Brösel von seinem Muffin fielen.

»Nur, wenn er in einem Privatjet geflogen ist«, stimmte Fuller zu. »Und das ist höchst unwahrscheinlich.«

»Wisst ihr etwas über den Revolver?«, fragte Regina. »Wie verschwand er aus der Asservatenkammer des Gerichts? Ist das überhaupt möglich?«

»Nicht auf legalem Weg, so viel ist klar«, sagte Fuller. »Dazu wäre ein richterlicher Entscheid nötig.«

»Wird der Raum überwacht?« Regina wollte niemanden vor den Kopf stoßen, war aber zu wenig vertraut mit den Umständen.

»Ja«, antwortete Fuller. »In den letzten sechs Monaten hat niemand unbefugt den Raum betreten. Alle, die dort waren, haben sich in das Register eingetragen. Das wurde überprüft. Der Diebstahl kann sich aber bereits vor Jahren ereignet haben.«

Oder ein Insider hat die Waffe gestohlen, dachte Regina. Sie blätterte die Unterlagen durch, die Write ihr gegeben hatte. Sie enthielten Berichte über die Hausdurchsuchung, die Durchsuchung von Paynes elektronischen Geräten sowie alle Befragungen.

Fullers Telefon klingelte. Er blickte aufs Display und entschuldigte sich.

Einen Augenblick lang war nur das Surren der Klimaanlage zu hören. Einer der Polizisten schob den Stuhl zurück und fragte, ob jemand Kaffee wolle. Zusammen mit zwei Kollegen verließ er den Raum. Regina gähnte hinter vorgehaltener Hand.

»Jetlag?«, fragte Write.

Regina nickte. »Aber es ist schon viel besser als gestern.«

»Wir sind nicht geschaffen, um innerhalb von Stunden durch die Welt zu fliegen. Ich bin froh, dass ich nicht so oft von Asheville wegmuss.«

»In diesem Fall ist der direkte Kontakt sehr hilfreich. Vielen Dank, dass ich hier sein darf.«

»Wir verfolgen das gleiche Ziel, da müssen wir an einem Strick ziehen.«

»Ich wünschte, alle sähen das so.«

»Ich weiß, was Sie meinen. Zusammenarbeit ist keine Selbstverständlichkeit. Bevor Brian in Charlotte anfing, kam es andauernd zu Revierkämpfen zwischen dem FBI und dem lokalen Polizeikorps.« Sie zuckte die Schultern. »Männer müssen einfach markieren. Aber Brian ist anders. Ein Glück, dass ihr euch in der Schweiz getroffen habt.«

»In der Schweiz?«

Write schwieg einen Moment. »Habt ihr euch nicht getroffen, als er in der Schweiz war? Ich dachte, er hätte Ihre Dienstreise veranlasst.«

Bevor Regina etwas sagen konnte, ging die Tür auf, und Fuller kehrte zurück. Er entschuldigte sich für die Unterbrechung.

»Das war die Staatsanwältin.« Er blickte zu Regina. »Georgia ist organisiert. Der Sheriff erwartet dich morgen im Laufe des Vormittags. Was Payne betrifft …« Er seufzte.

»Wir müssen ihn laufen lassen«, beendete Write den Satz.

»Ich fürchte, ja.«

»Ich bin mir sicher, dass er nicht zufällig involviert ist. So viele Zufälle«, Regina betonte das Wort, »gibt es schlicht nicht.«

»Regina, erzählen Sie uns von Ihren Ermittlungen in der Schweiz«, bat Write, als alle Polizisten wieder Platz genommen hatten. »Von der Zürcher Polizei haben wir nur eine grobe Zusammenfassung erhalten.«

Regina nahm ihre Akten hervor. Sie schilderte die Tatumstände, die Verbindungen, die das Leib/Leben in der Schweiz aufgedeckt hatte, und fasste die Resultate der Befragungen zusammen.

Write teilte ihre Meinung. »Entweder steckt Payne mit drin, oder jemand versucht, ihm etwas in die Schuhe zu schieben.«

»Dafür hätte es einfachere Wege gegeben«, wandte Fuller ein. »Der Täter hätte nach Louisiana statt in die Schweiz fahren können.«

»Hat Payne wirklich nie mit der Familie Watkins Kontakt aufgenommen?«, fragte Regina.

»Nein«, antwortete Write. »Jedenfalls nicht via Telefon oder E-Mail. Und die Watkins behaupten ebenfalls, dass sie ihn nicht kennen. Glauben Sie, es wird noch weitere Opfer geben?«

»Gute Frage«, sagte Regina. »Ich sehe es genauso wie Brian. Die Angehörigen in Louisiana wären für Payne leichte Beute gewesen. Entweder hat der Mord an Albert Gradwohl nichts mit seiner Verwandtschaft mit Henry Wirz zu tun, oder – «

»Der Täter lebt in der Schweiz«, sagte Write.

Regina nickte. »Wie sicher ist es, dass Payne den Schuss auf Eudora Lee Taber abgab?«

Fuller legte die Fingerkuppen aneinander. »Interessanter Gedanke.«

»Er hat ein Geständnis abgelegt«, sagte Write. »Aber das muss nichts bedeuten. Vielleicht wurde er dafür bezahlt. Oder jemand hat ihn bedroht.«

»Gab es andere Verdächtige?«

»Nein«, antwortete Fuller. »Die Spuren haben Paynes Aussage bestätigt. Zweifel gab es nur darüber, ob er absichtlich schoss.«

»Wurde eine größere Geldsumme auf sein Konto überwiesen?«, wollte Regina wissen.

Fuller verneinte.

Der Stuhl knarrte, als sich Regina zurücklehnte. Wenn nicht John Payne, wer hatte dann auf Gradwohl geschossen? Hatten sie zu früh in eine bestimmte Richtung ermittelt? Neue Informationen in ein bereits vorgegebenes Bild eingefügt, statt unvoreingenommen Daten gesammelt? Regina schloss die Augen. Wenn sich die Dienstreise als Schlag ins Wasser erwies, würde sie sich rechtfertigen müssen. Plötzlich fiel ihr die Stille im Raum auf. Sie öffnete die Augen. Alle Blicke waren auf sie gerichtet.

»Verzeihung. Ich musste gerade an etwas denken.«

»Ich habe nur vorgeschlagen, die Akten des Falls Taber noch einmal durchzugehen«, sagte Write. »Vielleicht finden wir dort einen Hinweis, den wir übersehen haben.«

»Ich kümmere mich darum.« Fuller sah auf die Uhr. »Ich glaube, wir sind hier fertig. Weiter werden wir nicht kommen. Außerdem hat Regina noch eine lange Fahrt vor sich. Danke euch allen für die gute Arbeit. Lass Carter von mir grüßen, Sharonda. Wenn er wieder eine FBI-Mütze oder ein T-Shirt braucht, gib mir Bescheid.«

Stühle wurden zurückgeschoben, Write reichte Regina die Hand. Der Liaison Officer schlug vor, bei einem Lunch die nächsten Schritte zu besprechen, und verschwand in Richtung Toilette.

Draußen drehte sich Regina zu Fuller hin. »Du warst in der Schweiz?« Den vorwurfsvollen Ton in ihrer Stimme konnte sie nicht unterdrücken.

Er senkte den Blick.

»Du hast mir nichts davon erzählt!«

»Nicht ich bestimme, worüber ich reden darf«, erklärte er. »Es tut mir leid. Aber da du jetzt ohnehin Bescheid weißt, ja, ich war in der Schweiz.«

»Warum? Weshalb darf ich nichts davon wissen?«

»Es gab einen Hinweis darauf, dass Cavalli sich dort aufgehalten –«

»In der Schweiz?«, stieß Regina aus.

»Aber er entpuppte sich als falsch«, sagte Fuller rasch. »Das ist alles.«

»Was für einen Hinweis?«

»Sein E-Mail-Account wurde von einem PC mit Schweizer IP-Adresse aktiviert.«

»Warum hast du nicht mit mir darüber geredet? Ich kenne sein Passwort. Wer sagt, dass nicht ich das war?« Sie stützte die Hände in die Seiten.

»Es handelte sich nicht um seinen privaten Account, sondern um eine verschlüsselte FBI-Adresse, die du nicht kennen kannst.«

»Also hätte jeder Agent sich einloggen können.«

»Nicht jeder, aber die Angehörigen der Ermittlungsgruppe. Es stellte sich dann heraus, dass ein Techniker Cavallis Laptop noch einmal überprüft hatte, ohne es im System einzutragen.«

Regina fiel in sich zusammen.

»Es tut mir leid«, wiederholte Fuller.

Der Morgendunst hatte sich aufgelöst, der Himmel lag

wie eine blaue Kuppel über ihnen. Auf dem Pack Square breitete ein Straßenkünstler seine Kreide aus. Regina betrachtete die Berge, die sich wie eine bucklige Katze am Horizont wölbten. Um rechtzeitig in Georgia zu sein, musste sie bereits heute einen Teil der Strecke zurücklegen. Wenn sie noch einen Abstecher ins Reservat machen wollte, sollte sie bald losfahren.

Der Liaison Officer trat aus dem Court Plaza, setzte eine Sonnenbrille auf und kam auf sie zu.

»Mir ist nicht nach essen«, sagte Regina. »Ich mache mich lieber auf den Weg.«

»Wir müssen die nächsten Schritte besprechen«, sagte O'Donnell.

»Zuerst muss ich mit dem Sheriff von Sumter County reden.«

Der Liaison Officer zögerte. »Ich will mich nicht aufdrängen, aber – «

»Ein solider Plan«, sagte Fuller zu ihrer Überraschung. Er versprach, O'Donnell auf dem Laufenden zu halten, und begleitete Regina zu ihrem Mietauto.

»Wenn du möchtest, kann ich dir die Stelle zeigen, an der er verschwand«, bot er an.

Regina blieb überrascht stehen.

»Ich nehme an, du fährst zuerst nach Cherokee«, sagte Fuller. »An deiner Stelle täte ich das auch. Da du nicht viel Zeit hast, komme ich doch am besten gleich mit.«

Versuchte Fuller, ihr zu helfen, oder wollte er sie bloß im Auge behalten? Im Grunde machte es keinen Unterschied. Hauptsache, sie erhielt Antworten.

»Einverstanden«, sagte sie.

Fuller öffnete die Beifahrertür. »Arbeitstreffen im Auto sind effizient. Ein Kollege wird mich zurückbringen, er ist heute ohnehin in der Nähe des Reservats.«

Auf der Autobahn besprachen sie die Fragen, die im Fall Payne von amerikanischer Seite geklärt werden mussten. Viele waren es nicht, Write hatte gründliche Arbeit geleistet. Fuller würde die Akten über Eudora Lee Taber lesen, und wenn sich keine neuen Hinweise daraus ergaben, einen Schlussbericht verfassen. Noch hoffte Regina aber, in Sumter County weiterzukommen. Erwies sich das Treffen dort ebenso als Sackgasse, mussten sie den Fall in der Schweiz neu aufrollen.

Vor ihnen tauchte ein Schild auf, das den Smoky Mountain Nationalpark ankündigte. Auf einmal wurde Regina bewusst, dass sie in wenigen Minuten in der Qualla Boundary sein würde. Bis jetzt war das Reservat nur eine abstrakte Vorstellung gewesen. Egal, wie viel sie darüber gelesen hatte sie hatte keine Verbindung zu Cavalli herstellen können. Zu stark trennte er seine verschiedenen Welten. Manchmal kam es Regina vor, als horte er einen Schatz, den er nicht mit ihr teilen wollte. Vielleicht brachte er die beiden Welten aber einfach nicht in Einklang.

»Wie ist es, im Reservat zu ermitteln?«, fragte sie Fuller.

»Schwierig«, gab er zu.

»Verstehst du genug von der Kultur der Cherokee?«

Er lachte trocken. »Etwa so viel wie ein Fisch vom Fliegen. Indianer haben ein völlig anderes Verständnis von Recht.«

»Ich habe gelesen, dass Mediation im indianischen Rechtssystem einen wichtigeren Stellenwert hat als Strafen. Dass die Lösung eines Konfliktes der Gemeinschaft als Ganzes dienen soll. Ist das heute immer noch so?«

»Das weiß ich nicht. Ich kenne mich besser mit den praktischen Aspekten aus. Bei vielen Stammesgerichten darf zum Beispiel kein Anwalt an der Verhandlung teilnehmen. Oder höchstens als Berater. Der eigentliche Verteidiger ist ein Laie.«

»Ohne Jurastudium?«

»Ja, dafür mit guten Beziehungen innerhalb des Stamms. Er weiß, wie die Mitglieder zueinander stehen, kennt ihre Sprache und ihre Kultur. Auch der Richter ist in der Regel ein Laie. Ein gutmütiger Patriarch, der das Gespräch mit den Beteiligten sucht, und keine Autoritätsfigur, die über andere richtet. Es kommt vor, dass Verhandlungen stundenlang unterbrochen werden, weil der Richter erst die Meinung des Stammesältesten einholen will.« Er zeigte auf eine Ausfahrt. »Hier müssen wir raus.«

Regina wechselte die Spur.

»Die Cherokee gehören zu den fortschrittlichsten Stämmen«, fuhr er fort. »Sie haben sehr gute Anwälte. Diese setzen sich aber vor allem für Stammesangelegenheiten ein. Streitigkeiten mit der Regierung zum Beispiel. Größere strafrechtliche Fälle gibt es ohnehin selten. Die Qualla Boundary zählt nur etwa achttausend Einwohner. Seit ich in Charlotte arbeite, habe ich nur einmal erlebt, dass ein Indianer auf Reservatgebiet ein Kapitalverbrechen begangen hat. Es kam sogar zu einer Anklage.«

»Ist das unüblich?«

»Leider«, antwortete er. »Ob ein Fall strafrechtlich verfolgt wird, entscheidet der zuständige US Attorney. Dessen Büro ist aber oft Hunderte von Meilen entfernt. In der Regel hat er Wichtigeres zu tun, als sich jeden einzelnen Täter vorzunehmen. Das ist fast so, als müsste sich ein Konzernchef um das Reinigungspersonal kümmern. Unter normalen Umständen würde ein Bezirksanwalt die Untersuchung leiten, aber Reservate unterstehen nun mal dem Bund. Ermittlungen verlaufen deshalb häufig im Sand. Vielen Indianern ist das ein Dorn im Auge.«

Die Straße wurde kurviger. Auf beiden Seiten erhoben sich bewaldete Hügel. Obwohl Regina bekannt war, dass es sich bei den Smoky Mountains um das größte Urwaldgebiet im Osten der USA handelte, wurde ihr das Ausmaß erst jetzt bewusst. Wald, so weit das Auge reichte. Kein Wunder, klagte Cavalli über die Enge der Schweiz.

Ein Holzschild kündigte die Reservats-Grenze an. Wenig später waren sie in Cherokee. Der Unterschied zu anderen amerikanischen Kleinstädten war unübersehbar. Viele Gebäude waren aus natürlichen Materialien gebaut, statt scharfen Kanten gab es weiche Linien. Die Silbenschrift auf den Schildern kam Regina vertraut und zugleich fremd vor. Meist stand darunter die englische Übersetzung. Museen, Restaurants und Souvenirläden buhlten um die Gunst der Touristen, dazwischen standen Tipis, vor denen sich Häuptlinge mit Federschmuck für ein paar Dollar fotografieren ließen.

»Die Cherokee haben nie in Tipis gewohnt«, sagte Fuller.

»Ich weiß.«

»Natürlich, entschuldige. Du kennst die Kultur vermutlich besser als ich.«

Regina hatte da ihre Zweifel. Sie kamen an Motels vorbei, die wenig überraschend Krieger oder Pfeil hießen. Dennoch wirkte Cherokee nicht wie ein indianisches Disneyland. Der Alltag war spürbar. Regina sah eine Schule, Verwaltungsgebäude, einen Wegweiser zu einem Krankenhaus. Fuller zeigte auf ein Familienrestaurant.

»Ist es dort passiert?«, fragte Regina.

»Auf dem Parkplatz fanden wir die Blutspuren.«

Regina wurde kalt. »Ich möchte mir den Ort ansehen.«

Sie parkte und stieg aus. Kies knirschte unter ihren Füßen. Fuller zeigte auf den Boden. Regina ging in die Hocke. Das Blut war längst weg, sosehr sie sich bemühte, sie spürte keine Verbindung zu Cavalli. Der Kommandant der Kantonspolizei hatte ihr von dem Schusswechsel berichtet. War es wirklich erst ein paar Monate her?

»Stimmt es, dass ihr keine Hülse gefunden habt?«, fragte sie.

Fuller nickte. »Dass geschossen wurde, wissen wir nur von Zeugen.«

»Habt ihr alle Notaufnahmen überprüft?«

»Natürlich. Er kann aber auch privat behandelt worden sein.«

»Emma ist Krankenschwester«, sagte Regina mehr zu sich als zu Fuller.

Er schob die Hände in die Taschen.

Regina schaute zum Restaurant hinüber. »Bitte erzähl mir ganz genau, was geschehen ist. Ich möchte jedes Detail wissen.«

Fuller bedeutete ihr, ihm zu folgen. Im Restaurant kam eine Frau in Reginas Alter hinter der Kasse hervor und begrüßte ihn. Sie trug ein T-Shirt mit dem Logo des Granny Bee's. Als Fuller Regina vorstellte, veränderte sich ihr Gesichtsausdruck.

»Birds Frau?« Die Kassiererin starrte Regina unverhohlen an.

Regina starrte zurück. Das Gesicht der Frau kam ihr seltsam vertraut vor. Cavallis Züge waren ihr immer exotisch erschienen, hier waren sie verbreitet. Bird, wiederholte sie in Gedanken. Wie viele Namen er doch hatte. McKenzie nannte ihn BC, seine Großmutter Tsi'skwa, seine Untergebenen Häuptling. Und für sie war er immer Cava gewesen. Für jede Rolle ein anderer Name. Wie Emma ihn wohl nannte?

»Setzt euch«, sagte die Kassiererin und zeigte auf einen freien Tisch. »Der Blueberry Pie ist frisch. Geht aufs Haus.«

Regina schüttelte den Kopf. »Danke, aber wir sind nur –«

»Gerne!«, sagte Fuller. »Wer kann schon Nein sagen zu einem Stück Blaubeerkuchen?«

Er nahm Platz. Regina blieb nichts übrig, als sich ebenfalls zu setzen. Immer mehr Blicke richteten sich auf sie. Jemand murmelte »Schweiz«, das Wort »Anwältin« fiel. Schließlich kam eine ältere Frau aus der Küche und blieb vor ihr stehen.

»Weiß June, dass du hier bist?«, wollte sie wissen.

Regina hatte vorgehabt, sich unauffällig umzusehen. Um diese Jahreszeit besuchten viele Touristen die Gegend, sie wäre nicht aufgefallen. Fuller hatte ihren Plan soeben zunichte gemacht.

»Nein«, antwortete sie zögerlich. »Ich habe meinen Besuch nicht angekündigt.«

»Das ist auch nicht nötig«, sagte die Frau. »Aber du schaust schon bei ihr vorbei, oder?«, sagte sie auffordernd.

»Natürlich wird sie das«, antwortete Fuller. »Deshalb sind wir hier.«

»Wo ist das Kind?«

»Lily?«, fragte Regina.

Die Frau schwieg.

Regina räusperte sich. »Zu Hause. In der Schweiz.«

Die Züge der Frau wurden hart. Vermutlich machte man Regina dafür verantwortlich, dass Lily keinen Kontakt zu Cavallis Familie hatte.

»Ich bin beruflich hier, ich konnte sie nicht mitnehmen«, rechtfertigte sie sich.

»Arbeitest du mit … denen?« Die Frau deutete mit dem Kopf auf Fuller.

»Denen?«, wiederholte Regina.

»Der Regierung?«

Fuller kniff kaum merklich die Augen zusammen. Regina kam sich vor, als stünde sie auf einer Bühne, ohne zu wissen, welches Theaterstück aufgeführt wurde. Bevor sie antworten konnte, wandte sich die Frau ab und verschwand in der Küche.

Das Haus, in dem Cavalli seine Kindheit verbracht hatte, lag ein Stück von der Straße entfernt am Waldrand. Die Schindelfassade war verwittert, das Holz stellenweise morsch. Ein Windspiel hing auf der Veranda, die Glocken klingelten leise, als Regina auf den Eingang zuging.

Sie wischte sich die Hände an ihrer Hose ab. Wann war sie das letzte Mal so nervös gewesen? Zum Glück hatte Fuller sie allein gehen lassen. Nachdem er Regina den mutmaßlichen Fluchtweg des Täters gezeigt hatte, hatte er sie gebeten, ihn beim Cherokee Police Department abzusetzen.

Die Tür ging auf, und eine alte Frau stand vor ihr. Ihr Haar war zu einem Zopf geflochten, das braune Gesicht faltig, doch die Augen, die Regina fixierten, strahlten.

»Es ist also wahr!« June legte Regina die Hände an die Wangen. »Komm rein, Liebes. Wir haben lange auf diesen Moment gewartet.«

Der Eingang führte direkt ins Wohnzimmer. Traditionelle Gemälde schmückten die Wände, von der Decke hingen Kräuterbüschel. Es gab niedrige Sessel, über denen Steppdecken lagen, in der Ecke stand eine Pflanze.

»Ist sie da?«, erklang eine schwache Stimme.

»Ja.« June sah Regina fragend an. »Meine Tochter … wie viel hat dir Tsi'skwa erzählt?«

»Ich weiß, dass sie krank ist.«

June nickte und deutete auf das Zimmer, aus der die Stimme gekommen war. Als Regina über die Schwelle trat, schluckte sie. Cavalli hatte es kaum geschafft, den Namen seiner Mutter auszusprechen. Nun stand Regina hier, am Bett der Frau, die er aus seinem Leben verbannt hatte.

Gails Lippen fielen Regina als Erstes auf. Sinnlich, der linke Mundwinkel leicht hochgezogen. Cavallis Lippen. Der Anblick weckte in Regina solche Sehnsucht, dass sie den Blick von ihr abwenden musste. Da fielen ihr die

Kinderzeichnungen an der Wand auf. Bilder von Bären, Eidechsen, Füchsen, Spinnen und einem Adler, der auf einem Berggipfel stand, den Schnabel offen, die Flügel ausgebreitet. Von Bäumen und Blumen, Blättern und Blüten.

»Er liebte Geschichten so«, sagte Gail leise.

»Cav…« Regina verstummte. Wie sollte sie ihn nennen? Cavalli klang falsch, Bruno wie ein Verrat, BC nach FBI. Tsi'skwa war June vorbehalten.

»Er hat die Zeichnungen gemacht?«

»Im Laufe der Jahre hat er Dutzende von Geschichten geschrieben und illustriert. Ich habe sie immer noch.« Gail lächelte. »Alle paar Monate nehme ich ein paar andere hervor. Im Wechsel der Jahreszeiten.«

Erst jetzt merkte Regina, dass die Zeichnungen sommerliche Motive zeigten.

»Mag Lily June auch Geschichten?«, fragte Gail.

Regina dachte daran, wie Lily an Cavallis Lippen hing, wenn er ihr Fabeln erzählte. Wie gern sie in ihre eigene Welt abtauchte, die mit Stofftieren, Tannenzapfen, Zweigen und Steinen bevölkert war. »Sie lebt sie richtiggehend. Manchmal weiß ich gar nicht, in welcher Welt sie gerade ist.«

Gail lachte. Der Ton war tief und erstaunlich kräftig; er passte nicht zu dem ausgemergelten Körper, der fahlen Haut.

»Hast du Fotos von ihr mitgebracht?«, fragte sie.

Ehe sichs Regina versah, saß sie auf der Bettkante, das Telefon in der Hand, und schaute sich mit Gail Fotos von Lily und Chris an. Irgendwann kam June mit zwei großen Gläsern Eistee herein. Regina erzählte von ihrem Leben in der Schweiz, beschrieb ihre Wohnung, ihren Alltag. Gail sog jedes Wort auf. Als ihr die Augen zufielen, verließ Regina auf Zehenspitzen den Raum.

June saß auf der Veranda, ihre Wangen glänzten feucht. »Danke«, flüsterte sie. »Du hättest ihr keine größere Freude machen können.« Sie stand auf. »Komm, lass uns ein wenig spazieren gehen. Ich bin nicht mehr so gut zu Fuß, aber bis zum Wald schaffe ich es. Du möchtest bestimmt sehen, wo Tsi'skwa als Kind gespielt hat.«

Die Art und Weise, wie sie es sagte, ließ Regina aufhorchen. Kaum erreichten sie den Waldrand, veränderte sich Junes Ausdruck.

»Es ist besser, hier draußen zu reden«, sagte sie. »Tsi'skwa versteckt sich nicht ohne Grund.«

Reginas Herz setzte einen Schlag aus. »Du weißt, wo er ist?«

»Ich weiß, dass er in Gefahr ist.« Sie senkte die Stimme. »Er hat Gail im Krankenhaus besucht, vor einem Monat.« Sie erzählte, was sie wusste. »Es tut mir leid, dass ich Chris am Telefon damals keine Auskunft geben konnte. Ich hatte Angst, Tsi'skwa zu gefährden.«

Regina dachte an die Botschaft, die ihr so viel Kopfzerbrechen bereitet hatte. Tsi'skwa habe schon immer ein großes Bedürfnis nach Freiheit gehabt. Noch liege Schnee am Clingmans Dome, und der Sassafrasbaum blühe nicht.

»Er hat sich in der Snowbird community versteckt, nicht wahr?«, fragte sie. »In Robbinsville?«

June lächelte. »Ich wusste, Chris versteht mich. Emma hat dort einen Cousin, der bei der Army war. Er hat ihnen geholfen.«

»Und mit Sassafras wolltest du eine Entzündung andeuten?«

»Die Schusswunde hatte sich entzündet, ja. Aber es geht ihm wieder gut, gesundheitlich zumindest.«

Jetzt füllten sich Reginas Augen mit Tränen. Wenn ich die Arme weit genug ausbreite, dachte sie, könnte ich davonfliegen wie der Adler auf Cavallis Zeichnung.

June berührte sie sanft. »Er hat im Krankenhaus noch

etwas gesagt.« Ein bekümmerter Ausdruck lag auf ihrem Gesicht.

Reginas Freude erlosch.

»Dass wir ebenfalls in Gefahr sind. Wir alle.«

»Wegen des Blasrohr-Mörders?«

»Ja.«

»Das verstehe ich nicht.« Regina wickelte eine Haarsträhne um den Finger. »Wenn das stimmt, hätte Cavalli doch einen Weg gefunden, mit mir Kontakt aufzunehmen? Dass er sich nicht an die Behörden wendet, kann ich nachvollziehen. Aber uns würde er warnen.«

»Nicht, wenn er es für zu gefährlich hielte.«

Regina dachte an das Gefühl, das sie in Washington gehabt hatte. »Kann es sein, dass er uns überwachen lässt?«

»Ans FBI hat er sich bestimmt nicht gewandt, und Frank von der Cherokee Police hat ihn seit der Schießerei nicht gesehen.«

»Cava findet immer einen Weg«, sagte Regina.

Junes Züge wurden weich. »Du vertraust ihm, obwohl er nicht viel getan hat, um dein Vertrauen zu verdienen.«

Tatsächlich hatte Regina keine Zweifel. Cavalli würde die Sicherheit seiner Familie über seine eigene stellen. Sie dachte an Jim McKenzies Reaktion, als sie ihm von der Reise nach Asheville erzählt hatte. Hatte er sie zu ihrem eigenen Schutz davon abhalten wollen? Arbeitete er mit Cavalli zusammen?

»Ich möchte den Cousin treffen«, sagte Regina. »Wo kann ich ihn finden?«

»Das ist zu gefährlich. Das FBI hat Emmas Familie durchleuchtet, die Agenten haben mit über vierzig Verwandten gesprochen. Nur mit Buzz nicht. Seit er aus der Army ausgetreten ist, lebt er völlig autark. Er hat die Schnauze voll vom Bund, sagt er. Er ist nirgends registriert, sein Haus ist nicht einmal ans öffentliche Stromnetz angeschlossen.

Deshalb hat sich Tsi'skwa vermutlich an ihn gewandt. Wenn du zu Buzz fährst, kappst du seine einzige Verbindung zur Außenwelt.«

»Gibt es einen anderen Weg, Cava zu finden?«

»Nur, wenn er gefunden werden will.« June schaute zum Wald hinüber.

Im Licht der Abendsonne sahen die Baumkronen aus wie ein goldenes Dach. Die Dunkelheit darunter war dicht, ein Weg zwischen den Bäumen mit dem bloßen Auge nicht erkennbar.

»Als du ihn damals verlassen hast, verschwand er für neun Wochen im Wald mit nichts als den Kleidern, die er auf dem Leib trug.« June wiegte sich hin und her. »Seine Trauer braucht viel Platz.«

»Es tut mir leid, ich –«

June schnalzte leise mit der Zunge. »Du hast getan, was du tun musstest. Dafür brauchst du dich nicht zu entschuldigen. Du hast ihm mehr gegeben, als er verdient hat: eine zweite Chance. Ich hoffe, er weiß sie zu nutzen.«

»Danke.«

»Ich danke dir.«

Sie kehrten zum Haus zurück. June bot Regina ein Zimmer für die Nacht an, doch Regina schüttelte mit entschuldigender Miene den Kopf.

»Ich habe morgen Vormittag einen Termin in Americus.«

Sie gingen zum Wagen.

June legte die Arme um Regina. »Du bist hier jederzeit willkommen, Unisi.«

»Wenn alles vorbei ist«, sagte Regina, »komme ich mit Lily zu Besuch.«

»Nichts wäre uns lieber.« June trat einen Schritt zurück. »Pass gut auf dich auf. Tsi'skwa hat sich mit einem mächtigen Gegner angelegt.«

Wenn ich nur wüsste, wie ich ihm helfen kann, dachte Regina.

»Du wirst einen Weg finden«, sagte June, als habe sie ihre Gedanken gehört. »Daran zweifle ich keinen Augenblick.«

# 27

*Georgia, 16. August*

Auf der Fahrt nach Süden nahm Regina weder die Umgebung noch die Menschen wahr. Sie dachte daran, wie fragil Beziehungen waren, wie schwierig es war, die Scherben zu kitten, wenn etwas in die Brüche ging. Die monotone Stimme des Navigationsgeräts lotste sie zur Autobahn.

Nach und nach begann Regina, die Bedeutung des Gesprächs mit June zu erfassen. Wenn Cavalli glaubte, seine Familie sei in Gefahr, musste es zwischen ihm und dem Blasrohr-Mörder eine Verbindung geben. Also war er nicht zufällig vom FBI angefragt worden. Deshalb traute er seinen Auftraggebern nicht.

Doch wer steckte dahinter? Als Staatsanwältin war Regina schon mehrmals bedroht worden, es kam aber höchst selten vor, dass jemand Worte in Taten umsetzte. Ihr fiel die Sozialarbeiterin einer Zürcher Gemeinde ein, die erschossen worden war, weil sie eine Frau unterstützt hatte, die ihren Ehemann verlassen wollte. Oder der Fluglotse, der von einem russischen Bauingenieur erstochen worden war, weil dieser ihn für den Absturz einer Passagiermaschine verantwortlich machte.

Soweit Regina wusste, hatte sich Cavalli keine Feinde dieser Art geschaffen. Als Sachbearbeiter wirkte er im Hintergrund. Sie war es, die die Anklage nach außen vertrat.

Wollte sich jemand an ihr rächen? Sie spann den Gedanken weiter. Wenn sie das eigentliche Ziel war, hatte sie sich durch die Reise in die USA in Gefahr begeben. Sie dachte daran, wie bereitwillig die Staatsanwältin und das FBI – bis auf Jim McKenzie – kooperiert hatten. Schon da hatte sie gestaunt, wie schnell die Mühlen der Bürokratie mahlen konnten. Nur ein einziger Mensch hatte ihr von der Reise abgeraten: Joe Walker.

Steckte er hinter Fahrnis Reiseverbot? Hatte er sie so zu schützen versucht? Dass sie Freund und Feind nicht unterscheiden konnte, machte Regina nervös. Sie erwog, nach Hause zu fliegen. Wäre sie dort überhaupt sicher? Gradwohl war in der Schweiz ermordet worden, nicht in den USA. Zum ersten Mal seit ihrer Abreise war Regina froh, dass Lily nicht bei ihr war.

Auf der Höhe von Atlanta hielt sie an einer Raststätte. Sie kaufte sich einen Taco und setzte sich an einen Tisch mit klebriger Tischplatte. Während sie aß, ging sie ihre E-Mails durch. Fahrni hatte ihr ein Foto geschickt. Lily saß auf seinem Pferd, mit einer Hand hielt sie sich am Sattel fest, mit der anderen zeigte sie lachend auf etwas vor sich. Danke, Tobias, flüsterte Regina und speicherte das Foto. Eine Mail von Joe Walker sprang auf. Er bat sie, ihn anzurufen, und gab eine Skype-Adresse an. Regina löschte die Nachricht, holte sie wieder aus dem Papierkorb, verschob sie ins Archiv, dann zurück in den Posteingang. Sie musste eine Entscheidung treffen. Traute sie Joe oder nicht?

Der Taco war inzwischen kalt, das Fett fest geworden. Regina warf ihn weg. Nachdem sie sich mit Wasser und Keksen eingedeckt hatte, fuhr sie weiter. Sie schaffte es noch bis Macon, wo sie die Autobahn verließ. Kurz darauf lag sie in einem Motelbett und lauschte der Wasserspülung im Zimmer nebenan. Ein Fernseher plärrte, eine Tür fiel ins Schloss.

Hinter jedem Geräusch witterte sie Gefahr. War es leichtsinnig von ihr, nach Americus zu fahren? Was blieb ihr anderes übrig? Solange sie nicht wusste, wem sie trauen konnte, gab es nur die Flucht nach vorn.

Als sie am folgenden Morgen in ihren Mietwagen stieg, brannten ihre Augen. Auf beiden Seiten der Straße erstreckten sich Baumwoll- und Erdnussfelder. Trotz ihrer Müdigkeit wollte Regina kein Wagnis eingehen und fuhr, ohne anzuhalten, direkt nach Americus. Im historischen Stadtkern musterten einige Männer träge ihren Wagen. Regina parkte vor dem Sumter County Sheriff's Office. Ein untersetzter Mittfünfziger mit Doppelkinn kam ihr entgegen und stellte sich als Sheriff Stone vor. Im Gegensatz zu den Menschen, denen Regina bisher in der Stadt begegnet war, war er weiß. Als er die Daumen in die Gurtschlaufen hakte, verkniff sich Regina ein Lächeln. Fehlte nur, dass er auf einem Zahnstocher kaute.

»Willkommen in Americus!«, sagte er mit breitem Südstaatenakzent. »Deputy Reyford ist noch drüben im Gefängnis, er kommt gleich.« Er hielt ihr die Tür auf.

Ein kalter Luftzug ließ Regina frösteln. Außer der Dame am Empfang, die einen Telefonhörer zwischen Kinn und Schulter geklemmt hatte und ein Formular ausfüllte, war niemand zu sehen.

»Wir sind nur zu zweit, Ted und ich«, sagte Stone. »Viel ist hier seit dem Krieg nicht mehr los.«

»Dem Krieg?«

»Damals gab es in Americus drei Lazarette für Konföderierte«, erklärte er.

»Sie meinen den Bürgerkrieg?«, fragte Regina ungläubig.

»Deswegen sind Sie doch hier. Oder sind Sie etwa Demokratin?« Er musste ihre Verwirrung bemerkt haben, denn er deutete nach Westen und erklärte: »Jimmy Carter wohnt da drüben, in Plains. Die Demokraten pilgern zum

Eisenbahn-Depot, als wäre es ein Wallfahrtsort. In den Siebzigern wurde es zur Wahlkampfzentrale umfunktioniert, heute ist es ein Museum. Das Haus, in dem Jimmy aufgewachsen ist, können Sie sich aber nicht anschauen, er wohnt immer noch dort. Aber im Laden kriegen Sie gekochte Erdnüsse.« Er drehte den Kopf, als die Tür aufgezogen wurde. »Da kommt Ted schon, das ging aber schnell. Hat sich der alte Pritchett wieder eingekriegt?« Er ließ dem Deputy keine Zeit zu antworten. »Das hier ist Ms Flint. Wie der Fluss. Euch Flints zieht es nach Andersonville, wie es aussieht. Den Fluss kennen Sie auch nicht? Einer der wenigen im Land, der so fließt, wie die Natur es vorgesehen hat. In den Siebzigern wollte die Army drüben in Upson County einen Damm bauen, bei Spreewell Bluff, aber Jimmy hat das verhindert. Er war damals Gouverneur. Ich weiß nicht, ob er uns damit einen Gefallen tat. Vielleicht hätte der Damm das Problem mit den Überschwemmungen gelöst. Einmal wurden sogar Särge aus der Erde – «

»Ich vermute, Ms Flint interessiert sich mehr für Pritchett als für Überschwemmungen«, unterbrach ihn der Deputy. Er sprach betont langsam, als könnte er den Redeschwall seines Vorgesetzten so bremsen.

Der Deputy durchquerte den Raum und hielt Regina eine Tür auf. Dahinter befand sich ein Sitzungszimmer. Jede freie Fläche war mit Prospekten, Präventions- und weiterem Arbeitsmaterial bedeckt. An den Wänden hingen Fahndungsbilder, ein Kalender zeigte immer noch das Monatsblatt vom Juni. Eine amerikanische Flagge stand auf dem Tisch in einer eigens dafür vorgesehenen Halterung.

»Kaffee?«, fragte der Deputy.

Regina setzte sich. »Gerne.«

»Milch? Zucker?«

»Etwas Milch, bitte.«

Die Kaffeemaschine stand zwischen zwei Kartons, die mit »Community Service« beschriftet waren. Der Deputy reichte Regina einen Becher wässrigen Kaffees, dazu eine Dose Milchpulver.

»Also«, begann der Sheriff. »Schießen Sie los.«

Regina blickte zwischen ihm und dem Deputy hin und her. »Ich dachte … bin ich nicht hier, um einer Befragung beizuwohnen?«

Der Sheriff lachte. »Da gibt es nicht viel beizuwohnen! Wir haben die Personen besucht, mit denen Albert Kontakt hatte.«

Der Deputy reichte Regina die Liste, die Gurtner ihr per Mail zugestellt hatte. Hinter jedem Namen war ein Haken.

»Die meisten mochten Albert«, sagte der Sheriff, »was man von seinem Urgroßvater nicht gerade behaupten kann. Der arme Teufel hatte aber auch einen schwierigen Job. Da oben in Richmond fällten sie die Entscheide, und Henry musste die Suppe auslöffeln, ob es ihm passte oder nicht. Nicht mal richtige Soldaten hat man ihm dafür zur Verfügung gestellt. Kinder waren es, Kinder und Greise, die Zehntausende von wütenden Blaujacken in Schach halten sollten. Ich hätte kein Auge zugetan an seiner Stelle.«

»Können Sie mir etwas über die Personen auf der Liste erzählen?«, bat Regina.

Der Sheriff zeigte auf den ersten Namen. »Linda Bell vom Drummer Boy Museum, drüben in Andersonville. Waren Sie schon im Dorf? Sie können das Museum nicht verfehlen. Linda Bell arbeitet als Freiwillige dort, seit siebzehn Jahren schon, sie ist eine wahre Perle. Sie wird sicher mit Ihnen reden, wenn Sie zu ihr fahren. Es lohnt sich, sogar Vertreter des Smithsonian Institutes in Washington haben das Drummer Boy Museum besucht. Wenn Sie sich für den Bürgerkrieg interessieren …«

Er trank einen Schluck Kaffee.

Rasch fragte Regina: »Was hat Linda Bell über Albert Gradwohl gesagt?«

»Nur Gutes. Sie interessiert sich seit ihrer Kindheit für den Bürgerkrieg. Ihr Urgroßvater war bei den Georgia Reserves. Sie können sich ihre Überraschung vorstellen, als sich ein Verwandter von Henry Wirz bei ihr meldete. Weihnachten und Thanksgiving in einem! Sie hat ihm viel Material beschafft. Linda Bell kennt Gott und die Welt. Mit den meisten Personen auf Ihrer Liste ist sie befreundet. Bis auf Betty, die das Bed and Breakfast führt, in dem Albert immer übernachtet hat. Betty und Linda Bell gerieten sich wegen dem alten Pritchett in die Haare. Die Geschichte liegt zwar schon eine ganze Weile zurück, aber keine hat es vergessen. Das soll mal einer verstehen!«

»Früher war Pritchett gar nicht so übel«, meldete sich der Deputy. »Bevor er zu saufen begann, hat er den Frauen ordentlich den Kopf verdreht.«

Der Sheriff schnaubte. »Frauen! Was sahen –«

»Kam es je zu Meinungsverschiedenheiten zwischen Gradwohl und einer der Personen auf der Liste?«, unterbrach Regina. »Oder gar zu Streit?«

»Nicht der Rede wert.« Der Sheriff zog die Wörter in die Länge.

»Was ist geschehen?«

»Wissen Sie, wenn man so lange im Dienst ist wie ich, bekommt man vieles zu sehen. Mit der Zeit entwickelt man ein Gespür dafür, was wichtig ist und was nicht. Der alte Pritchett hat sich darüber aufgeregt, dass Albert ihn nicht aufgesucht hat. Immerhin hatte seine Familie geholfen, das Lager zu bauen. Aber das war nicht Alberts Schuld. Linda Bell hat ihm nichts von Pritchett gesagt. Kann man verstehen, oder? Die Hälfte der Zeit ist der Mann gar nicht ansprechbar. Die Sache mit dem Journalisten hat bewiesen, dass sie recht hatte.«

»Welcher Journalist?«, fragte Regina, die sich Mühe gab, ihre Irritation nicht zu zeigen.

»Vor einigen Monaten kam ein Journalist vorbei, der einen Artikel über Albert schreiben wollte«, erklärte der Deputy.

»Über Albert?«, vergewisserte sich Regina. »Nicht Henry?«

»Nein, über Albert. *Auf den Spuren des berühmten Vorfahren*, hätte der Artikel heißen sollen«, sagte der Deputy. »Diesmal erwähnte Linda Bell den alten Pritchett, um ihn nicht wieder vor den Kopf zu stoßen. Offenbar hat der Journalist aber unangenehme Fragen gestellt. Es kam zu einer Schlägerei. Sie hat Pritchett das linke Auge gekostet.«

Als Regina nach der Zeitung fragte, für die der Journalist gearbeitet hatte, erfuhr sie, dass er freischaffend war.

»Der Artikel ist natürlich nie erschienen«, sagte der Sheriff. »Der Journalist wusste genau, dass er wegen Körperverletzung drangekommen wäre, wenn wir ihn gefunden hätten.«

»Sie haben ihn gesucht?«

»Selbstverständlich! So was lassen wir hier nicht durchgehen. Nicht einmal ein Säufer verdient es, ein Auge zu verlieren.«

»Haben Sie diesen Journalisten auch gesehen?«

»Der ist mit eingezogenem Schwanz abgehauen, bevor wir überhaupt erfuhren, was los war. Die Einzige, die ihn getroffen hat, ist Linda Bell. Aber sie konnte ihn nicht beschreiben.«

»Grauer Star«, erklärte der Deputy.

Regina trank einen Schluck Kaffee. Er schmeckte sauer. Sie holte eine Visitenkarte hervor, die sie dem Sheriff mit der Bitte reichte, ihr Bescheid zu geben, wenn ihm noch etwas einfiel.

»Ist das schon alles?«, fragte er überrascht.

»Wenn es keine Umstände macht, hätte ich gerne eine Kopie des Rapports«, bat sie.

»Rapport?« Der Sheriff lachte. »Da gab es nichts zu rapportieren. Wie gesagt, Albert hinterließ einen guten Eindruck.«

Fünf Minuten später saß Regina in ihrem Mietwagen und fuhr durch die verschlafene Kleinstadt. Das Gespräch hatte kaum eine Stunde gedauert. Sie war Tausende von Kilometern gereist und keinen Schritt weitergekommen. Im Gegenteil. Sogar der Verdacht gegen John Payne hatte sich entkräftet.

Sie erwog, ins Drummer Boy Museum zu fahren. Vielleicht war Linda Bell inzwischen noch etwas zu der Geschichte eingefallen. Oder war es zu gefährlich? Regina ging die Alternativen durch und kam zu dem Schluss, dass sie das Risiko eingehen musste, schon allein Cavalli zuliebe. Sie redete sich ein, dass der Täter genügend Gelegenheiten gehabt hatte, ihr etwas anzutun, wenn er das gewollt hätte, trotzdem war ihr nicht wohl, als sie auf die GA 49 einbog. Vor ihr fuhr ein Wohnwagen, hinter ihr ein Buick mit New Yorker Kennzeichen. Ein Schild kündigte das ehemalige Gefangenenlager an. Der Wohnwagen setzte das Blinklicht. Regina versuchte, einen Blick auf das Gelände zu werfen, sah aber nur einen randvollen Parkplatz. Sie staunte, wie präsent der Bürgerkrieg in den Köpfen der Amerikaner war. Als Kind hatte sie mit ihren Eltern die Rütliwiese am Urnersee besucht, wo der Legende nach das Bündnis der drei Urkantone geschlossen wurde, andere historische Stätten in der Schweiz kannte sie nicht.

Das Dorf Andersonville lag ein paar Hundert Meter von der nationalen Gedenkstätte entfernt. Der Obelisk zu Ehren von Heinrich Wirz stach Regina als Erstes ins Auge. Er passte nicht zu den bescheidenen Häusern, die die Straße säumten. Wie der Sheriff gesagt hatte, war das Museum gut zu erkennen. Zwei lebensgroße Figuren in Uniform bewachten den Eingang, auf der Fassade prangten die amerikanische und die Südstaatenflagge.

Die Luft war schwer und feucht, trotz des bedeckten Himmels war es heiß. Grillen zirpten, Vögel pfiffen, eine Mücke surrte neben Reginas Ohr.

An der Tür hing ein Zettel: »Bin in dreißig Minuten zurück«. Ein Auto fuhr vorbei, dann wurde es wieder still.

Regina kehrte zur Gedenkstätte zurück. Inzwischen hatte sich eine Warteschlange vor dem Eingang gebildet. Sie reihte sich ein, wenig später wurde ihr ein Parkplatz zugewiesen. Neben ihr hielt ein Wagen mit dem Kennzeichen von Georgia. Ein junges Paar stieg aus. Die vielen Besucher verliehen Regina ein Gefühl von Sicherheit.

Geschichte hatte nie zu ihren Lieblingsfächern gehört, in der Gedenkstätte wurde die Vergangenheit aber lebendig. Statt der Wiese, die in saftigem Grün leuchtete, sah Regina einen Sumpf; statt Gras roch sie Hoffnungslosigkeit und Verzweiflung. Sie legte den Kopf in den Nacken, um die Wachhäuser über den Palisaden zu betrachten, und stellte sich vor, wie sie in den Lauf einer Muskete blickte. Das Ausmaß des Schreckens wurde noch deutlicher im Innern der Gedenkstätte. An den Stellwänden hingen Aufnahmen von ausgemergelten Soldaten, in den Schaukästen lagen Tagebuchausschnitte. Audioaufnahmen gaben Augenzeugenberichte wieder, ein Film fasste die Geschichte des Amerikanischen Bürgerkriegs zusammen.

Regina blieb vor einem Bild von Henry Wirz stehen. Wie hatte sich Albert Gradwohl gefühlt, als er durch die Räume gegangen war? Eine Tafel zeigte Wirz' Hinrichtung. Nachdenklich betrachtete Regina die Schlaufe um den Hals des

Kommandanten. Warum hatte Gradwohls Mörder einen Revolver benutzt? Vielleicht wollte er ihnen gar keinen Hinweis auf den Bürgerkrieg liefern, wie sie geglaubt hatten, sondern John Payne damit belasten.

Ohne es zu bemerken, war Regina weitergegangen. Jetzt stand sie vor einem Schaukasten, in dem eine Konföderierten-Flagge lag. Als sie die Sterne betrachtete, kam ihr ein neuer Gedanke. Er war so verstörend, dass sie die Luft anhielt.

Hatte der Täter Albert Gradwohl getötet, um sie in die USA zu locken? Das würde das Haar von Payne erklären, das man bei ihm fand. Ihr fielen die Parallelen zu Cavallis Fall auf. Wenn der Blasrohr-Mörder auch ihn in die USA gelockt hatte? Waren der Blasrohr-Mörder und der Schütze, der Albert Gradwohl getötet hatte, gar ein und dieselbe Person?

Plötzlich empfand Regina die raunenden Stimmen um sich herum als bedrohlich. Sie mahnte sich zur Ruhe. Sie durfte keine voreiligen Schlüsse ziehen. Als Erstes musste sie mehr über den Journalisten herausfinden, der Linda Bell aufgesucht hatte. Ob er wirklich für einen Zeitungsartikel Informationen eingeholt hatte?

Bei der Vorstellung, ins verlassene Andersonville zurückzukehren, wurde Regina flau im Magen. Sie schaltete ihr Handy aus. Wenn ein FBI-Agent hinter den Morden steckte, würde er sie wenigstens nicht orten können. Auf der Fahrt blickte sie immer wieder in den Rückspiegel. Niemand folgte ihr.

Diesmal war das Museum offen. Eine gepflegte Dame saß hinter einem Schreibtisch und füllte ein Kreuzworträtsel aus. Sie trug eine Brille, das linke Auge war mit einer Gazebinde bedeckt. »Willkommen im Drummer Boy Museum.« Sie reichte Regina einen Prospekt. Eine Welle blumigen Parfüms umgab sie. »Wenn Sie Fragen haben, zögern Sie nicht, sie zu stellen. Mein Name ist Linda Bell, ich bin Ihnen gerne behilflich.«

»Ich interessiere mich vor allem für Heinrich Wirz«, sagte Regina.

»Dann sind Sie hier goldrichtig.« Die alte Frau strahlte. »Woher kommen Sie?«

»Aus der Schweiz.«

»Henrys Urenkel aus der Schweiz hat unsere Ausstellung auch besucht. Es ist noch nicht lange her.« Linda Bell fingerte am Kragen ihrer Bluse herum, die trotz der Hitze bis oben zugeknöpft war.

»Ich weiß, was geschehen ist«, sagte Regina.

Linda Bell schloss kurz die Augen. »Was für ein Verlust! Albert war ein guter Mann. Höflich, zuvorkommend, ein richtiger Gentleman. Sie … sind aber nicht mit ihm verwandt?«

»Nein, ich habe ihn leider nicht gekannt.« Regina wartete einen Moment, ehe sie fortfuhr. »Ich habe gehört, er wurde von einem Journalisten interviewt, der einen Artikel über ihn schreiben wollte. Ist der Artikel je erschienen?«

»Soviel ich weiß, nicht. Vielleicht schreibt er ihn jetzt, wo Albert von uns gegangen ist. Zum Gedenken an ihn.«

»Warum hat er sich für Albert interessiert?«

»Er wollte Henrys Geschichte aus einer anderen Perspektive erzählen.«

»Gab es dafür einen Aufhänger?«

»Wie meinen Sie das?«

»In der Regel brauchen Journalisten einen Grund, um ein Thema aufzugreifen. Ein Jubiläum vielleicht, oder ein anderes Ereignis.«

Linda Bell dachte nach. »Eigentlich nicht. So habe ich mir das nie überlegt.«

»Hat er gesagt, für welche Zeitung er arbeitete?«

»Er schrieb für verschiedene Zeitungen.«

»Gab er Ihnen vielleicht einen Namen oder eine Adresse?«

»Ich fürchte, nein. Ich weiß nur, dass er aus New York kam.«

Regina dachte an den Wagen, der hinter ihr hergefahren war. »Sind Sie sicher?«

»Aber natürlich! Einen New Yorker Akzent erkennt man sofort.« Sie presste die Lippen zusammen. »Unter uns gesagt, New Yorker erkennt man auch an den Manieren, besser gesagt, den fehlenden Manieren.«

»War der Journalist unhöflich?«

Linda Bell errötete. »Ich möchte nicht schlecht über andere sprechen, aus einer guten Kinderstube kam er aber nicht. Warum interessieren Sie sich für den Mann?«

Das Telefon klingelte. Die alte Frau entschuldigte sich und nahm den Anruf entgegen. Regina trat ans Fliegengitter, weit und breit war kein Mensch zu sehen. Sie beschloss, sich im Museum umzuschauen, während Linda Bell telefonierte. Das Haus war früher ein Wohnhaus gewesen, der größte Raum vermutlich das Wohnzimmer. In einem Schaukasten lag ein Grundriss des Gefangenenlagers, an den Wänden waren Puppen in originalen Uniformen aufgereiht. Die einzige, die Regina erkannte, war die des konföderierten Trommlers. Sie ging weiter und kam zu einer Vitrine mit Waffen. Darüber hing eine drei Meter breite amerikanische Flagge, die Regina seltsam vorkam. Sie realisierte, dass sechzehn Sterne fehlten.

Waren die Antworten, nach denen sie suchte, ebenso augenscheinlich? Grub sie zu tief? Sie spürte einen Luftzug und fröstelte.

Im angrenzenden Raum befand sich eine Ausstellung über Heinrich Wirz. Als sich Regina über ein Foto beugte, hörte sie ein Knarren. Das Bild zeigte das Haus des Kommandanten.

Regina las, dass er sich eines gefangenen Trommlers angenommen hatte. Auch mitten im Grauen gab es Platz für Menschlichkeit. Regina schaute zum Fenster. Wie friedlich das Dorf aussah.

Wieder knarrte es. Nur, dass sich Regina diesmal nicht bewegt hatte.

Ihr Verstand versuchte, die Ungereimtheit zu verarbeiten. Da spürte sie die Anwesenheit eines Menschen hinter sich.

Eine Hand wurde ihr auf den Mund gepresst.

Regina versuchte, sich loszureißen.

Ein Arm packte sie.

Sie trat mit den Absätzen gegen die Beine ihres Angreifers, wand sich in seinem Griff.

Er war fest wie ein Schraubstock.

# 28

*Baltimore, 10. Januar*

Hätte jemand Charlie Taffy vor einem halben Jahr erzählt, dass er eine Affäre mit einer verheirateten Frau haben würde, er hätte laut gelacht. Charlie war keine Schönheit. Sein Bauchansatz konnte längst nicht mehr als Ansatz bezeichnet werden, sein Haar wurde immer dünner. Sah er morgens in den Spiegel, blickte ihm ein Versager entgegen. Seine Unzufriedenheit war ein Teil von ihm geworden, fast wie der Schlüssel zur Asservatenkammer, den er immer bei sich trug. Dreiundfünfzig Jahre alt, und was hatte er vorzuweisen? Keine Kinder, keine Frau, nur ein einstöckiges Haus am Rande von Baltimore, in einer Nachbarschaft, die früher von Weißen, inzwischen ausschließlich von Schwarzen bewohnt wurde.

Deshalb hatte er sich nicht angesprochen gefühlt, als die Blondine am Nebentisch den Strohhalm zwischen die vollen Lippen gesteckt und mit den Wimpern geklimpert hatte. Nachdem er sich vergewissert hatte, dass ihre Oberweite echt war, zog er die Gurkenscheibe aus seinem Burger.

»Ich mag die Gurken auch nicht«, sagte die Frau. »Sie sind mir zu sauer.«

Überrascht drehte Charlie den Kopf.

»Ich stehe eher auf Süßes.« Noch ein Augenaufschlag.

Flirtete sie etwa? Mit ihm? Charlie schaffte es kaum zu schlucken.

»Verzeihung, ich störe Sie beim Essen.« Die Frau richtete den Blick wieder geradeaus.

»Überhaupt nicht!« Seine Stimme war ihm fremd. »Ich bin es nur nicht … es kommt selten vor, dass man hier angesprochen wird. Im Burger King. Sind Sie von hier? Von Baltimore, meine ich?«

»Nein, ich komme aus Washington. Ich besuche eine Freundin, die in der Nähe wohnt. Tagsüber arbeitet sie, ich wollte nicht bei ihr zu Hause herumsitzen und warten, bis sie zurückkehrt.« Ihre Lippen schlossen sich wieder um den Strohhalm. »Ich finde, es gibt nichts Einsameres, als in einem leeren Haus zu sitzen.«

»Ich weiß genau, was Sie meinen.«

Einen Erdbeer-Sunday und zwei Becher Kaffee später verließen sie gemeinsam das Restaurant. Dass sie Krissy hieß, erfuhr er erst, als sie im Bett lagen. Dass sie verheiratet war, unter der Dusche. Sie weigerte sich, ihm ihre Telefonnummer zu geben.

»Maxwell würde sofort Verdacht schöpfen«, flüsterte sie.

Maxwell aus Washington. In Charlies Fantasie nahm der Ehemann Gestalt an. Kräftiger Kiefer, dickes Portemonnaie. Regierungsangestellter vielleicht, oder Anwalt.

»Liebst du ihn?«

Krissy seufzte. »Ich habe ihn einmal geliebt, aber das ist lange her.«

»Warum bist du bei ihm geblieben?«

Sie spielte mit einer Haarlocke. »Es gab wohl nie einen Grund zu gehen. Bis jetzt.«

Charlies Brust schwoll hoffnungsvoll an.

»Ich werde mit ihm reden«, versprach sie.

Ein Monat verstrich, dann noch einer. Krissy sagte Maxwell nicht, dass sie ihn verlassen wollte. Charlies Gespür für Namen erwies sich als richtig. Maxwell war nicht nur vermögend, er war tatsächlich Anwalt. Wenn er erfuhr, dass sie ihn betrog, meinte Krissy, würde die Scheidung hässlich werden. Deshalb wollte sie ihn behutsam auf die Trennung einstimmen. Das leuchtete Charlie ein.

Ein paar Tage später entdeckte er im Briefkasten einen braunen Umschlag, als er von der Arbeit nach Hause kam. Verwundert drehte er ihn in den Händen. Außer Rechnungen oder Werbung erhielt er nie Post. Ein leises Glücksgefühl stieg in ihm auf, wie früher an Weihnachten, wenn er von seinen Eltern Päckchen bekam. Es verschwand, als er die Fotos im Umschlag sah.

Krissy und er, Hand in Hand am Baltimore Pier. Ein Abschiedskuss vor seiner Haustür. Ein Abendessen bei Kerzenlicht. Charlie fasste sich ans Herz. Er wartete auf die ersten Anzeichen des lange erwarteten Infarkts. Fünf Minuten später stand er immer noch an der gleichen Stelle, sein Herz schlug unvermindert weiter. Er ging ins Haus, löste seine Krawatte und schenkte sich einen Whisky ein. Auf Krissys Anruf musste er nicht lange warten. Er hörte ihr an, dass sie geweint hatte.

»Du hast auch Post bekommen?«, fragte er.

»Wer hat die Bilder gemacht?«

»Ich dachte, Maxwell steckt dahinter?«

»Maxwell verhält sich wie immer«, sagte sie. »Ich bin mir sicher, er weiß von nichts.«

Charlie konnte sich nicht erklären, was der Fotograf mit den Bildern bezweckte. Warum steckte keine Forderung im Umschlag? Ein zweiter Umschlag kam. Wieder ohne Begleitbrief. Vier Wochen lang dauerte die Ungewissheit an. Dann kam der Anruf.

»Wenn du tust, was ich dir sage, wird niemand etwas von der Affäre erfahren«, sagte eine Männerstimme.

Charlie hörte genau zu. Schweren Herzens machte er sich

auf zum Gericht. Er liebte seine Arbeit. Als Clerk of Court verwaltete er die Gerichtsakten, sorgte dafür, dass Strafen bezahlt, Termine eingehalten und Formulare vollständig ausgefüllt wurden.

Und er war verantwortlich für das Beweismaterial.

Der Army No. 2, mit dem John Payne Eudora Lee Taber erschossen hatte, war von Charlie selbst im System erfasst worden. Er fand den Revolver auf Anhieb. Als er ihn einsteckte, tat er es mit schlechtem Gewissen. Er sagte sich, dass es sich bei dem Revolver vermutlich um ein Erbstück handelte, das jemand wiederhaben wollte. Der Diebstahl würde keinen Schaden anrichten. Der Erpresser hätte Charlie auch dazu nötigen können, Beweismittel aus einem laufenden Verfahren zu stehlen. Eigentlich konnte Charlie von Glück sprechen, dass die Sache so glimpflich abgelaufen war.

Die Übergabe verlief ohne Zwischenfälle. Den Erpresser bekam Charlie nie zu Gesicht. Krissy auch nicht mehr.

# 29

*Georgia, 16. August*

Lippen berührten Reginas Schläfe, weich und warm. Augenblicklich hörte sie auf, nach ihrem Angreifer zu treten.

»Schsch«, flüsterte Cavalli.

Er löste seine Hand und legte ihr den Finger auf den Mund. Die Strapazen der letzten Monate waren ihm kaum anzusehen. Seine dunklen Augen sprühten vor Energie, der angespannte Zug um seinen Mund war verschwunden. Sie wollte sich an ihn schmiegen, seinen Herzschlag spüren, seine Gegenwart in sich aufsaugen, doch dafür war keine Zeit.

Er führte sie in den angrenzenden Raum, wo ein Fenster offen stand. Sie dachte an den Luftzug, den sie gespürt hatte. Geschmeidig stieg er hinaus und streckte die Arme nach ihr aus. Ein Déjà-vu: Brooklyn, New York, ein halbes Leben her. Sie waren auf der Suche nach dem irisch-amerikanischen Mafioso Sean Dempsey gewesen, als sie aus einem Motelzimmer fliehen mussten. Auch damals waren sie durchs Fenster gestiegen. Regina erinnerte sich weniger an die Umstände als an das Gefühl von Cavallis Händen auf ihren Hüften.

Dutzende von Fragen lagen ihr auf der Zunge. Cavalli zeigte auf den Wald, der an das Grundstück grenzte.

»Mein Wagen steht vor dem Museum«, flüsterte Regina.

Cavalli schüttelte den Kopf. Ohne ihre Hand loszulassen,

führte er sie durchs Gestrüpp. Dornen verfingen sich in ihren Kleidern, Zweige verstellten ihr den Weg. Cavalli ließ ihre Hand los und ging vor ihr her, um ihr einen Weg zu bahnen. Die Hitze war schwer, die Luft so still, als halte die Welt den Atem an. Die Bäume lichteten sich, kurz darauf standen sie vor einem rostigen Kombi.

Cavalli drehte sich um. »Willkommen bei mir zu Hause.«

Er zog sie in seine Arme und küsste sie. Seine Hände waren überall, in ihrem Haar, unter ihrem Top, an ihrem Gesicht. Regina weinte vor Glück. Gleichzeitig fielen die ersten schweren Regentropfen, als würde auch der Himmel weinen. Cavalli ließ die Hände sinken, ein reuiger Ausdruck auf dem Gesicht, und öffnete ihr die Beifahrertür.

»Wir dürfen keine Zeit verlieren.« Seine Stimme war rau, sein Blick dunkel vor Verlangen.

Der Wagen war tatsächlich sein Zuhause. Cavalli hatte den Rücksitz heruntergeklappt und einen Schlafsack auf der Liegefläche ausgebreitet. Daneben standen Säcke mit Kleidern und Lebensmitteln. Das Handschuhfach war gefüllt mit Unterlagen.

»Ist dein Handy ausgeschaltet?«, fragte er.

»Ja.« Sie blickte aus dem Heckfenster. »Wer ist hinter dir her? Wie hast du mich überhaupt gefunden?«

»Ich bin dir gefolgt.« Er startete den Motor und fuhr langsam den Waldweg entlang.

»Warst du das in Washington?«, fragte sie.

»Washington?«, wiederholte er.

Sie blickten sich an. Sie hatten seit vier Monaten nicht miteinander gesprochen. Es gab so viel zu sagen. Wo beginnen?

»Wie geht es Lily?«, fragte Cavalli.

Regina lehnte sich zurück und fing an zu erzählen. Von Lilys Fortschritten, ihrer neuen Vorliebe für Pizza, ihrem

Sprachengemisch. Von Paz, die nun ein paar Tage in der Woche auf sie aufpasste, von dem Stoffadler, der immer noch unentbehrlich war, und vom immer noch täglichen Kampf ums Zähneputzen. Als sie davon sprach, wie sehr sich Lily an Chris klammerte, schlug Cavalli die Augen nieder. Die Worte schmerzten ihn, doch Regina hielt nichts zurück. Auch nicht, dass Lily nach seiner Abreise aufgehört hatte zu sprechen. Er hatte das Recht, die Wahrheit zu kennen.

»Hast du Fotos?«, fragte er.

»Viele. Auch von Chris. Er macht übrigens die Aufnahmeprüfung an die Schule für Kunst und Design.«

»Tatsächlich?«

»Wenn er sie besteht, darfst du für die Hälfte der Studienkosten aufkommen. Ich habe ihm das zugesagt.«

Cavalli lächelte. »Ich wusste, dass es gefährlich ist, einer Frau die Vollmacht über mein Konto zu geben.«

»Einer Frau?« Regina betonte das erste Wort und stieß ihn in die Seite. Da erinnerte sie sich an seine Schussverletzung. »Entschuldige! Wie geht es dir?«

Er winkte ab. »Alles verheilt. Du kannst mich anfassen, soviel du willst. Wo immer du willst«, fügte er hinzu und zog eine Augenbraue hoch.

Regina lachte. Sie hatte befürchtet, sich erst wieder an Cavalli gewöhnen zu müssen, doch es war, als liege der Abschied nicht sechs Monate, sondern sechs Minuten zurück.

Er bog in einen verlassenen Feldweg ein und schaltete den Motor aus. Diesmal kosteten sie den Kuss aus. Die Anspannung fiel von Regina ab, die Tränen spülten die Unsicherheit, die Angst, den Druck der letzten Monate weg. Cavalli vergrub seine Nase in ihrem Haar, so wie er es immer getan hatte, rieb die Wange an ihrer Schläfe. Regina fühlte sich unverwundbar.

»Wie hast du mich gefunden?«, flüsterte sie.

Er strich ihr über die Brust, küsste ihren Hals, zog sie an sich. Sie spürte seine Erregung, hörte seinen schweren Atem. Als sie seine Jeans aufknöpfte, griff er nach ihrer Hand.

»Nicht hier«, sagte er zu ihrer Überraschung. »Darauf habe ich zu lange gewartet.« Er küsste sie ein letztes Mal und richtete sich auf. »Du warst im Reservat. So etwas spricht sich schnell herum. Ich habe erfahren, dass du nach Americus fahren wolltest, und habe vor dem Büro des Sheriffs auf dich gewartet. Dann bin ich dir gefolgt.« Er zögerte.

»Ich weiß, dass ich in Gefahr bin«, sagte sie.

Jetzt war er es, der überrascht war.

»Ich wurde hergelockt, nicht wahr? In die USA?«, fragte sie.

Er öffnete den Mund, schloss ihn wieder und schüttelte den Kopf. »Ich weiß gar nicht, wo beginnen.«

»Lass uns irgendwohin fahren, wo wir in Ruhe reden können. Ein Hotel vielleicht?« Sie schmunzelte, als sie das Leuchten in seinen Augen sah.

»Wie viel Bargeld hast du bei dir?«, fragte er und startete den Motor.

Regina zählte nach. »Zweihundertzwanzig Dollar.«

Er seufzte. »Das reicht zwar für einige Tage, wenn wir sorgfältig damit umgehen, leider muss ich aber demnächst tanken.« Er deutete auf den Anzeiger, der im roten Feld stand. »Ich fürchte, ein Hotelzimmer würde das Budget sprengen.«

Erst jetzt fragte sich Regina, wovon er die ganze Zeit gelebt hatte.

»Buzz«, erklärte er und bog wieder auf die Straße ein. »Das ist –«

»Emmas Cousin«, beendete Regina den Satz. »Von deiner Großmutter.« Sie nahm die Antwort auf seine Frage vorweg.

»Sie hat mir erzählt, dass du dich in der Snowbird community versteckt hast.«

»Buzz hat sein ganzes Geld zusammengekratzt. Auch der Wagen gehört ihm. Ich schulde ihm eine Menge.«

»Warum hat er das für dich getan? Dass er Emma hilft, verstehe ich, aber dir?«

Cavalli blickte sie verwundert an. »Er ist mein Cousin.«

»Ihr seid auch verwandt?«

»Nicht blutsverwandt.«

Auf einmal tat sich eine Distanz zwischen ihnen auf. Regina dachte daran, wie sich Cavalli stets dagegen gesträubt hatte, sie mit ins Reservat zu nehmen. Hatte er genau das befürchtet? Dass sie die Welt dort nicht verstand? Sie spürte wie er innerlich einen Rückzieher machte. Die alte Unsicherheit war wieder da. Je mehr er sich von ihr entfernt hatte, desto mehr hatte sie versucht, ihn festzuhalten. Bis er sich losriss und verschwand. Meist im Bett einer anderen Frau. So schnell verfielen sie in alte Muster.

Aber diesmal bohrte Regina nicht weiter in ihm. »Also kein Hotel. Hast du einen anderen Vorschlag?«

»Ich nehme nicht an, dass du hier im Wagen übernachten möchtest. Oder draußen im Wald.« Er war wieder da. »Wie wäre es, wenn wir zu Buzz fahren? Es ist nicht besonders sauber, dafür sicher. Und kostet nichts.«

»So schlimm ist es im Wagen gar nicht.« Regina lehnte den Kopf an seine Schulter. »Ich wäre gerne mit dir allein. Wenigstens diese eine Nacht.«

»Kannst du im Auto schlafen?«, fragte er.

»Habe ich etwas von schlafen gesagt?«

Der Regen wurde stärker. Cavalli konzentrierte sich auf die Straße, die stellenweise aussah wie ein Fluss. Kondenswasser sammelte sich auf der Innenseite der Frontscheibe, Regina kurbelte das Fenster ein wenig herunter. Die Reifen zischten auf dem Asphalt, warme Luft kam herein. Einige Kilometer weiter schien die Sonne wieder.

»Warum bist du nach Americus gefahren?«, fragte Cavalli.

»Weißt du überhaupt, weshalb ich in die USA gekommen bin?«

»Nein.«

Sie erzählte von Albert Gradwohl, seiner Verwandtschaft mit Heinrich Wirz, der Verbindung zu Eudora Lee Taber und John Payne. Über die Fakten zu reden, half ihr, ihre Gedanken zu ordnen. Cavalli hörte aufmerksam zu. Als sie schilderte, wie einfach es gewesen war, das Arbeitstreffen in die Wege zu leiten, presste er die Lippen zusammen.

»Plötzlich hat die Kapo einen Rückzieher gemacht. Tobias durfte nicht mit.«

»Wer hat es ihm verboten?«

»Ich weiß es nicht. Es hieß einfach, der Befehl komme von oben.«

»Aber du hast eine Vermutung.« Es war keine Frage.

Regina wickelte eine Haarsträhne um den Finger. »Wie gut kennst du Joe Walker?«

Cavalli setzte den Blinker und bog auf den Parkplatz eines Motels ein. Er schaltete den Motor aus und drehte sich zu Regina. Seine dunklen Augen hatten sich in zwei noch dunklere schwarze Schlitze verwandelt. Sie schaffte es nicht, seinem Blick standzuhalten.

Sie berichtete von ihrer Vermutung, Joe wisse mehr, als er zugebe.

»Ich weiß, dass Walker beim FBI war«, sagte Cavalli. »Auch, dass Mac und er sich kennen. Ich wusste allerdings nicht«, er hielt kurz inne, »dass er sich für dich interessiert.«

»Interessiert ist übertrieben«, winkte Regina ab. »Wir hatten einen gemeinsamen Fall im Frühling und –«

»Eine Staatsanwältin und ein Fahnder haben keine gemeinsamen Fälle.«

Hatte er wirklich von »einem« Fahnder gesprochen? Dass Cavalli eifersüchtig war, schmeichelte ihr. Normalerweise war es umgekehrt. Gleichzeitig erfüllte seine brodelnde Wut sie mit Unbehagen.

»Du hast recht. Joe hat die Nähe zu mir gesucht, aber«, sagte sie, als sich Cavalli aufrichtete, »er hat mein Nein akzeptiert. Er hat keine Grenze überschritten.«

»Und du?«

»Wie bitte?«

»Hast du eine Grenze überschritten?«

Ungläubig schüttelte Regina den Kopf. Führten sie diese Diskussion tatsächlich? Hier auf einem Parkplatz, nachdem sie sich ein halbes Jahr nicht gesehen hatten? Und ein Mörder sie jagte?

Offenbar dachte Cavalli das Gleiche. Er atmete tief ein und lehnte sich zurück. »Warum glaubst du, Walker stecke hinter Fahrnis Reiseverbot?«, fragte er in ruhigem Tonfall.

»Kann es sein, dass er mich schützen wollte? Er hat vermutlich nicht damit gerechnet, dass ich allein fliege. Weiß er über deinen Fall Bescheid?«

»Er weiß, warum ich hier bin, kennt die Einzelheiten aber nicht. Als die Anfrage kam, hat man ihn gefragt, ob er meinen Einsatz für gerechtfertigt halte.«

Wenigstens hier hatte Joe die Wahrheit gesagt. Regina war erstaunt über die Erleichterung, die sie empfand. Sie erzählte Cavalli von ihrem Gefühl, niemandem trauen zu können. Er fragte sie nach den Menschen, mit denen sie in den USA bisher Kontakt gehabt hatte. Sie erzählte von ihren Begegnungen. Je länger sie sprach, desto nachdenklicher wurde er.

»Fuller«, sagte er schließlich.

»Du glaubst, Brian Fuller ist der Maulwurf?«

»Er ist nicht zufällig in beide Fälle involviert. Warum ist er in die Schweiz gereist?«

»Weil jemand einen PC mit Schweizer-IP-Adresse benutzt hat, um von deinem Mail-Account aus eine Nachricht zu verschicken.«

Cavalli schüttelte den Kopf. »Das ist kein Grund, in die Schweiz zu fliegen. Dafür gibt es Agenten vor Ort. Außerdem kann Fuller unmöglich davon ausgegangen sein, dass ich mich in der Schweiz verstecke. Das ist absurd.«

»Was hat er dann in der Schweiz gesucht?«

»Erzähl mir genau, was ihr im Reservat gemacht habt.«

Regina erzählte von dem Nachmittag, den sie dort verbracht hatte.

Cavalli nickte langsam.

»Sag mir, was du denkst!«

»Ich vermute, er ging mit dir ins Granny Bee's, damit sich deine Anwesenheit möglichst rasch herumsprach.«

»Wozu sollte das gut sein?«, fragte sie perplex.

»Um mich aus meinem Versteck zu locken.«

Regina dachte daran, wie bereitwillig sich Fuller in ein Gespräch hatte verwickeln lassen. Er hatte sich sogar Zeit für ein Stück Kuchen genommen. »Und die Reise in die Schweiz?«

Cavalli schaute aus dem Fenster. Ein Zimmermädchen kam aus dem Hotel und zündete sich vor der Tür eine Zigarette an. »Ich weiß es nicht«, sagte er nach langem Schweigen.

»Erzähl mir etwas über den Blasrohr-Mörder«, bat sie.

Er schaltete den Motor ein und verließ den Parkplatz. Als er sich auf der Hauptstraße befand, begann er zu reden. In Atlanta, wo der Feierabendverkehr seine ganze Aufmerksamkeit erforderte, machte er eine kurze Pause. Sobald sie die Metropole hinter sich gelassen hatten, sprach er weiter.

Regina war fassungslos angesichts der vielen Menschen, die hatten sterben müssen.

»Du glaubst, der Killer zielt einzig darauf ab, dir zu . . . schaden?« Sie fand kein angemessenes Wort dafür.

»Ja.«

»Also hängen unsere Fälle wirklich zusammen?«

»Ich würde sagen, ja.«

Fahrni hatte den Mord an Albert Gradwohl immer wieder mit North Carolina in Verbindung gebracht. Instinktiv hatte er den Zusammenhang erkannt, lange bevor es konkrete Hinweise dafür gegeben hatte.

»Was hat Fuller damit zu tun?«

Cavalli rieb sich die Nasenwurzel. »Ich habe Fuller schon seit einiger Zeit in Verdacht. Nachdem ich die Beavers von meiner Liste gestrichen habe, begann ich, Zeugen aufzusuchen. Ich wollte mit eigenen Ohren hören, was sie zu berichten hatten.«

»Du hast vermutet, dass nicht alles in den Protokollen steht«, erriet Regina.

»Ja.«

Regina nickte. »McKenzie wusste nicht, dass ich nach Asheville fahre. Obwohl ich der Staatsanwältin von der Schweiz aus Informationen zukommen ließ.«

»Fuller hätte die Daten problemlos im System abändern können.«

»Also hat McKenzie nicht gelogen. Trotzdem traust du ihm nicht?«

»Mein Bauchgefühl sagt mir, dass Mac nicht mit drinsteckt. Darauf verlassen möchte ich mich aber nicht. Zu viel steht auf dem Spiel.«

»Folgt er mir? Warum haben wir vorhin den Raum durch das Fenster verlassen?«

Cavalli warf ihr einen besorgten Blick zu.

»Sag schon«, drängte sie. »Viel schlimmer kann es nicht werden.«

»Als du in Americus losgefahren bist, waren zwei FBI-Agenten dicht hinter dir. Später fiel mir ein Buick mit New Yorker Kennzeichen auf.«

»Hast du gesehen, wer den Wagen fuhr?«

»Ein Profi. Mehr weiß ich nicht. Er ist den Agenten geschickt ausgewichen. Die beiden haben übrigens einen Anfängerfehler gemacht. Sie fuhren direkt hinter dir und mussten deshalb neben deinem Mietwagen parken.«

Das junge Paar aus Georgia.

»Auf dem Weg zum Drummer Boy Museum hielten sie etwas mehr Abstand. Den Buick habe ich nirgends gesehen. Ich vermute, der Fahrer hat einen Sender an deinem Wagen angebracht.«

Regina fragte sich, wie lange der Buick schon hinter ihr her gewesen war. Wusste ihr Verfolger, wo sie übernachtet hatte? War er gar im selben Motel abgestiegen?

Cavalli drückte ihre Hand. »Bist du hungrig?«

»Hat es der Buick-Fahrer auf mich abgesehen? Will er mich töten? Oder hofft er, dass ich ihn zu dir führe?«

Cavalli zögerte. »Ich nehme an, beides.«

»Aber du hast gesagt, Emma sei das nächste Ziel.«

»Emma ist für sie unerreichbar. Im Moment, jedenfalls.«

»Sie?«

»Es sind mehrere Personen. So viel weiß ich inzwischen mit Sicherheit.«

»Worauf warten sie? Sie hätten mehr als eine Gelegenheit gehabt, mit einem Blasrohr auf mich zu schießen!«

»Sie wollen, dass ich es miterlebe«, sagte Cavalli leise.

Unwillkürlich zog Regina die Schultern hoch und blickte in den Rückspiegel. Die Hügel, eben noch sanft und einladend, kamen ihr vor wie lauernde Tiere.

»Was bedeutet Unisi?«, fragte sie.

»Du warst bei June.«

Regina griff mit den Armen um ihren Oberkörper.

»Enkelin«, sagte er.

Ein einziges Wort, doch es genügte, um die Kälte zu vertreiben, die sich in ihr breitgemacht hatte. June hatte sie in ihre Familie aufgenommen. Regina richtete sich auf. »Wer sind diese Menschen? Wer hasst dich so sehr?«

»Wenn ich das bloß wüsste.«

»Du hast wirklich keine Ahnung?«

»Wir müssen die Fälle gemeinsam durchgehen. Schritt für Schritt.«

»Sollten wir nicht doch Jim McKenzie einweihen? Oder glaubst du, er hat seine Finger im Spiel?«

»Ich möchte nichts überstürzen. Ein Fehler und …« Er brauchte den Satz nicht zu beenden.

Regina nickte. »Wie gehen wir vor?«

»Das weiß ich erst, wenn wir alle Daten strukturiert haben.«

»Du hast gesagt, der Täter wolle sich an dir rächen. Wird er sich jetzt nicht deine Mutter vorknöpfen? Oder June?«

»Dafür ist es noch zu früh. Er hat sich mächtig ins Zeug gelegt, um dich hierherzulocken. Nun will er ernten, was er gesät hat.«

# 30

*North Carolina, 16. August*

Das Feuer knisterte, Schatten tanzten auf Reginas Gesicht. Cavalli konnte den Blick nicht von ihr lösen. Er fühlte sich wie ein Taucher, der nach einem langen Tauchgang wieder an die Wasseroberfläche gekommen ist. Er reichte ihr einen Maiskolben, den er mit Öl und frischen Kräutern bestrichen hatte.

Regina seufzte glücklich. »Und ich hatte Mitleid mit dir! Das Leben im Wald habe ich mir ein bisschen anders vorgestellt.«

Cavalli drehte den Spieß, den er zwischen zwei Steinen befestigt hatte. »Das Fleisch ist gar.«

Sorgfältig löste er die Stücke und arrangierte sie auf einem Teller. Anschließend holte er die Kartoffeln aus der Glut. Eine Fledermaus flog an ihnen vorbei, hinter einem Felsvorsprung hörten sie ein Kreischen. Regina zuckte zusammen.

»Ein Opossum, das sein Revier verteidigt«, erklärte Cavalli. »Völlig harmlos.«

Regina spähte in die Dunkelheit. »Ich nehme es zurück. So habe ich mir das Leben im Wald doch vorgestellt.«

»Wir können nach dem Essen zum Wagen zurückkehren und dort schlafen, wenn du dich dort wohler fühlst.«

Regina schüttelte den Kopf. »Lieber werde ich von einem

Tier gefressen als von einem Wahnsinnigen im Schlaf überrascht.«

Cavalli nickte. Im Kombi säßen sie in der Falle, im Wald würde er jedes verdächtige Geräusch früh genug wahrnehmen und Regina bei Gefahr in Sicherheit bringen können. Er reichte ihr den Teller, ging vor ihr in die Hocke und schlang die Arme um sie. Er küsste ihre Augenlider, strich ihr mit dem Finger über die Sommersprossen auf der Nase. Er hatte vergessen, wie schmal ihr Gesicht war, wie blass ihre Haut, wie weich ihr Hals.

»Ich möchte die Fotos noch einmal anschauen.« Cavalli zog Reginas Handy aus der Tasche und setzte sich neben sie.

Er konnte nicht fassen, wie sehr sich Junebug innerhalb des letzten halben Jahres verändert hatte. Dass er es nicht hatte miterleben können, schmerzte ihn. Auf vielen Bildern war Chris mit ihr zu sehen. Wer es nicht besser wusste, hielte ihn für den Vater.

»Isst sie immer noch so gern Reis mit Erbsen?«

»Ja. Nur Chris' Pizza isst sie lieber. Oder Pissa, wie sie sagt.« Regina strich sich eine Haarsträhne aus dem Gesicht. »Ich weiß nicht, was ich ohne Chris gemacht hätte. Und ohne Paz.«

Cavalli war nicht wohl bei der Vorstellung, dass Paz seine Tochter betreute, Regina hatte ihm jedoch unmissverständlich klargemacht, dass er kein Recht hatte, ihre Entscheidung zu kritisieren.

»Wie geht es Paz?«, fragte er.

»Gut, glaube ich. Tobias scheint jedenfalls glücklich zu sein.«

»Was hat sich beim Leib/Leben verändert?«

Regina schälte konzentriert eine Kartoffel.

»Raus damit«, sagte er.

Sie legte die Kartoffel auf den Teller zurück. »Deine Stelle wurde ausgeschrieben.«

»Damit habe ich gerechnet. Ist sie schon besetzt?«

»Juri ist neuer DC.«

Cavalli ließ das Handy sinken. »Pilecki? Dienstchef? Ihm mangelt es nicht nur an Durchsetzungskraft gegenüber Außenstehenden, er kann auch seine eigenen Leute nicht vernünftig führen. Ihm fehlt schlicht das Führungsgen.«

»Ich weiß«, sagte Regina. »Ich habe genau gleich reagiert. Aber es kam sonst niemand infrage. Gurtner hat kein Interesse an der Stelle und Tobias … es würde mich nicht erstaunen, wenn er eines Tages kündigt. Die Arbeit geht ihm viel zu nahe. Thalmann ist übrigens nicht erfreut.«

»Umso erstaunlicher, dass Pilecki die Stelle trotzdem erhielt. Es gibt genügend Kandidaten mit Führungs- und Ermittlungserfahrung. Ein Dienstchef muss nicht Sachbearbeiter beim Leib/Leben gewesen sein.« Dass Pilecki das Rennen gemacht hatte, bedeutete, dass sich jemand auf Führungsebene für ihn eingesetzt hatte. Jemand, der von dem angespannten Verhältnis zwischen ihnen wusste? Eine offene Rechnung zu begleichen hatte? »Was sagt dein Freund Joe zu dem neuen DC?«

»Willst du Joe unterstellen, dass er Juri den Rücken gestärkt hat, um dir eins auszuwischen? Es dreht sich nicht alles um dich. Außerdem ist Joe nicht mein Freund. Zumindest nicht das, was du unter einem Freund verstehst.«

»Was verstehst du darunter?«

Regina stand auf. »Diese Diskussion werde ich nicht führen.«

Cavalli sprang ebenfalls auf. Er packte sie am Arm. »Hast du mit ihm geschlafen?«

»Ich habe dir bereits gesagt, er hat keine Grenze übersch–«

»Du weichst mir aus.«

Regina drehte sich zu ihm hin. »Nein, wir haben nicht miteinander geschlafen. Wir haben eine Oper besucht. Und zwei Lesungen. Das ist alles. Mehr gibt es nicht zu sagen.« Ihre Augen blitzten. »Erzähl mir lieber von Emma.«

»Da gibt es auch nichts zu sagen.«

Regina schnaubte. »Wie lange wart ihr zusammen? Zwei Monate? Drei? Allein im Wald? Und du willst mir weismachen, du hast nie – «

Cavalli küsste sie. Er hatte diesen Moment auskosten wollen, stattdessen packte er Regina, drücke sie an sich. Eine Stimme in ihm mahnte zur Zurückhaltung, doch er ignorierte sie. Als er die Hände unter Reginas Top schob, sperrte sie sich, dann gab sie nach und krallte sich an ihn.

Das Feuer glomm nur noch schwach, als er sich auf den Rücken rollte. Über ihm hoben sich die Baumkronen kaum vom dunklen Himmel ab. Regina stützte sich auf einen Ellbogen und studierte sein Gesicht. Orange und braune Lichtsplitter tanzten in ihren Augen.

»Du hast mir gefehlt«, sagte sie.

»Du mir auch.«

Wieder küsste er sie, diesmal ließ er sich Zeit. Sie fuhr mit dem Finger über seinen Bauch, berührte die Stelle, wo die Kugel in ihn eingedrungen war, die Narbe an seiner Hüfte. Ihre Hand glitt zu seiner Brust, ihr Finger kreiste um eine alte Schussverletzung. Schließlich zeichnete sie den schmalen Strich entlang seines Oberarms nach. Die Narbe stammte von Sean Dempsey, der ihn in New York mit einem Messer zu töten versucht hatte.

Regina wirkte nachdenklich. »Hast du je wieder ...« Sie zuckte zusammen und schlug sich gegen die Hüfte. »Diese Mücken sind lästig! Richtige Blutsauger!«

»Eben doch nicht das Hilton«, zwinkerte Cavalli und stand auf, um ihre Kleider zusammenzusuchen.

Regina wischte eine Ameise weg. »Die Ausstattung lässt auch zu wünschen übrig. Gegen eine Dusche hätte ich jetzt nichts einzuwenden.«

»Wie wäre es stattdessen mit einem Bad?«

Als er ihren skeptischen Blick sah, nahm er ihre Hand. »Komm mit.«

Vorsichtig stand sie auf. »Wohin gehen wir?«

»Nicht weit.« Er zeigte auf eine mit Farn überwucherte Stelle am Bach. »Dort ist das Wasser am tiefsten.«

»Ich soll im Bach baden? Es ist bestimmt eiskalt!«

»Nur am Anfang.«

»Gibt es Egel?«

»Nein«, lächelte er.

»Schön, dass du dich amüsierst!« Regina wedelte mit der Hand. »Ich habe nichts bei mir, nicht einmal frische Kleider.«

»Wir gehen morgen früh zu Buzz. Dort kannst du duschen. Er hat auch Kleider für dich.« Dass sie Emma gehörten, erwähnte er nicht.

Widerwillig folgte Regina ihm. Schließlich war sie es aber, die zuerst ins Wasser eintauchte. Er holte ein Stück Seife unter einem Stein hervor.

»Komm rein, Tarzan«, sagte sie. »Oder ist es etwa dir zu kalt?«

Er ließ sich ins Wasser gleiten. »Erzähl mir noch einmal, wie ihr Gradwohl aufgefunden habt.«

Während er sie einseifte, beschrieb sie die Lage der Leiche und das Ergebnis der Tatrekonstruktion.

»Ich bin überzeugt, die Tat war minutiös geplant.«

Cavalli teilte ihre Meinung. Er fragte sich bloß, weshalb der Täter die Spur auf John Payne gelenkt hatte. Es gab einfachere Wege, Regina in die USA zu locken.

»Im Auto hast du gesagt, es gebe mehrere Täter«, sagte

Regina später im Zelt, das er für sie aufgestellt hatte. »Wie kommst du darauf?«

Cavalli berichtete von den Zeugen, die er aufgesucht hatte. Die meisten waren Angehörige von Opfern und hatten ihm bereitwillig Auskunft gegeben. Sie litten darunter, dass die Polizei keine Fortschritte erzielte. Bereits beim ersten Gespräch war ihm aufgefallen, dass der FBI-Bericht Lücken aufwies. Laut Zeugin hatte die Polizei den Schuhabdruck einer Person mit kleinen Füßen gesichert. »Der Mann, der auf mich schoss, trug aber Größe 45«, sagte Cavalli. »Das ist nicht die einzige Ungereimtheit. Ein Nachbar beschrieb einen Honda, der immer wieder langsam am Haus des Opfers vorbeifuhr. Im Bericht ist von einem Nissan die Rede. Beim dritten Opfer haben zwei Personen einen Nissan beobachtet.«

»Du denkst, der Bericht sei verfälscht worden? Damit es so aussieht, als stecke nur ein Täter hinter den Tötungsdelikten?«

Genau das glaubte er.

»Bist du deshalb auf Fuller gekommen?«, fragte sie.

»Er war für die Befragungen zuständig.«

»Das bedeutet, er kann nicht der Mörder sein. Sonst hätten ihn die Zeugen erkannt. Außerdem hätte sich Fuller in Andersonville nicht als Journalist ausgegeben, um Informationen über Gradwohl einzuholen. Einem FBI-Agenten stehen andere Mittel zur Verfügung.«

»Ich vermute, er ist der Maulwurf. Vielleicht wird er unter Druck gesetzt. Ich habe versucht, diskret Informationen über ihn einzuholen, aber es ist unmöglich.«

Ein leises Kratzen war neben dem Zelt zu hören. Regina rutschte näher an Cavalli heran.

»Sind wir hier wirklich sicher?«, fragte sie.

»Das ist nur eine Maus.«

»Du weichst mir aus.«

»Der Blasrohr-Mörder oder Indian-Killer, wie er hier genannt wird, kennt dieses Versteck nicht. Er hätte mir längst einen Besuch abgestattet.« Er sah, dass sie noch nicht überzeugt war. »Wenn sich ein Mensch nähert, verändert sich der Wald. Manche Tiere schlagen Alarm, andere verstummen. Das merke ich. Du brauchst dir keine Sorgen zu machen.«

»Du sprichst in der Einzahl. Es sind doch mehrere Täter.«

»Aber es steckt nur eine Person dahinter.« Er dachte an eine Krake mit vielen Tentakeln. Fuller war nur einer davon.

»Du hast vorhin gesagt, June und deine Mutter seien in Sicherheit, weil der Täter ernten wolle, was er gesät habe. Warum bist du dir so sicher, dass er seine Pläne nicht ändert? Ist die Reihenfolge sakrosankt? Emma hat er auch ausgelassen.«

»Emma war nicht wichtig. Du schon.« Seit Cavalli wusste, wie raffiniert der Täter vorgegangen war, hegte er keine Zweifel mehr an seinem gezielten Vorgehen. Wer die Geduld hatte, ein komplexes Netz zu spinnen, das bis in die Schweiz reichte, würde seine Pläne nicht leichtfertig über den Haufen werfen. Die Tentakel zu koordinieren, setzte eine langfristige Strategie voraus.

Cavalli bewunderte die logistischen Fähigkeiten seines Gegners. Doch er verstand nicht, was ihn antrieb. Zum wiederholten Mal ging er in Gedanken alle Personen durch, die er kannte. Keine hatte die Mittel, um einen solchen Plan umzusetzen.

Neben ihm atmete Regina tief und regelmäßig. Vorsichtig löste Cavalli seinen Arm von ihren Schultern und bettete ihren Kopf auf ein Kissen. Er sog noch einmal ihren Duft ein, dann verließ er das Zelt und setzte sich vor den Eingang. Er verschränkte die Arme hinter dem Kopf und starrte in das Blätterdach. Als die ersten Vögel ihr Morgenlied anstimmten, stand sein Plan fest.

# 31

*Baltimore, 17. August*

Das Maryland State Medical Forensic Center war in einem sechsstöckigen Gebäude in Baltimore untergebracht, unweit des Hauses, in dem einst Edgar Allan Poe gelebt und Horrorgeschichten geschrieben hatte. Es war aber weder der Gedanke an Poe noch an die vielen Toten im Gebäude, der Regina nervös machte, sondern die Lüge, die sie der Frau am Empfang aufgetischt hatte.

Als Cavalli vorgeschlagen hatte, den Fall Gradwohl neu aufzurollen, war sie einverstanden gewesen. Auch dass er bei Eudora Lee Taber ansetzen wollte, fand sie in Ordnung, schließlich war der Tod der Frau der Grund dafür, dass der Verdacht auf John Payne gefallen war. Ob ihre Informationen vollständig waren und der Wahrheit entsprachen, wussten sie jedoch nicht. Gut möglich, dass Fuller auch diese verfälscht hatte.

Lowell Evans, der Taber damals obduziert hatte, war inzwischen Chief Medical Examiner des Staates Maryland, eines der ersten Institute in den USA, das die virtuelle Autopsie eingeführt hatte. Da Virtopsy vom heutigen Leiter des IRM Zürich mitentwickelt worden war, hätte er sie sicher mit Freude empfangen, doch sie hatten den Besuch nicht angekündigt, um zu vermeiden, dass Fuller davon erfuhr.

Die Tür ging auf, und eine Ärztin asiatischer Abstammung

trat in den Empfangsraum. Sie entschuldigte sich und erklärte, etwas müsse schiefgelaufen sein, Evans habe niemanden erwartet. Regina senkte den Blick.

»Es ist aber kein Problem«, versicherte die Ärztin. »Er ist gerade in einer Besprechung, anschließend nimmt er sich gerne Zeit für Sie. Wenn Sie möchten, beginne ich schon einmal mit der Tour. Ich nehme an, Sie sind deswegen hier?«

»Das wäre toll«, sagte Cavalli gelassen.

Sie folgten der Ärztin zum Aufzug. Regina strich ihr Top glatt. Sie wünschte, sie trüge angemessenere Kleidung.

»Ich habe gehört, Dr. Evans soll ein begeisterter Angler sein«, versuchte es Cavalli.

»Ob er angelt, weiß ich nicht, aber er besitzt ein Segelboot und fährt in seiner Freizeit oft aufs Meer hinaus. Erst kürzlich war ich an Bord der Serenity. Es war eindrücklich.«

»Ich habe immer von einem eigenen Boot geträumt«, sagte Cavalli. »Doch meine Exfrau fühlte sich auf dem Wasser nicht wohl. Meinem Sohn wäre es bestimmt auch langweilig geworden.«

»Vielleicht überspringt das Seemannsgen eine Generation. Dr. Evans' Tochter segelt auch nicht gern, aber die beiden Enkel lassen keine Gelegenheit aus, um mitzufahren.«

Regina begriff nicht, was Cavalli bezweckte, kannte ihn aber gut genug, um zu wissen, dass er nichts ohne Grund tat.

Der Aufzug hielt im Erdgeschoss. Die Ärztin führte sie in eine Garage. »Wir sind nach Los Angeles das zweitgrößte Institut in den USA. Pro Tag werden hier im Schnitt dreizehn Leichen obduziert und doppelt so viele außergewöhnliche Todesfälle untersucht. Das Gebäude ist erst 2010 fertiggestellt worden. Dr. Evans wurde in die Planung mit einbezogen, viele technische Feinheiten haben wir ihm zu verdanken. Hier liefern Bestatter zum Beispiel nicht nur Leichen an, die Garage dient gleichzeitig als Obduktionssaal im

Katastrophenfall. Sehen Sie diese Säulen?« Sie zeigte auf eine Betonstütze. »Darin befinden sich alle nötigen Anschlüsse.«

Sie kehrten zum Aufzug zurück.

»Wir fahren jetzt in die zweite Etage, wo sich die Obduktionssäle befinden. Nach dem Anliefern werden den Leichen Fingerabdrücke mit einem Bluechip-Gerät abgenommen. Das Gerät gleicht die Daten direkt ab. Innerhalb von dreißig Sekunden kennen wir die Identität des Verstorbenen, wenn er im System erfasst ist. Er bekommt ein Armband mit Chip. Dank des Trackers wissen wir jederzeit, wo sich eine bestimmte Akte befindet.«

Die Ärztin hielt den Vortrag offenbar nicht zum ersten Mal, dennoch war ihre Begeisterung deutlich zu sehen.

»Wer entscheidet, ob eine Leiche obduziert wird?«, fragte Regina.

»Der Medical Examinier«, antwortete sie prompt. »Er ist völlig unabhängig, anders als in vielen europäischen Staaten.«

Als sie den ersten der beiden Obduktionssäle betraten, staunte Regina über die Größe. Zwölf Stahltische standen in dem Raum, hoch über ihnen ließen Dachfenster Tageslicht herein. Wie anders als im IRM Zürich, wo künstliches Licht die Arbeitsplätze beleuchtete. Sie schaute auf eine Glasfront an der Innenseite des Gebäudes.

»Das sind die Laborräume«, erklärte die Ärztin. »Es ist manchmal ganz nützlich, wenn man sich während einer Obduktion mit einem Pathologen unterhalten kann, ohne dass er dabei sein muss. Jeder Arbeitsplatz ist mit einem Computer ausgestattet, damit wir Daten oder Bilder aufrufen und besprechen können. Fotos werden übrigens direkt von den Kameras am Tat- oder Unfallort hochgeladen.« Sie zeigte auf eine weitere Scheibe. »Das ist die Observationsplattform.«

»Für Studenten?«

»Hauptsächlich für Polizisten. Wenn sechs oder sieben Obduktionen gleichzeitig stattfinden, kann es hier unten laut werden. Außerdem erträgt es nicht jeder, so nahe am Tisch zu stehen.«

»Traumhafte Arbeitsbedingungen«, stellte Regina fest.

»Allerdings.«

»Arbeiten Sie schon lange mit Dr. Evans?«, wollte Cavalli wissen.

»Fast fünfzehn Jahre. Er hat mich ausgebildet.«

»Sein Name ist mir zum ersten Mal im Zusammenhang mit einem anderen Fall begegnet. Eine seltsame Geschichte. Da war eine Frau«, Cavalli schloss kurz die Augen. »Taber hieß sie, glaube ich. Sie wurde mit einer Waffe aus dem Sezessionskrieg getötet.«

»Eudora Lee Taber«, nickte die Ärztin. »Den Fall werde ich nie vergessen. Es war das einzige Mal, dass ich eine Wunde sah, die von einer Patrone mit Schwarzpulver verursacht wurde.«

»Ein tragischer Unfall«, sagte Cavalli.

»Ja, sowohl für Taber als auch für den Mann, der aus Versehen auf sie geschossen hat.« Die Ärztin wandte sich an Regina. »Der Unfall geschah während einer inszenierten historischen Schlacht. Der Täter wusste nicht, dass sein Revolver geladen war.«

»Gab es keine Zweifel?«, fragte Cavalli.

»Das FBI ging zunächst von einem Tötungsdelikt aus«, sagte die Ärztin. »Weil es zwischen Täter und Opfer Berührungspunkte gab. Erstinstanzlich wurde der Mann sogar wegen Mordes verurteilt. Er ging aber in die nächste Instanz und hatte Erfolg. Wir haben immer an einen Unfall geglaubt. Vieles wies darauf hin. Einschusswinkel, Distanz bei der Schussabgabe. Wenn der Täter Taber damit umbringen wollte, hatte er schlicht Glück. Die Waffe war über hundert

Jahre nicht gebraucht worden.« Sie hielt inne. »Interessant, dass Sie gerade darauf zu sprechen kommen. Erst kürzlich hat uns das FBI wegen der Munition kontaktiert.«

Reginas Puls schoss in die Höhe. »Ach?«

»Offenbar wurde schon wieder so ein Revolver als Tatwaffe benutzt. Das FBI hat Dr. Evans um das alte Geschoss gebeten.«

»Er hatte es noch?«

Ein Pager piepte. Die Ärztin warf einen Blick aufs Display. »Dr. Evans ist jetzt frei. Ich bringe Sie hinauf. Er kann Ihnen mehr darüber erzählen.«

Sie fuhren in die oberste Etage, wo sich die Büros der Ärzte befanden. Vor einer angelehnten Tür blieb die Rechtsmedizinerin stehen.

Lowell Evans besaß die Statur eines Grizzlybären und die Hände eines Pianisten. Als er sich erhob, quietschte der Stuhl laut. »Besuch aus der Schweiz, wie schön!« Seine Stimme füllte den Raum. »Kommen Sie, kommen Sie. Setzen Sie sich! Oder möchten Sie lieber in den Kaffeeraum gehen? Entschuldigen Sie die Verspätung, eine kleine Terminpanne.«

»Ich geh dann mal zurück, um mir die CT-Scans anzuschauen«, sagte die Ärztin, deren Stimme neben der von Evans ungewöhnlich sanft klang. »Ich melde mich mit den Resultaten, bevor ich gehe.«

»Jaja, nur zu. Bin gespannt. Nicht vergessen, morgen früh kommt die Delegation aus Japan.«

Die Ärztin verabschiedete sich und verschwand.

»Der Beweis.« Evans zwinkerte. »Wir setzen sie ein. Die CT-Scanner«, erklärte er, als er merkte, dass sie nicht wussten, wovon er sprach. »Sie können das in Zürich melden.«

Regina vermutete, dass es in Baltimore Widerstand gegen die Virtopsy gab.

»Ich bin immer noch der Meinung, dass die Technologie

frühestens in zehn Jahren so weit sein wird. Aber Ihr Institutsleiter ist da anderer Meinung. Ich muss zugeben, der CT ist manchmal ganz nützlich. Nun …« Er verstummte. »Wie war schon wieder Ihr Name? Sie müssen entschuldigen, wie gesagt, eine kleine Panne.«

»Regina Flint, Staatsanwältin aus Zürich.« Regina reichte ihm ihre Karte.

»Sam Juarez«, sagte Cavalli. »Liaison Officer.«

»Freut mich, Sie kennenzulernen. Ich weiß nicht, was schieflief.«

»Kein Problem«, sagte Cavalli. »Gut möglich, dass der Fehler bei uns liegt. Es hieß, der Termin sei bestätigt, aber selber nachzuhaken, ist immer besser. Ich soll Sie übrigens grüßen von …« Er beugte sich zu einem Foto vor, das auf dem Tisch stand. »Das sind bestimmt die Enkel, von denen ich so viel gehört habe!«

Evans strahlte. »David und Mikey, ja.«

»Tolle Jungs. Segeln sie immer noch gern?«

Evans' Lachen wurde breiter. »David, der Ältere, ist richtig versessen. Er spricht schon davon, an einer Regatta teilzunehmen. Mikey ist etwas zurückhaltender, aber das liegt in seiner Natur.«

»Wollen sie auch Mediziner werden?«

»Nein, aber das kann sich noch ändern. Mikey ist ein hervorragender Schüler.«

»Und Sie ein hervorragender Lehrer, wie ich erfahren habe«, sagte Cavalli. »Im Obduktionssaal haben wir über den Fall Eudora Lee Taber gesprochen. Ganz interessant. Eine Waffe aus dem Bürgerkrieg. Sie haben das Geschoss behalten? Interessieren Sie sich für alte Waffen? Oder ist das Standardvorgehen?«

»Weder noch.« Evans zwinkerte erneut. »Sie werden es nach der Führung verstehen«, sagte er geheimnisvoll.

»Machen Sie häufig Führungen?«, fragte Regina. »Sie haben eine Delegation aus Japan erwähnt.«

»Die Rechtsmediziner kommen aus aller Welt, um sich unser Medical Center anzusehen. Was wir hier auf die Beine gestellt haben, ist einzigartig, es –«

Das Telefon klingelte. Evans nahm den Anruf mit einem entschuldigenden Blick entgegen. Regina nutzte die Gelegenheit, um sich umzusehen. An der Wand hing ein Foto eines Segelboots, darüber ein orange-weiß-schwarzes Banner, das mit »Orioles« beschriftet war. Auf dem I saß ein Vogel.

Evans legte auf. »Ein Baltimoretrupial. Die Spieler tragen den Vogel auf ihren Mützen.« Er tippte sich mit dem Finger gegen die Schläfe.

»Spielen Sie Baseball?«, fragte Cavalli.

»Um Gottes willen, nein.« Evans sah an sich herunter. »Mein Körper wäre eher für Football geschaffen. Hatte aber nie Lust, mir die Hirnzellen zertrümmern zu lassen.« Er steuerte auf die Tür zu. »Ich muss kurz nach unten. Kommen Sie mit, wir beginnen unsere Tour gleich dort.«

Sie fuhren in die zweite Etage zurück, wo Evans sie bat, einen Moment zu warten. Er betrat einen zweiten Obduktionssaal. Kaum war die Tür hinter ihm zugegangen, lächelte Cavalli.

»Nicht so schlimm, oder?«, fragte er.

»Ich mag Lügen nicht.«

»Du musst dir nur vorstellen, sie seien wahr.«

Regina konnte die Augen nicht von ihm lösen. Als sie am Morgen erwacht war, hatte sie befürchtet, sie habe die Ereignisse des Vortags nur geträumt. Doch Cavalli war hier. Lebendig und unversehrt. Ein Glücksgefühl durchströmte sie.

Die Tür platzte auf, und Evans kam heraus. »Aha, ich sehe, Sie haben meinen Topf entdeckt. Er sorgt immer wieder für

Staunen. Es gibt aber keinen besseren Weg, Skelette zu säubern. Fünfzig Gallonen Wasser haben darin Platz.«

Erst jetzt merkte Regina, dass sie neben einem riesigen Suppentopf standen.

Evans deutete auf die Tür hinter sich. »Eine faule Lunge. Im Sommer ist es manchmal schwierig, auf den ersten Blick zu diagnostizieren, ob einer ertrunken ist. Eine faule Lunge ist immer feucht und gasarm. Wegen der Fäulnisflüssigkeit, nicht wegen des Wassers. Die Schwebstoffanalyse war nicht eindeutig. Ungewöhnlich. Aber was rede ich da, das interessiert Sie kaum. Fahren wir eine Etage höher, dort sind die Labors untergebracht.«

Er führte sie durch die Laborräume, wo er ihnen die Arbeitsweise und die Abläufe erklärte, bis hin zum Log-in-System. Regina täuschte Interesse vor, ihre Gedanken kreisten jedoch um Eudora Lee Taber. Erst im Aufzug bot sich die Gelegenheit, Evans nach dem Geschoss zu fragen.

»Wir hätten es auch hier analysieren können«, sagte der Rechtsmediziner. »Doch das FBI bestand darauf, die Untersuchung selbst durchzuführen. Offenbar hat Tabers Mörder erneut zugeschlagen. Das FBI wollte die Geschosse vergleichen.«

Der Aufzug hielt in der vierten Etage.

»Wissen Sie, was dabei herauskam?«, fragte Regina.

»Nein, aber die Ermittlungen ergaben damals, dass der Schütze keine Originalpatronen besaß. Bis auf jene in der Trommel. Die beiden Geschosse stammen also kaum aus der gleichen Serie. Interessieren Sie sich für den Bürgerkrieg?«

»Ich habe das Gefangenenlager Andersonville besucht«, antwortete Regina. »Der Kommandant war Schweizer.«

»Henry Wirz«, nickte Evans. »Eine interessante Persönlichkeit. Noch heute scheiden sich die Geister darüber, ob er ein Opfer der Umstände war oder eine sadistische Ader hatte. Eines weiß ich mit Sicherheit: Er besaß ein Herz. Es wog nämlich genau zwölf Unzen.«

»Es gibt einen Obduktionsbericht?«

»Natürlich. Die Obduktion wurde im Douglas W. S. General Hospital in Washington durchgeführt. Der Befund war außergewöhnlich. Henry Wirz starb an den Folgen der Hypoxie. Es ließen sich keine Frakturen nachweisen, auch keine geplatzten Gefäße.«

»Er ist erstickt?«, hakte Regina nach.

Evans nickte. »Der Sauerstoffmangel im Gehirn führte zum Tod. Damals waren nur drei Fälle von Erhängten bekannt, bei denen der Tod aufgrund einer Hypoxie eintrat. Sie alle wiesen aber zusätzliche Verletzungen auf. Bis auf Henry Wirz. Ein zäher Bursche. Interessant, dass Sie gerade ihn erwähnen. Er war die Verbindung zwischen Eudora Lee Taber und dem Täter. Taber war mit Wirz verwandt, der Täter Nachkomme eines Kriegsgefangenen.« Evans blieb vor einer Tür stehen und legte die Hand auf die Klinke. »Das hier wird Sie ganz bestimmt interessieren. Rechtsmedizin umfasst weit mehr als die Arbeit an der Leiche. Genauso wichtig ist es, die Umstände eines außergewöhnlichen Todesfalles zu berücksichtigen. Deshalb haben wir dafür eine Training Facility.« Er öffnete die Tür mit einer großen Geste. »Willkommen im Scarpetta Room!«

»Scarpetta-Raum?«, wiederholte Regina. »Sie meinen, die Hauptfigur der berühmten Krimi-Schriftstellerin Patricia Cornwell?«

»Patricia Cornwell hat uns den Raum gesponsert«, sagte Evans stolz.

Sie waren in eine komplett nachgestellte Wohnung getreten. Auf dem Sofa saß eine männliche Schaufensterpuppe mit zwei Einschusslöchern im Kopf. Auch der Oberkörper des Mannes wies Verletzungen auf. Auf einem Beistelltisch lag eine zertrümmerte Lampe, auf dem Boden eine leere Bierdose.

»Das ist ja unglaublich!«

»Nicht wahr? Morgen kommt eine Gruppe Studenten, um herauszufinden, was hier geschah.« Evans verschränkte die Arme. »Was denken Sie? Was ist passiert?«

Cavalli trat näher an das Sofa heran und ging vor der Schaufensterpuppe in die Hocke. »Keine Abwehrspuren, keine Blutergüsse. Sieht aus, als wären dem Mann die Verletzungen post mortem zugefügt worden. Das würde erklären, weshalb er sitzen blieb, als man auf ihn einschlug.«

»Richtig«, sagte Evans. »Weiter?«

»Der Schütze war ein Profi. Militär, vermute ich. Ein Kopfschuss, um das Opfer zu töten, ein zweiter, um sicherzugehen, dass nichts schiefließ. Aufgesetzt.« Er zeigte auf die Einschussstelle an der rechten Schläfe, die eine Stanzmarke aufwies. »Das Blut ist hellrot, was von den Ladungsrückständen kommt, die in die Haut eingedrungen sind.«

»CO-Hb«, ergänzte Evans. »Schmauchbestandteile und CO im Blut.«

»Der Schütze hat die Hülsen eingesammelt. Da war keine Emotion im Spiel. Vermutlich handelte es sich um einen Auftrag. Dazu passen die Verletzungen aber nicht. Ebenso wenig die Unordnung. Es gab also vermutlich zwei Täter.« Cavalli schloss die Augen. »Entweder finden wir in der Küche jetzt gleich eine Frauenleiche, oder die Ärztin, die die Szene arrangierte, hat ihre Haare mit einem Kokos-Shampoo gewaschen. Ich vermute Letzteres.« Er öffnete die Augen wieder.

Evans starrte ihn verblüfft an. »Erklären Sie mir das.«

Cavalli zeigte Richtung Wohnungstür. »Der Schütze stand da. Das Schlafzimmer führt in eine Sackgasse. In der Küche gibt es zwei Fenster. Eine Frau wäre also in die Küche gerannt, um nach Hilfe zu rufen. Der Geruch stammt nicht von einer weiteren Person, sondern von der Ärztin, die den Raum für die Studenten vorbereitet hat. Er ist scharf, unterlegt mit Desinfektionsmittel. Die Ärztin hat ziemlich sicher am Morgen eine Obduktion durchgeführt und anschließend geduscht. Später kam sie hierher.«

»Genauso war es!« Evans klatschte. »Erstaunlich!«

Nicht mehr lange, und er würde wissen wollen, wo Cavalli arbeitete.

»Können Sie mir bitte die Toilette zeigen?«, fragte Regina, um ihn abzulenken.

»Natürlich«, antwortete der Rechtsmediziner. »Folgen Sie mir.«

Im Flur deutete er auf einen Durchgang. »Die Toiletten haben absichtlich keine Türen, damit man sie nicht mit den Händen berühren muss.« Der Stolz in seiner Stimme war unüberhörbar.

Als Regina zurückkehrte, waren Cavalli und Evans nirgends zu sehen. Aus einem Büro erklang ein perlendes Frauenlachen, kurz darauf trat Cavalli mit einem Computerausdruck in der Hand heraus. Etwa gleichzeitig kam Evans aus einem Raum, der mit Family Room beschriftet war.

Der Rechtsmediziner sah auf die Uhr.

»Wir sollten uns langsam auf den Weg machen«, sagte Regina. »Wir haben schon genug von Ihrer Zeit in Anspruch genommen.«

Evans hob die Hand. »Nicht, bevor Sie das Museum gesehen haben.«

Sie folgten ihm durch einen weiteren Korridor. Regina hatte die Orientierung längst verloren. Sie wusste nicht einmal mehr, auf welcher Etage sie sich befanden. Cavalli schob den Computerausdruck in ihre Handtasche.

»Da sind wir.« Mit einer ausladenden Geste öffnete Evans die Tür.

Der Raum vor ihnen war voller Puppenstuben. Manche bestanden aus einem einzigen Zimmer, andere aus mehrstöckigen Häusern.

Regina lächelte. »Dioramen! In Zürich wurden früher auch Fälle nachgestellt. Sie kamen sogar vor Gericht zum Einsatz.«

»Diese stammen von Glessner Lee«, erklärte Evans. »Eine exzentrische Millionärin mit einem Faible für Rechtsmedizin. Bis auf das hier.« Er trat an einen Kasten, der sich von den anderen durch das Baumaterial unterschied. Er wirkte wesentlich neuer, obwohl die Figuren darin teilweise Uniformen aus dem neunzehnten Jahrhundert trugen. Bis auf das Opfer, eine zierliche Frau mit weißem Haar. Sie trug schwere Ohrringe.

»Eudora Lee Taber«, flüsterte Regina.

»Sie wollten wissen, warum ich das Geschoss, das Eudora Lee Taber getroffen hat, behalten habe. Hier haben Sie die Antwort.«

»Haben Sie die Szene nachgebaut?«, fragte Cavalli.

»Nicht ich, nein. Das war einer der Reenactor. Ich habe nur das Geschoss beigesteuert, nachdem der Täter rechtskräftig verurteilt worden war.«

Regina schaute in den Kasten, aber nicht auf die Stelle, an der das Geschoss einmal gelegen hatte. Sondern auf ein Büschel Gras, in dem ein Pfirsich lag.

# 32

*Baltimore, 17. August*

Cavalli startete den Wagen, schaute zurück und reihte sich in den Verkehr ein, der stadtauswärts floss. Der alte Kombi hinterließ eine Abgaswolke.

Regina nahm den Computerausdruck aus ihrer Handtasche. Ein Name stach ihr ins Auge: Brian Fuller. Sie überflog die Seite. Der Agent hatte tatsächlich den Auftrag erteilt, das Geschoss, das Eudora Lee Taber getötet hatte, ans FBI zu überstellen.

»Ein handfester Beweis.« Cavalli schlug mit der Faust aufs Lenkrad. »Jetzt haben wir ihn!«

»Warum hast du diese Show im Scarpetta Room abgezogen?«

Er zuckte die Schultern. »Ein Test. Ich wollte mich vergewissern, dass Evans wirklich nicht mit drinsteckt.«

»Indem du deine kombinatorischen Fähigkeiten unter Beweis stellst?«

Er grinste. »Gib es zu, du warst beeindruckt.« Er wurde ernst. »Wenn Evans mit dem Täter unter einer Decke steckt, hätte er zu grübeln begonnen. Die meisten Menschen verunsichert mein Geruchssinn. Sie wollen wissen, wonach sie riechen. Fürchten, dass sie Spuren hinterlassen.«

»Er war begeistert«, sagte Regina. »Am liebsten hätte er das Spiel fortgesetzt.«

Cavalli nickte. »Er ist sauber. Im Notfall würde ich es sogar wagen, ihn um Hilfe zu bitten.«

»Wir haben ihn belogen.«

Cavalli zuckte die Schultern. »Er würde es verstehen. Was hat es mit dem Pfirsich auf sich?«

»Neben Albert Gradwohls Leiche lag auch ein Pfirsich. Aber frag mich nicht, was das zu bedeuten hat.«

Es konnte Zufall sein, doch Reginas Bauchgefühl sagte ihr, dass mehr dahintersteckte. Die Taten waren zu raffiniert geplant. Sie blickte aus dem Fenster. Heruntergekommene Häuser zogen an ihnen vorbei. Die Farbe blätterte von den Fassaden, Unkraut wucherte in den Vorgärten. Ein Schwarzer mit weißem Haarkranz saß auf einem Plastikstuhl und sah dem Verkehr zu.

»Wir müssen Gurtner informieren«, sagte sie.

»Lass uns zuerst überlegen, was die Pfirsiche zu bedeuten haben.«

»Vielleicht kann er uns weiterhelfen.«

»Wir können jetzt nicht telefonieren. Buzz' Ablenkungsmanöver wäre umsonst gewesen.«

Regina hatte ihr Handy am Morgen Buzz gegeben, der damit nach Andersonville gefahren war. Von dort aus wollte er Fahrni anrufen, um ihn wissen zu lassen, dass sie wohlauf war. Sehnsucht nach Lily packte Regina. Auf einmal fürchtete sie, nie mehr aus diesem Labyrinth herauszufinden.

»Ob der Täter die Verbindung zwischen den Fällen unterstreichen wollte?«, mutmaßte sie. »Wie er es auch mit der Waffe tat?«

»Steht in den Unterlagen über Taber etwas von einem Pfirsich?«, fragte Cavalli.

»Nicht in denen, die ich sah.«

»War er auf einem der Tatortfotos abgebildet?«

»Nein.« Regina seufzte. »Also kann der Täter gar nichts davon wissen. Blöder Gedanke.«

»Überhaupt nicht. Ich bin deiner Meinung.«

Regina war überrascht. »Glaubst du, der Bericht wurde gefälscht?«

»Theoretisch möglich, aber unwahrscheinlich, wegen der Tatortfotos. Sie lassen sich im Nachhinein schlecht ändern, ohne dass man es merkt. Für mich kommen zwei Szenarien infrage: Entweder hat unser Mann den Pfirsich gesehen, so wie Evans, oder – «

»Langsam. Denkst du an einen Kriminaltechniker? Oder einen FBI-Agenten?« Sie schüttelte den Kopf. »Wenn ein Ermittler den Pfirsich bemerkt hätte, stünde das im Bericht. Außerdem befände sich ein Foto davon in den Unterlagen.«

»Ich habe eher an einen Außenstehenden gedacht. Einen Reenactor zum Beispiel. Vielleicht«, fuhr er fort, »hat John Payne auch jemandem davon erzählt.«

»Wir wissen nicht, ob Payne den Pfirsich bemerkt hat.«

»Noch nicht«, sagte Cavalli und bog Richtung Asheville ab.

»Du willst Payne wirklich aufsuchen?« Sie hatten am Morgen Pro und Kontra abgewogen, sich aber nicht entscheiden können.

»Einverstanden?«, fragte Cavalli.

Regina nickte. Eine andere Spur hatten sie nicht.

Die Sonne war längst untergegangen, als sie vier Meilen außerhalb von Asheville auf einen Feldweg einbogen. Dass er zu einem Haus führte, war nur am Briefkasten zu erkennen, der an einem schiefen Pfosten befestigt war. Cavalli wendete und schaltete die Scheinwerfer aus. Dunkelheit umgab sie.

»Warte einen Moment.« Nach wenigen Minuten kehrte er zurück. »Die Luft ist rein.«

Regina fröstelte. Wenn sich Payne bedroht fühlte? In den USA durfte ein Hausbesitzer sein Eigentum mit Waffengewalt verteidigen. An die Möglichkeit, dass Payne mit dem Täter unter einer Decke steckte, wollte sie gar nicht erst denken. Und wer sagte ihnen, dass das Haus nicht überwacht wurde?

»Regina?« Cavalli legte seine Hand an ihre Wange. »Bist du bereit?«

»Der Drahtzieher wird erfahren, dass wir hier waren. Wenn nicht von Payne, dann auf eine andere Weise.«

Cavalli schwieg.

Da begriff sie. »Genau das bezweckst du mit dem Besuch.«

»Wir haben keine Wahl«, sagte er. »Wir müssen eine Reaktion provozieren. Wenn wir Glück haben, locken wir den Drahtzieher aus seinem Versteck.«

»Du hast eine seltsame Vorstellung von Glück.«

Er strich ihr mit dem Daumen über die Wange. »Mein Glück liegt in der Schweiz. Ich will nach Hause.«

»Also dann. Bringen wir es hinter uns.«

Sie stiegen aus und schlossen die Türen nur so weit, dass das Licht im Wagen ausging. Am Himmel funkelten die ersten Sterne, auf der Straße zogen Scheinwerfer vorbei. Allzu schnell waren sie bei einem einfachen Fertighaus auf vier Betonelementen angekommen.

Cavalli öffnete die Fliegentür und legte die Hand auf den Türknauf. Die Tür war unverschlossen. Leise schlich er ins Haus. Regina holte tief Luft und folgte ihm.

John Payne schlief in einem Sessel, die Füße weit von sich gestreckt. Im Fernseher lief eine Sportsendung, auf dem Beistelltisch standen fünf Bierdosen. Cavalli ging um den Sessel herum, legte Payne von hinten den Arm um den Hals und bedeckte seinen Mund mit der Hand. Payne riss die Augen auf. Auf den ersten Schreck folgte ein resignierter Blick.

»Wir tun dir nichts«, sagte Cavalli. »Wir möchten nur reden. Ich nehme den Arm jetzt weg. Bleib schön sitzen.«

Payne regte sich nicht.

Cavalli kam hinter dem Sessel hervor. An seinem Rücken zeichnete sich der Griff der Beretta ab. Regina drehte die Lautstärke des Fernsehers zurück.

»Wir tun dir nichts«, wiederholte Cavalli. »Wir wollen Informationen.«

Payne nickte.

Regina trat näher. »Wir sind wegen Albert Gradwohl hier.«

»Der Schweizer, der …« Paynes Blick jagte zwischen ihnen hin und her.

»Mit deiner Waffe ermordet wurde«, beendete Cavalli den Satz.

»Darüber weiß ich nichts. Ich war noch nie in Europa.«

»Aber dein Revolver war in der Schweiz«, sagte Cavalli.

Payne senkte den Blick.

»Wir sind nicht von der Polizei«, sagte Cavalli.

»FBI?«

»Nein.«

»Was wollen Sie von mir?«

»Informationen«, wiederholte Cavalli.

»Ich kenne diesen Albert nicht. Das habe ich der Polizei schon gesagt. Nicht, dass es etwas genützt hätte.« Er klang bitter.

Regina holte aus der Küche einen Stuhl und nahm direkt vor Payne auf ihm Platz.

»Es muss einen Grund dafür geben, dass der Täter ausgerechnet Ihre Waffe benutzt hat«, sagte sie. »Und ein Haar von Ihnen am Tatort zurückließ. Warum versucht jemand, Ihnen einen Mord anzuhängen?«

»Keine Ahnung!«

»Haben Sie Feinde?«

»Ich habe nie jemandem etwas getan.«

»Außer Eudora Lee Taber«, sagte Cavalli.

Payne rutschte tiefer in den Sessel hinein. »Das war ein Unfall. Wer sind Sie? Wie haben Sie mich gefunden?«

»Das ist nicht wichtig.« Cavalli verschränkte die Arme. »Uns interessiert, warum der Täter deine Waffe benutzt hat.«

»Erzählen Sie mir, was bei dem Unfall geschah«, forderte Regina ihn auf. »Schritt für Schritt.«

Payne schaute zu den Bierdosen. Er machte Anstalten, die Hand zu heben, hielt mitten in der Bewegung inne und sah fragend auf. Cavalli nickte, Payne griff nach einem Bier. Regina fragte sich, wie dieser unsichere Mann das Gefängnis überleben konnte. Stockend begann Payne zu erzählen. Er schilderte die Stimmung auf dem Schlachtfeld, die Begeisterung der Zuschauer, den Ablauf der Schlacht. Als er beschrieb, wie sich der Schuss löste, krallten sich seine Finger in die Armlehnen.

»Wie weit entfernt war Eudora Lee Taber?«, fragte Regina.

»Hundert Fuß. Es steht alles im Polizeibericht.«

»Sie konnten sie also sehen?«

Er schloss die Augen und nuckelte an der Bierdose. Schließlich nickte er.

»Bitte beschreiben Sie mir, was Sie sahen.«

Widerwillig schilderte er, wie die alte Frau zu Boden fiel und sich ein roter Fleck auf ihrem Kleid ausbreitete. Schweißperlen traten auf seine Stirn.

»Was haben Sie anschließend getan?«

»Nichts. Ich … ich stand unter Schock.«

»Sie sind nicht zu ihr hingegangen?«

»Doch. Aber erst, als mir bewusst wurde, was passiert war.«

»Was haben Sie gesehen?«

Payne schüttelte den Kopf. »Warum ist das wichtig?«

»Beantworte die Frage«, befahl Cavalli.

Payne starrte auf seine Hände. »Ihren Körper. Im Gras. Blut.«

»Weiter?«, sagte Regina.

»Ihre Handtasche. Auch im Gras. Den Hut. Sie trug ihn immer noch. Er war verrutscht.« Payne vergrub das Gesicht in den Händen. »Und den Pfirsich.«

Regina hielt den Atem an. Als Payne weitersprach, musste sie sich vorbeugen, um ihn zu verstehen.

»Er ist ihr aus der Hand gerollt. Sie wollte gerade einen Bissen nehmen. Das war das Letzte, woran sie dachte, als sie starb. An einen Pfirsich.«

Es war vier Uhr morgens, als sie zum Wagen zurückkehrten. In der Hand hielt Regina eine Liste aller Personen, mit denen John Payne in den letzten Jahren Kontakt gehabt hatte. Die meisten gehörten den Untersuchungsbehörden an. Payne behauptete, niemandem von dem Pfirsich erzählt zu haben. Die Frucht sei nicht relevant gewesen. Dennoch war es das Bild des Pfirsichs, das ihn verfolgte, nicht das der Leiche. Noch heute träumte er davon. Woher wusste der Täter das? Wenn sie die Antwort auf diese Frage fänden, kämen sie auch dem Mörder auf die Spur.

»Glaubst du, er hat wirklich keine Freunde, wie er behauptet?«, fragte Regina.

Cavalli steckte den Schlüssel ins Schloss und starrte in die Dunkelheit. »Er verbindet den Pfirsich mit dem Tod. Mit seiner Schuld. Darüber würde er nicht mit einem Freund sprechen.«

»Uns hat er davon erzählt.«

»Weil wir ihn gezwungen haben.« Er startete den Motor.

Regina ließ sich das Gespräch durch den Kopf gehen.

Dass Payne den Pfirsich einer Drittperson gegenüber beiläufig erwähnt hatte, glaubte sie nicht. Dazu beschäftigte ihn das Bild zu sehr. Entweder hatte noch jemand gesehen, wie Eudora Lee Taber die Frucht fallen ließ, oder Payne log.

Der Wagen vibrierte sanft. Die Bilder von Payne vermischten sich mit anderen. Langsam glitt Regina in einen oberflächlichen Schlaf. Sie träumte von Lily, die auf einem Pferd ritt. Fahrni hielt die Zügel fest in der Hand. Ein Traktor tauchte auf, das Pferd erschrak, bäumte sich auf. »Lily!«, rief Regina. Sie erwachte davon, dass Cavalli auf die Bremse trat.

Ihr Herz raste. »Was ist passiert?«

»Du hast im Traum Lily gerufen.« Er riss das Steuer herum. »Im Traum! Payne hat gesagt, er träume immer noch von dem Pfirsich.«

Regina blinzelte. Die Müdigkeit drückte ihr auf die Augenlider.

»Wir haben ihn nicht gefragt, mit wem er im Gefängnis die Zelle geteilt hat!«

Jetzt war Regina hellwach. Cavalli drückte aufs Gaspedal. Es dauerte vierzig Minuten, bis sie den Feldweg erreichten, der zu Paynes Haus führte. Sie hatte länger geschlafen, als sie geglaubt hatte. Plötzlich hielt Cavalli an.

»Was ist?«, fragte Regina.

»Da war ein Licht.« Er schaltete den Motor aus, kurbelte das Fenster herunter und horchte.

Draußen war es still.

»Setz dich ans Steuer und schließ die Türen ab«, wies er sie an. »Wende den Wagen. Wenn ich in zehn Minuten nicht zurück bin, fahr ohne mich direkt zu Buzz.«

Bevor sie etwas sagen konnte, sprang er aus dem Wagen, die Waffe im Anschlag. Regina sah auf die Uhr: 5:09. Sie rutschte auf den Fahrersitz und kontrollierte die Türen, dann drehte sie den Wagen zur Hauptstraße hin. Das Morgenlied der Vögel klang friedlich, irgendwo bellte ein Hund. Zwei Fahrzeuge fuhren dicht hintereinander auf der Überlandstraße vorbei. Am Himmel war der Mond nur noch eine blasse Scheibe, Schleierwolken leuchteten in der aufgehenden Sonne. Regina drehte sich um, aber die Heckscheibe war beschlagen. Würde sie wirklich ohne Cavalli fahren? Sie starrte auf die Uhr. Als die Acht auf Neun sprang, schaute sie ein letztes Mal in den Seitenspiegel. Nichts. Sie startete den Motor.

Da sah sie ihn. Ein dunkler Schatten nur, als er näher kam, erkannte sie, dass er etwas in der Hand hielt. Er öffnete die Beifahrertür, stieg ein und schloss sie leise.

»Fahr!«

Regina legte den Gang ein.

Er klappte ein Taschenmesser zu. »Fuller ist bei Payne.«

Regina blickte in den Rückspiegel.

»Er kann uns nicht folgen.«

»Du hast ihm die Reifen aufgeschlitzt.«

»Es hat mich schon lange gereizt.«

»Glaubst du, Payne hat ihn angerufen? Oder ist das Haus verwanzt?«

»Ich tippe auf verwanzt«, antwortete Cavalli.

»Vielleicht war die ganze Sache abgekartet. Payne lässt sich verhaften, sitzt einige Tage ab. Fuller holt ihn raus. Als Reenactor ist Payne es gewohnt, eine Rolle zu spielen.«

Cavalli schüttelte den Kopf. »Er hat schon einmal ein Gefängnis von innen gesehen. Diese Erfahrung wird er nicht freiwillig wiederholen.«

»Ich habe mich ohnehin gefragt, wie er zurechtkam. In US-Gefängnissen geht es übel zu. Oder ist das nur in den Filmen so?«

»Es ist übel. Ohne Freunde ist man aufgeschmissen.«

»Payne behauptet aber, er habe keine Freunde ...«

Sie sahen sich an.

»Warum kam Payne nach seiner Entlassung nach Asheville?«, fragte Cavalli. »Du hast gesagt, er stamme aus Rhode Island.«

»Wegen der Stelle im Museum, nehme ich an.«

»Weiß sein Arbeitgeber, dass er wegen Totschlags im Gefängnis saß?«

Reginas Wangen wurden heiß. »Ich weiß es nicht.«

»Die meisten Kuratoren haben ein Hochschulstudium abgeschlossen. Payne bringt lediglich sein Interesse an Geschichte mit. Warum hat man ihn eingestellt? Bestimmt gab es auch Bewerber mit besserer Reputation.«

Regina ärgerte sich. Dass Payne ausgerechnet in Asheville eine Stelle gefunden hatte, wo Fuller arbeitete, hätte ihr nicht entgehen dürfen. »So kommen wir nicht weiter. Wir müssen eine Entscheidung treffen. Wem können wir trauen?«

Cavalli zeigte auf eine Abzweigung. »Da vorne links.«

»Lass uns aufzählen, wer infrage kommt«, schlug sie vor.

Cavalli schwieg.

»Gurtner«, begann sie. »Und Tobias. Aber sie können zu wenig ausrichten, ihnen fehlen die nötigen Kontakte in den USA. Lowell Evans. Was ist mit Jim McKenzie? Verdächtigst du ihn immer noch?«

»Bevor ich ihn anrufe, will ich Antworten auf meine Fragen, damit keine Zweifel an meiner Geschichte aufkommen. Wenn mich Mac festnimmt, kann ich dich nicht beschützen.«

»Sharonda Write könnte uns die Antworten liefern.«

Cavalli sah aus dem Fenster.

»Cava, wir müssen jem–«

»Walker.«

»Was?«

»Walker soll abklären, was Fuller in der Schweiz gemacht hat. Die nötigen Kontakte hat er.«

»Du vertraust ihm?«

»Du hast selbst gesagt, er wollte dich davon abhalten, in die USA zu reisen.«

Regina dachte an die Anrufe, die sie nicht beantwortet hatte. »Die Waffe«, sagte sie. »Wie kam sie in die Schweiz? Durch Fuller?«

Cavalli sah sie nachdenklich an. »Gute Überlegung.«

Ein FBI-Agent mit Waffe erweckte keinen Verdacht, dachte Regina. Wurde sein Gepäck überhaupt überprüft? Das Field Office in Bern war der Botschaft angeschlossen.

Sie schüttelte den Kopf. »Ich sehe Fuller einfach nicht als Mörder. Etwas … passt nicht.«

»Dass er die Waffe in die Schweiz geschmuggelt hat, bedeutet nicht, dass er den Abzug betätigte«, meinte Cavalli.

Sie kamen in ein Wohnviertel. Alle Häuser sahen identisch aus. Die Rasen waren gepflegt, die Fassaden sauber, die Wege frei von Unkraut. Ein Mittdreißiger joggte vorbei und starrte auf den Kombi, der von den Mittelklassewagen in den Einfahrten deutlich abfiel.

»Fahr weiter«, sagte Cavalli.

»Wohin?«

»Dahin, wo man sich nicht vor Rost fürchtet.«

Die Nachbarschaft begann, sich zu verändern. Die Häuser wurden kleiner, Bioläden wichen Supermärkten, statt mit Sushi warben die Restaurants mit Hamburgern. Ein Latino in einem schlecht sitzenden Anzug kam aus einem Haus. Er wartete am Straßenrand, kurz darauf erschien ein Toyota und nahm ihn mit.

Cavalli deutete auf einen freien Parkplatz. »Halt an.«

Regina parkte. »Es ist nicht der Rost«, stellte sie fest. »Sondern deine Hautfarbe.«

»Willkommen in Amerika.« Er sah dem Toyota nach. »Die Familie hat nur einen Wagen. Die Frau fährt mit ihm die Kinder in die Schule. Sobald sie weg sind, gehe ich rein.«

»Ins Haus? Wozu?«

»Um zu telefonieren.«

»Vielleicht haben sie keinen Festnetzanschluss.«

Cavalli zeigte auf ein Fenster, hinter dem ein rosa Rüschenvorhang zu sehen war. »Mädchen telefonieren lange. Sie haben bestimmt einen Festnetzanschluss.«

Sie warteten über eine Stunde, bis die Tür endlich aufging. Eine Frau kam mit einem schmollenden Teenager heraus. Der Junge schlurfte zu einem Dodge, kurz darauf stieg das Mädchen ein, und die drei fuhren davon.

»Hupe zwei Mal, wenns brenzlig wird.« Cavalli stieg aus und ging ums Haus.

Das Viertel erwachte. Hunde wurden spazieren geführt, Fahrzeuge fuhren davon. Regina versuchte, sich zu erinnern, welcher Tag heute war. Seit sie mit Cavalli unterwegs war, existierte sie in einem zeitlosen Raum. Nicht ein einziges Mal hatte sie an ihre Termine in der Schweiz gedacht.

Cavalli kehrte schneller zurück, als sie erwartet hatte.

»Kein Glück?«, fragte sie.

»Ich soll in drei bis vier Stunden zurückrufen.«

Die Anspannung fiel von Regina ab. Endlich erhielten sie Unterstützung. »Wollen wir zu dem Museum fahren, in dem Payne arbeitet? Vielleicht erfahren wir, wie er die Stelle bekam.«

Cavalli reagierte nicht. Starr saß er neben ihr, beide Hände am Lenkrad.

»Was ist?«, fragte sie.

»Fahr ins Reservat.«

»Warum?«

»Wir kommen der Wahrheit gefährlich nahe. Und Fuller

weiß es. Wir müssen davon ausgehen, dass er den Drahtzieher informiert.«

Da begriff Regina. »Deine Mutter und deine Großmutter. Jetzt sind sie auch in Gefahr.«

# 33

*Bern, 24. Juni*

Brian Fuller kam mit einer Tasche in der Hand aus der amerikanischen Botschaft. Dutzende von Menschen standen vor der Sicherheitskontrolle Schlange, die meisten, um ein Visum zu beantragen. Brian fragte sich, warum sie alle in die USA reisen wollten. Ihm gefiel die Schweiz. Die Farben waren klar, die Menschen berechenbar. Vor vielen Jahren hatte er sich sogar um eine Stelle in Bern beworben. Hier fühlte er sich sicher. Die USA dagegen kamen ihm vor wie ein trüber Teich. Obwohl er während seiner Ausbildung gelernt hatte, Gefahren zu erkennen, sah er sie dort nicht immer rechtzeitig. Den Anwalt zum Beispiel, der ihn vor zehn Monaten in seinem Büro aufgesucht hatte, hielt er zunächst für harmlos. Erst als dieser in sachlichem Tonfall erklärte, sein Mandant wolle ihm ein Geschäftsangebot unterbreiten, wurde Brian misstrauisch.

»Sie verwechseln mich mit jemandem«, hatte er geantwortet und sich erhoben, um dem Gespräch ein Ende zu setzen.

Der Anwalt war sitzen geblieben. »Sind Sie nicht Brian Fuller? Der Fahrer des Chrysler Voyager, der am 8. September 2009 den siebenundsechzigjährigen Oscar Mankowitz anfuhr?« Brian nahm wieder Platz. Der Anwalt fuhr im selben Tonfall fort: »Mein Mandant hat volles Verständnis dafür, dass Sie Ihre Visitenkarte nicht am Unfallort zurückließen.

Mankowitz war ohnehin nicht mehr zu helfen, und Ihre Karriere wäre beendet gewesen. Ihre Ehe vermutlich auch, wenn Sie das schöne Haus an der Sunset Lane hätten verkaufen und den College-Fonds Ihres Sohnes hätten plündern müssen.«

»Woher …« Brians Stimme versagte.

»Das ist nicht wichtig. Was geschehen ist, ist geschehen. Blicken wir lieber nach vorne.«

»Was wollen Sie von mir?«

Der Anwalt lehnte sich zurück. »Sie leiten die Ermittlungen in den Blasrohr-Fällen.«

Brian wartete.

»Drei Opfer in drei Monaten. Und keine nennenswerten Resultate Ihrerseits.«

Brian richtete sich auf.

Der Anwalt hob die Hand. »Lassen Sie mich ausreden. Ich weiß, die Umstände sind außergewöhnlich. Sie vermuten, der Täter verstecke sich im Reservat der Cherokee-Indianer.«

»Wer hat –«

»Sie sollen mich nicht unterbrechen!«

Brian verstummte.

»Mein Mandant möchte, dass der Mörder gefasst wird. Warum, ist nicht wichtig. Sagen wir einfach, er hat ein persönliches Interesse daran. Er ist außerdem der Meinung, nur ein Insider könne der Sache auf den Grund gehen. Einem FBI-Agenten werden die Indianer nichts verraten, das wissen Sie so gut wie ich.«

»Die Cherokee Police hat weder die Ressourcen noch die Erfahrung, die Delikte allein zu untersuchen.«

»Ich rede nicht von der Cherokee Police. Mein Mandant möchte, dass Sie einen Ermittler einsetzen, der sich mit allen Aspekten des Falls auskennt. Sowohl den kriminalistischen als auch den kulturellen.«

Brian wartete.

»In der Schweiz gibt es einen erfahrenen Polizisten, der auf der Qualla Boundary aufgewachsen ist. Sein Name ist Bruno Cavalli. Mein Mandant will, dass Sie ihn herholen.«

Die Erleichterung, die Brian verspürte, ließ ihn die Grundregel im Umgang mit Erpressern vergessen: Lass dich nie auf ihre Forderungen ein. Wer ein Druckmittel in der Hand hat, wird es wieder einsetzen. Brian sagte sich, dass die Forderung ganz in seinem Sinn war. Schließlich wollte er den Fall lösen. Also stimmte er zu.

Es war einfach, Jim McKenzie von der Idee zu überzeugen. Der Agent lobte Brian sogar für sein kreatives Denken. Zu Brians Überraschung kannten sich McKenzie und Cavalli von einem früheren Fall. Als Cavalli den Auftrag annahm, hoffte Brian, den Anwalt nie wiederzusehen.

Die Hoffnung erfüllte sich nicht.

Ein Bus fuhr an ihm vorbei Richtung Bahnhof. Brian schaute ihm nach. Er hatte die Stelle im Field Office in Bern damals nicht bekommen, ein Agent mit guten Französischkenntnissen hatte das Rennen gemacht. Sprachen gehörten nicht zu Brians Stärken. Dafür strategisches Denken. Er plante seine Züge wie ein Schachspieler, wog Risiken ab, kalkulierte die Reaktionen seines Gegners. Deshalb staunte er im Nachhinein darüber, wie leicht er sich hatte übertölpeln lassen.

Zuerst verlangte der Erpresser nur Kleinigkeiten. Dass Brian einen Satz in einem Bericht löschte oder irgendwo Informationen einfügte. Als sich Brian endlich eingestand, dass er zu weit gegangen war, gab es kein Zurück mehr. Er redete sich ein, dass seine Handlungen allen dienten. Wie einfach es doch war, sich zu belügen! Was er jetzt tat, konnte er aber nicht schönreden. Er hatte den Revolver über zwei Grenzen geschmuggelt. Über die zur Schweiz und über seine eigene.

Als er beim vereinbarten Treffpunkt am Bahnhof ankam, sagte er sich, dass die Waffe nur ein Sammlerstück war. Wer einen Menschen töten wollte, benutzte dafür nicht einen Army No. 2. Außerdem würde er den Empfänger später genau beschreiben können. Zwar fiel der illegale Handel mit Antiquitäten nicht in sein Zuständigkeitsgebiet, doch es schadete nie, einem Kollegen einen Dienst zu erweisen.

Die Hand, die nach der Tasche griff, kam von hinten. Bis Brian sich umdrehte, war sie weg. Brian rannte einer Frau hinterher, die eine Tragetasche in der Hand hielt. In der Tasche war ein Teddybär. Brian wirbelte herum. Ein Geschäftsmann mit einem Aktenkoffer. Eine Gruppe Musiker mit Instrumenten. Touristen mit Rucksäcken. Pendler. Politiker. Marktbesucher. Studenten. Bern an einem sonnigen Vorsommertag.

# 34

*Robbinsville, 18. August*

Buzz' Wohnzimmer roch nach schmutziger Wäsche und ranzigem Teppich. Cavalli sah Regina an, dass ihr nicht wohl war, doch ihre Sicherheit war wichtiger. Buzz würde sie beschützen, und im Gegensatz zu Joe Walker würde er sogar die Finger von ihr lassen. Cavalli ballte die Faust, als er an das Telefongespräch dachte. Als Erstes hatte Walker wissen wollen, wie es Regina gehe. Cavalli steckte die Beretta ein.

»Was hast du vor?«, fragte Regina.

Er schilderte ihr seinen Plan. »Wenn ich bis heute Abend nicht zurück bin, ruf Walker an.«

Buzz, der in der Küche das Abflussrohr mit Klebeband abdichtete, sah nicht auf, als Cavalli an ihm vorbeiging.

Die Uhr im Kombi zeigte 11.04. Cavalli nahm einen Müsliriegel und eine Packung Trockenfleisch aus dem Handschuhfach. Er fragte sich, ob Walker der Kripochefin schon von dem Anruf berichtet hatte. Vermutlich ja. Jim McKenzie wusste sicher auch Bescheid. Es störte Cavalli nicht, es war Zeit, den Agenten ins Vertrauen zu ziehen. Dass er mit Brian Fuller unter einer Decke steckte, schloss Cavalli so gut wie aus. McKenzie hätte die Kontrolle nicht aus der Hand gegeben und einen Kollegen die Drecksarbeit für ihn machen lassen.

Die Fahrt nach Cherokee dauerte fünfzig Minuten.

Schritt für Schritt ging Cavalli seinen Plan durch. Als er am Ortseingang angekommen war, wusste er, wie er vorgehen würde. Er zog die Mütze in die Stirn und folgte dem Oconaluftee, bis er zu der Verzweigung kam, die zum Haus der Beavers führte. Dort parkte er und legte die letzten zweihundert Meter zu Fuß zurück.

Das Haus war kahl und schmucklos. Auf der überdachten Veranda stand eine verrostete Waschmaschine, daneben lag ein umgekippter Stuhl. Kein Laut drang aus dem offenen Fenster. Vermutlich schliefen die Beavers ihren Rausch aus.

Cavalli schaute über das Grundstück. Wo versteckten die Brüder ihre Blasrohre? Im Haus liefen sie Gefahr, dass die Waffen entdeckt wurden. Der Unterstand, der ihnen als Garage diente, war auch nicht sicher. Es musste irgendwo einen Schuppen geben. Cavalli ging Richtung Waldrand. Er erkannte die Umrisse von Gartenbeeten, die Natur hatte sie längst zurückerobert.

Die Hintertür wurde aufgestoßen, rasch ließ sich Cavalli hinter ein Gebüsch fallen. Rodney Beaver trat heraus und streckte sich. Er sah zum Himmel hinauf, als wolle er sich vergewissern, dass es Tag war. Nach einigen Sekunden verschwand er wieder im Haus. Jetzt wo Cavalli auf dem Bauch lag, erkannte er eine lichte Stelle im Gras. Er kroch weiter und sah geknickte Halme, deutlich wie ein Wegweiser. Die Spur verschwand im Wald. Dort stieß er auf einen Trampelpfad, der zu einem mit Zweigen und Blättern getarnten Schuppen führte. An der Tür hing ein Vorhängeschloss. Das Brett, an dem es befestigt war, ließ sich mit wenigen Handgriffen entfernen.

Cavalli nahm eine Taschenlampe hervor. Das Licht war schwach, doch es reichte, um die Blasrohre zu sehen, die an der Wand hingen. Vier Stück, sorgfältig verpackt. Dazu eine große Auswahl an Pfeilen. Cavalli wählte das Blasrohr, das die meisten Gebrauchsspuren aufwies, und kehrte zum Kombi zurück. Er fuhr etwas weiter die Straße hinauf, hielt bei einem Tobel und setzte das Blasrohr zusammen. Er hatte erst einmal mit einer ähnlichen Waffe geschossen und brauchte mehrere Versuche, bis er glaubte, aus größerer Distanz ein Fenster treffen zu können.

Zu Fuß folgte er dem Tobel bis zu einer alten Eiche. Von dort aus verlief der Weg parallel zum Hügelkamm. Bald erreichte er eine Senke, die er als Kind oft aufgesucht hatte. Das Haus seiner Großmutter befand sich nur zweihundert Meter entfernt. Von hier aus sah er sogar den Zimtbaum, wie er den Sassafras früher genannt hatte.

Das Fenster seiner Mutter stand wie erwartet offen, ein Mückennetz hielt Insekten fern. Cavalli ging in Stellung und richtete das Blasrohr auf den Raum. Er vertraute darauf, dass seine Mutter im Bett lag. Wenn nicht, würde er sie vielleicht treffen. Das Risiko musste er eingehen. Der Pfeil war nicht mit Gift getränkt.

Cavalli setzte das Rohr an den Mund und holte tief Luft. Seine Nase füllte sich mit dem Duft von Tannen, Gras und Feuchtigkeit.

Und Mensch.

Langsam ließ er die Arme sinken und blähte die Nasenflügel. Abgestandener Rauch. Säuerlicher Schweiß. Altes Frittieröl und verdorbene Milch.

Er war nicht allein. Noch jemand versteckte sich im Wald. Ein Adrenalinstoß ging durch seinen Körper, ihm wurde heiß. War er zu spät gekommen? Da quietschte die Haustür. June lebte! Seine Erleichterung hielt nur kurz an, im Garten gäbe seine Großmutter eine perfekte Zielscheibe ab. Ihm blieben wenige Sekunden.

Cavalli setzte das Blasrohr erneut an den Mund, diesmal blendete er alles um sich herum aus und vertraute darauf, dass der Mann ihn nicht bemerkt hatte. Er holte Luft. June kam um die Ecke, eine Gartenschere in der Hand.

Cavalli schoss.

Der Pfeil traf das Mückennetz zwar nicht in der Mitte, doch es reichte, um es zu durchtrennen. Gail schrie, schrill und hoch. June drehte sich um und eilte ins Haus zurück.

Im Zimtbaum raschelte es. Ein Mann schnellte hervor, ein japanisches Blasrohr in der Hand. Er trug Cargohosen und ein Kreuz um den Hals. Auf seinem Oberarm prangte ein tätowiertes vierblättriges Kleeblatt.

Cavalli preschte durchs Gebüsch. Zweige schlugen ihm ins Gesicht, Dornen rissen an seiner Kleidung. Er schlitterte um die Hausecke, hielt sich an der Regenrinne fest. Eine Autotür schlug zu. Ein Motor heulte auf. Cavalli stürzte zur Straße und sah gerade noch, wie ein Buick hinter den Bäumen verschwand. Er sprintete hinterher. Er wollte wenigstens noch einen Blick auf das Autokennzeichen werfen! Es reichte nicht.

Schwer atmend blieb er stehen. Er war seinem Widersacher so nahe gekommen. In der Ferne hörte er Sirenen, wenigstens das hatte geklappt. Mit seiner Aktion hatte Cavalli das FBI dazu bringen wollen, seine Mutter und Großmutter unter Polizeischutz zu stellen. Cavalli schätzte, dass ihm eine Stunde blieb, ehe Brian Fuller aufkreuzte. Er legte die Strecke zum Kombi im Laufschritt zurück und fuhr einige Meilen nach Osten, wo er das Blasrohr und die restlichen Pfeile außerhalb des Reservats in eine Felsspalte warf. Sollten sie gefunden werden, wäre der County Sheriff zuständig, nicht das FBI oder die Cherokee Police. Anschließend machte er sich auf die Suche nach einem Telefon. Er sparte sich die Mühe, nach Asheville zu fahren. Dass er sich im Reservat befand, war kein Geheimnis mehr.

Joe Walker nahm sofort ab. »Brian Fuller ist tot.«

Cavalli fühlte nichts. »Wie ist es passiert?«

»Kopfschuss.«

»Wo?«

»Bei John Payne zu Hause.«

»War es Payne?«

»Nein. Ihn hat es auch erwischt. Schuss ins Herz.«

Das Haus war also verwanzt gewesen. Der Drahtzieher hatte mitbekommen, wie sie ihn nach dem Pfirsich fragten. Dass er Payne zum Schweigen bringen wollte, war nachvollziehbar. Aber Brian Fuller? Ein Maulwurf beim FBI war wertvoll.

»Hast du herausfinden können, ob er in der Schweiz gewesen ist?«, fragte Cavalli.

»Er war am 22. Juni bei einer Interpol-Konferenz in Lyon. Anschließend fuhr er nach Bern zu einem informellen Treffen in der Botschaft. Das Treffen kam auf seine Initiative zustande. Am Nachmittag des 24. Juni reiste er ab.«

»Wo war er am 27. Juli? Als Gradwohl erschossen wurde?«

»In Washington. Sein Alibi ist hieb- und stichfest.«

Cavalli fügte die Information in sein Bild ein. Fuller war nur der Bote gewesen. Der Drahtzieher ging keine unnötigen Risiken ein, er verteilte die heiklen Aufgaben an andere.

»Da ist noch etwas.« Walker zögerte. »McKenzie hat vor einer Viertelstunde angerufen. Er weiß, dass wir in Kontakt stehen.«

Cavalli hatte nichts anderes erwartet.

»Es geht um deine Familie.« Walker berichtete von dem Blasrohr-Angriff.

Cavalli schwieg.

»McKenzie ist auf dem Weg nach North Carolina«, sagte Walker. »Er will dich treffen.«

Auch das hatte Cavalli erwartet. »Im Casino. Zwanzig Uhr.«

»Ich werde es ihm ausrichten.«

»Ich brauche deine Hilfe«, sagte Cavalli. »Du musst Lily und Chris in Sicherheit bringen.«

»Ist schon in die Wege geleitet.«

Cavalli atmete hörbar aus.

»Willst du mir jetzt endlich verraten, was dort drüben los ist?«

»Ich weiß nicht viel mehr als du. Dass es jemand auf meine Familie abgesehen hat. Und dass Fuller ein Maulwurf war.«

»Wer steckt dahinter?«

Cavalli zögerte.

»Ich muss die Fakten kennen, wenn ich Lily und Chris beschützen soll.« Walkers Stimme war messerscharf.

Cavalli fasste kurz zusammen, was in den letzten Monaten geschehen war. Dass er hinter dem Blasrohrangriff auf seine Mutter steckte, erwähnte er allerdings nicht.

»Bist du in der Lage, Reginas Sicherheit zu gewährleisten?«, wollte Walker wissen.

Cavalli umklammerte den Hörer fester. »Ja.«

»Wenn nicht, werde ich –«

Cavalli legte auf und lehnte die Stirn an die Wand. Vor sich sah er Lily, wie sie im Wald Zweige sammelte, die Wangen rosig. Er roch ihren süßen Duft, spürte ihre Wärme, wenn sie zu ihm in den Schlafsack kroch und sich an seine Brust kuschelte. War sie jetzt bei Walker?

Bevor Cavalli nach Robbinsville zurückfuhr, besuchte er eine alte Freundin. Vor acht Jahren hatten Ginger und er eine kurze Affäre gehabt. Damals hatte sie gerade bei Harrah's Casino angefangen zu arbeiten. Cavalli hoffte, dass sie immer noch dort war.

Er hatte Glück. Wie viele andere im Reservat betrachtete sie das Casino als notwendiges Übel. Loyalität gegenüber ihrem Arbeitgeber kannte sie nicht. Deshalb erzählte sie ihm bereitwillig, wer an diesem Abend arbeitete und wer frei hatte.

»Swimmer sieht dir am ähnlichsten«, meinte sie.

»Lynns Bruder?«, fragte er ungläubig.

Sie lachte. »Er hat über zwanzig Kilo abgenommen. Seine Uniform wird dir passen.«

Sie nannte ihm die Nummer des Spinds und wünschte ihm Glück. »Ich habe heute Abend übrigens auch frei«, rief sie ihm nach. »Falls du später vorbeischauen willst.«

Cavalli zwinkerte ihr zu. »Gut zu wissen.«

Auf der Fahrt nach Robbinsville fiel die Spannung etwas von ihm ab. Er griff nach einem Müsliriegel. Dass Regina gekocht hatte, war nicht zu erwarten, und Buzz schien sich hauptsächlich von Junkfood und Bier zu ernähren. Tatsächlich wehte ihm kein Essensduft entgegen, als er die Tür aufstieß. Dafür trat er auf einen Teppich voller Notizblätter. Mittendrin stand Regina, Block und Stift in der Hand. Buzz lag mit einer Packung Pommes-Chips auf dem Sofa. Cavalli erkannte sein eigenes System, Daten und Informationen zu ordnen. Regina hatte sogar dieselben Farben benutzt. Rot für Informationen über die Opfer, Schwarz für die Täter, Grün für den Tatablauf, Blau für eigene Gedanken. Er sah viel Blau. Die wichtigsten Informationen aber sah er in Reginas Augen. Sie leuchteten blauer als die Tinte des Stifts.

»Du hast etwas herausgefunden.« Cavalli sprach englisch, um Buzz nicht auszuschließen.

Regina nickte. »Aber sag mir zuerst, ob mit June und Gail alles in Ordnung ist.«

Cavalli fasste kurz zusammen, was geschehen war.

Regina war beunruhigt. »Weißt du, wohin Watty sie gebracht hat?«

»Vermutlich ins Krankenhaus. Es gibt dort Familienzimmer.«

»Hast du Joe zurückgerufen?«

Der Name auf ihren Lippen war wie Fingernägel auf einer Wandtafel. »Ja.«

»Und?«, fragte sie ungeduldig.

»Bird hat einen Nebenbuhler.« Buzz tauchte die Hand in die Tüte und lachte.

Regina warf ihm einen irritierten Blick zu. Cavalli berichtete, was Walker erzählt hatte.

»Fuller ist tot?«, stieß Regina aus. »Diese Typen schrecken vor nichts ... Lily!«

»Sie ist in Sicherheit«, sagte Cavalli. »Auch Chris. Er kümmert sich persönlich darum.«

»Chris kümmert sich um Lily?«

»Walker.«

Sie nickte erleichtert.

»Was hast du herausgefunden?«, drängte er.

»Ich weiß kaum, wo beginnen.«

»Beim Auslöser der Gedankenkette«, schlug Cavalli vor.

»Das war Tobias. Besser gesagt, sein Hinweis, dass du in North Carolina bist.« Regina erzählte, wie Fahrni schon früh einen Zusammenhang zwischen dem Tod von Gradwohl und Cavallis Auftrag erkannt hatte. »Es gab überhaupt keine Veranlassung dazu. Dennoch hat er gespürt, dass es eine Verbindung gab. Sein Instinkt muss ihn auf eine Ungereimtheit aufmerksam gemacht haben.«

»Darin ist er gut.«

»Ich weiß. Deshalb habe ich versucht, wie er zu denken.« Sie deutete auf die Blätter. »Ich habe mir Gedanken notiert, die mir wie zufällig durch den Kopf schossen. Dinge, die ich bemerkt habe, ohne darüber nachzudenken, weil ich sie nicht mit den Fällen in Verbindung brachte.«

Cavalli ging in die Hocke. Die meisten Stichwörter hatten tatsächlich nichts mit dem Fall zu tun, dafür viel mit ihm.

Er lächelte, als er sah, wie oft Regina ihre erste Begegnung in Brooklyn ins Spiel gebracht hatte. Auch er erinnerte sich in letzter Zeit häufig daran. Vermutlich, weil sie wieder zusammen in den USA waren. Er bemerkte ihren Blick und hob den Kopf.

»Du spürst es auch!«, sagte sie.

»Was?«

»Die Verbindung!«

»Zwischen uns?«

Buzz verdrehte die Augen.

»Zwischen damals und heute«, sagte Regina.

Cavalli starrte auf die Notizen. Ein Mann nahm in seiner Vorstellung Gestalt an. Zuerst nur verschwommen, doch dann wurde er immer deutlicher, als trete er aus dem Nebel heraus. Er sah sein Gesicht vor sich. Wie hatte er so blind sein können? Langsam ging er in die Hocke. Las Reginas Notizen, Blatt für Blatt.

Washington. Déjà-vu. Joggen am Potomac. Beschattet. Verliebt. Narben.

»Als ich vorgestern über deine Narben strich, bekam ich den Gedanken fast zu fassen.« Reginas Stimme kam von weit weg. »Aber er entglitt mir wieder.«

Die Narben. Zwei Schussverletzungen. Und ein Messerstich, der ihm in einem Flugzeughangar in Brooklyn zugefügt worden war.

Cavalli nahm die einzelnen Blätter in die Hand. Da hatte er Sean Dempsey vor Augen, den irisch-amerikanischen Mafioso, den Regina mit einer Nagelfeile verletzt hatte. Auch Dempsey war hinter dem Schweizer Datendieb her gewesen, bloß aus einem anderen Grund als Cavalli. Die Daten enthielten Informationen über Geldflüsse, die die Organisation zu Fall gebracht hätten. Der Kopf der Mafiazelle wollte das um jeden Preis verhindern.

Der Kopf. Der Drahtzieher. Donald Sweeney.

In den Siebzigerjahren hatte Sweeney mit den Westies zusammengearbeitet, Kriminelle, die lange das Viertel Hell's Kitchen in New York unsicher gemacht hatten. Nach dem Untergang der Westies hatte Sweeney seinen eigenen Clan in Brooklyn aufgebaut. Er rekrutierte hauptsächlich Familienmitglieder und enge Freunde. Jahrelang war das FBI hinter ihm her gewesen. Cavalli war es aber schließlich gewesen, der ihn überlistet hatte.

Er dachte an die Nacht, die er in den Fängen der Mafiosi verbracht hatte. An Nolan, dem er das Knie zertrümmert hatte. Sweeneys Neffe. An Timmy, den er in eine Falle gelockt hatte. Sweeneys Enkel. An die anderen Männer, die das FBI verhaftet hatte. Sweeneys Verwandte. Wegen Cavalli saßen sie alle hinter Gittern.

Alles passte: das New Yorker Autokennzeichen auf dem Buick, die verschiedenen Täter, das Kleeblatt-Tattoo, die sorgfältig geplanten Taten. Sweeney hatte im Gefängnis viel Zeit gehabt, über einen Rachefeldzug nachzudenken. Für jeden Mann, den Cavalli ihm geraubt hatte, schlug der Mafioso jetzt zurück. Auge um Auge. Zahn um Zahn. Cavalli sollte leiden. Wie Sweeney gelitten hatte. Seine Familie verlieren. Wie Sweeney seine verloren hatte. Die Machtlosigkeit am eigenen Leib spüren.

»Du siehst es auch, nicht wahr?«, fragte Regina.

Es zischte, als Buzz eine Bierdose öffnete.

»Sweeney muss uralt sein«, fuhr Regina fort. »Er war schon damals uralt.«

Buzz schlürfte den Schaum von der Dose. »Die Gefängnisse sind überfüllt. Alte und Kranke entlässt man. Sterben können sie auch auf der Straße.«

Cavalli war noch in Gedanken versunken. »Dann wissen wir jetzt, mit wem Payne die Zelle geteilt hat.« Und woher der Täter von dem Pfirsich gewusst hat. Payne hatte nicht gelogen, als er behauptete, er träume immer davon. Hatte er im Schlaf darüber gesprochen? Oder Sweeney sein Herz ausgeschüttet und es später vergessen?

»Auch, wer ihn im Gefängnis beschützt hat«, fügte Regina hinzu.

Wie viele Szenarien hat Sweeney entworfen, bevor ihm Payne die Lösung präsentiert hat? Hat Sweeney gleich erkannt, dass Heinrich Wirz die gesuchte Brücke zwischen der Schweiz und den USA war? Cavalli stellte sich vor, wie Payne über sein Hobby sprach. Wie er von den Schlachten erzählte, den schrecklichen Unfall bei Antietam beschrieb. Im Gefängnis hat Payne begonnen, sich mit Heinrich Wirz zu beschäftigen. Und Sweeney hat alles mitbekommen.

Von da an war es einfach gewesen. Sweeney stellte seine eigene Armee zusammen. Kriminelle, auf deren Loyalität er zählen konnte, Menschen, die erpressbar oder käuflich waren. Der Clerk of Court, der ihm Paynes Waffe besorgte. Brian Fuller, der ihm nicht nur Informationen lieferte, sondern auch Aufträge für ihn erledigte. Wer befand sich noch auf seiner Gehaltsliste?

»Gurtner muss die Amerikaner unter die Lupe nehmen, die Ende Juli in die Schweiz eingereist sind«, sagte Regina. »Sweeney hat dort keine Beziehungen. Sonst hätte er uns nicht hierhergelockt.«

»Er könnte einen Auftragskiller engagiert haben. Es ist nicht gesagt, dass er den Täter kennt.«

Regina schüttelte den Kopf. »Der Mord an Albert Gradwohl war zu wichtig. Sweeney wollte unbedingt, dass ich den Zusammenhang zu Payne sah. Alles musste stimmen. Die Vorgehensweise, die Platzierung der Hülse, der Pfirsich.« Sie schaute auf ihre Notizen. »Jim McKenzie ist sauber«, fuhr sie fort. »Er war es, der Sweeney damals verhaftet hat.«

»Und der Anklage die Beweise lieferte«, fügte Cavalli hinzu. Dass er seinen Gegner nun kannte und wusste, wem er vertrauen konnte, setzte neue Energie in ihm frei. »Dann müssen wir jetzt nur noch einen Weg finden, Sweeney in eine Falle zu locken.«

Buzz zog eine Augenbraue hoch. »Wir?«

»McKenzie sind Grenzen gesetzt. Er wird sie nicht überschreiten.«

»Aber er hat einen ganzen Staatsapparat zur Verfügung.«

»Wenn wir das Sammeln und Auswerten der Beweise dem FBI überlassen, dauert es Wochen oder sogar Monate, bis Sweeney in Haft sitzt. So viel Zeit haben wir nicht.« Cavalli blickte zu Regina.

Sie stimmte zu. »Ich werde mich nicht die ganze Zeit verstecken. Ich habe eine Tochter, die mich braucht. Und eine Stelle in der Schweiz, die ich nicht verlieren will. Sweeney hat schon genug zerstört.«

# 35

*Cherokee, 18. August*

Cavalli strich sich über die dunkle Weste. Das Versteckspiel war vorbei. Er hätte sich nicht als Angestellter ins Casino schleichen müssen, doch er zog es vor, unerkannt zu bleiben. Er wollte McKenzie eine Weile folgen. Brian Fullers Tod stellte für Sweeney einen schweren Rückschlag dar. Gut möglich, dass er nun McKenzie beschatten ließ, damit dieser ihn zu Regina führte.

Eine elektronische Melodie kündigte einen Gewinn an. Münzen fielen in ein Fach. Cavalli studierte die Spieler an den Slot Machines. Er schätzte, dass Sweeneys Zelle aus drei Mann bestand. Regina und er hatten Zeugenaussagen verglichen, Personenbeschreibungen zugeordnet, Daten und Orte abgeglichen. Zwei Mann hätten unmöglich überall dort sein können, wo Regina oder er sie bemerkt hatten. Zu viele Leute würde Sweeney auch nicht einsetzen wollen. Er war alt, die Kontrolle zu behalten, fiel ihm sicher schwerer als früher. Je kleiner die Zelle, desto geringer das Risiko.

Cavalli gab seine Bestellungen auf und schaute auf die Gäste an der Bar. Schweigend leerten sie ihre Gläser, für Gespräche war es zu laut. Niemand beachtete ihn. Er füllte sein Tablett und ging in den angrenzenden Raum, wo die Besucher ihr Glück mit Karten versuchten. Das Licht war schummrig, der Teppich weich unter seinen Füßen.

Jim McKenzie stand wie vereinbart am Pokertisch. Dass er sich nicht für die Gewinne der Spieler, sondern für die Gesichter der Casino-Besucher interessierte, war nicht zu erkennen. Cavalli bahnte sich einen Weg durch die Menge. Kopf gesenkt, Schultern leicht nach vorne gekrümmt. Unauffällig ließ er den Blick über die Poker- und Blackjack-Spieler schweifen. Die Augen der Süchtigen glänzten, ihre Anspannung war spürbar. Sie interessierten Cavalli nicht. Er betrachtete die Gelegenheitsspieler, vor allem jene, die nur zusahen.

Ein Raunen ging durch die Menge, jemand klatschte. McKenzie nutzte die Gelegenheit, um sich umzudrehen. Obwohl Cavalli nur wenige Meter hinter ihm stand, blieb der Blick des Agenten nicht auf ihm haften. Viele Casino-Angestellte kamen vom Reservat, sie bildeten eine vertraute Kulisse, so unscheinbar wie das dunkle Mobiliar. Cavalli nahm neue Bestellungen auf und kehrte zur Bar zurück.

Ein Mann fiel ihm auf. Er saß auf einem Hocker am äußersten Rand, von wo aus er den besten Überblick über den Raum hatte. Er achtete nicht auf die Gesichter, sondern auf die Kleidung der Gäste. Seine rechte Hand lag auf seinem Oberschenkel, Finger gespreizt. Ein Security-Angestellter, dachte Cavalli, vermutlich Ex-Polizist, der nach verborgenen Waffen Ausschau hielt. Cavalli passte seinen Plan an. Ein Mittdreißiger erregte seine Aufmerksamkeit. Der Mann lehnte gegen die Bar, eine Dose Cola in der Hand. Kein Alkohol, kein Interesse am Spielverlauf, keine Frau im Visier. Wozu war er hier? Es gab angenehmere Orte, um die Zeit totzuschlagen.

Als sich McKenzie in Bewegung setzte, um die Gäste am Pokertisch von der anderen Seite aus zu beobachten, stellte der Mann von der Bar die Coladose ab. Gelassen schlenderte er durch den Raum. Das musste Sweeneys Mann sein. Er wirkte unauffällig, ruhig, durchtrainiert. Cavalli behielt ihn noch eine Weile im Auge, schrieb dann »8.45 Herrentoilette. BC.« auf seinen Rechnungsblock und machte sich mit dem Tablett auf den Weg. McKenzie ließ sich nichts anmerken, als Cavalli ihm den Zettel zuschob. Zur vereinbarten Zeit verließ er den Pokerraum. Der Mann folgte ihm.

Cavalli fasste an sein Schienbein. Aus dem Augenwinkel sah er, dass er die Aufmerksamkeit des Security-Angestellten geweckt hatte. Gut. Sie würden Verstärkung brauchen können. Kurz vor der Toilette löste er die Fliege an seinem Hals.

McKenzie wusch sich am vordersten der drei Lavabos die Hände. Der Mann mit der Cola, der sich an ein Pissoir gestellt hatte, sah den Angriff nicht kommen. Cavalli legte ihm die Finger an die Kopfschlagader, drückte auf die Pressrezeptoren. Die Nerven des Mannes gaben den Impuls ans Kreislaufzentrum weiter, seine Herzfrequenz wurde verlangsamt, der Blutdruck gesenkt. Der Karotissinusreflex. Bei gesunden Menschen funktionierte er immer. Cavalli löste seinen Griff, bevor das Herz des Mannes ganz zu schlagen aufhörte, und klappte sein Taschenmesser auf. Er legte es auf die Handfläche des Bewusstlosen und verschwand in einer WC-Kabine. McKenzie stand immer noch regungslos da, als die Tür aufging und der Security-Angestellte hereinkam. Der Mann am Boden versuchte, sich aufzurappeln.

»Liegen bleiben!«, rief der Security-Angestellte. »Hände auf den Boden! Waffe loslassen!«

Cavalli hörte, wie das Messer über den Boden schlitterte. Der Security-Angestellte war eindeutig ein Ex-Polizist. Es folgte ein überraschtes Grunzen, Handschellen rasteten ein. McKenzie gab sich zu erkennen und forderte den Mann auf, sich auszuweisen.

»Kennen Sie ihn?«, fragte der Security-Angestellte.

»Er stand plötzlich hinter mir.«

Cavalli öffnete die Toilettentür. »Ich kenne ihn.«

Sofort richtete der Security-Angestellte die Waffe auf ihn.

»Er arbeitet mit mir zusammen«, sagte McKenzie.

Der Security-Angestellte nickte kurz und senkte die Pistole. Cavalli ging neben dem Mann am Boden in die Hocke. Er zog seinen Ärmel hoch. Ein vierblättriges Kleeblatt kam zum Vorschein.

»Irisch-amerikanische Mafia«, sagte Cavalli mit einem vielsagenden Blick auf McKenzie.

McKenzies Gesichtsausdruck veränderte sich nicht, nur sein Hals wurde etwas röter, als das Adrenalin durch seinen Körper schoss.

»Ich übernehme hier«, sagte er ruhig. »Sorgen Sie dafür, dass niemand hereinkommt.«

Der Security-Angestellte verließ die Toilette.

McKenzie sah Cavalli an. »Ist er allein hier?«

»Ich habe niemanden sonst bemerkt.«

»Ist die Cherokee Police sauber?«

»Ja.« Kein Reservatspolizist hätte ihn an einen Iren verraten.

McKenzie fesselte die Füße des Mannes. »Ich gehe Verstärkung anfordern. Pass gut auf ihn auf.«

Verblüfft sah Cavalli ihm nach. Der Agent hielt sich immer peinlich genau an die Vorschriften. Egal wie die Umstände waren, McKenzie sorgte dafür, dass Dienstwege eingehalten und Gesetze befolgt wurden, damit die Beweise vor Gericht standhielten. US-Gerichte waren strenger als jene in der Schweiz, Freisprüche wegen Verfahrensfehlern häufiger. McKenzie hatte ihm soeben einen großen Vertrauensbeweis geliefert.

Cavalli verlor keine Zeit. Er hatte höchstens zwanzig Minuten. Der Gefesselte blickte trotzig zu ihm hoch.

»Ich weiß, dass du für Sweeney arbeitest«, sagte Cavalli.

»Auch, dass du nicht allein bist. Nenn mir den Namen deiner Kumpels, und du verlässt die Toilette im selben Zustand, wie du sie betreten hast.«

Wie erwartet erhielt er keine Antwort. Er vergewisserte sich, dass keine Überwachungskamera auf ihn gerichtet war, und ging in die Hocke. Mit beiden Händen umfasste er den Kopf des Mannes und rammte ihn gegen seinen. Hart genug, damit Blut floss. Nicht zu nah am Auge, damit dieses nicht zuschwoll.

»Du hast mich angegriffen«, sagte Cavalli.

Der Ire schaute ihn mit flackerndem Blick an, doch er sagte nichts. Cavalli ballte einige Papiertücher zusammen, stopfte sie dem Mann in den Mund und drückte ihm die Daumen in die Augen. Er hörte erst auf, als sich der Mafioso unter seinen Fingern wand.

»Das war Notwehr«, sagte Cavalli und entfernte die Papiertücher.

»Track und Trick!«, keuchte der Ire.

Cavalli legte ihm die Daumen erneut auf die Augen.

»Es ist wahr!«

»Und du bist Tick? Für wie blöd hältst du mich?«

»Tighe.« Panik schwang in seiner Stimme mit. »Die englische Form von Tadhg. Ist gälisch! Heißt Philosoph.«

Sweeney hieß mit Vornamen Donald. Donald Duck und seine Neffen Tick, Trick und Track. Wäre die Situation nicht so ernst, hätte Cavalli laut gelacht.

»Also gut, Philosoph«, fuhr er fort. »Wer war heute Nachmittag bei meiner Großmutter?«

»Track.«

»Beschreib ihn.«

»Kurze Haare. Hell. Etwas kleiner als ich.«

»Schmuck?«

»Ein Kreuz um den Hals.«

Cavalli nickte. »Wie heißt Track richtig?«

Der Ire schluckte. »Mannix Tracker.«

»Wo ist er?«

»Ich weiß es nicht.«

Cavalli versetzte ihm einen Tritt.

»Draußen«, hechelte Tighe. »Auf dem Parkplatz.«

Cavalli musste eine Entscheidung treffen. Jede Sekunde zählte. Weiter den Mann befragen und das Risiko eingehen, dass Mannix Tracker abhaute? Oder McKenzie informieren, auf die Gefahr hin, dass Tighe log? Er sprintete zur Tür.

McKenzie stand draußen und telefonierte. Der Security-Angestellte hatte ein »Außer Betrieb«-Schild an der Tür angebracht.

»Was ist passiert?«, fragte McKenzie.

»Er hat mich angegriffen.« Cavalli rannte an ihm vorbei. »Parkplatz«, rief er. »Buick mit New Yorker Kennzeichen.«

Der Security-Angestellte eilte ihm hinterher. McKenzie verschwand in der Toilette. Cavalli spurtete an der Bar vorbei in den Pokerraum. Die Spieler nahmen ihn kaum wahr. Er verließ das Casino durch den Personaleingang.

Der Asphalt strahlte immer noch Wärme ab. Cavalli blieb dicht an der Mauer, wo ihn das Licht der Parkplatzbeleuchtung nicht traf. Autos, soweit das Auge reichte. Er versetzte sich in Tighes Lage. Den Personaleingang kannte der Mafioso nicht. Die Notausgänge lösten Alarm aus. Blieb nur der Haupteingang. Der Fahrer des Fluchtwagens würde die Tür von einer dunklen Stelle aus im Auge behalten wollen. Die Parkfelder östlich des Eingangs, dachte Cavalli, zwischen zwei Straßenlaternen, rückwärts geparkt.

Cavalli entdeckte den Buick zwischen einem Pick-up und einem Chevrolet. Er duckte sich und gab dem Security-Angestellten ein Zeichen. Eine Autotür schlug zu, ein Motor startete. Drei Reihen trennten sie von dem Buick, als Cavalli die Sirenen hörte. Er fluchte. Rasch richtete er sich auf und spurtete über den Asphalt. Der Buick schoss aus dem Parkfeld, direkt an Cavalli vorbei. Cavalli versuchte, den Türgriff zu packen, streifte aber nur den Kotflügel. Wieder sah er dem Wagen nur hinterher. Wenigstens konnte er diesmal das Autokennzeichen lesen.

Der erste Streifenwagen bog in den Parkplatz ein, am Steuer saß Frank Watty. Cavalli schlug auf die Motorhaube, der Polizist trat auf die Bremse.

Das Fenster ging auf. »Bird? Verdammt, woher komm–«

»Ein Buick«, Cavalli nannte ihm das Autokennzeichen. »Er fuhr vor einer halben Minute auf der Neunzehn Richtung Maggie Valley. Am Steuer sitzt einer der Blasrohrschützen.« Er wartete, bis Watty den Fahndungsaufruf durchgegeben hatte. Der zweite Streifenwagen wendete und raste mit Blaulicht davon. »Der Fahrer ist Raucher. Ich weiß, wo der Wagen stand. Du wirst dort Zigarettenkippen finden. McKenzie hat einen zweiten Mann in Gewahrsam. Erste Etage. Herrentoilette.«

»Steig ein.«

Cavalli ging zur Beifahrertür.

Der Security-Angestellte hob die Hand, offenbar kannte er Watty. »Ich gehe nach oben.«

Watty nickte und gab per Funk Anweisungen durch. Ein weiterer Streifenwagen erschien und hielt am Haupteingang. Cavalli dirigierte Watty zum Parkfeld, auf dem der Buick gestanden hatte.

Watty drehte sich um. »Wo zum Teufel kommst du her?«

»Lange Geschichte. Wie geht es meiner Großmutter?«

Watty zögerte.

»Ich weiß, was geschehen ist.«

»Sie ist im Krankenhaus, zusammen mit deiner Mutter. Wir haben zwei Wachen dort stationiert.«

»Gut.« Cavalli stieg aus.

Während sie die Kippen einsammelten, fasste er das Wichtigste zusammen.

»McKenzie weiß also, dass du hier bist?«, fragte Watty.

»Ja.«

»Wo ist deine Frau?«

»An einem sicheren Ort.«

Watty kniff die Augen zusammen, nickte aber schließlich. Nachdem er die Asservatenbeutel beschriftet hatte, kehrten sie zum Haupteingang zurück. Tighe saß bereits im Streifenwagen, beäugt von neugierigen Zuschauern. McKenzie sprach mit einem Polizisten des Cherokee Police Departement.

»Ist der Buick schon gesichtet worden?«, fragte Cavalli.

»Die State Police hat jede Einheit in der Region aufgeboten.« Der Polizist beugte sich zum Seitenfenster. »Der Ire hier scheint die Sprache verloren zu haben.«

»Vielleicht findet er sie auf der Wache wieder.« Watty wandte sich an McKenzie. »Kommst du mit?«

McKenzie richtete den Blick auf Cavalli. »Wir müssen reden.«

»Ich warte im Burger Bear auf dich«, sagte Cavalli. »Das Lokal hat die ganze Nacht über geöffnet.«

McKenzie zögerte. »Eigentlich dürfte ich dich nicht aus den Augen lassen. Du bist schwieriger zu fassen als eine Handvoll Luft.«

»Ich werde dort sein«, versprach Cavalli.

Nur das Knistern der Funkgeräte war zu hören, ab und zu unterbrochen von einer blechernen Stimme. Cavalli spürte förmlich, wie McKenzie mit sich rang. Schließlich wandte sich der Agent ohne weitere Worte von ihm ab. Angesichts der Umstände hatte Cavalli nichts anderes erwartet. Er war es, der verraten worden war, nicht umgekehrt.

Es dauerte zwei Stunden, bis McKenzie Cavalli gegenübersaß. Cavalli hatte drei Burger und zwei Portionen Pommes frites verschlungen, dazu einen halben Liter Kaffee getrunken.

Obschon spät, war McKenzie hellwach. Der ernste Zug um seinen Mund verriet seine Anspannung. Er hatte an diesem Tag einen Zeugen und einen Mitarbeiter verloren. Fuller mochte ein Maulwurf gewesen sein, doch das milderte den Schock nicht. Im Gegenteil.

»Erzähl!«, forderte McKenzie Cavalli auf.

»Hat man den Buick gefunden?«, fragte Cavalli.

»Nein«, sagte McKenzie kurz. »Und Tighe Leary redet nicht.«

»Er ist im System?«

»Langes Vorstrafenregister.«

Cavalli schob seinen Kaffeebecher beiseite. Er hatte sich die Worte zurechtgelegt, doch es dauerte einen Augenblick, bis er den Einstieg fand. Eine Stunde lang redete er ununterbrochen. Das Piepen der Fritteuse kündigte alle paar Minuten eine neue Ladung Pommes frites an. Gäste kamen und gingen.

Als er endlich zum Ende kam, stand McKenzie auf und holte sich an der Theke einen Becher Tee. Für Cavalli brachte er frischen Kaffee mit.

»Regina ist in Sicherheit?«, vergewisserte er sich.

»Ja.«

»Du wirst mir nicht sagen, wer dir geholfen hat.«

»Nein.«

»Ich nehme an, es ist ein Indianer?«

Cavalli schwieg.

McKenzie rieb sich den Nacken. »Nichts, was du sagst, überrascht mich. Außer, dass ich es so lange nicht gesehen habe. Erst Regina hat mich darauf gebracht.« Er schilderte, wie verblüfft er gewesen war, als Regina ihm erzählte, sie reise nach Asheville. »Mir war sofort klar, dass es sich nicht um einen Zufall handeln konnte. Sonst hätte mir Brian davon berichtet.«

»Hat Fuller ernsthaft gedacht, du kämest nicht drauf?«

»Ich weiß es nicht. Vielleicht ist ihm alles über den Kopf gewachsen. Gut möglich, dass er entlarvt werden wollte. Oder aber er hat die Augen vor den Tatsachen verschlossen, weil er sich nicht anders zu helfen wusste.«

»Wurde er erpresst?«

»Seiner Frau hat er jedenfalls nichts davon erzählt. Der Fall muss gründlich untersucht werden.«

»Weißt du schon etwas über den Tatablauf?«

»Nur, dass Brian sich nicht gewehrt hat. Im Gegensatz zu Payne, der zu fliehen versuchte.«

»Seit wann weißt du, dass es einen Maulwurf gibt?«

»Als du untergetaucht bist, war mir klar, dass etwas gründlich schiefgelaufen sein musste. Zuerst vermutete ich, du seist im Reservat in etwas hineingeraten. Watty ist immer noch sauer auf uns.«

»Kann ich mir vorstellen.«

»Deine Großmutter hat gemeint, ich solle zuerst den eigenen Stall ausmisten.«

Cavalli stellte sich vor, wie sie McKenzie zurechtwies, und grinste.

McKenzie entspannte sich. »Gut, dass du noch lachen kannst.« Er schüttelte den Kopf. »Diese ganze Geschichte … es tut mir echt leid, BC. Sie hätte nicht passieren dürfen. Ich weiß nicht, was ich dir sagen soll.«

»Warum hast du Joe Walker involviert?«

»Ich wusste nicht, wem trauen. Ich war mir ziemlich sicher, dass du Regina eine Nachricht zukommen lassen würdest. Und dass sie mir nichts verraten würde.«

»Also hast du Walker auf sie losgelassen.«

»Ich habe ihn nur gebeten, ihr Vertrauen zu gewinnen.«

Cavalli griff nach dem Kaffeebecher. Seine Hand zitterte. Er redete sich ein, dass es das Koffein war.

»Ich hätte dich fast nicht erkannt«, sagte McKenzie. »Vorhin im Casino.«

»Du hast mich gar nicht erkannt«, korrigierte Cavalli. »Du hast nur gesehen, was du erwartet hast. Einen indianischen Kellner. Davor warne ich junge Polizisten immer.«

»Du hast noch nie ein Blatt vor den Mund genommen.« Er sah Cavalli in die Augen. »Nur zu. Ich habe es verdient.«

Jetzt war es Cavalli, der den Kopf schüttelte. »Ich war genauso blind. Ich hätte merken müssen, dass Sweeney dahintersteckt.«

Der Name legte sich wie ein Schatten über sie. McKenzie nippte an seinem Tee, tief in Gedanken versunken. Ein Angestellter schob einen Mopp über den Boden. Cavalli betrachtete den nassen Stein. Die Spur lag die ganze Zeit vor seiner Nase.

»Weißt du noch, wie du ihn damals abgeführt hast? In Washington?«

»Ja.«

»Sweeney hat mir einen Blick zugeworfen, den ich niemals vergessen werde. In seinen Augen lag blanker Hass.«

»Du hast ihn verraten. So sieht er es zumindest.«

»Weißt du, wo er steckt?«

»Nur, dass er vorzeitig aus dem Gefängnis entlassen wurde. Wir bekamen damals eine Meldung. Er ist krank.«

»Dann bleibt ihm nicht mehr viel Zeit. Verzweifelte Menschen werden unvorsichtig. Machen Fehler. Jetzt fehlt ihm auch noch ein Mann.«

»Es sollte nicht schwer sein, ihn aufzuspüren.«

»Fuller war vielleicht nicht der einzige Maulwurf.«

»Ich habe heute zwei Agenten versetzen lassen, denen ich traue. Einer kommt aus Seattle, der andere aus dem Mittleren Westen. Wir werden den ganzen Fall neu aufrollen. Originalberichte besorgen, Spuren neu auswerten.« McKenzie stand auf. »Es wäre schön, wenn du mit an Bord wärst. Regina auch. Ich bin mir sicher, das Department of Justice könnte etwas mit Zürich aushandeln.«

Alles neu aufrollen. Cavalli dachte an Lily, die zum ersten Mal von beiden Eltern getrennt war. An Chris, der Urlaub hatte nehmen müssen, um sich zu verstecken. An seine Großmutter, die in einem engen Zimmer saß und darauf wartete, dass sie nach Hause durfte.

»Ich werde es mir überlegen«, versprach er.

# 36

*Robbinsville, 19. August*

Buzz schnarchte leise auf dem Sofa. Endlich traute sich Regina, sein Gesicht zu studieren. Bevor ihn die Narbe verunstaltete, muss er attraktiv gewesen sein. Regina fragte sich, ob er wegen der Verletzung so zurückgezogen lebte. Er hatte der Welt den Rücken gekehrt und war doch so hilfsbereit. Regina brachte das schwer zusammen. Plötzlich machte er die Augen auf. Ertappt senkte sie den Blick.

»Versuch zu schlafen. Bird kommt schon zurück.«

»Ich kann nicht.«

Er drehte sich auf die Seite, weg von ihr.

»Wie geht es Emma?«, fragte Regina.

»Gut.«

»Wie nahe steht ihr euch? Ich meine, ihr seid verwandt, aber das bedeutet nicht, dass man sich alles erzählt.«

»Rede nicht um den heißen Brei. Es ist zwei Uhr morgens.«

Regina rieb sich die Arme. »Hat sie dir erzählt, ob … hatten sie eine Affäre?«

»Da lief nichts.«

Der Erleichterung mischte sich Scham bei. Sie hatte nicht so viel von sich preisgeben wollen, doch die Vorstellung, dass Cavalli und Emma eine Affäre eingegangen waren, hatte sie so lange verfolgt, dass sie Gewissheit brauchte. Ob Buzz die Wahrheit sagte? Er schnarchte wieder leise. Sie wollte gerade ins Schlafzimmer gehen, als sie ein Fahrzeug hörte. Sie trat ans Fenster. Im schwachen Licht des Mondes konnte sie knapp die Umrisse des Kombis ausmachen. Cavalli stieg aus und holte etwas aus dem Heck. Regina eilte ihm entgegen. In der Hand hielt er ihren Koffer, McKenzie musste ihn mitgebracht haben.

Sie lagen sich in den Armen, noch ehe sie ein Wort wechseln konnten. Regina nahm Cavallis Hand und führte ihn ins Schlafzimmer. Hinter ihnen schlurfte Buzz zur Toilette. Erst als sie erschöpft nebeneinanderlagen, fingen sie an zu sprechen.

»Ich sollte öfters verschwinden«, seufzte Cavalli.

Regina drehte sich auf die Seite. »Wenn du glaubst, dass ich dich nochmals gehen lasse, täuschst du dich.«

»Keine Sorge. Die Vorstellung, an einem Schreibtisch zu hocken, finde ich gar nicht mehr so schrecklich.«

Sie wussten beide, dass er log, doch Regina wollte jetzt nicht an die Zukunft denken.

Vorsichtig berührte sie die Platzwunde. »Wie ist es gelaufen?«

Er berichtete von der Verhaftung Tighe Learys. »Wir hatten recht. Es sind – waren – drei. Mac will, dass wir mit ihm zusammenarbeiten.«

»Bis er das Material aufbereitet hat, werden Wochen vergehen. Fuller hat Berichte abgeändert, Spuren vernichtet …« Sie schüttelte den Kopf.

»Du wärst in Sicherheit«, sagte Cavalli. »Müsstest keine Angst mehr haben.«

»Ich will zurück zu Lily. So rasch wie möglich.«

Cavalli nickte, als habe er nichts anderes erwartet. »Sweeney ist krank. Er will die Sache zu Ende bringen, bevor er stirbt. Wenn wir ihn provozieren, wird er Fehler machen. So wie heute.«

»Was hätte er anders machen können?«

»Nach dem Verlust von Fuller hätte er seinen Plan überdenken müssen. Doch dazu braucht er Zeit. Und die hat er nicht. Also hat er weitergemacht, als hätte sich nichts verändert. Das konnte nur schieflaufen. Jetzt fehlt ihm auch noch Tighe.« Er verschränkte die Arme hinter dem Kopf. »Ich wüsste gern mehr über den dritten Mann.«

»Trick?« Regina schmunzelte.

»Einen Sinn für Humor hat er, das muss man dem Alten lassen.«

Draußen krächzte eine Eule.

»Wir könnten mit dem Museumsleiter sprechen«, schlug Regina vor. »Wir wissen immer noch nicht, wie Payne die Stelle erhielt. Vielleicht hat der dritte Mann seine Beziehungen spielen lassen.«

»Gute Idee.« Cavalli drehte sich ebenfalls auf die Seite »Das Smith-McDowell House öffnet frühestens um neun. Bis dann bleiben uns noch ein paar Stunden.«

Als Regina aufwachte, strömte Sonnenlicht durchs Fenster. Sie streckte die Hand nach Cavalli aus, doch der Platz neben ihr war leer. Sie ging ins Bad.

Cavalli und Buzz saßen in der Küche, vor sich zwei randvolle Teller mit Bohnen.

Es roch nach Bratöl und Kaffee. Buzz schob Notizen, eine Handvoll alter Batterien und weiteren Krimskrams beiseite, um ihr Platz zu machen. Cavalli holte einen Teller aus dem Schrank.

»Was möchtest du zum Frühstück? Bohnen oder Toast? Ich kann dir auch Spiegeleier braten.« Er deutete auf eine verbeulte Pfanne. Daneben stand ein Toaster, der mit einer Käsekruste überzogen war.

Regina entschied sich für Bohnen.

»Mit oder ohne Fat back?« Cavalli zog ein zwei Zentimeter breites Stück Fett aus der Bohnenmasse.

»Ich nehme doch lieber Brot. Ungetoastet.«

Cavalli reichte ihr eine Packung schwammiges Weißbrot, Buzz stellte ein Glas Erdnussbutter daneben. Regina dachte an Nina Dietz und lächelte. Cavalli lächelte zurück.

»Ihr führt euch auf wie in den Flitterwochen«, stellte Buzz lakonisch fest, »nicht wie auf der Flucht vor der Mafia.«

Cavalli schenkte ihr Kaffee ein. »Wir haben gerade besprochen, wie wir Trick und Track eine Falle stellen können. Buzz meint, wir sollten sie hierherlocken.«

»Hierher?« Regina war überrascht. »Wenn es schiefläuft, haben wir keinen Ort mehr, an den wir uns zurückziehen können.«

»Das brauchen wir auch nicht.« Cavalli sah sie lange an. »Wenn es schiefläuft.«

Regina schauderte. »Das würdest du zulassen?«, wandte sie sich an Buzz. »Es ist immerhin dein Zuhause. Wohin wirst du gehen, bis alles vorbei ist?«

Buzz schob sich ein Stück Speck in den Mund. »Allein schafft Bird es nicht.«

»Du hilfst uns?«

Er zuckte die Schultern. »Nichts gegen unsere Wohngemeinschaft, aber auf die Dauer ist es ein bisschen eng für drei. Außerdem hat Em Heimweh.«

Cavalli wandte sich Regina zu. »Sweeney sucht uns. Also werden wir dafür sorgen, dass er uns findet. Hier. Dafür benutzen wir dich als Köder. Nur, dass Trick und Track nicht dich, sondern Buzz und mich vorfinden werden.«

»Wie erfährt Sweeney, dass ich hier bin?«

»Das weiß ich noch nicht«, gab Cavalli zu. »Wir brauchen mehr Infos über Trick. Deshalb schlage ich vor, dass wir als Erstes ins Museum gehen.«

Zwanzig Minuten später fuhren sie über den holprigen Weg, der zur Hauptstraße führte. Regina fragte sich, wo Walker Lily und Chris versteckt hatte.

»Ich möchte Joe anrufen«, sagte sie. »Ich muss wissen, wie es Lily geht.«

»Mac steht mit ihm in Kontakt«, sagte Cavalli. Er schlug vor, den Agenten zum Mittagessen zu treffen. Vielleicht wusste McKenzie inzwischen mehr über den Buick oder Sweeneys Aufenthaltsort.

»Wenn er beschattet wird? Wie gestern Abend?«

»Umso besser.«

Regina sah aus dem Fenster. Sie glaubte, den nahenden Herbst zu spüren. Am Himmel flog ein Flugzeug Richtung Osten.

»Es ist bald vorbei«, sagte Cavalli.

»Ich hoffe es.«

»Erzähl mir von Lily.«

Sie redete, bis sie Asheville erreichten. Um dem Berufsverkehr auszuweichen, verließen sie die I-40 eine Ausfahrt früher und fuhren am Fluss entlang Richtung Zentrum. Alte Lagerhallen und Industriegebäude säumten das Ufer, wo einst Baumwolle verarbeitet worden war, hatten sich Trendlokale und schicke Restaurants einquartiert. Das Smith-McDowell House lag zwischen einer Schule und einem Wohnviertel. Cavalli parkte auf der gegenüberliegenden Straßenseite und steckte die Beretta in den Hosenbund.

Das Museum war ein zweistöckiger Backsteinbau. Eine Veranda zog sich an der Frontseite entlang, hinter einem schmiedeeisernen Tor führte ein Weg zum Eingang. Die Tür war mit gelbem Polizeiband abgesperrt. Am Tor hing eine handgeschriebene Notiz. Das Museum war vorübergehend geschlossen.

»Eine Tragödie!«, sagte eine Stimme hinter ihnen.

Cavalli wirbelte herum. Ein Pudel bellte.

»Entschuldigen Sie«, sagte eine Frau in Joggingkleidung. »Ich wollte Sie nicht erschrecken. Ruhig, Candy! Schluss jetzt.« Sie zog die Leine straffer.

»Was ist geschehen?«, fragte Regina.

»Der arme Mr Hughes. So ein feiner Mann. In seinem ganzen Leben hat er nie jemandem etwas Böses getan. Und jetzt das.« Die Frau sah zum Absperrband hinüber.

Cavalli legte die Hand an die Hüfte, bereit, nach der Waffe zu greifen. Er schaute über den alten Baumbestand zum Grundstück.

»Was ist passiert?«, wiederholte Regina.

»Man hat ihn in seinem Büro aufgefunden. Erschossen.«

»Wann?«

»Vor einigen Tagen. Dabei bewahrt er nie große Summen in der Kasse auf. Die Antiquitäten im Museum sind viel wertvoller, aber die hat der Einbrecher nicht mitgenommen. Nicht einmal die wunderbaren Porzellanfiguren von Jacob Petit.«

»Wann genau wurde Mr Hughes getötet?«, fragte Regina.

»Kurz nachdem das Museum abends schloss. Es war noch hell draußen.«

»An welchem Wochentag?«

Die Frau trat einen Schritt zurück und blickte zwischen Regina und Cavalli hin und her. Ihre Haltung veränderte sich kaum merklich.

»An welchem Tag?«, drängte Cavalli.

Die Frau zog an der Leine. »Komm, Candy, wir müssen weiter. Sonst macht sich Daddy Sorgen.«

Cavalli stellte sich ihr in den Weg.

»Montag«, sagte sie rasch.

Cavalli trat beiseite. Die Frau eilte davon.

»Lass uns gehen.« Die Anspannung war Cavalli anzuhören.

Im Wagen blickte er zwischen Seiten- und Rückspiegel hin und her.

»Es muss gleich nach Paynes Verhör passiert sein«, sagte Regina. »Hätte ich das Museum nicht erwähnt, wäre Mr Hughes noch am Leben.«

»Nicht gesagt. Vielleicht räumt Sweeney einfach auf.«

»Warum ausgerechnet jetzt?« Sie ließ sich die Ereignisse vom Montag noch einmal durch den Kopf gehen. Etwas störte sie, doch sie bekam den Gedanken nicht zu fassen.

Cavalli fuhr ins Stadtzentrum, vorbei an Bürogebäuden, Geschäften, Parkanlagen und Restaurants. Regina sah einen flachen Betonbau, der ihr bekannt vorkam.

»Hier habe ich mit Fuller gegessen.«

»Im Plant?« Cavalli lächelte. »Du hast Gemüse gegessen?«

Regina antwortete nicht.

»Ich war im Winter einmal dort. Das Essen ist gut.«

»Am Montagabend. Es war spät. Ich war müde, wollte mir aber die Gelegenheit nicht entgehen lassen, mit Fuller zu reden.« Sie richtete sich auf. »Da war Mr Hughes bereits tot!«

Cavalli kniff die Augen zusammen. »Was willst du damit sagen?«

»Es kann nicht Fuller gewesen sein!«

»Ich nehme nicht an, dass er selbst geschossen hat«, sagte Cavalli. »Vermutlich hat er nur die Informationen weitergeleitet.«

»Fuller hat gar nicht mitbekommen, dass ich nach dem Museum gefragt habe. Er war im Verhörraum mit John Payne. Wir haben erst beim Essen darüber gesprochen.«

Cavallis Augen bohrten sich in ihre. »Mit wem hast du dann darüber geredet?«

»Mit Sharonda Write.« Regina hielt die Luft an. »Es war noch jemand da. Der Liaison Officer. Patrick O'Donnell.«

»Patrick«, wiederholte Cavalli langsam. »Trick.«

Regina wurde schwindlig, als sie daran dachte, wie viel Zeit sie mit O'Donnell verbracht hatte. Er war immer im Hintergrund gewesen, hatte dafür gesorgt, dass ihre Treffen reibungslos verliefen, man ihre Fragen beantwortete, sie von den richtigen Personen empfangen wurde. Wie ein Butler besaß er die Gabe, stets anwesend zu sein, ohne aufzufallen. Sie hatten kaum ein Wort gewechselt.

Wusste Fuller, dass O'Donnell für Sweeney arbeitete?

»Das würde erklären, warum sich Fuller nicht gewehrt hat«, sagte Cavalli. »Mac meinte, Payne habe zu fliehen versucht, Fuller aber blieb einfach stehen. In O'Donnell hätte er keine Gefahr gesehen. Im Gegensatz zu Payne, der wusste, dass die Polizei mit drinsteckte.« Er hielt an und nahm sein Handy hervor. »Ein gutes Gefühl, einfach telefonieren zu können.«

»Wen rufst du an?«

»Mac.«

Das Gespräch war kurz. Cavalli vereinbarte einen Treffpunkt, wenig später betraten sie einen Coffee Shop an einer Autobahnzufahrt. McKenzie traf zwanzig Minuten später ein. Er begrüßte Cavalli mit einem Schulterklopfen und reichte Regina die Hand.

»Schön, dich wiederzusehen. Ich bin froh, dass du dich entschieden hast, mit uns zusammenzuarbeiten, deine Sicherheit –«

»Hast du jemandem gesagt, dass du uns hier triffst?«, unterbrach Cavalli.

»Nein. Wie vereinbart.«

»Gut«, sagte Cavalli. »Setz dich.«

»Möchtest du auch einen Kaffee?«, fragte Regina.

McKenzie nickte. Als Regina mit der Tasse zurückkehrte, waren Cavalli und er bereits ins Gespräch vertieft.

Cavalli sah auf. »Gurtner hat Mac eine Liste der Amerikaner geschickt, die kurz vor dem Mord an Gradwohl in die Schweiz eingereist sind.«

McKenzie zog einen dicken Computerausdruck hervor. Die Namen waren alphabetisch geordnet. Patrick O'Donnell war nicht dabei.

»Er kann über irgendeinen Flughafen im Schengenraum eingereist sein«, gab McKenzie zu bedenken. »Brian flog nach Frankreich.«

Regina zeigte auf die Liste. »Das sind die Passagierdaten von Ende Juli. Wenn Fuller die Waffe in die Schweiz geschmuggelt hat, muss O'Donnell zur gleichen Zeit dort gewesen sein. Also Ende Juni, nicht Juli.«

McKenzie räusperte sich. »Richtig.«

»Gibt es Hinweise, dass noch mehr Personen involviert waren?«, fragte Cavalli.

»Nein«, antwortete McKenzie. »Früher hätte Sweeney es vielleicht geschafft, einen Maulwurf in der Schweiz zu rekrutieren, jetzt aber nicht mehr. Schon gar nicht aus dem Gefängnis heraus. Er kam erst vor einem Jahr frei. Wir sind dabei, die Personen zu überprüfen, mit denen er während seines Gefängnisaufenthalts Kontakt hatte. Besucher, Insassen, Briefkontakte.«

»John Payne?«, fragte Regina.

McKenzie nickte. »Sie teilten zwei Jahre lang eine Zelle.«

»Wir haben gerade erfahren, dass Paynes Arbeitgeber getötet wurde«, sagte Regina. »Mr Hughes vom Museum.«

McKenzie trank einen Schluck Kaffee. »Ich habe BC vorhin erzählt, dass Sharonda Write den Zusammenhang gleich erkannt hat. Eine hervorragende Polizistin.« Er wandte sich an Cavalli. »Willst du Gurtner wegen der Passagierdaten von Ende Juni anrufen, oder soll ich es tun? Er hat nach dir gefragt.« Er reichte ihm sein Telefon.

Regina lehnte sich zurück. Gurtners »Häuptling!« war

deutlich zu hören. Cavalli erklärte, weshalb er anrief. Gurtners Antwort verstand Regina nicht, doch Cavalli reckte den Daumen in die Höhe.

»O'Donnell«, sagte er. »Patrick. Kannst du mich in der Zwischenzeit mit Fahrni verbinden? Danke.« Cavalli wandte sich an Regina und McKenzie. »Er ist längst draufgekommen, dass der Täter zur gleichen Zeit wie Fuller eingereist sein könnte. Er hat die Daten bereits ... Tobias?« Er lächelte. »Ja, alles bestens.«

Regina deutete auf sich.

»Regina will dich sprechen. Einen Moment.« Cavalli reichte ihr das Telefon.

»Tobias! Wie geht es Lily?«

»Wir haben uns solche Sorgen um dich gemacht!«, sagte Fahrni atemlos. »Wir haben mit dem Schlimmsten gerechnet.«

»Es ist eine lange Geschichte. Ich verspreche, ich werde dir zu Hause alles erzählen. Sag mir bitte, wie es Lily geht«, drängte Regina.

»Beim Einschlafen hat sie manchmal nach dir gefragt, aber Paz konnte sie immer ablenken. Hast du mitbekommen, dass ...?« Er suchte nach Worten.

»Ich weiß, dass man sie woanders hingebracht hat. Doch ich kenne die Einzelheiten nicht. Ist Paz mit ihr gegangen?«

»Glaub mir, sie wollte es! Aber es hieß, je weniger Eingeweihte, desto besser.«

»Wo ist sie jetzt?«

»Ich weiß es nicht.« Er klang unglücklich.

Auf einen Schlag kehrten Reginas Zweifel zurück. War es richtig gewesen, Joe Walker zu vertrauen? Wer sagte ihnen, dass er McKenzie nicht hinters Licht geführt hatte?

»Chris ist bei ihr«, sagte Fahrni. »Sie hat sich riesig gefreut, ihn zu sehen.«

Es wollte sich bei Regina keine Erleichterung einstellen.

»Heinz steht neben mir«, fuhr Fahrni fort. »Er will dich sprechen. Können wir dich anrufen, wenn wir dich brauchen?«

»Mich nicht, aber Cavalli.« Zu spät fiel ihr ein, dass Cavalli nicht mehr beim Leib/Leben arbeitete.

»Alles klar. Ich gebe dir Heinz.«

Es rauschte, dann kam Gurtner ans Telefon. »Patrick O'Donnell flog am 20. Juni von New York nach Zürich.«

Regina stieß ein Dankesgebet aus. Cavallis und McKenzies fragende Blicke beantwortete sie mit einem Nicken.

»Ist er unser Mann?«, fragte Gurtner.

»Alles deutet darauf hin.«

»Wir gehen der Spur nach«, sagte Gurtner. »Das FBI soll mir alles schicken, was sie über ihn haben.«

»Ich gebe dir McKenzie.« Regina verabschiedete sich und reichte dem Agenten das Telefon.

Während McKenzie mit Gurtner das weitere Vorgehen besprach, holte Regina ein paar Sandwiches. Cavalli verließ das Lokal, um die Umgebung in Augenschein zu nehmen.

»Alles ruhig«, sagte er, als er zurückkam.

McKenzie legte auf. Dass sie soeben einen Durchbruch erzielt hatten, zeigte er mit keiner Regung. Weder seine Miene noch seine Haltung hatten sich verändert. »Ich habe am Mittag einen Termin mit Sharonda Write und Patrick O'Donnell«, sagte er. »Das ist in zwei Stunden. Bis dahin werde ich nichts unternehmen. Ich will nicht riskieren, dass O'Donnell untertaucht. Er wird nach der Verhaftung Learys auf der Hut sein.«

»Redet Leary immer noch nicht?«, fragte Cavalli.

»Nein.«

»Was ist mit Sweeney?«, fragte Regina. »Wisst ihr, wo er sich aufhalten könnte?«

»Ich gehe davon aus, dass er bei einem Familienmitglied Unterschlupf gefunden hat«, sagte McKenzie. »Es ist nur eine Frage der Zeit, bis wir ihn finden.«

Wir haben keine Zeit, dachte Regina.

»Das Autokennzeichen des Buick ist übrigens gestohlen«, fuhr McKenzie fort.

»Nicht besonders schlau, ausgerechnet ein Kennzeichen aus New York zu wählen«, meinte Cavalli.

»Es bestätigt, was wir vermuten. Sweeneys Handlanger sind nicht erste Garde. Das wird es einfacher machen, Mannix Tracker aufzuspüren. Bei dem vermeintlichen Journalisten, der Auskunft über Albert Gradwohl einzog, handelt es sich um Leary. Linda Bell hat ihn erkannt.« McKenzie griff nach einem Sandwich. »Wie machen wir weiter? Hast du über meinen Vorschlag nachgedacht?«, fragte er Cavalli.

»Wir haben uns noch nicht entschieden«, wich Cavalli aus.

McKenzie legte das Sandwich auf den Teller zurück. »Ich verstehe, dass euer Vertrauen ins FBI erschüttert wurde. Ich kann euch aber garantieren, dass ihr in Sicherheit sein werdet. Die beiden neuen Männer kenne ich seit dreißig Jahren. Wir waren zusammen bei den Marines. Ich habe ihnen mein Leben anvertraut, und ich würde es heute immer noch tun.«

»Was ist mit Joe Walker?«, fragte Regina.

McKenzie zögerte kurz, aber lang genug, um bei Regina Übelkeit auszulösen.

»Er wurde gründlichen Kontrollen unterzogen«, wich McKenzie aus. »Er hat sie bestanden.«

»Wohin hat er Lily und Chris gebracht?«

»Das wissen nur er und die zuständigen Leibwachen. Wir halten es immer so.«

Regina entschuldigte sich. In der Toilette spritzte sie sich kaltes Wasser ins Gesicht. Es war nicht nur die Vorstellung, dass Joe für Lilys Sicherheit verantwortlich war, die ihr so zusetzte. Als Lily bei Fahrnis Familie wohnte, hatte sich Regina an ein Bild klammern können. Seit sie nicht mehr wusste, wo sich ihre Tochter befand, gab es dieses Bild nicht mehr. Es war, als existiere Lily selbst nicht mehr.

Sie kehrte zurück ins Restaurant. Cavalli und McKenzie waren aufgestanden.

»Dann sehen wir euch morgen früh«, sagte McKenzie. »Hier auf dem Parkplatz. Ich gebe Walker Bescheid. Er wird sich in der Schweiz um alles kümmern.«

Cavalli nickte. »Wir werden da sein.«

Fast hätte sie ihm geglaubt, aber sie kannte ihn zu gut.

Im Wagen bat er sie, ihr Handy einzuschalten.

»Worum wird sich Walker kümmern?«, fragte sie.

»Um deine Beurlaubung. McKenzie rechnet vorerst mit vier Wochen.«

»Wir werden ihn morgen nicht treffen, nehme ich an.«

»Natürlich nicht.« Cavalli machte eine ungeduldige Handbewegung. »Schalt dein Telefon ein.«

»Wen soll ich anrufen?«

»Patrick O'Donnell.«

# 37

*Zürich, 27. Juli*

Scheiß Waffe. Patrick O'Donnell drehte den Army No. 2 in den Händen und fragte sich, warum er sich auf das verdammte Spiel eingelassen hatte. Er war dem Alten nichts schuldig. Nur weil sein Vater einst mit ihm Hell's Kitchen unsicher gemacht hatte, stand Patrick nicht in seiner Pflicht. Der Alte zahlte lausig und ließ ihm keine Freiheiten. Keinen Spielraum. Sogar wie der Tatort auszusehen hatte, schrieb er ihm vor. Patrick hatte sich ins Haus schleichen, die Räume fotografieren und Bilder schicken müssen. Gar nicht so einfach. Die Schlösser in diesem Land waren stabiler als bei ihm zu Hause. Er hatte tagelang warten müssen, bis das Zielobjekt ein Fenster offen ließ. Erst dann hatte er einsteigen und einen Reserveschlüssel an sich nehmen können. Wenigstens den hatte er sofort gefunden. Menschen waren überall gleich.

Das Zielobjekt. Patrick hatte sich angewöhnt, keine Namen zu nennen. Als er das erste Mal einen Mann getötet hatte, wusste er noch nicht, welche Bedeutung Namen hatten. Das Opfer war ein Anwalt gewesen, Partner einer renommierten Kanzlei an der Wallstreet. Der Mann hatte vor Angst gequietscht wie ein Schwein, das zum Schlachthof geführt wurde. Seither quietschte es jedes Mal in Patricks Ohren, wenn der Name des Anwalts fiel.

Es war dunkel in diesem Einfamilienhausviertel. Viele Fenster standen offen, nicht einmal Mückengitter hatten die Bewohner installiert. Patrick dachte an die Wertsachen, die er erbeuten könnte. Schmuck, Geld, Kunst. Sie hätten seine lausige Entlohnung aufgebessert. Doch der Alte hatte ihm genaue Anweisungen gegeben. Auf keinen Fall durfte es aussehen, als sei das Zielobjekt Opfer eines Raubes geworden. Einen Monat unbezahlten Urlaub hatte Patrick bezogen. Ein aufwendiges Lügenkonstrukt über eine verunfallte Tochter erstellt. Als Entschädigung erhielt er gerade mal die Reisespesen.

Er vergewisserte sich, dass der Pfirsich in seiner Tasche unversehrt war. Noch so eine Schnapsidee des Alten. Sicher, er hatte erklärt, was es damit auf sich hatte. Patrick verstand trotzdem nicht, warum er die Sache so kompliziert machte. Seiner Meinung nach gehörte Sweeney in ein Altenheim. Dort könnte er der Vergangenheit nachhängen, soviel er wollte. Fotos an die Wand kleben, Erinnerungsstücke aufs Fensterbrett stellen. Greisen das Blasrohrschießen beibringen statt ihm. Da zog Patrick sogar den Army No. 2 vor. Am liebsten war ihm natürlich seine Dienstwaffe oder seine Glock. Die 17er war nicht besonders originell – Mannix nannte sie eine Anfängerwaffe –, doch sie lag in der Hand wie angegossen und war zuverlässiger als die Schweizer Eisenbahn.

Das Eckhaus war dunkel. Patrick nahm den Schlüssel hervor und schloss die Tür auf. Er war eine halbe Stunde zu früh. In der Küche öffnete er das Gefrierfach. Fehlte noch, dass er schwitzte und seine DNA hinterließ. Er vergewisserte sich, dass sich die Plastikfolie mit dem Haar in seiner Tasche befand. Eine falsche Spur legen, wenigstens das ergab einen Sinn.

Das Zielobjekt kam pünktlich um 21.40 Uhr. Patrick

hörte, wie der Schlüssel im Schloss gedreht wurde. Er legte den Pfirsich auf die Ablage. Ein Licht ging an im Flur, Schritte erklangen. Das war der Moment, den Patrick liebte. Die Überraschung des Zielobjekts, das nicht begriff, weshalb plötzlich jemand vor ihm stand. Die Neugier in den Augen, bevor sich Angst einstellte.

Patrick kam aus der Küche. Als er den Army No. 2 auf das Zielobjekt richtete, öffnete der Mann den Mund.

»Kein Ton«, sagte Patrick. »Wenn du machst, was ich dir sage, geschieht dir nichts.«

Die Lüge fiel ihm leicht. Warum die letzten Augenblicke im Leben unnötig belasten? Patrick war kein Sadist. Er tat, was getan werden musste. Ob als Polizist oder als Killer. Er nahm den Pfirsich von der Ablage und führte das Zielobjekt ins Wohnzimmer. Dort befahl er ihm, sich hinzuknien. Bevor er abdrückte, vergewisserte er sich, dass er alles so arrangiert hatte, wie der Alte es wollte. Schwarzpulver war laut, Patrick musste danach sofort verschwinden. Zum Glück blieb die Hülse nach dem Schuss in der Trommel. Das war ein Vorteil des Revolvers. Immerhin das.

# 38

*Robbinsville, 19. August*

Regina redete sich ein, dass Patrick O'Donnell ein Polizist wie jeder andere war. Kein Mafioso. Kein Mörder. Nur so schaffte sie es, mit neutraler Stimme zu reden.

»Sie haben uns einen ordentlichen Schrecken eingejagt«, sagte O'Donnell am Telefon.

»Es tut mir leid, ich hoffe, Sie haben deswegen keinen Ärger bekommen.« Regina schluckte hörbar. »Ich wusste nicht, was tun. Seit Stunden war dieser Buick hinter mir her.«

»Aber jetzt sind Sie in Sicherheit?«, vergewisserte sich O'Donnell.

»Ja. Über eine … Vertrauensperson hörte ich von dem Durchbruch, der gestern erzielt wurde. Im Casino.«

»Sie meinen die Verhaftung des mutmaßlichen Indian-Killers?«

»Ja.«

»Besteht ein Zusammenhang mit Ihrem Fall?«, fragte O'Donnell.

»Special Agent McKenzie glaubt, dass ein und derselbe Mann hinter den Tötungsdelikten steckt. Was denken Sie? Ist das möglich?«

»Ich darf keine Auskunft über den Indian-Killer geben. Aber ich treffe McKenzie heute Mittag. Es ist viel geschehen, seit Sie verschwunden sind. Es wäre gut, Sie könnten an der Besprechung teilnehmen.«

Regina senkte die Stimme kaum merklich. »Ich halte das für keine gute Idee. Ehrlich gesagt, glaube ich nicht, dass eine Einzelperson hinter alldem steckt. Ich vermute, es gibt einen Komplizen. Im Buick waren zwei Personen. Ich möchte keine Risiken eingehen.« Sie machte eine kurze Pause. »Das ist eigentlich alles. Ich wollte mich nur bei Ihnen melden, damit Sie keine Zeit damit verschwenden, mich zu suchen. Konzentrieren Sie sich lieber auf den zweiten Täter. Bitte richten Sie Special Agent McKenzie aus, dass ich mich wieder melden werde. Vielen Dank.«

»Warten Sie! Nicht auflegen.«

Regina schwieg. Sie spürte Cavallis Blick auf sich.

»Wenn die Fälle wirklich zusammenhängen, sind Sie in Gefahr«, sagte O'Donnell. »Sie brauchen Personenschutz.«

»Das ist nicht nötig«, erwiderte Regina. »Ich bin an einem sicheren Ort.«

»Sagen Sie mir, wo Sie sind. Damit ich nach Ihnen sehen kann. Es bleibt unter uns, das verspreche ich.«

Regina wich aus. »Ich bin in guten Händen.«

»Im Reservat? Ich weiß, dass Ihr Partner dort Verwandte hat.«

»Nicht wirklich.« Sie zögerte. »Aber fast.«

»Im Nationalpark?«

»Nein. Nehmen Sie es bitte nicht persönlich, aber –«

»Ich bin für den reibungslosen Ablauf Ihres Besuches zuständig. Ich kann meine Aufgabe nur erfüllen, wenn Sie mir vertrauen.«

Sie seufzte. »Ich bin bei einem Bekannten. Er war jahrelang bei der Army, er ist also in der Lage, mich zu beschützen. Außerdem ist er mit der Krankenpflegerin verwandt, auf die geschossen wurde. Er steckt also ganz bestimmt nicht mit drin. Ich muss jetzt gehen. Ich melde mich wieder. Auf Wiedersehen.« Sie drückte auf Beenden und schaltete das Telefon aus.

Ihre Hände waren schweißnass.

Cavalli reckte den Daumen in die Höhe. »Gut gemacht.«

Regina schloss die Augen. »McKenzie wird mich umbringen, wenn er von dem Anruf erfährt.«

»Er würde an deiner Stelle dasselbe tun.«

Auch diesmal war es der Geruch, den Cavalli zuerst bemerkte. Das Frittieröl war kaum wahrnehmbar, der säuerliche Schweiß umso deutlicher. Er kam von Westen. Vom Wald. Wie war Tracker dorthin gelangt? Der letzte Wagen, den Cavalli auf der Hauptstraße gehört hatte, war vor zwanzig Minuten vorbeigefahren. Wenn es der Buick gewesen war, hatte Tracker beim Long Creek geparkt. Zeitlich passte es, aber die Logik stimmte nicht. Würde Tracker nach der Tat nicht so rasch wie möglich fliehen wollen? Was nützte ihm ein Fahrzeug, das so weit wegstand? Cavalli glaubte schon, er habe sich den Geruch nur eingebildet, als es raschelte. Ein Nagetier, das in seinem Bau verschwand. Er zog an dem Nylonfaden, den er von seinem Versteck zum Haus gespannt hatte, um Buzz und Regina zu warnen.

Tracker würde der Steinader folgen, sie verlief parallel zum Bachbett. Fester Boden, spärliche Vegetation. Cavalli bezog hinter einer Esche Stellung. Kaum hatte er die Waffe im Anschlag, vernahm er das Knacken von Zweigen.

Und noch etwas. Ein leises Brummen. Cavalli ging in die Hocke und legte die Handflächen auf die Erde. Tatsächlich vibrierte der Boden. Ein Fahrzeug näherte sich, Scheinwerfer konnte er aber keine ausmachen.

Sie waren zu zweit gekommen.

Cavallis Kehle wurde trocken. Buzz war ein Profi, seine

Reaktion vorhersehbar. Was aber würde Regina tun? Käme sie mit der neuen Situation klar?

Er steckte die Waffe ein, nahm sein Messer hervor und schnitt ein Stück von dem mitgebrachten Nylonfaden ab. Die Enden wickelte er um zwei kurze, fingerdicke Zweige, die ihm als Griffe dienten. Trackers Fuß schabte über Stein. Er hatte den glatten Felsen vor der Kurve erreicht.

Eine Autotür ging auf.

Zwei Angreifer konnte Cavalli nicht gleichzeitig außer Gefecht setzen. Er konzentrierte sich auf Tracker. Ging in die Knie. Hob die Arme.

Da verstummten die Schritte.

Buzz zuckte nicht mit der Wimper, als er das Kratzen an der Scheibe hörte. Das vereinbarte Zeichen. Tracker war gekommen. Langsam stand Buzz auf und stellte sich neben das Fenster. Regina schlug das Herz bis zum Hals. Sie setzte sich wie besprochen auf den Küchenstuhl, legte die Ruger, die Buzz ihr gegeben hatte, in den Schoß und machte sich ein Sandwich. Falls Tracker sie von Weitem durch einen Feldstecher beobachtete, sollte alles ganz natürlich aussehen. Sie nahm einen Bissen. Die Erdnussbutter klebte ihr am Gaumen.

Draußen war es still. Buzz öffnete den Mund, um ihr etwas zu sagen. Bevor er dazu kam, knirschte es. Jemand war auf die Tannenzapfen getreten, die Cavalli vor dem Haus verteilt hatte.

Niemals hätte Tracker so nahe kommen dürfen.

Buzz zeigte auf den Eingang. Regina nahm die Ruger und stellte sich mit dem Rücken zur Wand hinter die Tür.

Warum hatte Cavalli Tracker nicht aufgehalten? Hatte der Mafioso ihn überwältigt? Regina schloss kurz die Augen. Buzz hatte ihr eingeschärft, nur an ihr Ziel zu denken, also malte sie sich aus, wie Tracker auf dem Boden lag, die Hände hinter dem Rücken gefesselt. Langsam beruhigte sich ihr Herzschlag.

Nichts geschah. Regina sah Buzz fragend an. Etwas stimmte nicht. Da roch sie es. Rauch. Zuerst glaubte sie, der Geruch stamme vom Toaster, doch Buzz hatte ihn seit dem Frühstück nicht benutzt. Ihr wurde kalt.

Jetzt schaute auch Buzz hinter sich. Er bedeutete ihr zu warten und eilte ins Schlafzimmer. Ein heller Schimmer kam aus dem Raum. Reginas erster Impuls war, Wasser zu holen, doch Buzz hatte ihr befohlen, seine Anweisungen zu befolgen, egal was geschah. Der Rauch wurde dichter. Buzz rannte in die Küche und kehrte mit einem Feuerlöscher zurück. Er vergewisserte sich, dass Regina die Waffe im Anschlag hatte, und verschwand im Zimmer. Regina umklammerte die Ruger.

Im Schlafzimmer zischte es. Der Schein der Flammen wurde heller. Nun kam das Licht auch aus der Küche. Tracker hatte einen zweiten Brand gelegt. Er wollte sie zwingen, das Gebäude durch die Haustür zu verlassen. Panik überkam Regina. Hustend legte sie den Finger auf den Abzug und bereitete sich darauf vor, ins Freie zu treten. Der Rauch, der aus dem Schlafzimmer quoll, war dick und beißend. Buzz kam wieder heraus. Ohne Feuerlöscher, dafür mit einer Glock in der Hand. Als er die brennende Küche sah, riss er die Haustür auf.

Wäre Tracker nur ein paar Schritte weitergegangen, hätte Cavalli ihm von hinten die Nylonschnur um den Hals legen können. Aber der Mafioso verließ den Pfad. Um seinem Kumpel Deckung zu geben? Wer war der zweite Mann? War O'Donnell dem FBI entwischt? Cavalli fluchte. Er hätte diese Möglichkeit in Betracht ziehen müssen.

Er wartete, bis sich Tracker einige Schritte entfernt hatte, dann folgte er ihm. Hinter dem Haus sammelte der Mafioso Zweige vom Boden, dann griff er nach einem Gegenstand. Cavalli kniff die Augen zusammen. Ein Lappen. Als der Geruch von Benzin zu ihm drang, war es bereits zu spät. Die Zweige brannten. Tracker verschwand um die Ecke, Cavalli rannte ihm hinterher.

Die Flammen breiteten sich rasant aus. Dahinter Dunkelheit. Cavalli hörte ein Klacken. Metall auf Metall. Es kam von Buzz' altem Pick-up, der neben dem Haus stand. Tracker hatte sich dahinter in Stellung gebracht, zielte auf die Haustür.

Die Flammen hatten erst zwei Außenwände erfasst, die größere Gefahr ging vom Rauch aus. Regina und Buzz mussten ins Freie.

Die Tür ging auf. Cavalli rannte zum Pick-up, um Tracker abzulenken. Ein Schuss war zu hören. Er kam nicht von Tracker, sondern von der Einfahrt. Cavalli packte die Seitenwand der Ladefläche, schwang sich hinauf. Tracker stand mit gestrecktem Arm neben der Fahrertür, die Pistole auf die Haustür gerichtet. Buzz kam heraus. Cavalli sprang und landete auf Trackers Arm. Ein zweiter Schuss fiel. Cavalli spürte einen stechenden Schmerz im Kopf.

Buzz bedeutete Regina, ihm Deckung zu geben. Sie richtete die Ruger in die Dunkelheit und drückte den Abzug. Der Schuss ging früher los als erwartet. Kein Rückstoß. Es dauerte einen Augenblick, bis sie begriff, dass er nicht von der Ruger stammte. Sie drückte fester. Diesmal schleuderte es sie nach hinten. Sie verlor Buzz aus den Augen, zog den Arm zurück und presste sich gegen die Wand.

Von draußen kamen weitere Schüsse. Im Schlafzimmer krachte es, als die Wand einstürzte. Noch waren die

Flammen nicht aufs Wohnzimmer übergesprungen, lange konnte Regina aber nicht mehr im Haus bleiben. Die Zeitung auf dem Küchentisch fing Feuer, plötzlich brannte auch der Türrahmen. Eine Rauchwolke zog in ihre Richtung. Regina bedeckte Mund und Nase. Ihre Augen brannten, Tränen trübten ihr die Sicht.

Sie hatte keine Wahl. Mit der ausgestreckten Waffe trat sie aus dem Haus. Es knallte. Sie wartete auf den Schmerz, doch da war nichts. Ein Schatten löste sich aus der Dunkelheit und lief quer an ihr vorbei. Buzz. Er schoss in einem Halbkreis um sich. Regina begriff, dass er ihr Deckung gab, und spurtete los. Sie hatte die Einfahrt erreicht, als ein weiterer Schuss fiel, ganz nah. Er kam aus dem Wald. Sie duckte sich hinter ein Gebüsch, aus dem Augenwinkel sah sie, wie Buzz zu Boden ging. Ihn dort liegen zu lassen, kam einem Todesurteil gleich. Wo war Cavalli?, fragte sich Regina verzweifelt.

Hinter der Tanne wurde eine Waffe geladen. Cavalli oder Tracker? Regina schlich auf die Stelle zu. Sie sah die Umrisse eines Mannes. Nicht Cavalli. In der Hand hielt er eine Pistole, die auf Buzz gerichtet war. Regina preschte durchs Gebüsch. Der Mann drehte den Kopf.

Patrick O'Donnell.

Regina presste ihm die Mündung der Ruger gegen die Schläfe. O'Donnell lachte.

»Lass die Waffe fallen«, befahl sie.

Er bewegte sich nicht. Würde sie wirklich abdrücken? Buzz hatte ihr eingeschärft, keine falschen Drohungen auszusprechen. Lieber ablenken, hatte er gesagt.

»Das FBI sucht dich. Weit wirst du nicht kommen.«

O'Donnell schwieg.

»Du warst in der Schweiz«, fuhr sie fort. »Am 27. Juli.«

Das Dach des Hauses stürzte ein.

»Bezahlt dich Sweeney, oder hat er etwas gegen dich in der Hand?«, fragte sie.

O'Donnell zuckte zusammen.

»Hast du gedacht, ich wüsste es nicht?«

»Er wird dich kriegen«, sagte O'Donnell. »Das ist dir wohl klar.«

»Das Einzige, was er kriegen wird, ist eine lange Gefängnisstrafe. Ich glaube nicht, dass er sie überlebt, krank, wie er ist.«

Sie sah O'Donnell an, dass sie ins Schwarze getroffen hatte. »Er muss verzweifelt sein, um Nieten wie euch zu engagieren. Sein Einfluss hat wohl nachgelassen.«

Noch ein Volltreffer. O'Donnell richtete sich auf. Bereits bereute Regina, ihn provoziert zu haben, da ließ er den Arm, der die Waffe hielt, leicht sinken. Er hatte Buzz vergessen.

»Ich erinnere mich gut an Sweeneys erste Garde«, sagte Regina. »Das waren richtige Männer.«

Plötzlich entspannte sich O'Donnell. »Netter Versuch.«

Regina spürte einen Schlag am Schienbein, einen Schmerz im Handgelenk. Die Waffe flog ihr aus der Hand, der Wald drehte sich, der Boden kam näher. Es knackte, O'Donnell jaulte. Regina sah auf.

Cavalli stand über dem Mafioso, der gekrümmt am Boden lag. Der rechte Arm des Mannes hatte auf einmal drei Gelenke. Auf Cavallis Gesicht lag blanker Hass.

Regina rappelte sich auf. »Er kann niemandem mehr etwas tun!«

Cavalli holte zu einem weiteren Schlag aus.

»Cava!« Regina sprang auf. »Es reicht!«

Cavalli hielt inne. »Kabelbinder. In meiner Gesäßtasche.«

Sie holte die Kabelbinder hervor und half ihm, O'Donnell zu fesseln.

»Kümmere dich um Buzz«, wies er sie an.

Sie rannte los. Buzz hatte sich von dem brennenden Haus weggeschleppt und saß gegen einen Baumstamm gelehnt, die Hand auf den Oberschenkel gepresst.

Regina fiel neben ihm auf die Knie. »Wie schlimm ist es?«

Er blickte zum Wald.

»Cava hat ihn unter Kontrolle. Es ist O'Donnell«, sagte Regina.

Buzz sackte zusammen.

»Wie schwer bist du verletzt?«, wiederholte sie.

»Nur eine Fleischwunde. Keine Arterie getroffen.« Er sah zum Haus hinüber, eine Wand stürzte ein. »War sowieso Zeit für eine Renovierung.«

Regina versuchte zu lachen, doch es gelang ihr nicht. Mit zitternden Fingern untersuchte sie Buzz' Wunde. Sie blutete so stark, dass Regina nicht feststellen konnte, wie gravierend die Verletzung war. Buzz blieb bei Bewusstsein, was sie als gutes Zeichen deutete. Als Cavalli mit O'Donnell aus dem Wald kam, versuchte er sogar aufzustehen.

»Wo ist der Zweite?«, rief er.

Cavalli deutete auf sein Ohr.

»Was ist passiert?«, fragte Regina.

»Vermutlich das Trommelfell«, erklärte Buzz. »Schuss dicht am Ohr. Es lässt mit der Zeit nach.« Er streckte zwei Finger in die Höhe.

Cavalli begriff. »Hinter dem Pick-up. Gefesselt.«

Buzz hielt einen dritten Finger hoch.

Cavalli schüttelte den Kopf. »Nur zwei.«

In der Ferne erklangen Sirenen. O'Donnell wimmerte. Als Buzz die Augen schloss, fürchtete Regina schon, er habe das Bewusstsein verloren, doch da öffnete er sie wieder und hielt ihr die flache Hand entgegen. Sie verstand nicht, was er von ihr wollte. Er deutete auf ihre Hand. Sie hob sie, und er schlug dagegen.

»Gut gemacht«, sagte er.

Die Rettungskräfte trafen ein, dicht gefolgt von einem Escalade. Jim McKenzie stieg aus, seine Augen blitzten zornig. Während sich die Sanitäter um Buzz kümmerten, nahm er Regina und Cavalli zur Seite.

»Was habt ihr euch dabei gedacht?«

Es zischte, als Löschwasser auf die Flammen traf.

»Ihr hattet mehr Glück als Verstand!«, knurrte er.

Cavalli ließ die Moralpredigt unberührt über sich ergehen. Regina fragte sich, ob er McKenzie überhaupt hörte.

»Wir hatten keine Wahl«, sagte Regina.

»Ihr hättet mit uns zusammenarbeiten können.«

»Ich kann meine Tochter nicht so lange allein lassen.«

McKenzie sah sie schweigend an. »Das wäre auch nicht nötig gewesen«, sagte er schließlich. »Lily und Chris sind auf dem Weg hierher.«

# 39

*Cherokee, 20. August*

Cavalli stand am Fenster und sah auf die Notaufnahme hinunter. Eine Ambulanz fuhr vor, ein Sanitäter rollte eine Trage heraus. Darauf lag ein alter Mann. Eine Sauerstoffmaske bedeckte sein Gesicht, ein Schlauch führte in seinen weißen Arm.

Da hätte jetzt auch Regina liegen können, dachte Cavalli. Immer wieder gingen ihm die Ereignisse der vergangenen Nacht durch den Kopf. Sie hatten Patrick O'Donnell unterschätzt. Der Liaison Officer hatte Reginas Anruf zwar nicht als Falle erkannt, doch es war ihm klar geworden, dass er die Sache zu Ende bringen musste. Dafür war er bereit gewesen, ein Risiko einzugehen. Er meldete sich krank, schaltete sein Telefon aus und tauchte unter. Zur Besprechung mit dem FBI war er gar nicht erst erschienen.

Cavalli legte die Hand aufs Ohr. Das Pfeifen machte ihn nervös. Der Arzt hatte ihm versichert, es werde nachlassen, möglicherweise aber etwas zurückbleiben. Die Angst, nie mehr Stille genießen zu können, quälte Cavalli.

In wenigen Tagen würde er zurück in die Schweiz fliegen. Was erwartete ihn dort? Joe Walker hatte angedeutet, es fehle ihm an guten verdeckten Ermittlern. Die Vorstellung, für ihn zu arbeiten, widerstrebte Cavalli. Außerdem traute er ihm nicht. Warum hatte Walker Chris und Lily ausgerechnet in die USA bringen lassen, in Donald Sweeneys Reichweite? Als sie am Vormittag telefonierten, hatte Walker behauptet, er habe Regina entlasten wollen. Er war davon ausgegangen, dass sie mit dem FBI zusammenarbeitete. In Quantico hätte man Lily und Chris rund um die Uhr bewachen können.

Genauso wenig gefiel es Cavalli, dass sich Sweeney auf freiem Fuß befand. Tighe Leary redete immer noch nicht, und auch Patrick O'Donnell hüllte sich in Schweigen. Wenigstens Mannix Tracker hatte ausgepackt. Er behauptete, es stünden keine weiteren Personen auf Sweeneys Gehaltsliste. Um an seine Informationen zu gelangen, hatte der Mafiaboss seine Leute bestochen, erpresst oder den ein oder anderen Gefallen von ihnen eingefordert. Hughes' Neffe war wegen Drogenbesitzes verhaftet worden. Sweeney hatte dafür gesorgt, dass er freikam. Als Gegenleistung verschaffte Hughes John Payne im Smith-McDowell House eine Stelle. Brian Fuller hatte einen Menschen angefahren und Fahrerflucht begangen. Der Polizist, der die Zeugenaussagen aufgenommen hatte, war ein Cousin Sweeneys gewesen. Im Protokoll vertauschte er die Zahlen auf dem Autokennzeichen. In den letzten Jahren hatte Sweeneys Einfluss aber deutlich nachgelassen. Tracker sagte, er habe ihn seit seiner Entlassung aus dem Gefängnis nie ohne Rollstuhl und Sauerstoffgerät gesehen. Es war nur eine Frage der Zeit, bis das FBI ihn aufspürte. Ohne seine drei Handlanger war er machtlos.

»Tsi'skwa?«, sagte June. »Komm, setz dich zu uns.«

Cavalli wandte sich vom Fenster ab und betrachtete Lily, die sich eng an Regina schmiegte. Er lächelte. Lily steckte den Daumen in den Mund und sah weg. Als er sie vorhin in die Arme nehmen wollte, hatte sie zu weinen begonnen. Er war über sechs Monate weg gewesen. Ein Siebtel ihres

Lebens. In dieser Zeit war er ihr fremd geworden. Er verschränkte die Arme.

»Du siehst aus wie ein Polizist«, sagte Emma.

»Eher wie Crazy Horse«, sagte Chris. »Meinst du, die stellen dich bei der Kapo wieder ein mit dem Look?«

»Crazy Horse war ein Lakota«, entgegnete Cavalli.

»Er war ein geschickter Krieger«, sagte June. »Der die US-Army in einen Hinterhalt gelockt hat.«

»Und angeschossen wurde, weil er jemandem die Frau ausspannte«, fügte Emma trocken hinzu. Sie stand auf. »Ich gehe mal nach Buzz schauen. Vielleicht ist die Penntüte inzwischen wach.«

»Wann darf er nach Hause?«, fragte Cavalli.

»Nach Hause?« Emma stemmte die Hände in die Seiten.

»Wann wird er entlassen?«, versuchte er es noch einmal.

»Morgen, vermutlich. Und Bird?«

Er wartete.

»Du bist Ihm etwas schuldig.«

Cavalli nickte. Buzz hatte nicht nur sein Zuhause verloren, er hatte sein Leben riskiert, um Regina und ihm zu helfen. Die Geldsumme, die sie vereinbart hatten, reichte höchstens, um den materiellen Schaden zu begleichen. Emma kam zu ihm.

»Ich meine nicht Buzz«, flüsterte Emma leise in sein gesundes Ohr. »Es versteht sich von selbst, dass wir füreinander da sind. Ich meine Ihn.« Sie sah nach oben.

Cavalli schwieg.

»Ich habe deine Mutter noch nie so glücklich gesehen.« Emma blickte zum Krankenbett. »Das Einzige, was ihr fehlt, ist, dass ihr euch versöhnt.«

Sie verließ das Zimmer. Cavalli wandte sich wieder zum Fenster. Er hatte es nie für möglich gehalten, dass sie sich alle einmal in einem Raum aufhalten würden: seine Mutter,

Regina, Lily, Chris und er. Das musste genügen. Er dachte an Emmas Vorwurf, er suhle sich im Unrecht, das ihm angetan worden sei. Möglicherweise hatte sie recht. Er konnte die Vergangenheit nicht hinter sich lassen. Sie hatte ihn geprägt, war ein Teil von ihm. Sie auszublenden bedeutete einen zu tiefen Eingriff. In dieser Beziehung war er wie Sweeney.

»Cava?«, riss ihn Regina aus seinen Gedanken. »Ich hole uns etwas zu trinken. Möchtest du auch etwas?«

»Nein, danke«, antwortete er, ohne sich umzudrehen.

»June? Gail?«

»Eistee wäre jetzt genau das Richtige«, sagte June.

»Was ist mit dir, Chris?«, fragte Regina.

Ein Stuhl wurde zurückgeschoben. »Ich komme mit. Muss aufs Klo.«

»Muss aus Ko«, wiederholte Lily.

»Du kannst nicht mit mir aufs Klo«, sagte Chris. »Du bist ein Mädchen.«

»Mit Kiss«, insistierte Lily.

Cavalli hörte, wie Regina mit der Wache im Flur einige Worte wechselte, bevor die Tür hinter ihr ins Schloss fiel. Sein Blick ging nach unten. Die Ambulanz war weg. Dort, wo sie gestanden hatte, tanzte der Schatten einer Ulme auf dem Asphalt. Cavalli starrte auf die Formen, die sich mit jedem Luftzug veränderten.

»Setz dich zu uns«, bat June.

Formen, die sich veränderten. Trotz der Wärme im Krankenzimmer gefror das Blut in Cavallis Adern.

»Wo ist die Toilette?«, rief er.

Junes Augen weiteten sich. »Am Ende des Flurs, dort –«

»Links oder rechts?« Cavalli rannte bereits zur Tür.

»Rechts. Was –«

»Die Cafeteria?«

»Nach links, die Treppe runter.«

In die entgegengesetzte Richtung. Und Buzz lag eine Etage höher. Cavalli stürzte aus dem Zimmer. Die Wache sah ihn erschrocken an.

»Er ist hier!«, brüllte Cavalli. »Im Krankenhaus. Sweeney. Ruf Verstärkung. Sofort!«

Die Wache zögerte. Cavalli entriss ihm das Funkgerät und gab den Alarm durch. Automatisch glitt seine Hand zum Hosenbund. Keine Beretta. Das FBI hatte sie eingezogen, zusammen mit Reginas Ruger und Buzz' Glock. Cavalli packte eine Blumenvase vom Trolley, schüttete die Gladiolen mitsamt dem Wasser auf den Boden und rannte zur Treppe. Er nahm drei Stufen auf einmal, schlitterte um die Ecke.

Die Cafeteria war voller Menschen. Cavalli hielt nach Lily Ausschau. Überall sah er schwarzhaarige Kinder, Lily befand sich nicht unter ihnen. Ein Mann trat zur Seite und gab die Sicht auf eine zierliche Gestalt vor dem Getränkeautomaten frei.

»Regina! Wo ist Lily?«, rief er.

Sie zuckte zusammen. »Ist etwas passiert?«

»Sweeney!«

Sie merkte nicht, wie ihr Becher überlief. »Hier?«

»Lily, wo ist sie?«

»Bei Chris. Sie wollte die Wandgemälde – «

Cavalli packte sie am Arm und zerrte sie durch die Cafeteria. »Welchen Weg sind sie gegangen?«

»Weiß nicht! Chris hat etwas von Jistu gesagt.«

Der Hase. Lily liebte ihn fast so sehr wie das Opossum. Cavalli konnte sich nicht daran erinnern, an einem Gemälde von Jistu vorbeigekommen zu sein. Regina war vor ihm da gewesen, fiel ihm jetzt ein. McKenzie hatte sie hergebracht, als Cavalli noch mit der Cherokee Police gesprochen hatte.

»Wo wart ihr? Bevor ich kam?«, fragte er.

»Bei Buzz. Aber er schlief.«

Er rannte zurück zur Treppe. Tatsächlich gab es auf der zweiten Etage ein Wandbild von Jistu. Chris und Lily waren nicht dort.

»Wo hast du Sweeney gesehen?« Regina klang panisch.

»Draußen.«

»Am Haupteingang steht eine Wache.«

»Er kam mit der Ambulanz.« Cavalli sah den alten Mann auf der Trage wieder vor sich.

»Ich geh zur Notaufnahme«, sagte Regina. »Such du nach Lily und Chris.«

Sie wollte sich abwenden, doch er hielt sie fest. »Wir bleiben zusammen.«

Da begriff sie. Auch sie war in Gefahr. »Vielleicht sind sie bei Buzz?«

Cavalli bezweifelte es, doch er spurtete zum Krankenzimmer. Erstaunte Blicke folgten ihm. Cavalli kämpfte sich zu Buzz durch. Emma stand an seinem Bett – Lily und Chris nicht.

Buzz schaute auf. »Hast mich wohl vermisst«, scherzte er.

»Hast du Lily oder Chris gesehen?«

Buzz wurde ernst. »Was ist passiert?«

»Sweeney ist da.«

Buzz zog sich hoch, schlug die Decke zurück und schwang sich aus dem Bett. Sein Oberschenkel war verbunden.

»Leg dich hin!«, wies Emma ihn an.

Buzz humpelte zu einem Rollstuhl, der in der Ecke stand.

»Em, du kommst mit uns.« Cavalli wandte sich an die Familienangehörigen von Buzz. »Wir suchen ein dreieinhalbjähriges Mädchen. Und meinen Sohn.« Er beschrieb sie kurz. »Ein alter Mann ist hinter ihnen her. Ein Weißer. Unterschätzt ihn nicht! Er ist gefährlich. Vermutlich bewaffnet. Wenn ihr sie findet, bringt sie ins Zimmer meiner Mutter.« Er nannte die Nummer. »Dort steht eine Polizeiwache.«

»Vielleicht sind sie inzwischen zurück«, sagte Regina. »Wir sollten nachsehen, bevor wir weitersuchen.«

Chris und Lily waren nicht bei Gail. Die Wache vor dem Zimmer sprach aufgeregt ins Funkgerät, June rang die Hände.

»Em, du bleibst hier bei June und Gail«, rief Cavalli. »Buzz, pass auf sie auf.« Er wandte sich an die Wache. »Hast du eine zweite Waffe?«

»Verstärkung ist unterwegs«, antwortete der Polizist.

Cavalli packte ihn am Kragen. »Wenn Sweeney hier auftaucht, wirst du nicht allein mit ihm fertig. Buzz braucht eine Waffe!«

Der Polizist reichte ihm einen Schlagstock.

»Und du?«, rief Buzz.

Cavalli spurtete bereits den Flur hinunter. Regina folgte ihm. Wohin würde Chris mit Lily gehen? Er wusste von der Gefahr, in der sie sich befanden. War er wirklich so verantwortungslos? Cavalli fluchte. Wie hatte er Lily seinem Sohn anvertrauen können? Er korrigierte sich. Wie hatte er seine Kinder aus den Augen lassen können? Es war seine Aufgabe, seine Familie zu beschützen, nicht die seines Sohnes oder der Wachen. Einmal mehr hatte er Sweeney unterschätzt.

»Was macht Lily gerne?«, fragte er.

»Sich Geschichten erzählen lassen, sich verkleiden, Blumen pflücken«, zählte Regina auf. »Mit ihrem Adler … der Adler! Sie hatte ihn im Arm, als wir kamen. Später habe ich ihn nicht mehr gesehen. Vielleicht hat sie ihn irgendwo liegen lassen, und Chris ist ihn suchen gegangen. Sie weigert sich, auch nur einen Schritt ohne das Stofftier zu –«

Cavalli packte sie an den Schultern. »Wo könnte sie ihn verloren haben?«

Regina starrte ihn an.

»Denk nach! Was habt ihr gemacht, als ihr hier angekommen seid?«

»Der Strauß … Wir haben Blumen gekauft.«

Cavalli setzte sich wieder in Bewegung. Neben dem Haupteingang befand sich ein Geschäft, das Geschenkartikel und Blumen verkaufte. Der Weg dorthin führte vorbei an der Röntgenabteilung, gleich daneben befand sich der Durchgang zur Notaufnahme. Durch die Milchglasscheibe sah Cavalli Schatten, die sich rasch bewegten. Die Tür flog auf, und eine Angestellte rannte an ihnen vorbei. Ein Alarm ertönte. Cavalli sah eine Person auf dem Boden liegen. Regina hatte sie ebenfalls gesehen. Von der Statur her hätte es Chris sein können. Als sie näher gingen, erkannte Cavalli, dass es sich um einen Krankenpfleger handelte. Seine Erleichterung war von kurzer Dauer. Der Pfleger zuckte, nur das Weiß seiner Augen war zu sehen. Jemand rief etwas von Schock, Hände hievten den Mann auf eine Bahre. Ärzte eilten herbei. Jemand zog eine Spritze auf. Cavalli schob eine Pflegerin beiseite.

»Gehen Sie weg!«, rief die Frau.

»Beta-Antiarin!«, sagte Cavalli.

Einer der Ärzte sah auf.

»Ein Pfeilgift. Vermutlich wurde es dem Pfleger gespritzt.«

Eine Waffe hätte Sweeney kaum ins Krankenhaus schmuggeln können, eine Ampulle hingegen schon.

Der Arzt erteilte Anweisungen. Das Notfallpersonal verschwand mit der Bahre.

»Bleiben Sie hier!«, rief der Arzt Cavalli zu. »Ich habe noch Fragen!«

Cavalli sprintete zum Notfall-Empfang. »Der alte Mann, der mit der Ambulanz kam. Wo ist er?«

Die Angestellte sah Cavalli verständnislos an, sichtlich erschüttert über die Ereignisse.

»Vor rund fünfunddreißig Minuten«, schnauzte er. »Ein Weißer.«

Endlich begriff sie. »Mit ihm ist alles in Ordnung. Er war nur dehydriert.«

»Wo ist er?«, wiederholte Cavalli.

»Er wartet auf seine Entlassungspapiere.« Sie zeigte zum Warteraum, der mit Patienten gefüllt war. »Er ist weg«, stellte sie erstaunt fest. »Weit kann er nicht sein, er sitzt im Rollstuhl.«

Sie rannten zum Warteraum. Erfuhren, dass Sweeney einen Pfleger gebeten hatte, ihn zur Toilette zu begleiten. Was anschließend geschehen war, konnte sich Cavalli ausmalen. Der nächste Aufzug befand sich in der Eingangshalle. Dort musste Sweeney Chris und Lily über den Weg gelaufen sein.

Falls Lily den Adler wirklich in dem Blumenladen liegen gelassen hatte.

Falls Chris mit ihr auf dem Weg dorthin war.

Cavalli musste handeln. Und davon ausgehen, dass es sich so zugetragen hatte. Was hätte Sweeney getan? Lily war kein zutrauliches Kind, sie anzulocken schwierig. Blieb Chris. Der kaum Verdacht schöpfen würde, wenn ihn ein gebrechlicher alter Mann im Rollstuhl um Hilfe bat. Vielleicht war Sweeney etwas heruntergefallen. Oder er hatte Chris mit brüchiger Stimme gebeten, ihn irgendwohin zu bringen. Irgendwohin, wo man ihn nicht entdecken würde.

Wo er auf Cavalli warten konnte.

»Ein leeres Patientenzimmer«, sagte er.

Sie eilten zum Aufzug. Cavallis Finger schwebte über den Knöpfen. Ganz oben befand sich die Langzeitstation. Dort kannte man die Patienten gut. Cavalli wählte die zweitoberste Etage.

Sie stiegen aus. Sanfte Farben, das Gemurmel von Stimmen aus einem Büro. Eine Holzstatue, darüber ein Wandgemälde mit einer aufgehenden Sonne. Cavalli riss die erste

Tür auf, im Bett lag ein schlafender Patient. Im nächsten Zimmer traf er auf eine Familie. Regina suchte die Zimmer auf der gegenüberliegenden Seite ab. Das rhythmische Klicken der Türklinken führte zu überraschten Ausrufen.

Plötzlich – Stille.

Cavallis Hand lag bereits auf der nächsten Klinke, als er es bemerkte. Regina stand wie angewurzelt da. Sie schaute kurz zu ihm, kreideweiß. Dann trat sie in den Raum.

Cavalli durchquerte den Flur in zwei großen Schritten. Da sah er Lily.

Sie lag auf Sweeneys Schoß, die Augen geschlossen. Ihr Kopf ruhte auf der Armlehne des Rollstuhls. Der Laut, den Regina von sich gab, ging Cavalli durch Mark und Bein.

»Sie lebt«, sagte Sweeney vergnügt.

Wie als Bestätigung zuckten Lilys Augenlider.

»Noch.« Sweeney sah nach unten. »Die erste Spritze enthielt nur ein Schlafmittel.«

Erst jetzt sah Cavalli die Spritze in der Hand des Mafioso. Die Nadel berührte Lilys Hals. Er roch seinen eigenen Schweiß, scharf und stechend.

»Schließ die Tür.«

Cavalli schloss sie.

»Stell die Vase hin.«

Langsam befolgte Cavalli seine Anweisungen.

»Bitte nicht«, flüsterte Chris. »Sie hat Ihnen doch nichts getan.«

Er stand an der Wand, die Handflächen über dem Kopf gegen die Mauer gepresst. Das lange Haar verdeckte sein Gesicht, doch Cavalli sah, wie er durch seinen Arm spähte.

»Die ganze Familie vereint«, gluckste Sweeney. »Was für ein schönes Bild. Liebst du sie, Bruno?«

Regina unterdrückte einen Schluchzer. »Damit wirst du nicht –«

»Schnauze!«, zischte Sweeney.

Sie verstummte.

»Sieh sie dir an, Bruno.« Sweeneys Blick ging von Regina zu Chris und blieb an Lily hängen. Mit einem Finger strich er ihr über die Wange.

Der Raum schwankte.

»Nimm mich«, sagte Regina. »Ich bin schuld an dem, was damals geschah!«

Sweeney legte den Kopf schräg, wie ein alter Vogel. »Hmm«, krächzte er. »Warum eigentlich nicht?«

Er klang, als schiene er sich mit dieser Idee anzufreunden, Cavalli war aber überzeugt, dass sich der Mafioso jeden einzelnen Schritt genau überlegt hatte. Und dass alles exakt nach Plan verlief.

»Stell dich an die Wand«, befahl Sweeney. »Neben den Jungen.«

Regina ging zu Chris.

»Junge, nimm das Kabel dort.« Sweeney deutete auf die Glocke, die über dem Bett hing.

Chris entfernte sie ungeschickt.

»Fessle ihr die Hände. Hinter dem Rücken.«

Chris wickelte das Kabel um Reginas Handgelenke.

»Fester!«

Chris zog am Kabel. Sweeney folgte jeder Bewegung, bis er sicher sein konnte, dass der Knoten hielt. Die Schlaufe, die Chris stehen gelassen hatte, fiel ihm nicht auf.

»Knie dich hin«, forderte er Regina auf.

Sie tat wie geheißen.

»Und jetzt komm hierher«, sagte er. »Ganz langsam.«

Regina rutschte auf den Knien Richtung Rollstuhl.

»Beug deinen Kopf über das Kind.«

Sie bewegte den Kopf, den Blick auf Sweeney gerichtet. Nein!, schrie eine Stimme in Cavalli. Schau mich an! Im letzten Moment drehte sie den Kopf. Sweeneys Hand griff nach ihrem Haar. Eine Klaue, knochig und dürr. Er schob die Strähnen beiseite. Darunter kam zarte Haut zum Vorschein. Die Nadelspitze zeigte auf Reginas Halsschlagader.

»Schau hin, Bruno. Es sind ihre letzten Atemzüge.«

Egal, wie schnell er wäre, er käme zu spät. Cavalli schloss die Augen. Sweeneys Stimme hallte in seinem Kopf.

Schau hin.

Sweeney hatte ihm soeben einen Ausweg gezeigt! Der alte Mann wollte, dass er zusah, wie Regina starb. Viele Jahre hatte er sich diesen Moment ausgemalt. Sich vorgestellt, wie Cavalli daran zerbrach. Er hatte ein Drehbuch geschrieben, nun lief der Film. Doch ein Film brauchte Zuschauer.

»Schau hin, Bruno!«

Cavalli senkte den Kopf wie zum Gebet. Er stimmte einen leisen Singsang auf Tsalagi an. »Lass dir nicht anmerken, dass du mich verstehst, Ujetsdi.«

Hoffentlich sprach Chris genug Tsalagi! Schweizerdeutsch war zu heikel, Sweeney würde dahinter sofort einen Trick vermuten.

»Ich werde mich jetzt abwenden«, sang er heiser. »Der Alte wird sich ärgern. Einen kurzen Moment wird er abgelenkt sein. Das ist deine Chance. Pack den Arm, der die Spritze hält. Zieh ihn zurück, so schnell und so weit du kannst. Renk ihm die Schulter aus. Du darfst nicht zögern, egal, was geschieht. Ich zähle auf drei.«

Er schluckte. »Eins.«

Er zwang sich, die Augen geschlossen zu halten.

»Zwei.«

Schweiß rann ihm über den Rücken.

»Drei.«

Er drehte sich weg.

»Schau hin, hab ich gesagt!«, krächzte Sweeney.

Cavalli spürte einen Luftzug. Hörte, wie Turnschuhe auf dem Boden quietschten. Einen verärgerten Aufschrei. Chris zog an Sweeneys Arm. Nicht fest genug, um ihm die Schulter auszukugeln, doch die Spritze entfernte sich von Reginas Hals. Cavalli sprang nach vorne, riss Regina zur Seite, packte Lily. Er zog an der Kabelschlaufe hinter Reginas Rücken. Die Fessel fiel von ihren Handgelenken. Cavalli drückte ihr Lily in die Arme.

»Lauf!«, rief er.

Sie rannte aus dem Zimmer. Chris hielt Sweeney immer noch am Arm gepackt. Die Spritze fiel dem alten Mann aus der Hand. Landete auf seinem Schoß. Mit der freien Hand griff er danach. Cavalli schnellte hervor, doch Sweeneys knochige Finger schlossen sich bereits um die Kanüle.

»Chris!«, schrie Cavalli. »Weg!«

Chris bewegte sich nicht. Sweeney hob die Hand mit der Spritze. Cavalli rammte Chris mit der Schulter. Die Spritze schoss knapp an Cavallis Gesicht vorbei. Die Wucht des Aufpralls warf beide zu Boden.

Sweeney schrie wütend. Er ballte die Faust, stieß sich die Spritze in den Bauch. Sekunden später begann er zu zucken. Seine Finger krallten sich in die Armlehnen des Rollstuhls, die Adern an seinen Armen waren dick wie Stränge.

Gemeinsam schauten Cavalli und Chris ihm beim Sterben zu. Erst als sich der alte Mann nicht mehr bewegte, drehte sich Cavalli zu seinem Sohn hin. »Es ist vorbei«, sagte er leise.

Chris' Blick war leer. Cavalli nahm ihn in die Arme. Chris zitterte, erst kaum wahrnehmbar, dann immer heftiger. Cavalli drückte ihn fester an sich. Seine Schulter war nass von Chris' Tränen.

»Danke«, flüsterte Cavalli.

# 40

*Epilog*

Eine feine Schlammschicht bedeckte den Griff des Army No. 2. Trommel und Arretierstift waren ausgerastet, die Patronenlager längst mit Wasser gefüllt. Bereits bildeten sich erste Rostblasen im Lauf. Eine Barbe schwamm am Revolver vorbei, die fleischigen Lippen öffneten sich, suchten nach Nahrung. Sie fanden keine. Als der Fisch weiterzog, streifte seine Flosse den Abzug. Kleine Wirbel bildeten sich, wo das Wasser auf Widerstand traf. Weitere Schlammpartikel legten sich wie Schmauchspuren auf die Waffe.

Über dem Fluss wehte eine Brise. Silberweiden raschelten, Schilf flüsterte. Die Wasseroberfläche schimmerte im fahlen Mondlicht. Eine Wolfsspinne krabbelte am Ufer über den Kies, verschwand zwischen dem ausgebleichten Holz. Im Wald bahnte sich ein Dachs einen Weg durchs Gehölz, hier und da grub sich seine Schnauze in die Erde.

Die Nacht schritt voran. Am Himmel strahlten die Sternbilder Adler und Schwan, knapp über dem Horizont war bereits der Schütze zu erkennen. Der Große Wagen stand weit im Norden, der Skorpion ging langsam unter. Sein Hauptstern leuchtete hell, fast wie ein Abschiedsgruß. Pegasus kündigte den Herbst an.

Davon spürte der Angler wenig, als er im Morgengrauen die Rute auswarf. Schweigend stand er am Fluss, die aufgehende Sonne wärmte sein Gesicht. Ein Bleigewicht zog die Angelschnur in die Tiefe, am Haken wand sich ein Wurm. Angelockt durch einen Futterkorb, wagte sich die Barbe in die Nähe. Sie roch Käse und Maden, sah den prallen Wurm. Als sie zubiss, verhakte sie sich. Sie versuchte, in die Strömung zu flüchten, zuckte heftig, schwamm gegen den Zug in ihrem Mund an. Ihre Flossen wirbelten Schlamm auf. Sedimente rieselten auf den Army No. 2 herunter. Sie fielen auf den brünierten Lauf, begruben das Korn.

Zebramuscheln hefteten sich mit ihren Fäden an den Hahn des Revolvers. Neben den Schalen wiegten sich Schraubenalgen. Ihre Zellen bildeten eine Brücke, verschmolzen miteinander zu einer dichten, hellgrünen Matte, bereit, im Frühling auszukeimen. Der Schriftzug »Smith & Wesson Springfield Mass.« war nicht mehr zu erkennen.

# Danke

»Alte Feinde« ist der achte Fall für Regina Flint und Bruno Cavalli. Wieder durfte ich auf die Unterstützung von vielen Personen und Institutionen zählen. Bis jetzt habe ich diese nie aufgeführt, denn in meinem ersten Buch war es aus verschiedenen Gründen nicht möglich, und später kam es mir unfair vor gegenüber jenen, die ich nicht erwähnt hatte. Warum tue ich es also jetzt?

Mir ist es wichtig, genau zu recherchieren. Ich kläre die Fakten ab, besuche Schauplätze, lasse mich von Fachpersonen beraten und inspirieren. In »Alte Feinde« war es mir aber nicht immer möglich, Augenschein zu nehmen und mit Betroffenen zu reden, denn erstmals behandle ich ein historisches Thema. Dabei habe ich mich auf die Arbeit anderer gestützt. Diese Werke möchte ich hier aufzählen, um transparent zu sein:

Jürg Weibels *Eine Chronik*, Rolf Kiesers *Hauptmann Henry Wirz und die Hintergründe des Andersonville-Prozesses* und *Kentucky's Elizabeth Wirz* von Nancy Hitt haben mich mit dem Leben von Heinrich H. Wirz vertraut gemacht. Um mehr über das Gefangenenlager Andersonville zu erfahren, habe ich mich in *History of Andersonville Prison* von Ovid L. Futch, *Andersonville* von MacKinlay Kantor, *Andersonville Diary* von John L. Ransom und *Andersonville Prison and Captain Henry Wirz Trial* von Mildred Lewis Rutherford vertieft sowie die Gedenkstätte »Andersonville National

Historic Site Georgia« und das »Drummer Boy Civil War Museum« in Andersonville, Georgia, besucht, wo man mich mit Material eingedeckt hat. Den Amerikanischen Bürgerkrieg nähergebracht haben mir *All for the Union: The Civil War Diary & Letters of Elisha Hunt Rhodes* von Robert Hunt Rhodes, *The Civil War Dictionary* von Mark Boatner und *Schweizer im Amerikanischen Sezessionskrieg 1861–1865* von Heinrich L. Wirz und Florian A. Strahm. Hinzu kamen viele Zeitungsartikel und Beiträge aus dem Internet, die ich hier nicht aufführe.

Ganz herzlich möchte ich Oberst Heinrich L. Wirz danken, Militärpublizist und Urgroßneffe von Captain Henry Wirz. Er hat nicht nur ein Fachlektorat durchgeführt, sondern durch seine Erzählungen den Konflikt um seinen berühmten Vorfahren lebendig werden lassen.

Dank der Ärzte Thomas Sigrist und Christoph Markwalder vom Institut für Rechtsmedizin St. Gallen sowie Martin Lory vom Forensischen Institut Zürich weiß ich, wie sich ein Army No. 2 verhalten und welchen Schaden eine Patrone anrichten kann. Viele Mitarbeitende der Staatsanwaltschaft IV des Kantons Zürich und der Kantonspolizei Zürich haben meine Fragen beantwortet und mir Einblick in ihre Arbeit gegeben, Markus Oertle und Werner Schaub haben sich darüber hinaus auch noch die Zeit genommen, mein Manuskript durchzulesen und mich auf Ungereimtheiten hinzuweisen. Wenn sich trotzdem Fehler eingeschlichen haben, bitte ich um Entschuldigung!

Michael Thali vom Institut für Rechtsmedizin Zürich hat mir den Kontakt zum Maryland State Medical Forensic Center vermittelt, wo mir David Fowler einen Einblick in seine Arbeit gab.

Mit Fakten allein ist es jedoch nicht getan. Genauso wichtig sind die Figuren, die Handlung, die Sprache. Karin

Aeschlimann, Mitra Devi, Esther Künzler, Stephanie Künzler, Andreas Näf und Regula Schmid haben dafür gesorgt, dass die Geschichte widerspruchsfrei und spannend zu lesen ist. Sie wiesen mich darauf hin, wenn ich in meinem Enthusiasmus zu viele Informationen hineingepackt habe, und fragten nach, wenn etwas unklar war. Ganz besonderen Dank möchte ich an Susanne Gretter richten, die sich mit viel Feingefühl ans Lektorat gemacht hat.

Und natürlich an Regina Flint.

Petra Ivanov

## *Petra Ivanov*

Petra Ivanov wurde 1967 in Zürich geboren. Sie verbrachte ihre Kindheit in New York, wo sie dank Mark Twain, Louisa May Alcott und Julie Campbell die Freude am Lesen und Schreiben entdeckte. Nach dem Studium an der Dolmetscherschule Zürich arbeitete sie vorerst als freie Übersetzerin und Sprachlehrerin, später als Journalistin in verschiedenen Redaktionen.

Auf Deutsch zu schreiben, begann sie während ihrer Tätigkeit bei HEKS, dem Hilfswerk der Evangelischen Kirchen Schweiz. Als Redakteurin gehörte es zu ihren Aufgaben, über Projekte im In- und Ausland sowie über verschiedene Kampagnen zu informieren. Sie stellte fest, dass sie mit Geschichten Menschen auf andere Art und Weise erreichen konnte als durch journalistische Beiträge. Kurzerhand verpackte sie die Themen, die ihr am Herzen lagen, in Spannungsromane.

2005 veröffentlichte sie ihren ersten Kriminalroman *Fremde Hände*, der Beginn einer Reihe mit dem Ermittler-Duo Regina Flint und Bruno Cavalli. 2011 startete sie mit *Tatverdacht* eine neue Reihe mit der privaten Ermittlerin Jasmin Meyer und dem Anwalt Pal Palushi. Ihre Kurzgeschichten erschienen in Zeitungen, Zeitschriften und Anthologien, in Buchform seit 2007 zudem mehrere Bände von Regio-Krimis. *Reset* (2009) war das erste von mehreren Jugendbüchern, Spannungsromane für Jugendliche ab 12 Jahren. Petra Ivanov hat zahlreiche Auszeichnungen erhalten, u. a. den Zürcher Krimipreis (2010).

Ausführliche Informationen zur Autorin und zu ihren Büchern finden Sie auf Petra Ivanovs Homepage: www.petraivanov.ch

*Petra Ivanov im Unionsverlag*

FLINT & CAVALLI ERMITTELN

*Erster Funke* Flint und Cavalli – Wie alles begann

*Fremde Hände* Flint und Cavalli ermitteln im Rotlichtmilieu

*Tote Träume* Flint und Cavalli ermitteln gegen die Brandstifter

*Kalte Schüsse* Flint und Cavalli ermitteln gegen die russische Mafia

*Stille Lügen* Flint und Cavalli ermitteln in Georgien

*Tiefe Narben* Flint und Cavalli ermitteln gegen einen Insider

*Leere Gräber* Flint und Cavalli ermitteln in Argentinien

*Heiße Eisen* Flint & Cavalli ermitteln in besten Kreisen

*Das Geständnis* Ein Regina-Flint-Kurzkrimi

MEYER & PALUSHI ERMITTELN

*Tatverdacht* Meyer und Palushi ermitteln in Kosovo

*Hafturlaub* Meyer und Palushi ermitteln gegeneinander

*Täuschung* Meyer und Palushi ermitteln in Thailand

*Geballte Wut*

Sebastians Leben ist eine einzige Abwärtsspirale. Als er Isabella kennenlernt, scheint sein Leben eine Wende zu nehmen. Doch statt auf sicheren Boden, führt ihn diese Beziehung aufs Glatteis. Unfähig, sich aufzufangen, schlittert Seb geradewegs in eine Katastrophe.

*Schockfrost* (gemeinsam mit Mitra Devi)

Die alleinerziehende Psychiaterin Sarah Marten hat ihr Leben im Griff. Doch dann stürzt sie die Treppe hinunter, leidet unter Sehstörungen und Gedächtnislücken. Ihr 15-jähriger Sohn verschwindet. Ein Wettlauf gegen die Zeit beginnt.

EIN FALL FÜR NORA TABANI

»Mitra Devi gehört zweifelsohne zu den besten in diesem Genre. Ihre Kunst, den Spannungsbogen bis zum Ende der Geschichte zu steigern, beherrscht sie meisterhaft!« *Jeanette Houillon, Schiller Buchhandlung*

*Filmriss*
*Seelensplitter*
*Das Kainszeichen*
*Der Blutsfeind*

*Schockfrost* (gemeinsam mit Petra Ivanov)

Die alleinerziehende Psychiaterin Sarah Marten hat ihr Leben im Griff. Doch dann stürzt sie die Treppe hinunter, leidet unter Sehstörungen und Gedächtnislücken. Ihr 15-jähriger Sohn verschwindet. Ein Wettlauf gegen die Zeit beginnt. Die Crime-Queens Petra Ivanov und Mitra Devi haben gemeinsam einen Psychothriller geschrieben, der unter die Haut geht.

*Kleiner Mord zwischendurch*

Rabenschwarze Kurzkrimis zum Gruseln, Schmunzeln und Verschlingen. Die Heldinnen und Helden sind voller starker Gefühle und zahlen jede Niedertracht zurück. Mit psychologischer Raffinesse lässt Mitra Devi ihre Protagonisten mit den Mordwaffen spielen – gnadenlos, angenehm unheimlich und mit einem Schuss gefährlicher Nonchalance.

Colin Dexter *Zuletzt gesehen in Kidlington*

Vor zwei Jahren ist die junge Valerie Taylor spurlos verschwunden. Inspector Morse soll den Fall neu aufrollen, sieht aber keine Chance, das Mädchen noch lebend zu finden. Bis ein Brief eintrifft, der Valeries Unterschrift trägt und der damalige Ermittler kurz darauf bei einem Verkehrsunfall ums Leben kommt. Morse glaubt nicht an einen Zufall.

Xavier-Marie Bonnot *Im Sumpf der Camargue*

Der Marseiller Polizeikommandant Michel de Palma wird von Ingrid Steinert um Hilfe gebeten: Ihr Ehemann, ein milliardenschwerer Industrieller, ist verschwunden. Kurz darauf wird seine Leiche in den schlammigen Sümpfen der Camargue gefunden. Und es bleibt nicht die einzige Leiche. Ist die Tarasque, das Ungeheuer aus den Sümpfen, mehr als ein Mythos?

Avtar Singh *Nekropolis*

Kommissar Dayal und sein Team müssen die aufsehenerregendsten, rätselhaftesten Kriminalfälle Delhis lösen. Sie arbeiten mit modernster Technik und stoßen auf archaische Bräuche. Ihre Ermittlungen führen uns durch alle Schichten dieser brodelnden, vielgesichtigen und geschichtsträchtigen Stadt, in die Villen der Reichen, in die Hütten der Slums.

Petra Ivanov *Heiße Eisen*

Der engagierte Politiker Moritz Kienast setzt sich in der Debatte um das Ufer des Zürichsees für eine rigorose Lösung ein – bis er plötzlich verschwindet. Kurz darauf wird eine verkohlte und aufgespießte Leiche gefunden. Die Nachforschungen der Staatsanwältin Regina Flint führen sie an Abgründe, die mit »menschlich« nichts mehr zu tun haben.

Jeong Yu-jeong *Sieben Jahre Nacht*

Wie kann ein elfjähriger Junge überleben, wenn alle Welt in ihm den Sohn des »Stauseemonsters« sieht? Des Mannes, der ein Mädchen ermordete und ein ganzes Dorf zerstörte? Einsam und geächtet lebt er in einem Dorf an der Küste. Rätselhafte Besucher tauchen auf. Die Vergangenheit wird aufgerollt. Am Ende ist alles anders, als es schien.

Michael Dibdin *Entführung auf Italienisch*

Kommissar Aurelio Zen reist für einen Spezialauftrag nach Perugia: Ruggero Miletti, das Haupt einer der mächtigsten Familien Italiens, wurde entführt. Alles scheint sich gegen den Neuankömmling aus Rom verschworen zu haben. Doch im Kampf gegen Korruption und Mafia entwickelt Aurelio Zen seine wahren Qualitäten.

Nii Parkes *Die Spur des Bienenfressers*

In einem Dorf im Hinterland Ghanas, in dem sich seit Jahrhunderten kaum etwas verändert hat, verschwindet ein Mann. Der Städter Kayo, der den Glauben der Dorfbewohner an Übersinnliches nicht teilt, wird mit der Aufklärung beauftragt – muss jedoch bald einsehen, dass westliche Logik und politische Bürokratie ihre Grenzen haben.

Claudia Piñeiro *Betibú*

Inmitten einer idyllischen Wohnsiedlung wird ein Unternehmer mit aufgeschlitzter Kehle in seinem Lieblingssessel aufgefunden. Im ersten Moment deutet alles auf Selbstmord hin, doch schon bald erwachsen Zweifel. – Claudia Piñeiro nimmt mit scharfem Blick das Verhältnis zwischen Medien und politischer Macht unter die Lupe.